작가론 총서 18

손 창 섭

-모멸과 연민의 이중주-

송하춘 편

새미

손 창 섭

-모멸과 연민의 이중주-

▶ 손창섭

▶ 동인문학상 수상 기념(1959)

▶ 남산에서(1962)

▶ 장편 『여자의 전부』

▶ 소설집 『낙서족』

전후문학과 손창섭의 현재성

손창섭은 1950-60년대 전후문학의 대표적인 작가이다. 그의 병적인 인물들과, 네거티브 필름과도 같은 암울한 작품 세계와 베일에 가려진 작가의 비밀스런 생애가 특히 많은 사람들의 관심을 불러 일으켰다.

대표 작가인 만큼 그에 대한 연구도 동시대 작가들 중에서는 가장 많이 이루어졌다. 크고 작은 비평들이 100여 편이 넘는다. 그가 왕성하게 창작 활동을 하던 1960년대 당시에도 그랬지만, 그에 관한 비평적 관심은 오늘까지도 지속적으로 이어지고 있다.

1980년대에 들어서자, 손창섭은 대학에서 더 활발하게 연구되기 시작하였다. 지금까지 손창섭 연구로 석사학위를 받은 논문이 무려 50여 편을 헤아릴 정도이다. 그런가 하면 1990년대에 들어서는 박사학위 연구자들까지 가세를 하였는데, 그로부터 10년만에 무려 15편에 달하는 박사학위 논문이 쏟아져 나온 것이다.

연구의 결과는 다음 몇 가지 사항으로 요약해 볼 수 있다.

첫째, 그의 소설의 특성과 변모 양상. 이들 논의는 주로 그의 병적인 작품세계를 주목하고, 손창섭의 인간관이 부정적이라는데 의견을 같이하는데, 이후 그의 소설이 어떻게 변모하는지를 주목하였다.

둘째, 전후문학으로서의 손창섭 소설에 대한 이해. 이들 논의는 손창섭 소설의 병적인 인물들이 1950년대 혼란과 허무의 반영이라는 관점에서 시작된다. 이때부터 손창섭 소설이 문학사적 맥락 안에서 논의되기 시작했으며, 그의 인물이 단순한 개인적 기질이나 협소한 시각에서 기인된 것이 아니라는 적극적인 이해가 가능해졌다.

셋째, 전기적 고찰과 작가의 심리 분석. 이들 논의는 작가의 섹스 콤플렉스, 열등감 콤플렉스, 외디푸스 콤플렉스 등 파괴된 퍼스낼러티를 그의 소설의 특성과 관련시켜 조명한다. 손창섭 소설의 특징은 인간 모멸에 의한 작중 인물의 희화화다. 문학작품은 어차피 작가의 생애나 체험과 무관할 수 없지만, 특히 손창섭의 경우 그 상관 관계가 크다고 보는 것이다.

넷째, 손창섭 소설의 구조 또는 형식. 이들 논의는 그의 소설의 인물과 배경, 시점 또는 문체에 이르기까지, 그것들을 다양하게 분석함으로써 인물의 불구성과 암울한 분위기, 폐쇄적 공간 등 손창섭 문학의 특성을 밝히는 작업들이다.

이 가운데 손창섭론 12편을 추려 한 권의 책으로 엮어 냄으로써 손창섭에 대한 올바른 이해를 도모하고자 한다. 연구 업적이 워낙 방대하여 한 권의 책으로 압축하는 데 여간 힘이 들지 않았다. 지면 관계상 석·박사 학위 논문을 게재하지 못한 점이 아쉬웠다. 작품 한 두 편을 골라 집중 분석한 작품론이나, 손창섭을 동시대 다른 작가와 대비 연구한 것들조차 제외시켜야 했다. 여기 수록된 글들은 대부분 손창섭을 전체적으로 조망하여 얻어진 업적들임을 밝혀 둔다.

이 책은 또한 손창섭의 자료를 꼼꼼히 정리하여 소개하는 일에도 열심이었다. 먼저, 손창섭에 대한 연구사 자료를 조사하였는데, 그것들을 다시 비평적인 글과, 석사학위 논문과 박사학위 논문으로 분류하여 작성하였다. 다음, 손창섭의 생애와 작품 목록이다. 생애에 대해서는 워낙 감추어진 부분이 많은 작가라서 앞으로도 시간을 두고 더 조사되어야 할 것으로 믿는다. 끝으로, 소설 작품 외에 손창섭이 쓴 다른 종류의 글들을 빠짐없이 조사하여 게재하였다. 많지 않은 만큼 작가를 이해하는 데 귀한 참고 자료가 될 것이다.

손창섭은 앞으로도 더 많은 관심이 집중되고, 연구되어야 할 작가로 우리들 기억에 살아 남아 있다. 오늘은 여기까지가 최선이지만, 이 책으로 우리는 다음 또 다른 최선을 기대하고자 한다.

2003년 4월

송 하 춘

목 차

모멸(侮蔑)과 연민(憐憫)

유종호

　많은 사람들에게 그러했듯이 김성한씨 와 손창섭씨는 나도 한번쯤 작가
론을 써보고 싶었던 작가였다. 전자는 티보데가 말한 오리지날한 재능보다
도 비평적 정신이 승하여, 지성과 의식의 작은 문으로 해서 예술 속으로
들어가는 작가의 한국적 규모의 예로서, 후자는 작자의 특이한 인간관이
소설의 재미와 악수하여 아쉬운 대로 소설의 성격을 고찰하는 데 매력적인
예로서, 각각 흥미 있는 작가였다. 벼르기만 하고 망설이고 있던 중에 손씨
의 『낙서족』이 발표되어 우연히 그 독후감을 쓰게 되었다. 제한된 지면에
황급히 쓰느라고 논리의 비약으로 오인될 우려가 있을 만큼 문맥이 산만하
였다. 보충도 할 겸 이 기회에 내가 본 대로 그의 작품 세계를 더듬어
보기로 한다. 이것을 계기로 소설이라는 예술 장르에 대한 성격을 터치하
여, 미숙한 대로 소설의 고찰을 얻게 되면 다행으로 생각한다.

1. 작가의 눈

"한 가지만은 의심할 여지가 없다. 여기엔 현실이 있다. 새로운, 미문의, 일찍이 보지 못하였던, 아니 차라리 지금껏 공감된 적이 없었던 현실이 있다."

이것은 니체와 도스토예프스키에 관한 글 속에서 감격적으로 토로한 셰스토프의 말이다. 위대한 작가들의 작품을 접하고 예외 없이 독자들이 감지한 것은 이러한 새로운 현실의 계시였다. 그것이 외적인 것이든 내적인 것이든, 혹은 광대무변(廣大無邊)한 배경 속에서 포착전시(捕捉展示)된 것이든 혹은 미시적인 '뉘앙스'로 포착된 국부적인 것이든 그 새로운 인간 현실의 계시에서 경이를 감지했을 때, 사람들은 그러한 작가에게 천재란 존칭을 증정해 왔다. 혹은 위대하다는 관형사를 부여해 왔다. 이와 반대로 작품 속에 제출된 현실의 신빙성이 희박하거나, 천박하고 일상적인 통념이 지배적일 때 우리가 그러한 작가를 범용(凡庸) 이하의 작가로 규정하는 것은 극히 당연한 일이다. 그렇다면 이렇게 작가들로 하여금 '새로운 현실'을 제시케 하는 주요한 인자는 무엇일까? 창조라는 이름 아래 작가들이 제시하는 현실의 양태는 결국 저들이 저들의 눈으로 본 것을 제시한 것에 지나지 않을 것이다. 그렇다면 결국 중요한 것은 작가의 눈이다. 스탕달은 신문에 난 의견을 그대로 자기 의견으로 횡령하여 구사하는 것을 우치(愚痴)의 징후로 예증하고 조소하였다지만 만약 작가의 눈이 이러한 우치의 산물이라면 그것은 설득력을 갖기는커녕 조소라는 보수밖에 받지 못할 것이다. 독창성이라는 것도 그것이 문학 작품에 관해서 운위될 때, 결국은 작가의 눈의 강도를 지적하고 있는 것이라 하겠다.

니체는 『즐거운 지혜』 속에서 말하고 있다.

'무엇이 독창인가?' 모든 사람의 눈앞에 가로 놓여 있으나 아직 아무런 명칭도 가지고 있지 않은, 아직 무어라 이름지을 수 없는 무엇을 '보는' 것이다. 어떤 사물을 사람에게서 보이게끔 하는 첫째 것은 명칭이다. 독창적인 사람들은 대개 명명자였던 것이다.'

이렇게 해서 독창적인 작가들은 여태껏 세인들이 무심히 간과하였거나 일실(逸失)하였던 현실의 양상을 발견하고 전달하게 되는 것이다. 그것이 전혀 새로운 것이라면, 자연 아무런 이름도 붙어져 있지가 않을 것이다. 하니까 새로운 이름을 붙여야 한다. 이 새로운 이름을 붙이는 과정의 문제가 다름 아닌 작가의 수법상의 문제인 것이다. 따라서 작가의 수법이나 기법도 결국은 작가의 눈과 불가분의 관계를 갖고 있는 것이다.

나는 이전에 기차가 철교를 지나가는 것을 그린 국민학교 저학년생의 그림을 본 일이 있다. 재미있는 것이 그 그림의 표제는 「칙칙폭폭」이란 것이었다. 만약 이 표제가 성인에 의해서 조작된 것이 아니고 어린이의 꾸밈없는 실감으로서 붙여진 것이라면, 그 어린이는 꼬마 천재의 칭호를 들어 마땅하다. 대체로 성인들의 관찰은 실용성과 공리성을 철저하게 띠고 있다. 어린이의 관찰은 이 실용성과 공리성에 물들지 않은 보다 감각적인 것이다. 감각적인 경이의 눈을 실용성과 공리성이 낙인된 눈으로 대체하는 과정이 다름 아닌 인간의 성장 과정이기도 한 것이다. 기차라는 물건도 그것을 실용성과 공리성에서 해방시켜 감각적인 눈으로 본다면, '칙칙폭폭'하는 시꺼먼 괴물임에 틀림없다. 이렇게 실용성과 공리성에서 해방시켜서 사물을 보았을 때의 경이는 주로 시인들의 특권으로 많이 노래되어 왔다. 시인들의 내부에는 영원한 어린이가 기생하고 있다는 얘기도 딴에는 근거가 있다. 그러나 아무리 독창적인 눈이라 할지라도 그것이 앞에 든 어린이의 눈과 같은 것이라면 그것은 신기하기는 할지언정 큰 포괄력(包括力)과 통찰력을 가질 수는 없는 것이다. 작가가 바라보는 것도 결국 그것이 인간 현실인 이상 이 인간 현실에 대한 어떤 총괄적인 전망을 갖지 않으면 안 된다. 그러기 위해서는 단순히 감각적인 반응을 하는 눈이 아니라 인식이 수반된 눈을 갖지 않으면 안될 것이다. 이 인식이 수반된 작가의 눈이 집요하게 작용할 때 우리는 한 작가에게서 철인의 모습을 발견하게 되는 것이다.

그런데 이 작가의 눈은 또한 그 작가의 정신 구조에 의해서 전적으로 지배를 받는다. 절망한 햄릿에게는 지구라고 하는 훌륭하고 거대한 조직도 아무짝에도 쓸모 없는 벼랑같이 밖에는 보이지가 않았다. 그리하여 우리는 텐Hippolyte A. Taine과 함께 아무런 주저도 없이 다음과 같이 얘기할 수가 있는 것이다.

> '대체 우리들은 자신의 사상의 빛깔로서 자연 전체를 염색해 버리는 것이다. 우리들은 자신의 의장으로서 세상을 조형한다. 하니까, 우리들의 영혼이 병들어 있다면 우리들은 우주에서 병밖에 보지를 못하는 것이다.'

이러한 사정을 역이용하면 작가들이 보고 제출한 현실의 양상을 통해서 작가의 정신 구조를 고찰할 수가 있게 된다. 작가의 사상을 작품 속에서 탐구할 수 있는 가능성의 근거가 여기에 있다.

각설, 우리들이 두고두고 얘기하는 바이지만 우리나라의 소설 문학은 단편소설의 일방적 비대라는 불구적 발전을 경험해 왔다. 그것이 외적 환경의 어쩔 수 없는 사정에서 연유한 것도 사실임에는 틀림이 없다. 그러나 또 한가지 근본적으로는 작가들이 세상과 인간을 바라보는 작가의 눈을 가지고 있지 못하였기 때문이라는 것도 하나의 원인이 된다. 처음부터 통속소설로 자처하고 나서지 않은 장편소설 속에서도 이렇다 할 작품을 볼 수가 없는 현상도 그 근본적인 이유가 여기에 있다 할 것이다. 가령, 우리는 19세기의 정력, 발자크의 작품을 읽고 나서 그 방대한 '스케일'과 인간 현실의 구석구석을 탐지한 거시적인 작가의 눈에 경탄하게 된다. 거기에 있는 것은 어떤 '인생의 단편'(La tranche de la vie)이 아니다. 인생의 총화다. 그는 사회를 이기주의의 투쟁장(鬪爭場)이라고 보고, 거기에 소비되는 무서운 인간의 정열을 그려 놓았다. 그의 작품이 한 시대와 사회의 충실한 영상을 제공하고 있다고 말할 때, 우리는 이러한 것을 총괄적으로 전망할 수 있었던 작가의 눈이 도저히 '인생의 단편'만을 제시하는 단편을 승인할 수 없었다는 것을 느끼게 된다. 단편이 노리는 것이 인생의 단편임에 반하여 어디까지나 인생의 총화를 노리는, 그렇게 말할 수가 없다면, 적어도 인생의 총화에의 향수를 저버리지 못하는 장편(즉 엄밀한 의미에 있어서의 소설)의 경우엔 위선 총괄적인 작가의 눈이 정립하지 않으면 안 된다. 그렇지 못할 경우, 인생의 총화는 결국 인생의 단편으로 조각조각 흩어져서 그것을 수습해서 볼 수가 없기 때문이다. 이렇게 생각해 보면서, 세상과 인간을 바라보는 작가의 눈보다도 국부적으로 포착한 정황 속에서 토로된 작가의 얄팍한 정감을 주로 발견하게 되는 우리나라의 단편 문학을 염두에 둔다면, 본격적인 장편소설의 출현에 대하여 우리는 더욱 비관적인 견해를 품지 않을 수가 없게 된다.

그것은 그렇다 치고 이제 본론으로 들어가 보기로 하자. 작가 손창섭이 가지고 있는 한 강점은 그가 독특한 작가적 시각을 가지고 있다는 점에 있다. 그것이 아무리 어둡고 또 협소한 흠이 있다 하더라도 그는 분명히 작가의 눈을 가지고 있다. 자신의 빛깔과 음색을 가지고 있다. 그리고 그것이 소설의 재미와 교묘하게 악수하고 있다. 그가 처음부터 화제를 일으킨 문제 작가로 등장한 것도 그 이유가 여기에 있다.

2. 인수극(人獸劇)

소설의 영원한 주제는 인간이다. 대체 인간들이 영위하는 것 치고 인간에 대해서 무관심한 것은 없겠지만, 소설처럼 인간에 대한 직접적인 관심을 집요하게 추구하는 것도 없을 것이다. 인간이 등장하지 않는 소설은 없다. 자연만을 노래한 시는 있어도 자연만을 등장시킨 소설은 없다. 뿐만 아니라 그 인간을 추구하는 데에서도 어디까지나 인간적인 태도를 취한다. 자연과학의 방법을 소설 창작에 도입한 자연주의자들이 아무리 냉혹한 객관성을 고집하였어도 그들의 태도는 '인간적인 것으로부터의 해방'을 지향하는 자연과학적인 세계관에 입각하여 생명을 기호로 치환해서 설명하는 자연과학자의 비정성에는 이르지 못했다. 이런 의미에서도 작가들은 누구보다도 '인간적인 너무나 인간적인' 존재라고 하겠다.

작가들이 인간에 대해서 관심을 기울이는 것은 지극히 당연한 일이지만, 손창섭은 유달리 인간의 본질에 대해서 관심이 깊은 작가다. 「인간동물원초」, 「인간시세」, 「잉여인간」 혹은 『낙서족』, 이렇게 그의 작품 제목에 인간이란 말이나 인간을 의미하는 어휘가 삽입되어 있는 예가 많은 것도 하나의 방증(傍證)이다. 그리고 그가 인간이란 말을 쓸 때 거기에는 으레 어떤 모멸감이 내포되어 있다. (사실 우리말의 인간이란 말에는 어떤 모멸감과 인간으로서의 자조의식이 내포되어 있다. 이 점은 영어의 Creature와 비슷하다. 손창섭이 인간이란 말을 쓸 때는 우리말의 이런 특성을 잘 이용해서 쓰고 있는 것이지만 어쨌든 인간이란 말속에 어떤 자조의식이 내포되어 있다는 것은 우리들의 민족적 자조의식의 소산인 엽전이란 속어 등과 함께 민족심리학상 흥미 있는 자료가 되는 것이라고 나는 생각한다.) 인간의 본질이나 본성에 대해서 집요한 관심을 기울이면서 손창섭이 보여준 작중 인물의 화상(畵像)은 십중팔구가 모멸의 인간상이다. 마치 인간을 그리기 위해서 작중 인물을 묘사한 것이 아니라 그저 모멸하고 냉소하기 위해서 작중 인물을 설정하고 조작한다는 인상을 주기까지 한다. 대체 어찌된 까닭일까? 「설중행」속에서 연극 지망자인 묘령의 처녀 귀남은 고선생과 이런 대화를 주고받는다.

> "인생이 숫제 연극인걸요!" "그럴까? 인생은 모두가 연극일까? 좀 더 진실한 인생두 있지 않을까."
> "그저 진실한 체 해 보이는 거죠. 뉘게나 진실하게 보이리만큼, 진실한 체 하기란 용이한 일이 아닐 거예요. 연기란 결국 게까지 가야 되니까요."
> "위선두 일종의 타락이 아닐까요? 선생님은 미술가이면서두, 왜 공식적 사고방식을 못버리셔요. 인간이 습성화된 위선의 가면을 벗지 못하는 한, 그 생활 자체가 도저히 멜로드라마 이상일 수 없을 거예요."

작중인물의 발언 내용을 그대로 작가의 의견이라고 간주하는 것은 때로 위험한 경우도 있다. 그러나 여기서의 귀남의 대사는 그대로 손창섭의 의식내용으로 보아도 틀림이 없다. 인생이 하나의 연극이라는 것, 그것도 저속한 멜로드라마라는 것, 인간이란 배우의 '마스크'는 결국 습성화된 위선의 가면이라는 것, 손창섭 소설의 거의 전부는 실상 이러한 단순한 개념의 육화요 연장이다. 그리고 그의 작업은 습성화된 가면을 하나하나 벗겨서, 그의 말을 빌리면 공식적인 사고방식을 팽개치고서, 적나라한 인간의 진상을 폭로하는 일이었다. 그리하여 위선의 가면을 벗긴 후 그의 눈에 비친 인간의 진상은 결국 「인간동물원초」에서 집약적으로 보여준 바 '먹고 배설하고 자는' 동물에 지나지 않는다. 통념상으로는 순정의 화신으로 영상화되는 소년도 그의 눈에는 「소년」에서 보여준 바와 같은 소치한

(小癡漢), 즉 새끼 동물이었다.

아리스토텔레스는 그의 「시학」에서 호메로스가 그린 인물은 일반인보다도 선한 인간이며, 최초의 패러디 작자인 헤게몬Hegemon이나 니코카레스Nicochares가 그린 인물은 일반인보다 악한 인간이라고 설파하고 나서, 희극과 비극의 성격을 이렇게 규정하고 있다.

'비극과 희극과의 구별 또한 이러한 차별 아래서 생긴다. 희극은 인간을 현존한 사람들보다도 보다 악하게 그리고 비극은 보다 선한 인간을 그리려고 한다.' 아리스토텔레스의 이러한 유별은 섬세함이 결여되어 있고, 또 인간을 선악으로만 구별하는 것도 지나치게 난폭 경직한 흠이 없지 않아 있지만 그런 대로 진리다. 인간 속성의 범주를 선악으로만 국한시키지 말고 고상과 저속, 미와 추, 의의와 무의미 등으로 확대시켜서 생각해 보면 손창섭이 제시하는 인간극이 어느 것에 속하는가를 알아낼 수가 있다. 손창섭이 보여주는 인수극(人獸劇)에는 일반 인간, 이렇게 말하는 것이 어폐가 있다면, 보통 사람들이 가지고 있는 인간에 대한 영상보다도 무가치하고 추한 인물이 등장한다. 자연 패러디 내지 희극의 양상을 띠우고 있다. 그러나 그것은 풍자 문학이 때때로 풍기는 희극미와도 다르다. 대체로 현대로 내려올수록 풍자 문학의 근저에는 인간악을 고발하고 이에 항거한다는 인성탐구자의 비평 정신이 있다. 그러나 손창섭 소설에는 대관절 악의 개념은 없다. 인간 존재에 대한 근본적인 모멸이 있을 뿐이다. 악의 개념이 없으니 이에 따라 증오도 있을 수가 없다. 가령 『낙서족』에서도 남주인공 '박도현'이 가련무쌍한 '다마야・노리꼬'에게 가해한 육욕 행각은 분명히 인간악에 속한다. 우리는 노리꼬에 대해서 심심한 동정을 지불하지 않을 수가 없다. 그러나 동시에 우리는 가해자 박도현도 증오할 수가 없다. 그에게도 측은한 연민감을 지불하지 않을 수가 없게 된다. 따지고 보면 악의 개념이 있을 수 없다는 것은 극히 당연한 논리적 귀결이기도 하다. 선악이란 인간의 윤리상의 범주이다. 인간 동물에게 도대체 선악이란 개념은 있을 수가 없겠기 때문이다.

앞에서 나는 손창섭이 보여주는 인수극(人獸劇)에는 일반인간보다도 무가치하고 추한 인물들이 등장한다고 말했다. 여기에 대해서 작자는 항변할 것이다. 천만의 말씀이라고. 자기는 자기가 본, 그리하여 자기가 알고 있는 인간을 그대로 제출한 것에 지나지 않는다고. 그렇다면 그것은 결국 작자의 인간관의 문제가 된다. 손창섭의 작품 속에 나오는 저 무수한 희극적인 인간형들은 바로 그의 인간관의 괴뢰들인 것이다. 그는 그의 인간관의 괴뢰들을 조종하여 독자들로 하여금 그것을 인간이라고 오인시키는 데 성공하고 있는 것이다. 이것을 구명하기 위해서 우리는 그의 작중 인물이 지니고 있는 리얼리티를 생각해 보기로 하자.

이른바 소설 작품이 가지고 있는 현실성이란 것은 엄밀히 말해서 현실성의 환상이다. 소설 작품을 읽으면서 실생활을 읽고 있다는 환상을 독자들은 경험한다. 이러한 환상이 소설을 읽을 때 깨지면 우리는 그러한 작품을 리얼리티가 없다고 말한다. 결국 작가의 역량이라고 하는 것은 소설 독자들로 하여금 소설을 읽으면서 실생활 내지는 현실의 인생을 읽고 있다는 환상을 시종일관 품게 하는 기술이다. 도중에 그것이 깨어져서는 안된다. 이것을 역으로 독자의 입장에서 말한다면, 독자들은 소설을 읽을 때 일상 생활의 의식을 가지고 들어간다는 논리가 성립되는 것이다. 따라서 소설 작품이 가지고 있는 현실성이 실상 현실 그것이 아닌 현실성의 환상이란 것을 강렬하게 의식하고 이러한 소설의 성격, 즉 알면서도 속고 들어간다는 성격에 반발하는 사람들에겐, 올더스 헉슬리의 「가자에서 눈멀어」에 나오는 '마크'처럼, 소설이란 전부 거짓말이라는 논리가 성립되기도 하는 것이다.

마크에겐 『안나카레니나』와 같은 '문학의 최량(最良)의 작품' 마저도 그 특징이 비진실이라는 것이었다. 이에 동조해서 그의 우인(友人)인 안쏘니는 그의 일기 가운데서 이렇게 적고 있는 것이다. '나는 이 이상 상상 문학을 읽을 수가 없다. 거짓말에 대해선 난 아무런 흥미도 없다.' 마크가 문학이 비진실이라고 단정한 이론적 근거는 그것이 복잡다양한 인생 사실의 지나친 생략과 추상의 소산이라는 점에서였다.

이러한 견해가 타당한 일면을 가지고 있는 것은 사실이지만, 문학의 성격상 이것은 어쩔 수 없는 속성이다. 왜냐하면 현실성의 환상을 환기시키기 위해서는 언어의 성격상 현실의 생략과 추상이 불가피하기 때문이다. 여기서 우리는 다시 한 번 텐의 명언을 들어보기로 하자.

> 그저 기술한다는 것과 묘사한다는 것은 전혀 별개의 것일 터이다. 그저 단순한 사실의 편집으로선 아무 것도 나타낼 수가 없으며 그것은 단순한 목록에 지나지 않는다. 꽃의 수술(雄蕊)을 모두 헤어 보인다 하더라도 꽃의 모습을 안전(眼前)에 방불케 할 수는 없다. 형체 있는 사물을 떠오르게 하기 위해서는 조르쥬·쌍드나, 미슈레의 시적 영감이 혹은 유고나 디킨즈의 강렬한 환상이 필요하다.

그렇다. 꽃잎을 세고 꽃술의 모양을 일일이 적어 보인다고 해서 꽃의 심상이 떠오르는 것은 아니다. 현실성의 환상을 일으키게 한다는 것은 결국 현실에 박진(迫眞)하는 혹은 현실을 대변하는 그럴듯한 영상을 창조한다는 말이다. 작중 인물이 지니고 있는 현실성에 대해서도 우리는 비슷한 말을 할 수가 있다. 작중 인물을 극명하게 묘사하는 길이 반드시 그의 용모나 음성이나 의복을 꽃술 세듯이 늘어놓는 것은 아니다. 한 인물의 그럴듯한 영상을 환기시키기만 하면 되는 것이다. 가령 「인간동물원초」에 나오는 통역관은 아무런 외부 묘사도 가해지지 않고 있지만 '약자는 언제나 이렇게 하늘만 사모하다 죽는 법입니다.' 하고 던지는 독백 한마디로써 한 '이미지'를 획득하게 되는 것이다. 그리고 '상상 속에 부재하는 인물의

모습이 떠오르는 것은 한 순간의 일인 것이다.'

손창섭의 작중 인물에는 이른바 인물 묘사란 거의 없다. 용모라든지 신장이라든지 이런 것에 대해선 작자는 거의 아무것도 보여주지 않는다. 그럼에도 불구하고 그 희극적인 대사나, 깊은 것은 아니면서도 작자의 인간 통찰에서 나온 심리적 터치나, 인간에 대한 냉소적인 관찰로 리얼리티를 획득하고 있는 것이다.

가령 「피해자」같은 작품이 살아 있는 이유는, 인간이면 누구나 그러한 피해의식을 가지고 있기 때문에 독자들이 쉽사리 공명할 수가 있기 때문인 것이다. 「치몽」같은 작품의 리얼리티는 인간의 이상이나 희망에 대한 현실의 박해라는 보편적인 테마가 상징화되어 있어, 독자들이 거기에서 난파당한 자기들의 꿈의 자화상을 발견하고 어느덧 자기연민을 느끼게 된다는 사정에서 연유한다. '박도현'으로 대표되는 손창섭 소설의 작중 인물들은 한결같이 그 모멸의 각광과 추태의 연출과 노악취미(露惡趣味) 섞인 인간성의 암흑면의 폭로로 리얼리티를 획득하고 있는 것이다. 결코 그것은 예외적인 인간상이 아니다. 이런 의미에서 그의 작중인물들은 한결같이 그의 인생연극론과 인간동물론의 괴뢰들이다. 작중 여주인공들이 대개 불구인 것도 그의 인간관의 괴뢰들과 짝을 맞추기 위한 조치인 것이다. '한상회' 같은 여인형이 좀 유다른 것은 그것이 박도현의 눈에 비친 대로 그려놓았기 때문이며 그것은 박도현을 더욱 모멸 냉소하기 위한 한 방법에 불과하다. 마치 '을미'를 여신으로 이상화하는 세 소년들의 눈이 「치몽」인 것과 마찬가지로 ……

이러한 인간관의 괴뢰들을 조종하여 인간을 마음껏 조소하고 모멸한 뒤에 오는 의식 내용은 결국 인생이란 하나의 군소리 ─ 미해결의 장 ─이며 하나의 낙서와 같이 무의미하다는 것이다.

인간이란 결국 운명의 노리개에 지나지 않는다는 그리스의 운명극 이후,

「맥베스」의 유명한 독백을 거쳐 항간의 잡가에 이르기까지 인생이 하나의 연극이라고 하는 인간의 무력감과 자조의식은 두고두고 인간들에 의해서 설파되어 왔다. 이러한 자조의식은 희극적 감정을 동반하기도 하고 비극적 감정을 수반하기도 하였다. 손창섭의 작품 세계는 결코 새로울 수 없는 이러한 자조의식이 이 나라의 문학 속에서 가장 대담하게 육화되어 소설의 재미와 악수하고 있는 좋은 예다. 독자들은 인간에게 보내는 작자의 모멸과 냉소의 시선에 동조하리라. 그러고 나서 곧 그 모멸의 인간상이 결국 자기들의 자화상의 일면이라는 것을 깨닫고는 한없는 자기연민의 고소를 금할 수가 없으리라.

3. 원한의 카타르시스

'인물의 창조란 정도의 차는 있을지언정 전승된 문학상의 형과 관찰된 인물 및 자기를 혼합시킨 것이라 생각해도 좋다'라는 견해가 웰렉과 워런 공저로 되어 있는『문학의 이론』중에 피력되어 있다. 계속해서『파우스트』,『메피스토펠레스』,『베르테르』,『빌헬름·마이스터』등이 모두 괴테 자신의 성질의 여러 가지 면을 창작 중에 투영한 것이라는 심리학자들의 의견을 동조적으로 인용하고 나서, 도스토예프스키의『카라마조프의 사형제』, 즉 '드미트리', '이반', '알료샤', 그리고 사생아 '스메르자코프' 등이 모두 도스토예프스키 자신의 일면이라고 단정하고 있다. 이러한 예를 우리는 헤아릴 수 없이 많이 알고 있다. 모든 소설은 실상 자서전에 지나지 않는다는 아나톨 프랑스의 극언은 차치하고라도, 그리고 자전적인 요소가 지배적인 작품을 별도로 치고라도, 작가가 창조한 작중 인물이 작자 자신의 일면을 나타내고 있는 수가 많다는 것은 많은 사람들에 의하여 지적되어 왔다. '마담 보바리는 나다' 라고 토로한 플로베르의 자백은 인구에 회자되는 삽화이지만 스탕달도 '쥘리앙은 바로 나 자신이다' 라고 말했다. 토마스 만도 톨스토이의 예술 작품은 결국 50년 간 계속해서 쓰여진 방대한 일기, 무한히 상세한 고백에 지나지 않는다고 말한 메레주코프스키의 말을 인용하고 나서, 젊은 시절의『유년시대』나『소년시대』로부터 생애의 전 작품을 통해서 톨스토이는 결국 자서전 작자였다고 지적하고 있다. 서머셋 모옴도『전쟁과 평화』의 2대 주인공인 '피엘 베슈코프'와 '안드레 공'도 결국은 톨스토이 자신의 일면을 모델로 한 것이라는 의견에 동조하고, 나아가『폭풍의 언덕』의 '캐서린'이나 '히스클리프'가 바로 작자인 에밀리 브론테라고 추정하고 있다. 이렇게 추정하고 있는 모옴 자신의 작품을 두고 보더라도 자전적인『인생의 굴레』의 '필립'은 물론, 예술 창조를 위해서 인생을 방기한『달과 6펜스』의 '스트리크랜드', 유물주의적 생활 태도가 지배적인 주위 환경의 기반을 벗어나서 정신의 구제를 위하여 편력, 결국 인도의 종교에서 삶의 비결을 찾아내는 현대의 '백치'인『면도날』의 '랠리', 그리고 극히 자의식적이면서 눌언(訥言)인『채색된 베일』속의 과학자 등의 제인간상 속에서 우리는 갈 데 없는 모옴 자신의 일면을 엿볼 수가 있는 것이다. '스메르자코프'와 같은 냉혈한은 예외적인 경우지만, 도스토예프스키의 작중 인물에 악인이 없다는 것도 결국 그것이 작가 자신이 투영된 일부분이라는 사실과 연관시켜 볼 때 흥미가 있다. 그의 작품 속에 일관해서 흐르고 있는 고뇌 의식은 소녀를 목욕탕에서 능욕했다는 사실을 자랑할 수 있었던 도스토예프스키 자신의 악에 대한 괴로운 자의식 내지 변명이 반영된 것인지도 모른다. 누구나 자신을 악인이라고 생각할 수는 없기 때문이다. 이렇게 해서 우리들은 아무리 비개성을 노린 이른바 객관적인 작품의 경우에 있어서도 작중 인물과 작자와의 모종의 혈연 관계를 승인하지 않을 수 없게 된다. 작가 예술가의 전기나 수기, 일기 등이 작품 이해나 해명에 많은 단서를 주는 까닭이 여기에 있다. 베토벤은 일평생을 두고 자기가 세상에서 가장 불행한 인간이라는 자기연민 의식을 강박관념으로 가지고 있었다고 한다. 가령 C단조 교향곡이 풍기고 있는 삶의 비통의식이나 비장미도 이러한 그의 자의식을 염두에 둘 때 더욱 수긍되는 바가 있다. 운명의 부당한 학대에도 불구하고 자기가 꿋꿋이 살아간다는 자의식은 그 자체가 하나의 비장미의 계기가 되기 때문이다. 모차르트는 진혼곡을 작곡할 당시 자기가 누구의 손에 의해서 독살될 것이라는 피해망상증의 포로가 되어 있었다고 한다. 얘기가 잠깐 빗나갔지만, 이러한 구체적인 예증을 통해서 우리는 '어떠한 인물에 소설가가 성공했던 간에 그러한 것은 자기의 일부분임에 틀림이 없다. 결코 무로부터가 아니라 오직 자기로부터 소설가는 인물에 생명을 부여할 수가 있는 것이기 때문이다'란 견해를 타당한 것이라고 인정할 수가 있다.

　손창섭 소설의 등장 인물들에게 집요하게 동반되어 있는 감정의 하나는 자기연민이다. 다들 자기를 억울하다고 생각하고 있다. 부당하다는 것이다. 운명의 여신이, 그리고 인간들이 자기에게 가한 대우는 한결같이 부당하다는 것이다. 박도현도 일종의 과대망상증 환자로 그려져 있지만 과대망상증 환자에게는 으레 자기가 정당한 대우를 받고 있지 못하다는 자기연민 의식이 따르는 법이다. 「조건부」의 주인공인 갑식은 '도대체 세상에 이렇게 억울한 일이 또 있습니까.'하고 반복해서 말하면서 동정을 호소한다. 또 '너무하다'는 대화가 숱하게 나온다. 이러한 작중 인물의 자기연민은 손창섭에 의해서 인간 모멸의 한 방편으로 사용되어 왔지만 어쨌든 이것은 홍미 있는 사실이다. 우리가 여기에서 작자의 자아의 일면을 발견하게 된다고 말하는 것은 결코 호사적 추정이 아니다. 작중에 많이 등장하는 억울한 사람 내지 억울하다고 생각하는 사람은 다름 아닌 투영된 작자의 자아의 일면일 것이다. 인간에게서 부당한 대우를 받았을 때, 인간 심리의 메커니즘은 의당 이에 복수한다. 그의 철저한 인간 모멸과 인간 희화는 자기에게 부당한 대우를 한 인간 전반에 대한 장렬한 보복 행위이다. 이 점 크게 보아 인간 전반에 대한 원한과 혐오의 '카타르시스'이다.「설중행」에 나오는 고선생의 발언은 주목할만하다.

"우정? 아니 이거 점점 더 해괴한 소리가 나오는구나. 너와 나 사이에 대체 언제 그리도 알뜰한 우정이 쌓였더냐? 나는 먹기 위해 시가로 너희들에게 지식을 팔았다. 너희들은 도매값으로 내게서 지식을 샀다. 언제 탐탁히 친교를 맺어 왔단 말이냐? 이북에서 삼 년, 월남해서 삼 년, 육 년 간의 훈장생활에 나는 수천 명의 학생을 상대했다. 그래 그 수천 명에게 인정이나 우정을 베풀 의무가 내게 있단 말이냐? 간혹 거리에서 만나두 점심 한 그릇, 차 한 잔 먹자는 말이 없는, 그 따위 수천 명에게 나만이 일방적으루 우정을 베풀어야 해? 나는 남을 위해서 태어났단 말이냐? 네게 우정을 베풀기 위해 태어났단 말이냐?"

독자들은 위선 예바른 '에고이즘'과 철저한 보복 심리에 미소를 금할 수가 없다. 그리고 평범하면서도 진실한 심리표출에 공명할 것이다. 그렇다. 일방적으로 인간들에게 우정이나 호의를 베풀 필요는 없다. 일방적으로 우정을 베풀 필요가 없다는 것은 저쪽으로부터의 아무런 우정도 받아 보지 못했다는 것을 의미한다. 여기서 우리가 손창섭의 인간 모멸의 기원을 발견한다 하더라도 그것은 결코 상상추리의 과잉이나 논리의 비약은 아닐 것이다. (손창섭 자신에 의해서 토로된 그의 과거는 여기서 중시하지 않아도 좋다.)

소설의 구조나 본질에 대한 이론적 고찰이 별로 전개되지 않고, 작가론이나 작품평 속에서도 주로 단편적인 소박한 인간론만이 논의되었던 이 나라 문학계의 대세 속에서 그의 어두운 모멸의 인간관이 병적이란 평언(評言)을 많이 받아 온 것은 주지의 사실이다. 그의 허무적인 작품 세계에 대한 개혁의 요망도 들렸다. 이러한 요망에 대해서 작자는 고선생처럼 내심 이렇게 항변할지도 모른다.

"나는 내가 겪어 보아서 파악한 대로의 인간을 그렸을 뿐이다. 인간을 공연히 미화하는 호의나 우정을 인간에게 베풀 필요는 없다. 그들의 추태를 두둔해서 가리워 줄 이유도 나에겐 없다. 나에게 아무런 우정이나 호의도 베풀어주지 않은 인간들에게 어째서 나만이 유독 일방적으로 우정이나 호의를 베풀어야 한단 말인가? 오는 말이 고와야 가는 말도 고울 게 아닌가? 내가 남에게 좋은 일을 하기 위해서 글을 쓰는 줄 아는가?"

4. 습패낙수(拾貝落穗)

우리는 이외의 몇몇 손창섭 소설의 특질을 주워 모아 보기로 하자.

그의 작품은 대개 비가 오거나 일모(日暮)의 풍경과 같이 음산하고 어두운 분위기로 시작되어 역시 어두운 분위기로 끝나는 경우가 많다. 그가 작품 됨됨이로써 반드시 그의 최우수작이라고 볼 수도 없는 「비오는 날」을 창작집의 표제로 선택한 것은 딴은 그럴 법하다. 「사연기」는 '어슴푸레한 등잔' 밑에서 작문을 채점하는 것으로 시작해서 '쏟아지는 빗소리를 들으며' 주인공이 앉아 있는 것으로 끝이 난다. 「혈서」는 '날이 어두워서' 달수가 집으로 돌아오는 것으로 시작하여 준석이가 지팡이로 언 땅을 울리며 어둠 속으로 사라지는 것으로 끝이 난다. 「비오는 날」, 「치몽」, 「소년」 등은 다같이 비가 오는 풍경의 서술로 시작되고 있다.

'이렇게 비내리는 밤이면 원구의 마음은 감당할 수 없도록 무거워지는 것이었다.' '장례식 다음 날은 아침부터 구질구질 비가 내렸다.'

「인간동물원초」의 '동굴 속 같이만 느껴지는 방이다'의 모두나 '눈 덮인 망막한 벌판 위에는 또 하루의 해가 저물기 시작했다'로 시작되는 「광야

」도 다같이 어두운 무명(無明)의 풍경을 제시한다. 뿐만 아니라 이러한 우경(雨景)이나 무명(無明)의 풍경은 때때로 작품 속에 등장하는 것이다. 이러한 정황은 그의 작중 인물의 심경이나 작품 전체의 분위기와 밀접한 상관관계를 맺고 있는 것이다.

'풍경은 마음의 한 상태를 나타낸다'고 아미엘Henri F. Amiel은 말한다. 그렇다. 망막한 일모(日暮)의 풍경이나 음산한 우경(雨景)은 그대로 절망과 무기력과 무위로 구질구질한 작중 인물의 심경의 상태이다. 그의 작품이 특히 젊은 세대에게 인기가 있었다는 것도 그의 작중인물의 구질구질한 절망과 무기력과 무위와 무능감(無能感)을 전후의 청년들이 그대로 분담하고 있었다는 데에도 한 원인이 있는 것이다. 민감한 작자는 그러기에 병역 기피자나 반공 청년과 같은 시체인물(時體人物)들을 적당히 배치하는 것을 잊지 않았다. 그리고 이러한 비근(卑近)한 시체인물이나 시사적 사건을 작품 속에 교묘하게 배치하는 것은 그의 인간관의 괴뢰들인 작중 인물을 실생활의 인간으로 오인시켜 현실성을 부여하는 데 유능한 기능을 담당하고 있는 것이다. 가령 「잉여인간」에서는 '한국을 도둑의 소굴이다'라고 보도한 외국기자의 삽화가 나오는데 이러한 시사적인 것을 교묘하게 작중 인물의 성격 표출에 활용하고 있다. 그리고 그것이 무능한 소설가들의 경우에 흔히 그렇듯이 단순한 시사성으로 떨어지지 않고 있다는데 그의 기량의 묘가 있는 것이다.

또 하나 그의 특질이자 강점은 인간 심리의 정확한 통찰이다. 어떤 경우엔 순전히 그럴듯한 심리 표출만으로써 작중 인물이 현실성을 띠고 나타나 있는 수도 있다. 물론 그의 인간 심리의 통찰은 상식적인 것이다. 대체로 우리는 상식을 경멸하는 현학적 악습을 가지고 있지만 상식이란 그것이 지니고 있는 보편타당성으로 해서 양식과 결부되어있는 수가 많다. 그리고 의식 과잉에 감염되지 않은 대부분의 인간들 ― 즉 소설 속에 나오는 많은 작중 인물과 같은 — 의 심리천착을 위해서는 상식적인 심리통찰로 충분한 것이다. 이런 경우 흔히 상식은 진실에 도착하는 법이다. 실생활에 있어서는 우리는 이러한 심리통찰의 재능을 '눈치가 빠르다'는 말로 표현하고 있다. 가령 상이군인 행세를 하는 「혈서」의 준석은 달수를 보고 기피자라고 하며 언쟁이 있을 때마다 자진 입대하라고 협박한다. 그것은 그 자신이 가짜 상이군인이기 때문에 도둑이 제 발 저리다고 자기의 약점을 타인에게 투사하고 있는 것이다. 즉 자기의 죄가 과장된 형태로서 타인의 결점이 되어 반영되는 투사작용인 것이다. 이것은 극히 평범한 그리고 되는 대로 골라본 일례에 불과하지만 이런 심리적인 인간통찰은 도처에 산재되어 소설의 재미를 이루고 있다.

프로이트는 그의 탄생 칠십 주년을 축하하는 연회석상에서 무의식의 발견자라는 칭송을 받자 이러한 칭송을 사절하고, 이렇게 답변했다고 한다.

"나보다 앞서 철학자와 시인들이 무의식을 발견하였다. 내가 발견한 것은 무의식을 연구하는 과학적 방법이었을 뿐이다."

시인 작가들이 무의식적으로 표현해 놓은 인간 심리의 암실은 프로이트와 같은 정신분석학자의 연구에 많은 편리와 암시를 제공한 바 있지만, 한국 소설에 있어서 이러한 편리를 가장 많이 제공할 수 있는 것은 아마 손창섭 소설일 것이다. 정신분석학자들이 인간의 병리의 증상으로 예증하기 좋은 자료가 풍부하다. 이것은 물론 그가 정신분석학에 대한 예비 지식을 갖고 있느냐 있지 않느냐 하는 문제와는 무관하다. 그런 것이 없이 직관적으로 통찰해 놓는데 작가의 재능이 있는 것이다.

마지막으로 그의 강점은 설득력 있는 문장력이다. 점착력(粘着力) 있는 집요한 문장은 큰 힘이 되고 있다. 건실한 소설문장이다. 저쪽을 표준으로 삼는다면 19세기적인 것이라는 것도 사실이다. 그러나 우리는 설익은 괴상망칙한 20세기적인 것보다도 그런 대로 원숙한 19세기적인 것을 산다. 소설이 갖는 현실성의 환상은 그 태반이 문장의 설득력으로 인해서 환기되는 것이다. 이외에도 손창섭 소설은 인간의 본성에 대한 하나의 무언의 계시를 주는 것이 있다. 그것은 인간의 악의가 참여하지 않고서는 인간을 재미있게 만들기는 어렵다는 사실이다. 사람들이 재미있어 하게 되는 경우엔 대개 보이지 않는 악의의 비수가 번뜩이고 있다. 한 사람을 망신을 시켜 놓고 사람들은 웃기를 좋아한다. 실생활에 있어서나 소설에 있어서나 마찬가지다.

5. 결어(結語)

여태까지 나는 손창섭 소설의 특색을 해명하는 데만 열을 올린 듯 하다. 우리는 이제 여기에 대해서 비판적 조명을 던져 보기로 하자.

첫째로 우리가 느끼는 것은 그 '작가의 눈'의 지나친 협소성이다. 그의 인간관의 괴뢰들인 작중 인물은 일편단심 모멸 일색으로만 칠해져 있다. 그 개개의 신분계층의 다양성에도 불구하고 우리는 비슷한 인상을 받기가 일쑤이다. 이러한 협소한 '작가의 눈'은 그 철저성과 집요성 때문에 우리에게 상당한 깊이가 있는 듯한 착각적 인상을 주고 있다. 그러나 실상은 단조로운 편협성 위에 서 있는 것이다. 추태만 연출하는 것이 결코 인간의 진상은 아니다.

현실이나 인간을 언어로 치환하는 소설에 있어서, 현실이나 인간이 어떤 변형déformation을 강요당하는 것은 불가피한 일이다. 거기다가 강력한 추상화를 강요당한다. 이것은 언어의 성격을 이해하면 단번에 알 수 있는 일이다. 전세기의 리얼리스트들은 일초일목(一草一木)에 대해서도 고유어를 발견해서 조직하라고 권고하였지마는 무한히 다양한 현실계에 대응하는 언어 세계의 미분자인 인간의 어휘는 기껏해야 수만을 헤아리는 것이 고작이다. 하니까 만화가들이 불과 몇 개의 선을 구사해서 실제 인물에 방불하는 만화를 작성해 놓듯이 그리고 이러한 만화가 그 실제 인물의 실물대 천연색 사진보다도 더욱 인상적으로 실물에 박진(迫眞)할 수 있는 것과 마찬가지로 작가도 많지 않은 어휘로 인간의 추상화를 그린다. 이때의 추상적인 화상(畵像)은 만화가의 그것처럼 흥미유발적일 수도 있다. 그러나 그것이 인간전모의 균형이 잡힌 비례적인 추상화여야지 어느 일면만 강조된 것이라면 편협하고 비좁은 시각이란 것을 면치 못할 것이다. 그렇다. 바로 이 점이다. 손창섭은 인간의 일면만 보고 그것을 확대하는 데에만 정렬을 기울여 온 것이다. 이것은 인간들의 보편적인 약점이며, 또 사물 관찰의 근본적인 속성이기도 하다. 의미론자들은 사물이 우리에게 지금처럼 보이는 것은 더욱 미세한 상세점(詳細點)을 전부 간과해 버리기 때문이라고 설명한다. 또 케니스 버크Kenneth Burke는 '어느 사물을 보는 방식은 사물을 보지 않는 하나의 방식이기도 하다. 물체 A에게 초점을 향하면 물체 B는 초점에서 빗나가 버린다.'고 말하고 있다. (여기서 초점이란 말을 의미란 말로 바꾸어 놓으면 그대로 사르트르의 이론이 된다. 알베레스의 해설에 의하면 사르트르에게 있어서 지각한다는 것은 다른 모든 현상으로부터 한 대상을 분리시킨다는 뜻이며, 이때 의식은 다른 모든 것을 무화시킨다고 말한다고 한다.)

그러나 손창섭은 너무나 오랫동안 한 군데에만 관찰과 표현의 초점을 집중시켜 놓고 있다. 그 초점에서 빗나간 인간의 진상이 많다는 것을 우리는 알고 있다. 비근한 예를 들어본다 하더라도 전쟁으로 조직적 계획적인 살인 행위를 감행하는 한편, 동시에 적십자의 구조 행위를 갖고 있는 것이 인간의 생태가 아닌가? 천사와 악마를 동시에 갖고 있기 때문에 인간들은 또 고뇌라는 십자가를 저마다 짊어지고 있는 것이 아닌가? '작가의 눈'을 넓힌다고 하는 것은 결코 '작가의 눈'을 분실한다는 뜻이 아니다. 보지 않은 많은 것을 본다는 뜻이다. 『낙서족』이 단편의 연장과 같은 인상을 준 까닭도 그의 지나치게 협소한 심리적 인간상이 단조성(單調性)으로 떨어져 단조로운 반복이 많았기 때문이다. 그리고 그가 심리적 인간상을 사회적 인간상과 합류시키지 않는 한, 그 단조성(單調性)은 외곬으로만 흘러간 위험성이 많다.

그렇다고 나는 여기서 많은 사람들이 그러했던 것처럼 모럴리스트 비평을 가하여 그의 허무적 작품 세계에 대한 수정을 요망하는 것은 아니다. 그의 인간관이 일조일석(一朝一夕)에 이루어진 것이 아닌 다음에야 그것은 무리한 요구다. 자기의 생리를 반역하고 방기하라는 뜻과 마찬가지다. 일조일석(一朝一夕)에 이루어지지 않은 생리를 반역하고, 이러한 요망에 응했을 때 그는 「고독한 영웅」과 같은 범작 밖에 낳지 못하였다. 뿐만 아니라 아무리 인생과 인간에 대하여 부정적이고 야유적인 내용을 가진 문학이라 할지라도 그것이 문학 작품으로서 진지하게 다루어져 있는 이상 그러한 문학은 암암리에 인생에 어떤 의의를 부여하고 있는 것이다. 반드시 심각한 표정과 엄숙한 음성으로 국사를 논하고 민족정기를 설파하는 자만이 애국자인 것은 아니다. 조작된 인자한 표정으로 사랑을 설교하는 목사에게만 신이 보이는 것은 아니다. 인생을 낙서로 보고 인간을 낙서꾼으로 보는 사람이 있다 할지라도 그가 그러한 낙서족을 표현하는데 있어서 낙서로 휘갈기지 않고 고심참담 청서(淸書)하고 있다는 영상은 무엇을 말해주고 있는가. 많은 비관주의 문학이나 절망의 문학이 이러한 역설을 구현하고 있는 것이다. 이런 의미에서 문자 그대로의 절망의 문학, 부정의 문학은 없는 것이다. 어떻게 보면 예술가란 교활한 존재이다. 가령 『젊은 베르테르의 슬픔』은 많은 소박한 청년 독자들을 자살케 하였지만 당사자인 괴테 자신은 염복(艶福)과 관복(官福)을 누리면서 80 평생을 유유자적하지 않았던가. 원통하게 죽은 망령들을 대신해서 쾌씸하기 짝이 없는 일이다. 그건 그렇다 치고, 손창섭 소설의 재미는 냉혹하게 말하면 통속적 시니시즘으로 규정할 수 있는 것이다. 지식층이나 비지식층에게 다같이 재미있게 읽혔던 그 통속적 시니시즘이 심화되지 않은 한 그에게 있어 '위대하다'는 형용사는 영원히 피안의 언어로 남아 있게 될 것이다. 그리고 후일의 독자들에게 그가 '작가의 눈'을 가지고 있었다고 한 것은 그의 지나치게 단조롭고 협소한 작가적 시각에서 온 착각이며, 그러한 단조로운 작가적 시각은 결국 그가 아무 것도 보지 못했다는 것을 의미하는 게 아니냐 하는 기이한 회의를 품게 할 수도 있을 것이다. 그러면 그가 앞으로 어떻게 작품 세계를 꾸려나갈 것인가?

세인들의 도덕주의적인 요망과는 아무 상관없이 그의 작품 세계의 변모는 필연적인 것이라고 나는 생각한다. 내면적인 자발성에서 우러나온-. 벌써부터 「잉여인간」에는 로맹 롤랑이 인용되어 나온다. '사람이란 행복하기 위해서 살고 있는 것은 아니다. 자기의 정해진 길을 가기 위해서 살고 있는 것이다.' 이전에 들어보지 못했던 결의의 표정이요, 위안의 목소리다. 모멸이 섞이지 않은 위안의 미소가 보인다. 뿐만이 아니다. 인간을 냉소함으로써 배설시켰던 원한의 카타르시스는 일정한 기간이 지나면 어지간히 종료될 것이다. 작가는 자기의 의식을 점령하고 있던 인간에 대한 혐오에서 어느 정도 해방될 것이다. 그리고 인간들이 작가로서의 자기에게 쳐 준 박수의 호의에 무감할 수도 없을 것이다. 자기가 그려 논 모멸의 인간상에게서 인간에 대한 연민의 정을 느끼게 될 것이다.(이 연민감은 아직도 작품 속에 막연한 여운으로 표류하고 있다.) 연민은 동정과 애정의 시초다. 그리고 연민의 인간상 속에 바로 자신도 포함되어 있다는 쑥스러운 자의식을 획득할 것이다. 인생을 무의미한 낙서로 보고, 인간을 주책없

는 낙서꾼이라고 보면서도 그것을 표현하는데 고심참담한 청서(淸書)로
했다는 사실을 새삼스레 기억할 것이다. 그리하여 그 어느 화창한 봄날,
그의 얼굴에 회심의 미소가 떠오르면서 이렇게 중얼거리지 않는다고 누가
단언할 수 있으랴.

'인간들도 너무했지만 나도 너무했다. 사실 지나 놓고 보니 조금 과했다
는 생각도 든다. 인간이란 그렇게 못쓰고 무가치한 존재는 아니다. 역시
이 세상은 한 번쯤 살만한 곳이다.'

손창섭 또는 비정(非情)의 신화(神話)

김상일

1. 비인간론(非人間論)의 서문

손창섭은 생각하는 것이다. 인간은 오늘 분명히 한 동물에 불과하지 않았을까. 뭐, 반드시 동물이 아니래도 좋다. 인간 이하의 것—기계이기도 했으니까. 선량한 '휴머니스트'가 있어 이 오류를 지적할는지 모른다. 사실 아무리 비굴한 인간일지라도 도시 동물처럼은 되지 않을 테니까. 더욱이 기계와의 차(差)를 드는 건 용이한 일이다. '휴머니스트'의 그러한 선의를 그가 이해하지 못한 것은 아니다. 허나, 함에도 불구하고, 오늘 사회적 조건은 인간을 더욱 비굴하고 무력한 것으로 만들고 있었다. 빈곤에서 해방되면 사람들은 좀 점잖아질 것이라고 희망할 수도 있다. 허나 빈곤에서 해방될 리도 없을 테지만, 인간은 바로 그들 자신을 먹지 않곤 살 수 없었던 것이다. 아무리 생각해 보아도 인간들은 오늘 인간이 아니었고 누구나 오직 비인간화를 위해서 열심히 작업을 하고 있었으니까. 창섭에 의하면 모든 '시스템'은 지금 기성품처럼 완성되어 있었다. 사회적 조건은 인간의 행동, 더욱이 내면 생활까지를 비인간화하는데 손색이 없었으니까. 개성의 보편성이나 자율성이 어디 있었다는 말인가. 동물처럼 신속하고 기계처럼 정확하게 조건 반사를 하고 있었을 따름이다.

물론 예에 따라서 흥미 있는 시험을 하고 있는 사람이 없는 건 아니었다. 위기의 속에서도 인간으로서의 권위와 품위와 자율성을 확보하고, 그 놈의 인간성을 확인하기 위해서 조사하는 사람이 있었다. 인간은 동물이나 기계와는 이질적인 존재란 것이었다. 허나 창섭은 웃을 것이다. 그 결과가 참으로 초라했기 때문이다. 그것은 인간이 지니고 있는 가지가지의 기능 속에서, 어디까지가 동물이나 기계에 의해서 대행할 수 있는가를 조사한데 불과했었으니까. 말할 것도 없지만, 그러한 결과는 인간이 인간 이하의 것이었다는 가설에 의해서 조사되었던 것이다. 사실 그것들은 생리적으로도 별개의 것이었다. 허나 적어도 인간과 기계와의 관계를 조사하고 있었던 한에 있어, 인간과 그것들과를 동일시하고 있지 않았을까. 사람에게 있어 창섭의 인간론이, 인간의 비인간화에 대한 항의였다고 해명해 줄는지 모른다. 작자의 시대적 배경을 들어서 말이다. 인간성은 어딘가 존재하고 있는 것처럼 보였을 테니까. 허나 창섭은 결코 그것을 반갑게 여기지 않을 것이다. 녀석들은 다만 자기 위로를 하고 있는데 불과했으니까. 현실적 조건은 그들의 존재를 그대로 방치하진 않으리란 것을 그는 알고 있는 것이다. 물론 인간의 비인간화를, 그리고 자기 소외를 비난하고 항변하는 일은 옳다. 허나 사회의 '메카니즘'은, 그러한 비난과 항변과는 관계 없이, 인간을 비인간화하는 데 만전을 기하고 있었던 것이다.

절망이었을까. 이미 인간의 권위와 자율성을 믿을 순 없었기 때문이다. 오늘 인간성을 신용하는 철부지가 있었을까. 정신적 지주가 어디 있었다는 말인가. 다만 창섭은 믿고 있다. 자아는 개인의 내면에서 완성할 수 있다는 의견은 거짓이었다. 같은 말이지만, 개인은 보편적일 수 있고 최고의 가치와 권위를 가지고 있다는 주제 또한 허위였던 것이다. 모든 것은 자아의 소산—허나 이러한 영광을 그는 믿질 않을 것이다. 사회는 자아의 자유를 계몽하고 있었지만, 허나 그 이면에서 인간의 자유를 억제하고 있었으니까. 인간들은 동물 이상으로 그들의 인간성을 박탈하고 있었으니까. 헌데 돌아서선 '휴머니즘'이었다. 도시 시끄럽기만 했을 따름이다. 개인의 '이니시어티브'는 어쩔 수도 없는 '메카니즘'에 의해서 유린당하고 있었고, 인간의 운명은 보이지도 않은 '시스템'이 결정하고 있지 않았는가. 라고 하면 그것과의 마찰은 최소한 피해야 했을 것이다.

> 돌, 나무, 염소, 개, 제비, 두더지, 노루, 것들의 어느 하나로 나는 태어나지 않았는지 모르겠다. 하구 많은 '물체'가운데서 어쩌자고 하필 '인간'으로 생겨났는지 모르겠다. 일찍이 나는 인간행세를 할 수 있다는 것에 조금도 자랑을 느껴본 적은 없었다.
>
> 「당선소감」

현실적 조건과 마찰을 피하기 위해선 창섭 스스로가 비인간이 되는 일이었다. 사회의 '메카니즘'을 한 개인이 어떻게 할 수 있었다는 말인가. 그러한 조건에 대한 반항은 차라리 죽음이 아닐까. 라고 하면 스스로 동물이나 기계가 되어 '메카니즘'을 완성하기 위한 작업에 참가해야 했을 것이다. 창섭 문학의 구조를 조사하면 누구나 알 것이다.

예증은 얼마든지 있다. 가령 「피해자」에선 한 가정을 배경으로 하고 있지만 그건 근대 사회의 '메카니즘'을 추상화한데 불과한 것이며, 주제를 해명하기 위한 실험 장치의 역할을 하고 있을 따름이다. 그 속에서 작자는, 작중인물들이 서로 어떠한 반응을 보이는가를 관찰하고 있다. 주제는 말할 것도 없이, 근대 생활에 있어 물질적 조건을 떠난 정신적 존재는 있을 수 없다는 것이다. 창섭으로선 너무나도 자명한 주제였을 것이다. 주인공이 죽게 되지만 그러한 비정적인 '메카니즘'의 속에선 주체성을 확립할수 없었기 때문이다. 『낙서족』의 시대적 배경이 일본 치하의 그것이었던 것도, 인간은 한 개인으로서 존재할 수 없고, 개인은 언제나 사회의 '시스템'에 의해서 운명이 결정되고 있었기 때문이다. '메카니즘'은 모든 것을 단순화하기 마련이다. 「미해결의 장」에 있어 가족 관계까지 물질적, 필연적인 운동으로 포착되고 있는 것도 좋은 예가 될 것이다. 부자와의 관계도 우연이나 자유가 될 계기는 없었다. 창섭 문학의 모든 주인공들이 자기의지에 의해서 행동하지 않고, 어떤 동물처럼 수동적인 자세를 취하고 있는 것도, 인간은 오늘, 동물 이상의 기능을 가질 순 없었기 때문이다. 차라리인간은 기계 이상의 것일 수 없었기 때문이다.

비극일까. 허나 그건 오해다. 다만 '인간 행세를 할 수 있다는 것에 조금도 자랑을 느껴'선 안된다. 왕년엔 이런 말도 있었다. 개인은 그 내면에서독자적인 나침반을 가지고, 바늘의 방향에 따라 스스로 자아를 완성할수 있었다는 것이 있다. 허나 그것은 거짓이었던 것이다. 시대는 오늘 인간을 번롱(飜弄)하고 있었고, 그들의 가치는 인간시장의 물가지수에 따라오르내리고 있지 않았는가. 허나 자기 소외나 자아의 붕괴를 누구에게호소해야 한다는 말인가. '하구 많은 물체 가운데서 어쩌자고 하필 인간으로 생겨났는지 모르겠다.'—좀 실수를 했을 따름이다. 그렇다고 해서 시대적 조건에서 탈출하려는 것은 물론 아니다. 필요하면 남의 수요에 따라'카멜레온'처럼 현실에 적응할 것이다. 하나도 슬픈 일이라곤 없는 것이다. '시츄에이션'에 따라 의상을 바꾸어 입으면 되지 않겠는가. 이미 오만은미덕이 아니었기 때문이다. 저쪽에서 이쪽을 먹겠다고 할 땐, 재빨리 위장한다. 만일 실수하는 일이 있으면, 그땐 잡아 잡수—처분만을 바라는 것이다. '목석'이면 무슨 상관이 있겠는가. 비록 자아의 자율성을 방기할 수밖에 없었다 할지라도, 허나 살아야 했던 것이다. 현실과의 적응을 해야 했던 것이다. 아시다시피 죽을 순 없었으니까.

2. '카멜레온'적 어법

인간성에 절망하고 아예 동물이기를 바라는 창섭은, 그러면 구체적으로 무엇이고자 했을까. '염소, 개, 제비, 두더지, 노루'—창섭 문학을 읽을 때마다 나의 기억에 떠오르는 한 동물이 있다. '카멜레온'이 그것이다. 어떤 사전에서 그 생태를 발췌하면 이렇다

> 살고 있는 장소의 색에 따라, 녹색, 회색, 갈색, 대홍색(帶紅色), 대황색(帶黃色) 등 재빠르게 몸의 색채를 변화시켜 유명하다. 그럼으로써 '카멜레온'은 자기의 존재를 감추는 것이다. 적으로부터 발견될 염려가 없을 뿐 아니라, 먹이가 될 곤충을 놓칠 기회가 적다. 항상 나무 위에 살고 있지만 운동은 지극히 완만하다. 허나 먹이를 발견했을 땐 혀를 전광석화처럼 놀려 그것을 채는 것이다. 재미있는 일은 좌우의 눈을 각각 다른 방향으로 움직일 수 있다는 사실이다.

이건 창섭의 정신적 생태가 아니고 무엇일까. 색채를 변화시키는 동기에 주의하기 바란다. 타아는 도시 처음부터 적이었고, 비정적인 그 밖의 교섭을 할 수 없는 존재였다. 놈들은 오로지 적대하기 위해서만 이 세상에 탄생되었을까. 남을 중상하고, 기만하고, 배신하고 그리고 질투하기 위해서만 존재하는 동물이었을 따름이다. 허나 자기의 정당성을 주장할 수도 없었다. '테러리즘'이 대기하고 있었으니까. 이쪽도 마찬가지다. 폭력은 폭력으로서 응수할 수밖엔 다른 도리가 없지 않았는가.

그러나 적의(敵意)까지를 말살할 순 없을 것이다. 조건에 따라 어쩔 수 없어 의상을 바꾸어 입긴 했지만, 적의를 표명하고 싶은 충동이 그를 엄습했을 것은 물론이다. 허나 만일 적으로부터 발견되는 날이면 그 결과가 어떻게 되는가, 하는 공포감에 전율했을 것도 자명한 일이다. '카멜레온'이 겪어야 할 위기가 거기 있었다. 두 눈을 각각 다른 방향으로 굴리는 이유는 무엇인가. 조건에 적응하는데 있어 잘 못하면 적의 먹이가 될지도 모르는 위협감. 따라서 자기의 적의를 능히 제어하지 못하지나 않을까 하는 계속적인 위구심(危懼心) 때문인 것이다. 위기의 속에서 양자택일을 해야 했기 때문이다. 허나 '카멜레온'이 그러했을 것처럼, 창섭에 있어 모든 일은 결정적인 것이었다. 운동이 지극히 완만했던 것도 다른데 이유가 있었던 것은 아니다. 이미 자기의 숙명을 알고 있는 이상, 적의 시선에서 도피하면 되었기 때문이다. 그밖에 다른 운동을, 반항을 할 필요가 없었기 때문인 것이다.

사회적 '메카니즘'이나 '시스템'이, 인간을 비인간화하는 일은 참으로 옳은 일이 아닐까. 마땅히 기계나 동물 취급을 해야 하지 않았을까. 결코 비난하거나 그것에 반항해서는 안될 것이다. 역설이 아니다. 왜냐면 실생활상의 균형과 안정을 보지하기 위해선 안전 장치가 있어야 할 것이기 때문이다. 우리들의 실생활은 그러한 조건을 무시하고선 하루도 지속할 수가 없지 않은가. 따라서 실생활상의 질서나 규칙을 무시하고 엉뚱한 행동을 하는 녀석이 있으면 마땅히 제거해야 할 것이다. 말할 것도 없지만 사람들은 생활의 균형을 파괴하고 불안정을 원치는 않을 것이기 때문이다. '메카니즘'은 그러므로 인간의 권위나 품위를 회복하려고 반항하는 자가 없도록 철저히 단속을 해야 할 줄 안다. 허나 창섭은 사회 측의 절차와 제재를 기다리지 않을 것이다. 단속을 바라기 전에 이미 이쪽은 '메카니즘'을 완성하기 위한 부속품이 되어 있으니까. 그 '시스템'에 따라 행동하면

될 테니까. 좋건 싫건 간에, 그렇지 않곤 자기의 존재 이유마저 상실할 것이기 때문이다. 자기의 욕망을 그대로 표명하는 일없이 '시스템'이 기대하고 있는 통로를 통해서 만족하는 것이다. 그에 있어선 이미 밖으로부터의 제재나 단속이 두렵지 않았다. 자기를 스스로 억압하는 일은 너무나도 당연한 일이었던 것이다. '메카니즘'은 결코, 자아를 그대로 확대할 수 있을 만큼 패악진 않았기 때문이다. 스스로 자기를 억압하는, 그러한 태도는 창섭의 문장에도 반영되어 있다.

> 아침이 되어도 동주는 일어날 생각을 하지 않는다. 송장처럼 그는 움직일 줄을 모른다. 그만큼 그의 몸은 지칠 대로 지쳐버린 것이다.
>
> 「생활적」

> 이렇게 비 내리는 날이면 원구의 마음은 감당할 수 없도록 무거워지는 것이었다. (중략) 빗소리를 들을 때마다 원구에게는 의례이 동욱과 그의 여동생 동옥이 생각나는 것이다.
>
> 「비 오는 날」

> 아무리 궁리해 보아도 나는 집을 떠나야만 할까부다.
>
> 「미해결의 장」

> 도대체 자기가 이렇게 까지 오금을 못 펴고 쩔쩔매는 것은 모두가 팔자에 없는 결혼의 소치라고 병준은 생각하는 것이다.
>
> 「피해자」

각각 초두에서 인용한 것이지만 창섭은 '그만큼', '이렇게', '의례이', '아무리' 등등 부사를 애용하고 있다는 것을 알 수 있다. 부사는 동사나

형용사를 수식한다. 사물의 운동이나 성질을 한정하는 것이다. 그 한에
있어 부사는 어떤 권위를 가지고 있다 할 것이다. 무엇인가 제재하고 있는
것처럼 보인다. 허나 사실은 그 반대다. 어쩔 수 없는 숙명적인 기정의
사실을 느끼게 하지 않을까. 라고 하면 부사가 많은 문장은, 그것으로 분석
한 성격이나 심리의 관찰이 미래에의 가능성이 폐쇄되고, 과거의 확실성만
을 보장하는 결과가 될 것이다. '카멜레온'의 숙명—모든 것이 이미 숙명적
이었던 창섭에 있어 자명한 언어 용법이다.

숙명적인 기정(旣定)의 사실이란 무엇인가. 부사를 애용한 이유는 문법의
문제 이상의 이유가 있었다. 사회적 조건에 의해서 번롱(飜弄)을 당하고 있는
인간들이 애용하는 일상 용어를 생각하면 짐작이 갈 것이다. "이렇게 비
내리는 날이면, 의례이 술이나 마시죠."— '이렇게'나 '의례이'는 반드시 서
민들만이 애용하는 용어는 아니었을 것이다. 일등 지성들도 같은 논리를
애용하고 있었으니까. 어쩔 수 없었다는 말을 무수히 반복해오지 않았는가.
징병을 권유한 이유는 일본치하였기 때문이었다. 시민을 버리고 일로 남하했
던 것도 어쩔 수 없는 사정이 있었다. 수회(收賄)한 이유도 물론 있었다. 발포
하기까지의 사정이 있었던 것은 말할 것도 없다. 어쩔 수 없어 매음을 했다
등등, 근대 사회에선 어쩔 수 있는 일이라곤 하나도 없지 않았는가. '아무리
궁리해 보아도', 그렇다. 모든 것은 숙명이었던 것이다.

'메카니즘'의 사회에선 사실 미래의 가능성이 폐쇄되어 있었고, 과거에
있어 확실성 있는 것만을 보장하고 있었다. 의사 표현법까지도 그러한
조건에 의해서 규율되고 있었다. 가령 "당신은 가지 않겠는가"라고 물었을
때도, 결코 "No, I won't"라고 대답할 수 없게 했다. 비록 표명하려는 내용
이 부정적이었다 할지라도, "No,"라고 전제해선 안되었을까. 같은 물음에
대해서도 "예, 가지 않겠습니다."라고 우선 "Yes,"를 전제해야만 하는가.
사람 있어 "예", 표명하려는 객관적 의미나 내용과는 관계가 없다고 말할

는지 모른다. 허나 '메카니즘'의 사회에선 모든 객체의 의향은 일단 존중되지 않으면 안되었던 것이다. 부정해야 할 내용이었다 할지라도, 형식상으로는 일단 긍정사로서 의사를 표명해야 했을까. '시스템'은 처음부터 적의의 표명까지를 억제하고 있었으니까. 어쨌든 창섭이 부사를 애용하는 이유를 알았을 것이다. 더욱이 그의 문장이 내용과 형식이 분리되어 있는 것도, 그러한 시대적 조건의 반영이라 할 수 있을 것이다.

그러나 그건 속단이다. 단순히 시대적 조건의 반영이라고만 할 순 없다. 오히려 창섭은 그러한 조건을 이용하고 있었기 때문이다. 그는 내용과 형식을 의식적으로 분리시키고 있었던 것이다. 무엇 때문일까. 내용은 비록 숙명적인 기정의 사실로써 어쩔 수 없었을는지 모른다. 허나 동물은 인간이었고, 마찬가지로 기계도 아니었던 것이다. 다만 그들의 우행을 참을 수가 없었다. 작자는 그리하여 '바빌로니아'의 '디오게네스'처럼 인간들의 우행을 웃어 주는 것이다. 허나 즐거운 일은 아니었고, 부정해야 할 숙명이었다. '생각하는 것이다.'—창섭의 문장이 어느 때나 현재진행 완료형을 취하는 이유도, '개처럼 생활'하는 인간들의 우행에 적응할 수 없었기 때문이다. 그의 문장이 일종의 '코믹'을 유발하고 있는 것도 그 때문이다. 사실은 가장 중요한 자기 자신의 문제였음에도 불구하고, 작자는 의식적으로, 남의 일처럼 기술하는 것이다. 물론 형식을 분리한 결과는, 자기 자신을 억압하게 했다. 뭐, 당초에 객체에 대한 비난이나 항변을 할 수 없었던 '카멜레온'—창섭에 있어선 자명한 일이었을 것이다.

3. 퍼스널리티

창섭에 의하면 시대적 조건은, 객체와의 교섭을 하지 못하게 억제하고 있었다. 주체는 어쩔 수도 없는 '메카니즘'에 의해서 말살되고 있었고, 보이지도 않은 '시스템'에 의해서 가능성이 금지되고 있었다. 만일 인간이 그러한 조건에 반항하려면 또 하나의 다른 '메카니즘'을 형성하지 않곤 할 수 없는 시대였다. 라고 하면 이쪽은 차라리 객체의 처분에 일임하는 것만 같지 못했을 것이다. 헌데 그러한 '시츄에이션'을 분석해야 하는가. 무엇 때문인가 생각하면 스스로 우스운 일이었다. 창섭 문학이 '씨니컬'한 것도 그 때문이다. 아무런 의미도 없는 '시츄에이션'을 단좌하고 분석해야 했으니까. 허나 인간의 조건은 여전히 개인의 의지로서 어쩔 수도 없었고 엄연히 그것은 존재하고 있었던 것이다. 그때 작자는 '시니시즘' 이외에, 자기의 정신의 소재를 증명할 방법이 없었을 것이다. 더욱이 아무런 효과도 없는 작업이었다. 누구나 알고 있는 기정 사실이 아닌가. 모두가 숙명적이었으니까. 생각하는 그만큼만 손해였으니까. 모든 것은 숙명—허나 여기 어떤 '스테레오 타잎'이 숨어 있지 않았을까. 반드시 시대적 조건에만 책임이 있다고만 할 수 없지 않을까. 차라리 창섭의 '퍼스널리티'가, 그러한 조건에 의지하지 않곤 안정할 수 없었기 때문에 자기를 비인간화하지 않았을까. 그의 성장 과정을 조사하면 판명될는지도 모른다.

신체의 급격한 성장에 조우하고 누구 놀랜 시절이 있었을 줄 안다. 신장이나 체중이 날로 증가하고 있었기 때문이다. 헌데 소년 창섭은, 그때부터 인간에 대한 혐오를 발견하지 않았을까. 물론 자랑스러운 일이 아닐 수 없었을 것이다. 학력만으로는 동료들을 통솔하고, 또는 다른 소년들로부터 존경을 한 몸에 모을 순 없었을 것이니까. 헌데 육체의 운동도 별로 면접하지 못했다. 체중의 증가는 어쩐지 그를 즐겁게 했을는지 모르지만, 이놈의 엉덩이나 하지(下肢)는 왜 이렇게도 큰지 몰랐다. 도무지 균형이 잡히지 않았던 것이다. 여드름은 오히려 그의 용모를 추악하게만 했고, 예의 '호오스' 위에 검실거리는 그것도 언짢았을 따름이다. 더욱이 신체를 남들과 비교해 보았을 땐 별로 크거나 날씬한 것도 아니었다. 그러한 조건들이 소년 창섭으로 하여금 어떤 열등감을 갖게 하지 않았을까. 그때부터 소년은 별로 운동장에 나타나지 않았을 것이다. 다만 '구멍으로 운동장을 들여다 보는 것이다.' 그리고 화단의 모퉁이에 혼자 앉아서, '언제나처럼 어이없는 공상에 취해보는 것이다.'(「미해결의 장」) 고독을 즐기고 있었던 것이다.

'호오스' 위에 그것이 검실거리고 음성이 변해감에 따라, 소년 창섭 또한 이성에 대해서 관심을 갖게 되었다. 여학생들의 주목을 끌려고 몸치장을 했을는지 모른다. 그것도 뭐, 부러 남루한 복장을 걸치고 다니는 것이다. 적잖이 복잡한 절차를 취했지만, 원래가 날씬한 몸이 아니어서 만도 아니다. 무엇인가 정신적인 것을 지니고 있다는 효과를 노리기 위해서다. 허나별로 성과를 거두진 못했을 것이다. 더러는 '마스터베이션'도 해보았다. 차라리 '배설의 쾌감'만은 복잡한 절차와 제재가 없이 느낄 수 있었기 때문이다.

> 그놈을 움켜쥐고 불같이 타오르는 욕정을 참노라면 상희의 맑고
> 아름다운 얼굴이 자꾸만 눈앞에 떠올랐다. 그 때마다 도현은 마치
> 신을 모독한 것처럼 스스로를 참괴하고 증오했다.
>
> 『낙서족』

헌데 이상한 일이다. 한 이성을 대상으로 하여 그것을 했을 땐, '스스로를 참괴하고 증오'하게 되었다는 것이다. 도시 그러한 자기가 불결하기만 했고, 추악하게만 보였을까. 어쩌면 죄악감 같은 것을 느끼고 있었을런지도 모른다. 느꼈을 것이다. '신을 모독한 것처럼' 생각되었으니까. 이성에 대한 감정은 자연스러운 일이다. 헌데 어찌하여 자기를 부당하게 증오한 것일까. 고독을 즐기고 있었던 소년은, 『헤르만과 도로테이아』나 『좁은

문』을 읽고 있었을 것이다. 그 결과 어딘지 모르지만 아름다운 소녀가 존재하고 있을 것만 같았다. 말할 것도 없지만 그러한 소녀가 이 지상에 존재할 턱이 없는 것이다. 함에도 불구하고 소년 창섭은 확신하고 있었다. 그는 그리하여 자기와 별로 다를 것도 없는 한 소녀를 신격화하고 우상화하게 되었다. 이제 벽은 완전히 축조된 셈이다. 헌데 여전히 정욕은 불타오르고 있었던 것이다. 밤을 세워가면서 연서(戀書)를 썼고, 전달할 방법이 없어 몇일씩이나 가지고 다녔을 것이다. 모처럼 등교하는 도중에 수교(手交)하려 했지만, 막상 상봉하고 보면 가슴이 울렁거렸고, 얼굴이 화끈 달아오름을 느꼈을 따름이다. 물론 연서는 전달하지 못했다. 스스로 축조한 소녀상이었고, 스스로가 설정한 벽이었다. '거기에는 범할 수 없는 어떤 엄숙함'이 있었기 때문이다. 객체와의 교섭이 가능할 리가 없는 것이다. 처음부터 자기 자신을 대상으로 하여 씨름을 하고 있었으니까. 그러한 자기를 되돌아보았을 때 징그럽기만 했을 것이다. 자기 자신을 증오하게 되었던 것도 결코 우연이 아니었던 것이다.

육체에 대해서 어떤 열등감을 느끼었고, 소녀와의 '랑데뷰'에 실패한 소년이었다. 성장기에 있어 누구나 있을 수 있는 적은 경험이었는지 모른다. 허나 이 적은 경험은, 창섭의 '퍼스널리티'를 형성하는 데 있어 중요한 소임을 하지 않았을까. 경험을 통해서 얻은 내용이나 결론은, 그의 문학에 그대로 반영되고 있는 것처럼 보인다. 창섭 문학의 발상 태도는 무엇인가. 언제나 인간은, 자기의 의지에 의해서 어쩔 수도 없는 운명에 따라, 기계나 동물처럼 조건에 적응할 수밖에 없다는 '모티브'의 확인에 있지 않았는가. 작자의 '퍼스널리티'의 속성이나 지성과 덕성에 이르기까지 그것은 '스테레오타잎'이 되어 그를 결코 놓아주질 않았던 것이다. 비록 적은 경험이었는지 모른다. 허나 거기서 얻은 결론은, 창섭의 '퍼스널리티'를 형성하는데 있어 결정적인 소임을 했고, 이래 어떤 판단이나 행동을 하는데 있어 그의 뇌리에서 떠나는 법이 없었던 것이다. 비인간론은 그리하여 탄생되었다.

4. 비정(非情)의 신화

창섭의 '스테레오 타잎'은 그의 성장기의 경험을 통해서 조직된 것이지만, 사람에게 있어 그것을 비난할는지 모른다. 사실 그것으로 조명된 인간관계는 개인차를 인정하지 않았기 때문이다. 허나 그것은 어떤 의미에서 편리하기까지 했고, 시간을 절약해 주었던 것이다. 새로운 '시츄에이션' 속에 시간이 놓여 있을 때, 그들이 과거에도 그러한 조건에 조우한 일이 있었던 것처럼 현실을 포착하는 데 있어 유효한 기능이 됐으니까. 창섭 문학이 시종 여일 변모할 줄 모르고 있는 것도 이유가 있었던 모양이다. 더욱이 그의 '스테레오 타잎'은 현대의 독자를 대상으로 하는데 있어선 시의(時宜)를 얻은 것이라 말해도 좋을 것이다. 왜냐하면 그것은 그의 독자에 대해서 최대한의 공감과, 작자와 독자와의 사의의 거사나 마찰을 최소한으로 저지할 수 있는 기능을 하고 있었기 때문이다.

> 대장이 그렇게 소중히 여기는 근엄성이나 위엄은 찾아볼 수가 없다. 그래도 그런 것이 조금이라도 남아 있다면, 저 자개수염 끝에서나 엿볼 수 있을까? 넝마를 뒤적거리고 있는 대장은 굶지 않으려고 버둥대는 제품 직공에 불과한 것이다. 그 이외의 아무 것도 아닌 것이다.

> 「미해결의 장」

창섭에 있어 부친은, '대장'이었고 '제품 직공에 불과'했다는 것이다. 주석 할 것도 없지만 '대장'은 비유다. 허나 조금도 오독할 여지가 없는 것이다. 독자에겐 이미 공감할 수 있는 정신적 준비가 되어 있었기 때문이다. 군사 훈련을 받으면서 성장한 세대, 상업 '메카니즘'의 사회에서 '굶지 않으려고 버둥대'며 살고 있는 서민들이다. 그들은 자기의 부친까지도 '대장'이나 '직공'으로 밖엔 보이지 않았을 것이다. 오늘 그러한 비유는 결코 난해할 수가 없었다. 어쩌면 부친이 단순히 부친으로밖엔 보이지 않은 위인이 있을는지도 모른다. 허나 녀석은 좀 모자라지나 않았을까. 마치 휘파람을 불면 꼬리를 치는 사랑스러운 개 이상의 감수성을 갖지 못했을 것이기 때문이다. 어쨌든 창섭의 독자들은, '대장'이란 언어가 반드시 그 말이 지시하고 있는 액면 그대로, 어떤 특정의 육군 대장을 연상하진 않을 것이다. '대장'이 의미하고 있는 '스테레오 타잎'을 제각기 가지고 있을 테니까. 작자는 그러므로 독자들의 그것을 이용하면 되었다. '대장'의 앞에선 누구나 의견을 진술할 수 없었고, 만일 그의 희망이라면 폭행까지도 감수해야 했으니까. 기정 사실이었다. 「미해결의 장」의 주인공이 '대장의 손이 내 따귀를 갈기기에 편리한 자세를 취해 주'었던 것은 무엇인가. 이 작품만이 아니다. 창섭 문학은 누구나가 지니고 있을 '스트레오타잎'에 의해서 작중 인물의 행동이나 배경을 조정했고 조직하고 있었다. 시대적 조건과의 마찰을 최소한 피하기 위해선 적절한 방법이 아닐 수 없다.

창섭 문학에 있어 대인 관계의 처리는, 작중 인물들의 내면 생활에 이르기까지도 인간적 도덕적 관계를 의식적으로 배척하는 것이다. 어쩌면 '메카니즘'의 사회에 있어 필지(必至)의 방법인 것처럼 보인다. 타아(他我)는 도시 처음부터 적이었고 비정적인 그 밖의 교섭을 할 수 없었으니까. 가령 『낙서족』에 있어 '아버지에 관해서는 통 모릅니다.'—라고 경찰의 심문에 답변하고 있지만, 이건 일본 경찰에 항거하기 위해서 허위 진술을 하고 있는 것이 아니다. 마찬가지로 「광야」의 소년이, 꿈을 통해서만 부친과 관계하고 있는 것도 가장 친근한 대인 관계까지도 작자는 무의미했기 때문에 부친과의 인륜 관계를 설정하지 않았던 것이다. 일종의 자기 방어 법이다. 스스로 기계나 동물이 되어 '메카니즘'을 완성하기 위한 작업에 참가한 창섭이다. 뭐, 인간들도 너무 했지만 나도 너무 했다는 것을 몰라서가 아니다. 모든 것은 그에 있어 필연적이었던 것이다. 시대적 조건은 아무도 비인간화를 막을 순 없었으니까. 어린애들도, 그리하여 '지구의 피부에 악착같이 달라붙어 야금야금'하는 병균 이상의 것이 아니었던 것이다. 이른바 인간적인 것에 대해서 거의 무의식적으로 공포감을 지니고 있는 작자로선 당연한 일이다.

> 그처럼 부부생활을 싫어하면서 왜 세 번씩이나 결혼을 하였느냐고 따지듯 물어본 것이다. 순실의 대답은 간단한 것이었다. 첫째는 과부라는 소리가 듣기 싫어서고, 둘째는 용돈을 좀 마음놓고 풍청풍청 써보고 싶어서란 것이다.
>
> 「피해자」

「피해자」의 주제는 앞에서 말한 바와 같다. 물질적 조건을 떠난 정신적 존재는 있을 수 없다는 것이었다. 라고 하면, 「피해자」의 구조는 작자의 '스테레오 타잎'의 타당성을 증명하기 위한 실험 장치가 되고 있다는 것을 알 것이다. '뮈토스'적 방법이다. 예의 비유의 사용이 같은 발상 태도에서 비롯되었던 것은 물론이다. 「미해결의 장」의 경우에도 그러했듯이, 「피해자」 또한 배경의 설정이나 작중 인물들의 반응의 분석은, 작자의 '테에마'를 말하기 위한 의도에서 결코 이탈하는 법이 없었다. 고대의 신화가 그러했다. 다만 창섭의 경우엔, 그것과는 반대로 인간을 기계나 동물처럼 처리하고 있었다. 희한한 '뮈토스'—허나 그건 분명히 현대의 신화가 아니었을까.

우선 「피해자」엔 인간이 등장하지 않았다. '병준', 그의 아내 '순실', 그리고 장인과 순실이 데려온 애들이 인간인 것처럼 보인다. 허나 그들은 결코 인간적인 반응을 하지 않았다. 그들의 성격은 무엇인가. 그렇다. 초자연적인 상업 '시스템'에 의해서 번롱(飜弄)된 그것이었다. '병준'은 사위도, 누구의 남편도 아니다. 어떤 상사(商社)의 지점장쯤으로 해석하면 어떨까. '순실'이도 뭐, 결혼을 한 것은 아니다. '용돈을 좀 마음놓고 풍청풍청 써보고 싶어' 취직을 했을 따름이다. 장인은 말할 것도 없이 본사의 사장이다. 그가 당초에 '형제는 몇이나 되느냐, 술은 좋아하느냐' 등, '수첩을 꺼내 하나 하나 적어가며 연달아' 조사한 이유도 사위감을 고르기 위해서가 아니다. 무엇보다도 우선 지점장의 신용 정도를 파악해야 했기 때문인 것이다. 잘못하면 속을 테니까. 결혼 후에도 예의 '수첩과 연필을 꺼내 하나 하나 기장'하면서 병준 가(家)의 수지 상황을 계산하고 있었던 것이다. 그러므로 사장으로선 당연한 영업 감사였던 것이다.

근대의 상업 '시스템'은, 고대의 신화에 있어 신(神) 이상의 능력을 가지고 있지 않았을까. 그것은 근대의 실생활을 기율하고 있었고 지배하고 있는 위대한 존재였던 것이다. 육친, 근린(近隣), 붕우(朋友)와의 인간 관계도 물질적 이해에 의해서만 결합시켰고, 사람들을 이미 완성된 '코오스'에 따라서 운동하는 기계를 만들어 놓았으니까. '근엄성이나 존엄'이 어디 있었다는 말인가. 사자(死者)에 대한 의식까지도 예외일 순 없었다. '병준'의 마지막 '원을 들어 주려 하지 않'았으니까. 인간의 죽음까지를 지배한 상업 '시스템'의 위대한 공덕이여. ──허나 이건 방담(放談)이 아니다. 애정 문제도 증거 없인 확인할 수 없지 않았는가. 육체=현실 조건=화폐의 지배를 받지 않은 친구가 어디 있었다는 말인가. 만일 지배를 받지 않으려면 이승을 하직해야 했을 것이다. 허나 주의하기 바란다. 창섭은 결코 그러한 '시츄에이션'을 저주하거나 비난하지 않았다. 작자 스스로가 그러한 비정의 '시스템'에 의존하지 않곤 하루도 살 수 없어서 만도 아니다. 그것을 저주하는 일은, 마치 승마를 하다 떨어진 신사가 말을 되려 차는 우행에 불과했기 때문이다. 어쩌면 작자는 고대의 신화의 기술 태도에 따르고 있었는지 모른다. 고대의 신화는 어떤 신화나, 신의 무소 부재하고 위대한 능력을 과시하고 있었으니까.

5. 심리(心理)의 '메카니즘'

F. 모오리악은 이렇게 말하고 있다. '작품이 병인의 손에서 생기게 되면, 작품은 병과 뗄 수 없는 것이 되어, 병을 작품 자체의 목적에 돌려버린다' 는 것이다. 사실 창섭 문학이 또한 병인의 손에 의해서 제작되었던 것은 다 아는 일이다. 병은 앞에서도 시사했지만, 그의 성장기를 통해서 육체적 또는 정신적—결정적으론 애정에 대한 욕망이 저지된 때부터 비롯되지 않았을까. 창섭은 너무나도 애정에 굶주린 채 성장했다 생각된다. '랑데부' 에 실패했고, 동료들이나 교사, 어쩌면 양친과의 애정 관계에 있어서까지, 하나도 만족스러운 그것을 얻지 못했을 것이다. 그들은 소년을 너무나도 냉대했고 방치하고 있었던 것이다. 그러한 욕망의 저지가 작자로 하여금 병들게 하지 않았을까. 헌데 중요한 일은, 소년에게 어떤 열등감을 갖게 했다는데 있다. 냉대를 받고 있었던 놈이 어찌 우월감을 가질 수 있었겠는 가. 남들과 비교해서 자기는 어딘가 좀 모자랐기 때문에 냉대를 받는다 생각하게 되었던 것이다. 그러한 병이나 열등감이 창섭 문학에 반영되지 않을 리가 없다.

창섭 문학의 거의 모든 작중 인물의 어떤 인물을 들어도, 자기는 어딘가 좀 모자란다는 감정에 사로잡힌 인물이 등장하고 있었다. 일일이 열거하기 엔 번거로운 일이다. 어떤 주인공이나 불안감, 실패감, 무력감, 자신의 상 실, 그리고 절망감에 사로잡혀 있었다. 그들의 태도나 행동은 언제나 회피적이었고, 따라서 결단하지도 못하고, 자기 자신의 속에 칩거하여 현실 생활과는 배면하고 있었다. 바야흐로 작중 인물들은 작자의 병과 뗄 수 없었던 것처럼 보인다. 그들은 한시도 안정되는 법이 없었고, 독립하는 일도 없었다. 어딘가 의존되고 종속된 주인공들이었다. 열등감에 사로잡혀 있었기 때문이다. 허나 인간은 그가 육체적으로나 정신적으로 어딘가 모자란다고 의식하게 되면, 누구나 그것을 보상하려 하는 법이다. 열등감이 강하면 강할수록, 자기의 약점을 보상하기 위해서 분수에 넘치는 권력과 지배를 구하기 마련인 것이다.

자기 존대, 억측, 반항, 작당—창섭 문학의 주인공들이 그러한 허세를 부리고 있는 것은, 열등감을 극복하기 위한 자기 방어였던 것이다.『낙서족』이 그것이다. 작자는 여기서 불행했던 사회적 조건 속에서, 미워하고 사랑하고 괴로워했던 모든 것을 그의 육체에서 벗기어 보고 있는 것이다.

유명한 이야기지만, '데모스테네스'는 그가 말더듬이였기 때문에 시대의 웅변이 되었고, '슈우만'은 귀가 나빴기 때문에 오히려 대성할 수 있었다 한다.『낙서족』의 주인공, 박도현도 마찬가지다. '그 지른 딱으로 일본의 경찰 권력과 정면으로 맞서' 보지 못했기 때문에, '천황을 죽이자'고 음모를 하게 되었던 것이다. 허나 열등감은 반드시 일본 경찰에 대해서만 느끼고 있었던 것은 아니다. 그의 부친에 대해서도 예외일 순 없었다. '조국 광복에 헌신하고 있는 독립투사'에 대한 열등감을 언제나 버릴 수 없었다는 것이다. '도현은 너무나 초라해 보였'던 것이다. 상희에 대해서도 마찬가지였다. '상희의 냉철하고 침착한 태도, 그리고 조리 있는 활술(活術), 그것이 도현은 부러웠'던 것이다. 헌데 주인공은 그러한 열등감을 어떻게 보상했을까. 박도현의 자아를 형성하는 데 있어 결정적인 역할을 한 사람은 '독립투사'인 그의 부친상(父親像)이었다. 인간은 그가 불행하다는 것을 의식하게 되면, 그것을 극복하기 위해서 종종 자기를 타아와 동일시하려는 경향이 있다. 자기가 존경하는 인물과 자기를 동일시함으로써 인간은 자기 자신의 '초라함'을 해소하고, 자기의 결함을 충족하는 법이다. 박도현이 그의 부친에 좇아 '대 사회적인 행동, 대 국가적인 행동'을 모방하고, 상희처럼 '다시없이 고상하고 진실한' 사람이 되려고 한 것도 그 때문이다. '스스로 감탄할 만큼 유창한 웅변'을 시험하고, 그럴 때마다 '한편 자기 자신이 어떤 비장한 사건의 주인공이 된 듯한 낭만적인 흥분과 긴장을 맛보는 것'도, 자기의 무력감을 해소하기 위해서였던 것이다. 말할 것도 없지만, 박도현은 그의 유년 시절의 즐거운 공상 속에 자리잡고 있었던 눈부신 '독립투사'—영웅들이나 또는 극의 주인공과 자기를 동일시하고 있었다. 주인공이 경찰을 피해서 여러 번 이사하는 것이나, 또는 분수에 넘치는 음모를 하게 된 일도, 다만 영웅들의 행동을 모방하고 현실화해 보았을 따름이다.

허나 『낙서족』의 청춘엔 조금도 슬픈 일이라곤 없지 않았을까. 일본 경찰 '시스템'이 '무서운 조직력을 갖추고' 있으면 있을수록 박도현에겐 산 보람을 느끼게 했을 것이기 때문이다. 작자는 그 '시스템' 때문에 주인공이 '청춘의 귀중한 한 시기'를 바치게 됐다고 말하고 있다. 사실 사회의 '메카니즘'이나 '시스템'은 인간적 적응이나 정감적 반응을 할 수 없게 했을 것이다. 허나 인간은 허락된 조건 속에서 살기 마련인 것이다. 자기를 정당화할 수도 있었다. 박도현이 일본 경찰에 반항하고 있는 것은 무엇인가. 동료를 규합할 수도 있었다. 조금도 슬픈 일이라곤 없는 것이다. 오히려 누군가와 대립 관계를 설정함으로써 긴장감까지를 맛볼 수 있었으니까. 반항은 자기를 정당화하는 안전판이었을까. 어쨌든 자기를 속박하는 것의 대상의 어떤 것이라 할지라도 그 이유를 묻지 않고 반항하는 것이다. 신념이 있어서가 아니다. 어떤 권위에 대해서건, 적어도 반항할 수 있었다는 즐거움만이라도 느낄 수 있었으면 그만인 것이다. 따라서 '대 사회적 행동'

에 성공할 필요는 없었을 것이다. 어쩌면 주인공은 은근히 실패하기를 바라고 있었을는지도 모른다. 그것이 열등감을 보상하기 위한 행동에 불과했을 테니까. 다른 놈들이 "형을 아주 거물로 보는 모양이야!"—라고 찬사를 보내고 있지 않았는가. 더욱이 자기의 행동이 불만의 해소에 있었다면, 실패의 책임을 일본 경찰에 돌릴 수도 있었으니까. 신념을 가지고 한 행동이 아닌 이상, 얼마든지 자기를 합리화할 수 있었던 것이다. 가령 주인공이 '이미 의사도 변호사도 될 수 없'던 자기를 슬퍼하지 않고 있는 것도 그 예가 될 것이다.

인간은 종종 자기의 행동을 합리화하기 위해서 가지가지의 도금을 한다. 행동의 동기를 의장하는 것이다. 그들은 그리하여 자기 자신을 기만하고 남을 속이는 것이다. 창섭이 보고 있었던 일은 정확하다. 무의식중에 범하는 자기 합리화를 철저히 분석하고 있다. 자기 자신이 자기를 어떻게 합리화하려 하는가를 어떻게 기만하고 있는가를 분석하고 있는 것이다. 그땐 이미 '나르시즘'에 의해서 속는 일이 없을 것이다. 독자들이 창섭의 작품을 읽는 것도, 적어도 작자가 무의식중에 범하고 있을 인간들의 자기 합리화하는 경향을 대담하게 분석했기 때문이다. 억압된 원망, 저지된 욕망, 근린(近隣) 호상간에 일어나는 갈등, 강박 관념, 그리고 그로 인한 상처, 그것을 극복하기 위한 보상 행위 등등—근대 사회에 있어 피할 수 없는, 누구나 가지고 있을 질병을 관찰하고 벗기어 보고 있었기 때문이다

6. 구제는 어디 있는가

그러나 독자들은 이미 간과했을 것이다. 창섭 문학의 방법은 너무나도 자명하지 않았을까. 예의 비인간론(非人間論)으로 돌아갈 필요도 없다. 창

섭 문학의 가설은 심리의 '메카니즘'에 의해서 재단되고 있었던 것이다. '메카니즘'의 사회에선 그 속에 살고 있는 인간까지를 '메카니즘'화하지 않을 수 없다는 명제는 하나의 가설이다. 창섭 문학이 그 가설 위에 성립하고 있었다는 것은 앞에서 거듭 해설한 바와 같다. 『낙서족』에서 보아온 바와 같이, 작자는 사회의 '메카니즘'의 속에서 작중인물이 심리적으로 어떻게 반응하고 있는가를 관찰하고 있었을 따름이다. 심리의 '메카니즘'에 의해서 모든 소재는 해석되었고 조직되고 있었던 것이다. 뭐, 당초에 모든 소재는 심리의 '메카니즘'을 정당화하기 위해서만 취재되었다고 말해야 옳을 것이다. 이미 근대 사회의 구조가 자아의 완성과 그 통일을 이룩할 수 없게 했었으니까. 따라서 작자는 인간과 현실 조건과의 관계에 있어 우연성을 인정할 수도 없었고, 오직 물리적인 심리 단위의 교섭이나 반응을 분석할 수밖엔 없었을 것이다. 인간의 심리라 할지라도 물리적인 법 측에 따라 해명할 수밖에 없었고, 만일 거기서 일탈하는 음영이 발견된 경우에도, 심리의 '메카니즘'에 좇아 현실을 구성하고 어휘를 조정해야 했을 것이다. '하구 많은 물건가운데서 어쩌자고 하필 인간으로 생겨났는지 모르겠다.'—인간이 기계나 동물 이상의, 또는 그 이하의 존재일 수밖에 없었던 창섭에 있어선 당연한 귀결이었다. 허나 이 비인간론은 어떠한 결과를 초래했을까.

> 그 날 밤 동식은 꿈을 꾸었다. 정숙을 위해서라도 성규를 죽여 버려
> 야 한다고 정숙이가 말리는 것도 듣지 않고 그는 칼을 들고 성규에게
> 로 달려들었다. 서로 붙잡고 얼마동안을 엎치락뒤치락 하던 끝에, 그
> 만 자기편에서 성규에게 깔리고 말았다.
>
> 「사연기(死緣記)」

꿈이다. 창섭은 종종 꿈을 취재했다. 주석 할 것도 없이 그것이 무의식의

의식화된 것이란 것을 누구나 알 것이다. 의식 생활에 있어 모든 놈은 이미 숙명적으로 적이었다. '성규'만이 아니다. 타아는 처음부터 나를 못살게 하기 위해서만 이 세상에 탄생되고 있었다. 놈들은 남을 중상하고 기만하고 배신하고 그리고 질투하기 위해서만 존재하는 것일까. '성규'는 폐병으로 누워 있으면서 질투만을 하고 있었다. 그의 처를 또한 못살게 굴고 있었다. 비참한 결혼 생활이었다. 허나 모든 불행의 근원은 성규 때문이었던 것이다. 주인공이 때때로 그러한 성규의 제거를 공상했을 것은 짐작할 수 있을 것이다. 더욱이 '정숙'은 그의 소년 시절의 애인이기도 했으니까. 허나 이 원망이 의식화할 순 없는 것이다. 프로이트가 지적한 바와 같이, '검열관'이 있어 그것을 억압하고 있었기 때문이다. 현실 생활이 그것을 허락할 리가 없었으니까. 그 한에 있어 창섭의 '메카니즘'을 비난할 것까지는 없을 것이다. 현대의 거의 모든 작가가 프로이트의 영향을 받고 있었으니까. 그러나 '그만 자기편에서 성규에게 깔리고 말았다.' 는 것은 무엇인가.

모든 타아는 이미 숙명적으로 적이었다. 함에도 불구하고 현실 생활은, 이 적의까지도 표명할 수 없게 했다. 적은 그것을 제거해야 했을 것이지만 검열관이 허락하지 않았고, 그리하여 그것이 무의식의 속에 억압되었다는 것은 알 수 있다. '허나 꿈인 것이다. 억압된 원망이나 욕망이 검열의 힘이 이완된 수면 시에 변장하고 나타나는 꿈속인 것이다.' 라고 하면 얼마든지 적의를 표명하고 욕망 충족을 할 수 있었을 것이 아닌가. 적을 설정한 이상, 꿈 속에서까지 '카멜레온'일 필요는 없지 않을까. 만일 타아의 어떤 놈이고 그것이 자기의 욕망을 저지시키고 있었다면, 이 지상에서 그것은 말살해야 했을 것이 아닌가. '대장'의 권위쯤은 아예 파괴해도 좋았을 것이다. 순실이나 장인도 이 사회에서 거세해버렸어야 했을 것이다. 대상이 일본 경찰의 경우에 있어서도 마찬가지다. 허나 작자에 있어 모든 것은 필지의 것이었다. 문체나 인물의 설정, 그리고 작품의 구조에 이르기까지

예의 '스테레오 타잎'을 증명하기 위한 장치로서 면밀히 계산되고 있었다. 문체사상(文體史上) 보기 드문 '알티상'이었다. 더욱이 근대 특유의 질병의 정체의 어떤 것인가를 분석하고 있었으니까. 허나 꿈속에서까지 원망이나 욕망을 억압하는 일까지를 간과할 순 없다. 그 결과 창섭의 자아는, 그 정감은 오히려 희생되고 있었을 것이기 때문이다.

　현실적 조건에 적응하는 데 있어 먹이가 될지도 모르는 위협감. 따라서 적의를 제어하지 못하지나 않을까 하는 계속적인 위구심―허나 그러한 위기의 속에서도 반항을 할 수 없었던 창섭은, 그 때 그의 원망을 스스로 억압하고 있지 않았을까. 그 자신 그것을 의식하지 못했을는지 모른다. 허나 자기 스스로를 억압한다는 말은 자기를 학대하는 일이다. 타아는 실생활을 하는데 있어 없어선 안 될 존재였는지 모른다. 허나 놈은 처치하고 싶었을 것이다. 헌데 그것은 자기의 능력으로는 어쩔 수도 없었다. 이때 인간은 그 자신을 학대하게 되지 않을까. 어떻게 하든 적의만은 처리되지 않으면 안 되었을 테니까. 애착과 증오, 의존과 대립, 이러한 갈등이 내면 적으로 더욱 격화하면 할수록, 그 원망은 자기 자신을 파괴하고 피살(被殺)하지 않곤 견딜 수 없는 법이다. 사실 창섭 문학이 자기 비하와 자학에 일관하고 있었던 것도 다른데 이유가 있는 건 아니다. 작가 스스로가 자기를 대상으로 하여 분격하고 저주한 결과다. 어쩌면 그는 언제나 죽고 싶은 원망에 사로잡혀 있었는지 모른다. 「피해자」의 주인공인 병준이 죽게 된 것도 이유가 없지 않다. 「미해결의 장」에서의 피로감, 「잉여인간」에서의 낙망감, 『낙서족』에 있어 시대적 조건에 대한 전율적인 공포감 등등, 그러한 정감을 작자의 죽고 싶은 원망의 반영이었던 것이다.

　창섭의 원망은 허나, 그냥 죽고 싶은 것도 아니었다. 피살되고 싶지는 않았을까. 누구에겐가 맞아 죽고 싶지 않았을까. 『낙서족』은 그 예가 될 것이다. 앞에서 지적하진 않았지만, 열등감의 보상은 필요 이상의 그것이었다. 아무래도 수상하다. 뭐, 작자는 죽음을 독촉하고 있었던 것이다.

> 도현은 가책을 느끼었었다. 상희의 싸늘한 모습이 눈앞에 다가왔
> 다. 마음의 혼란을 의식했다. 그것은 적지 않은 충격이었다. 그러나
> 도현은 필사적으로 이렇게 항변해 보았다.
> "난 복수를 한 거다. 난 일본 년 놈을 모조리 짓밟아 주고 싶었던
> 것이다. 뒈져서 잘했다. 속이 시원하다."
> 억지였다. 속이 시원하지 않았다. 도리어 그 반대였다.
> 도현은 자신을 저주했다.
>
> 『낙서족』

비인간론의 결론이라 할 수 있을 것이다. '뒈져서 잘했다'는 건 반드시
노리꼬만을 대상으로 한 찬사가 아닌 것이다. 모든 인간은 죽어서 마땅했
을 것이다. 물론 작자 자신까지도 이 세상에서 없어져야 했을 것이다. 불행
히도 살아 있었다면 우세한 적을 만들고, 그들로 하여금 맞아 죽게 할
필요가 있다. 도현이 한 소녀를 유린한 것은 결코 복수하기 위해서가 아니
었다. 왜 그건 '억지였'는가. 복수는 표면상의 이유에 불과했고, 사실은
자기 스스로를 학대하고 저주하기 위한 계기를 만들고 싶었기 때문이다.
시대적 조건은 누구에게나 죽고 싶어하는 원망을 갖게 하는 것일까. 현실
에 있어 욕망은 성취할 수도 없었고, 따라서 엉뚱한 장래에 그것을 실현하
려 하는 것일까. 사실 현실과 이상과의 거리는 너무나도 엄청난 것이었다.
따라서 누구나 죽음에 의해서 자기의 원망이나 욕망을 완전히 이룩하려
할 것이다. 현실적 조건의 압박이 심한 상태에선, 누구나 완전한 만족을
얻으려고 죽음을 생각할 것이니까. 허나 죽음을 생각하는 것만으로는 충분
치 않다. 작중 인물들로 하여금 폭탄을 제조케 한 것은 무엇 때문인가.
필요 이상의 적을 가설하기 위해서였던 것이다. 적은 강하면 강할수록

편리할 것이다. 왜냐면 강적일수록 맞아 죽는 덴 결코 실수하는 법이 없을 테니까. 작자는 무의식중에 자폭을 원하고 있었을까. 그렇다. 이미 그의 가설을 세웠을 때, 그것으로 인하여 자폭하고 싶었던 것이다. 라고 하면 창섭의 구제는 어디 있는가.

창작 과정을 통해 본 손창섭

송기숙

　손창섭은 특이한 인간관을 지니고 있는 작가다. 그의 소설이 독자들의 많은 관심과 흥미를 모으고 있는 까닭은 이 특이한 인간관이, 그의 스토리 텔러로서의 탁월한 솜씨를 통하여 강한 로마네스크를 획득하고 있기 때문이다. 인간을 보는 그의 눈은 인간의 어느 한 구석에만 편집(偏執)해 있지만, 그런 대로 인간통찰의 깊이를 보이고 있으며, 그러한 통찰이 그의 작가적인 기질에 힘입어 자기 나름의 독특한 환상을 전개하고 있는 것이다.

　대부분의 현대소설이 인간의 핵심적인 난점을 풀어주고, 구원해 주겠다고 노력한 결과, 인간의 선험적인 정신 내용을 분석하기에만 정력을 기울이고 있기 때문에 대부분 로마네스크를 상실하고 있으며, 여기에서 많은 독자를 잃게 되었다. 잃어버린 이 많은 독자 가운데는 띠보데가 분류한 보통 독자 뿐만 아니라 일부의 정독자까지가 포함된다.

　소설에서 사이다 한 병을 마시는, 청량제 이상의 다른 무엇을 기대하지 않는 보통 독자는 말할 것도 없겠지만, 인간의 구원한 인생 목표가 제시되고, 전 인간을 사로잡을 수 있는 소설을 요구하는 정독자라 할지라도, 그들이 소설에 대하여 지니고 있는 감응력은 로마네스크를 추구하는 소박한 심리적인 기조 위에 놓여있는 것이다. 문학을, 그 기능적인 면에서 효용성을 따지자면 이것은 한마디로 처리하기 어려운 문제이기는 하지만, 독자들이 어떤 인간적인 난제를 해결하기 위해서라면 구태여 소설을 택할 까닭이 없을 것이다. 사실, 이것은 현대소설을 본래적인 의미에서 검토하고 반성해보아야 할 현실적인 관심사가 아닐 수 없다. '이야기'에서 연원한 소설은, 그 체질 안에 이야기다운 맛을 지니고 있어야 한다는 것은 두말할 필요도 없는 일이다. 이러한 관점에서 손창섭의 소설은 현대소설을 반성해 볼, 하나의 긍정적인 계기가 될 법하다.

1. 한 편의 자서전

손창섭의 소설은, 자서전적인 소설이다. 소재나 작중 인물의 성격뿐만 아니라, 소설을 전개하는 수법이 모두가 자서전적인 요소로 가득 차 있다. 나르시소스의 자세로 자기의 내부를 응시하여 자기 자신의 극히 개인적인 의식 내용을 소설적으로 의장하고 있기 때문이다.

> 시시한 소설가로 통하는 S— 좀 더 정확히 말해서 삼류작가 손창섭씨는, 자기 자신에게 숙명적인 유우머를 발견하고 있는 것이다. …(略)…. 아무렇게나 생겨먹은 그의 외모부터가 도무지 탐탁한 구석이라곤 없는 것이다. …(略)…. S의 외형이 이런 꼬락서닐제야 그 내부세계 또한 규격 미달의 불구상태일 것은 거의 뻔한 노릇이다. 그것은 의식 세계의 단적 표현인 그의 소설이라는 것을 읽어보면 족히 짐작할 수 있는 일이다.
>
> 「신의 희작」 창두, (「略」은 필자)

작가의 이런 내성이나, 객관적인 관찰이 반드시 정확한 것인가는 일단

의심해도 좋다. 그러나 손창섭의 경우, 그의 모든 작품에는 그 자신의 특이한 의식 세계가 그대로 노출되어 있을 뿐만 아니라, 실생활의 단면들이 그대로 나타나있는 경우가 허다하다. 그리고 상당히 많은 작품의 소재가 바로 자신의 실생활에서 취해온 것이며, 주제가 또한 「신의 희작」에서 토로한, 소위 '인간의 비극적인 유우머의 정체'에 대한 추구로 일관해 있다. 그리고 작중 인물들도 모두 자기 응시에서 우러난 자신의 인간적인 다른 일면들에 지나지 않는다. 이것은 작중 인물의 정신 구조를 분석해보면 명백하게 알 수 있는 사실이다. 따라서 삼십 편에 가까운 그의 모든 단편을 작품 개개의 소재에 상응한, 씨(氏)의 성장 과정의 순서대로 연결시켜 놓으면 그것으로 하나의 통일된 작품이 될 것이다.

띠보데는 진정한 소설은 가능한대로의 자서전이어야 한다고 했다. 라오넬 트릴링도 헨리·제임스의 「캐시마시마 공작부인」을 논하면서 띠보데와 같은 말을 하고 있다. '작가가 자기 자신의 개인적인 환상을 이야기의 한 구석에 쓴다는 것은 현대소설의 한 요소인데, 개인적인 환상을 의장(擬裝)하면 할수록 그 힘은 위대해진다. 이때 자기 자신에 대해서 쓰고 있다는 것을 조금도 의식하지 못한다면 그는 아마도 가장 훌륭한 작가일 것이다.'

여기에서 트릴링이 훌륭한 작가라는 결론 앞에 붙이고 있는 단서는, '작가가 자기의 본질로 인물을 창조하면서 그 인물에 몰두하기 시작하면 자기는 벌써 흥미의 대상에서 벗어난다.'고 한 띠보데의 말과 같다. 띠보데가 말한 본질이란 발자크가 쇼펜하워처럼 의지라고 말한 것으로 인물 창조에 합리적인 자기 결정력을 가진 주체로서의 작가 자신을 지적한 것이다. 그런데 트릴링은 주로 사건 전개에 관점을 두었고, 띠보데는 인물 창조에 관점을 두고 있지만 그들이 도달한 결론은 동일한 것이었다. 여기에서 작가의 일반적인 경험으로서의 자서전적인 요소와 작중 인물의 창조에 작용하는 작가의 분신적인 요소와를 구별하여 생각할 수 있는 단서를 얻는다.

손창섭의 소설에는 자서전적 요소가 양면으로 나타나 있는데, 여기에서 손창섭은 진정한 작가라는 성급한 결론은 잠깐 보류한다 하더라도, 그의 창작 과정을 더듬어보면 그가 소설을 쓰는 궁극적인 동기가 문학의 근원적인 기능에 깊이 뿌리박고 있음을 알 수 있다.

그런데 작가가 자기의 경험을 소설로 쓴다 하더라도 그것이 자서전이 아니고 소설이라면, 그 경험은 소설의 예술적인 목적에 맞도록 변형되어야 한다. 여기에서 경험과 소설이라는 형식 사이에는 필연적으로 갈등이 생긴다. 이것은 특히 일기나 참회록 류의 소위, 자아문학(Ego Literature)의 핵심적인 문제, 즉 성실성과 진실성의 문제인데, 여기에서 인간의 내적 생활은 사실을 통하여 설명되어야 옳을 것이냐, 소설적인 방법을 통하여야 할 것이냐는 문제에 부딪치게 된다.

손창섭이 그 수많은 자서전적인 소설을 쓰고도 그 자신의 이름을 내세운 「신의 희작」에서 자기의 추잡한 반생을 털어놓은 것은 경험 자체에서 육박해오는 벅찬 긴장과 문학적인 의장(意匠) 사이에 이러한 구거(溝渠)를 느꼈기 때문이다.

「신의 희작」에 나타난 그의 성격 형성 과정을 더듬어보면 그의 모든 소설에 투사된 경험적 요소와 문학적 의장 사이에 놓인 필연성과 함께 갈등을 발견하게 된다.

2. 파괴된 퍼스널리티

① 섹스 · 콤플렉스

S가 철들기 시작하면서 처음으로 커다란 충격을 경험하게 된 것은 어머

니가 모르는 남자와 동침한 현장을 발견했을 때였다. (「신의 희작」)

　　그의 어머니는 발각당한 분풀이로 늘 죽으라고 심하게 구박했으며, 그러다가 종내는 '멧돼지같이 생긴' 간부(姦夫)와 함께 만주로 도망치고 말았다. 이 일련의 사건은 그의 퍼스널리티 형성에 결정적인 영향을 주었다. 특히 간음현장을 목격한 것이 그에게 얼마나 큰 충격을 주었는가는, 그가 다른 작품에서 그런 장면을 여러 번 그리고 있다는 사실로도 짐작할 수 있다.「저녁놀」의 인갑이가 작부와 아버지의 동침 현장을 창구멍으로 들여다본 것과, 『낙서족』의 도현이가 부모의 동침 현장을 본 것이 가장 두드러진 예다.

　　전 그때 아저씨(아버지…筆者)하고 어머니가 싸우는 줄 알았어요. 아저씨가 어머니 위에 올라타고 막 때린다고 생각했거든요. (『낙서족』)

　도현은, 상희에게 오·륙 세 때의 기억을 더듬어 이렇게 말하고 있는데, 여기에서 때린다고 생각한 것에 문제점이 있다. 아이들은 부모의 성관계를 새디스틱한 것으로 해석하는 경우가 많다고, 정신분석의 K·멘닝거는 오랜 임상경험을 통해서 말하고 있다. 이런 해석은 가축 따위의 행위를 그릇 관찰한 데서 온 것으로 여자가 학대받는 것으로 생각하여 결국, 고통과 성적 쾌락을 관련시키게 된다는 것이다. 그런데, 성에 대한 이런 오류를 다른 면에서 더욱 부채질한 것은 어머니의 구추(驅追)(잔혹행위)이었다. 부모들의 잔혹한 행위는 아이의 성 행위나 성적 감정에 밀접한 관련이 있어, 콤플렉스를 유발하는 것이 십상이라고 멘닝거는 말한다.「신의 희작」이나 기타의 작품에서 시츄에이션에 대한 공격이 곧잘 성 행위(강간)로 나타나고 있는데, 이것은 성 행위를 새디스틱한 것으로 오인하여 형성된 무의식적 심리기제에서 나온 행동이다.

그런데, 그는 이런 무의식의 형성과정에 깊은 통찰을 보이고 있다. '그의 경우 터무니없는 정체불명의 복수심은 대개 성욕을 자극하는 심리적인 현상으로 나타났다.'(「신의 희작」) 『낙서족』의 도현이도, 노리꼬를 강간한 것은 성욕을 만족시키기 위해서가 아니라, 일본인에 대한 복수라고 수차 주장하고 있는데, 얼핏 변명같기도 하지만 이런 점에서 볼 때 거짓이 아니다. 그리고 도현의 이런 주장의 이면에 부모의 동침현장을 목격한 에피소드를 삽입하여, 이런 콤플렉스의 형성과정을 암시하고 있는데, 이것은 도현을 후안무치한 무뢰한으로 타락시키지 않는 관건이며, 동시에 작중 인물이 구성에 희생되지 않는 중요한 요소다. 그리고 그의 여러 작품 가운데서 한쪽 다리가 없는 다리 병신이 둘이 나오는데 (「혈서」의 준석과 「육체추」의 쌍지팡이) 이들 둘이 다 강간을 한다. 정신분석학자(특히 아그리몬트)들은 발과 성적인 관념 사이에 밀접한 관련성이 있음을 증언하고 있는데, 신화나 전설에서도 생산을 맡아보는 신이나 육욕에 빠지는 신은 짐승의 발을 가졌으며, 바이런이 육욕적이었던 것은 절름발이였기 때문이라는 사람도 있다.

이러한 깊은 통찰은 그의 탁월한 작가적인 기량으로 치부되어야 할 것이다.

② 열등감 콤플렉스

그가 숙명적인 유우머라고 토로한 터무니없는 복수심과 그에 따르는 공격적인 행동, 그의 표현으로는 넌센스의 중요한 행동 요인은 야뇨증에 의해서 형성된 열등감 콤플렉스다.

…이 야뇨증에서 오는 수치심과 공포심은 드디어 그에게 열등감을 깊이

뿌리박게 했다.(「신의 희작」)는 말이 아니더라도, 이러한 생리적인 결함은 절름발이와 마찬가지로 어린이의 열등감 형성에 결정적인 요인이 된다. 더구나 어머니나 할머니는 치료해 줄 생각은커녕, 사람 구실을 할 수 없는 '망종'이라고 탄식만 했다. 이 야뇨증 때문에 자살을 기도하는 등, 노심초사, 도무지 정신을 갈망하지 못하는 그에게 어머니의 이런 탄식(망종이라는)은 그의 정신적 바탕에 치명상을 입히고 말았다. 아이들은 어른들의 비판에 대항할 능력이 없기 때문에 어른들의 이런 비판은 아이들의 희망, 노력, 자존심 따위를 여지없이 짓밟는 결과를 가져온다고 한다.

이렇게 형성된 열등감이 최초로 반응을 보인 것이, '오줌싸개, 똥싸개'라고 놀리는 아이들에 대한 공격이다. '눈에 살기를 띠고 죽어도 좋다.'는 자폭적인 자세로 덤비는 것이다.

여기서부터, 중학교에서 네 차례나 퇴학을 당하는 등, '갱까도리'로 통하리만큼 무수한 싸움의 행각 (시츄에이션에 대한 공격)이 시작된 것이다.

그런데, 이렇게 시츄에이션에 적극적인 공격을 가하여 보상의 길을 찾는 한편, 소극적으로 항거하거나 열등감 자체를 무의식적으로 부정하는 경우가 있다. 「신의 희작」에서 관혼상제 따위의 의식을 매도한 것이나, 저어(齟齬)」의 광호가 단순히 결혼식의 절차 때문에 정이와의 결혼을 거부한 것은 열등감에 의한 공격의 수단이 고집으로 변장한 것이다. 여기서는 공격의 수단이 단순하게 변장했을 뿐이지만, 「사제한」의 진수나, 「포말의 의지」의 종배가 창녀에게 무한한 동정을 보내는 것은 열등감이 반동형성(Reaction Formation)되어 열등감 자체를 무의식적으로 부정해버린 것이다. 이것은 물론 작자의 심리가 투영되었다는 가정 밑에서 본 것인데 여기서도 역시 섹스·콤플렉스와 경합하여 나타나고 있다. 여자에 대한 공격이 항상 강간인 것과는 정반대 현상이다.

③ 오이디푸스 콤플렉스

그의 어머니가 간부(姦夫)와의 동침 현장을 두 차례나 발각당하고 그를 구박하다가 만주로 도망친 사건은 앞에 설명한 섹스·콤플렉스와 함께, 또 하나의 무의식적 행동요인 즉, 오이디푸스·콤플렉스를 형성시켜 놓았다.

이 콤플렉스는, 「신의 희작」 전반부의 연장으로 보이는 「광야」에서 뚜렷하게 취급되고 있다. 계부(繼父)에 대한 승두의 콤플렉스 관념은, 계부의 예사로운 행동을 모두 살의가 있는 것으로 착각하는 따위의 투영 작용과 꿈 따위의 상징 작용으로 변장하여 나타나는데, 실부(實父)의 죽음에 대한 회의나 꿈에 나타난 실부가 원수를 갚아달라고 하는 장면에서는 「햄릿」을 연상케 한다.

「신의 희작」에서 영어선생 딸을 강간한 것도 이 오이디푸스 콤플렉스에서 나온 행동인데, 이 사건은 그의 전 생애에 대한 퍽 상징적인 에피소드이다.

영어 단어에 터무니없는 트집을 잡아 영어선생 비위를 건드려놓고, 아무 잘못이 없는 그에 대한 복수로 그의 딸을 강간한 것을, 그는 자신의 인간 인간 구조에 머리가 돈 것 같은 비정상적인 요소가 있기 때문이라고 말하는데, 이것은 오이디푸스 콤플렉스의 대상이 계부에게서 영어선생으로 이동 형성된 것이다. 어떤 소원이나 증오의 대상이 다른 사람이나 물건으로 바뀌어, 처음의 대상에 느꼈던 것과 똑같은 정서를 느끼게 되는 이동 형성 작용은, 비유법의 생성 과정과 비슷한 심리적인 현저한 예가 아버지에게서 아들로, 부모에게서 선생으로 바뀌는 것이다. 이와 같이 공격대상이 영어선생에게로 바뀌어 공격의 기회를 노리고 있을 때, 갑자기 그의 딸이 나타나자, 섹스·콤플렉스와 경합하여 공격목표가 순간적으로 이동해버린 것이다.

3. 대용적 욕망충족

프로이트는 작가라고 하는 것은 자기의 창작 활동으로 파멸을 방지하고 있는 완고한 신경증 환자라고 생각했다. 예술을 통하여 현실에 대조적인 착각을 함으로써 대용적으로 욕망을 충족한다는 것이다. '예술가란 본능의 만족을 포기하라고 요구될 때 그 요구에 응할 수가 없기 때문에 현실에서 이탈하는 사람, 또는 환상 생활 속에서 그의 호색이고 야심적인 희망을 충족시키려고 하는 사람이다. 외계에 실제의 변경을 빚어내는 우원한 방법을 택하지 않고 직접 자기가 되고 싶다고 원하는 영웅, 제왕, 창조자, 인기자가 된다'는 것이다. 물론, 작품의 의미는 작가의 이런 지향에 있는 것이 아니고, 보다 그 효과에 있는 것이지만, 이것은 가치의 문제로서가 아니고 사실의 문제로서 진실이 아닐 수 없다. 의미론자들이 언어의 기능의 하나로 '긴장의 완화'를 내세우고 있는 것도 이와 동일한 심리적인 사정에서이다. 사물과 그 사물을 상징하고 있는 기호(언어) 사이에 어떤 필연적인 관련이 있는 것으로 착각하여, 한낱 기호에 불과한 언어만을 내뱉어 놓고도 실제의 사물이나 상황에 어떤 변화를 가한 것 같은 정서가 발언자에게 일어난다. 욕설의 경우를 생각하면 곧 알 수 있는 일이다. 「도둑일기」를 쓴 불란서 작가 장 주네가 '나의 승리는 언어에 의한 것'이라고 단언하고 있는데, 그 과정은 다소 다르지만 근본적으로는 손창섭도 마찬가지다.

「신의 희작」에서 실제로 행동한 손창섭이라는 인물은, 어떤 시츄에이션에 부딪혀 정서의 균형을 잃게 되면, 시츄에이션에 직접적인 공격을 가하여 정서의 균형을 회복했지만, 작가로서의 손창섭은 소설이라는 환상 속에서 인간에게 상상적인 공격을 가하여, 현실에 대조적인 착각을 함으로써 실제로 공격을 한 것과 같은 정서의 변화를 가져온 것이다. 따라서 어떤 불행에 몰린 작가가 창작에 몰두하여 그 작품의 성공이 가져오는 사회적인 결과로서 시츄에이션에 제이차적인 순응을 하는 경우와는 근본적으로 다르다. 그가 「신의 희작」 말미에서 소설에 서명 않는 제도가 있었으면 좋겠다고 말한 것은 이러한 심리적인 사정을 말해주는 것이다. 그리고 이것은 또한 인간의 정신과 의지에 의해서 사고되고 유지되는 사회 생활과 가치의 현실을 부정하는 소이이기도 하다. 도덕, 명예, 존경 따위의 창조된 현실의 구성요소는 그에게 아무런 값어치도 없는 것이다. 따라서 문학 작품의 예술로서 성공여부나 그것이 가져오는 사회적인 명예 따위보다는 창작 과정의 비극적 체험에서 오는 효과로서 카타르시스만이, 손창섭이라는 인간과 문학 사이를 연결시켜 주는 궁극적이 요소이다.

그는 소설에서 인간을 오예(汚穢)화하고 희화화함으로써 인간에게 공격을 가하고 있는데, 거기에는 인간모독에 가까운 잔인한 데가 있지만, 이런 카타르시스의 면에서 볼 때 미학적인 승인을 받게 된다.

4. 오예(汚穢)의 의장(意匠)

> 두 다리가 오그라들어 말라붙은 사람, 양팔이나 양다리나 혹은 한
> 쪽 팔다리가 무우토막처럼 동강이 난 사람, 눈이 먼 사람, 팔이나 다리
> 가 비꼬인 채 힘없이 축 늘어져 건들거리는 사람, 머리와 수족이 이십
> 사시간, 와들와들 떨리기만 하는 사람, 네발로 기는 사람……
>
> 「육체추」

이것은 부정적이라기보다는 인간에 대한 파괴적인 감정이다. 판단의지의 카테고리에 속하는 긍정 이전에, 체질화한 파괴적인 감정이 그대로 표출된 것이다. 그의 작품에는 거의 빠짐없이 이런 폐물화한 인물이 하나

씩은 나온다. 간질병환자 창애, 벙어리 춘화, 사타구니에 구데기가 득실거리는 순이, 머리가 유별나게 큰 '대갈장군' 등 얼마든지 열거할 수 있다. 그런데, 이렇게 심한 육체적인 불구자는 대개 여성이다. 육체적인 아름다움이 여성에게 강조되는 인간의 속성이고 보면, 이십 전후의 여성들의 외모를 이와 같이 부정적으로 묘사, 등장시키는 데서 작자의 인간관의 일면을 엿볼 수 있다. 그런데, 그의 작중 인물들은 이와 같이 육체적으로 폐물화한 인간군과 함께 거의 모두가 정신적으로 인간의 정상적인 요소가 탈락된 정신모약자(精神耗弱者)들이다. '대장'(부친―「미해결의 장」)과 준석으로 대표되는 과대망상의 인간군이, 나(지상, 달수, 동주 같이 무기력하고 자의식에만 빠져있는 인간군과 대조적으로 과장되어 있으며, 갑주, 병준 같이 병적으로 선량하여 피해만 입는 인물과, 현옥모, 장인(피해자)같이 몰염치한 인물들이, 먹고 마시는 동물적인 이해관계를 두고 극단적으로 대립을 보이고 있다. 한말로 말해서 모자란 사람들이다.

그런데 그는 이런 인간들을 거의 추한 동물이나 유령 따위에 비유한다. 괴물, 귀신, 유령, 해골, 도깨비, 송충이, 송장, 뱀, 지렁이, 개구리, 두꺼비, 거미, 자라 등의 동물에 비유할 뿐만 아니라, 신체의 각 부분을 거의 비속어로 호칭한다. 대갈통, 머리통, 대가리, 이마빼기, 눈깔, 콧구멍, 모가지, 아가리, 허리통, 엉덩짝, 밑구멍 등, 이런 비속어로 부르는 경우가 평상명칭으로 부르는 것보다 더 많을 때가 있다.

그리고 이들이 살고 있는 거처도 동물이 살고 있는 우리간과 마찬가지다.

> 먼지와 끄림과 파리똥으로 까맣게 절은, 창 하나 없는 벽과 천장 구석구석에는 거미줄이 얽히어 있고, 때고 또 때고 한 장판바닥에서는 먼지가 풀썩풀썩 이는 단칸방이었다.
>
> 「사연기」

대문짝은 물론, 안방 건넌방의 문짝이며 마룻장까지도 죄다 없어진
채 있었다.

「혈서」

그리고, '몸을 움직이면 흔들리는 것 같은 판자집'(「생활적」), '퇴락한
토막집'(「광야」), '먼지가 안개처럼 뿌연 단칸방'(「미해결의 장」), 지붕 위
에 풀이 돋고 가마니때기로 창문을 가린 '찌그러져가는 양옥집'(「비오는
날」) 등, 모두 '무슨 짐승이나 삶직한' 집들이다. 인간을 추한 동물에 비유
하듯이 그는 이런 집을 자주 동굴에 비유하고 있는데, 이것은 그가 인간을
그대로 동물적 차원에서 보고 있기 때문이다.

이와 같이 추한 동물적 인간들은 항상 비가 오는 따위의 어두운 조명
아래서 인수극(人獸劇)을 연출한다. 단편집 『비오는 날』에 실린 열 편의
작품 가운데서 여섯 편은 서두가 이 어두운 분위기의 묘사로 시작된다.
작가들이 이 서두에 특별히 심혈을 기울인다는 사실을 염두에 두고, 그가
이 서두를 대개 어두운 분위기의 묘사로 시작한다는 것을 생각하면, 그가
작품의 전체적인 분위기에 채색하고 있는 색조를 짐작할 수 있다. 톨스토
이는 『전쟁과 평화』의 서두를 찾는데 그 전체 구상에 못지않는 노고를
기울였다고 하며, 포우는 서두의 실패는 실패의 제일보라고 서두의 중요성
을 강조했고, 플로베르도 『마담 · 보봐리』의 서두를 찾는 데 상당한 노고를
기울였음을 회상한 바 있다.

어슴프레한 등잔불 밑에서…… (「사연기」)
날이 어두워서야 달수는…… (「혈서」)
이렇게 비 내리는 날이면…… (「비오는 날」)
눈 덮인 망막한 벌판 위에는 또 하루의 해가 저물기 시작했다.'
(「광야」)

동굴 속 같이만 느껴지는 방이다. (「인간동물원초」)
　　　장례식 다음날은 아침부터 구질구질 비가 내리었다.' (「치몽」)

　이런 암울한 분위기는 '꿀쩍꿀쩍', '는적는적' 따위의 반복성을 지닌 의성어나 의태어의 음운적 효과에서도 노리고 있는데, 그가 사용하는 의성어나 의태어는 십중팔구 음성모음이다.

　그리고 어떤 독특한 이미지를 지니고 있는 언어를 여러 번 반복하여, 그 언어가 환기시키는 분위기를 전 작품에 일관하게 함으로써 작품 전체에 대한 통일적인 이미지를 지속시키는데, 그것도 대부분 '신음소리' 따위의 암울한 것이다. 「생활적」에서는 신음소리라는 어휘가 십여 회 되풀이되고 있으며, '똥'과 '구데기'도 십여 회 나온다. 「광야」에서는 살기를 띤 눈초리가 십삼 회나 반복되어 계부에 대한 승두의 강박관념을 환기시키고 있으며, 「육체추」에서는 만실의 기이한 울음소리를 도깨비 울음소리로 착각하도록 복선을 넣어 역시 반복한다.

5. 인간 희화

　그의 인간에 대한 태도는 특히 인물 묘사에서 두드러지게 나타난다. 그는 작중 인물의 신체적인 약점을 들춰서 그걸 희화적으로 과장하는데, 여기에서 신체적인 불구자를 수다하게 작중 인물로 등장시킨 구체적인 내막을 알 수 있다.

　그 가장 두드러진 예가 작중 인물의 별명이다. 이름이란 일반 언어의 발생과 마찬가지로 어느 인간을 상징하는 한낱 단순한 기호에 지나지 않는 것이기 때문에, 피상징적인 구체적인 인간과 그 이름 사이에는 아무런 필연적인 관련이 없는 것이다. 이름을 듣고 어느 구체적인 인간의 용모나 성격이 떠오르는 것은 이름이 지어진 이후의 경험에 의한 것이라, 어느 未知의 인간에 대하여 이름만 듣고는 전혀 아무것도 알 수가 없다. 손창섭은, 이름의 이러한 무의미한 상징성을 배제하고 작중 인물의 어느 특징과 관련이 있는 별명을 사용하여 이름 자체에서 인물 묘사의 표현적인 효과를 거두고 있다.

「미해결의 장」의 대장을 비롯하여 무턱, 대갈장군, 십년수절, 맨대가리, 억울씨, 들창코, 자개수염, 역전깜둥이, 백곰, 쌍지팡이 등이 가장 두드러진 것이다. 「인간동물원초」에는 본명은 처음부터 비치지도 않고 모두 별명(소매치기, 임질병, 양담배, 핑핑이, 통역관, 옴쟁이)과, 치욕적인 직명(감방장, 좌장, 주사장)만이 이름 대신 쓰여지고 있으며, 「유실몽」의 남북석탄주식회사라는 유령회사의 사원(?)들은 그럴듯한 직명과 별명이 한꺼번에 사용되어 한층 아이러니컬하다. (부사장＝고불통대, 전무취체역＝구제품양복, 문감사＝캪.)

그런데, 이 별명은 이름 대신 쓰이기 때문에 자주 나타나는 반복성을 지니고 있어 그 표현적인 효과는 한층 크다. 「미해결의 장」에서 '대장'은 육십 회나 반복되고 있다.

「생활적」에서 똥사건에 앞장선 노인을 작자가 장면 속에 내세울 때마다, '자개수염'이라는 별명으로 불러내는데, 그 때마다 독자는, 벌써 전시대의 유물인 자개수염을 지금도 위세의 악세사리로 고이 가꾸고 다니며, 제법 위엄을 과시하려는 한 서민의 희화적인 마스크를 상기하게 된다. 특히 '자개수염'과 '똥사건'과의 대조에서 아이러니는 한층 강해지며, 이 노인에 대한 희화적인 이미지는 독자의 머릿속에 뚜렷한 인상으로 부각된다. 「치몽」에서 복희 부친은 '십년 수절'이란 별명이 붙어 '십년 수절'이 강조되면서부터 그에 대한 인상은 뚜렷해진다.

이러한 과장은 작자가 인물 묘사에 리얼리티를 얻고 있는 핵심적인 요소인데, 이런 점은 과장을 생명으로 하고 있는 만화에서도 따르기 어려운 점이다. 만화에서도 어느 일면만을 과장하지만 전체의 윤곽은 무시할 수가 없다. 그러나 '자개수염'이나 '십년 수절'이란 인물에 대하여 작자가 독자 앞에 제시하고 되풀이하여 강조한 것은 그 별명으로 채택한 일면뿐이기 때문에, 그 일면이 그 인물의 전체적인 인상으로 부각된다. 그런데, 이런 인물들은 어느 일면만 강조된 폭이 좁은 인물이기 때문에, 구성과의 관계에서는 신축성이 없어 작자는 사건 전개에 그만큼 자유를 잃게 되지만 뚜렷한 인상을 주는 장점이 있다.

그런데, 이런 별명은 어떤 에피소드에서 취해온 것도 있지만 대부분 신체적인 약점을 들춰낸 것이다. 작중 인물의 이름이나 이런 별명은 작자가 지어낸 것이라는 상식적인 사실을 염두에 두고, 신체적인 결함을 들춰서 별명을 지은 손창섭의 경우를 생각해보면, 여기서도 인간에 대한 사디즘의 일면을 엿볼 수 있다. 욕설 가운데서 상대방의 가장 격렬한 분노를 일으키는 욕설은 신체적인 약점을 들춰낸 것이다. 따라서 이런 욕설은 가장 잔인스러운 것이기도 하다. 언청이나 절름발이 따위의 신체적인 결함이 열등감 형성에 결정적인 요인이 된다는 사실로도 미루어볼 수 있는 것이다.

그리고, 인물의 동작도 희화적으로 과장한다. 거동의 경중을 인격평가의 단적인 기준으로 삼고있는 이 나라에서는 '초란이', '팔랑개비' 따위가 '점잖다'는 평가에 대한 모멸적인 비유로 쓰여지고 있는데, 손창섭의 문장에서는 인물의 경박한 동작 앞에 '제법' 따위의 화식부사(話式副詞)까지 넣어 작자의 감정을 직접 표출하고 있다.

    제깐에는 두팔을 번쩍 휘둘러! (「사연기」)

그는 제법 벌떡 일어났다. (「생활적」)

…주인 사나이는 대뜸 입이 헤 벌어졌다. (「비오는 날」)

염소 수염 같은 노랑수염을 싹 배틀어 훑고 나서… (「혈서」)

그리고 인물의 행동이나 표정도 세밀하게 묘사하지 않고 한두 마디의 풍유로 간명하게 처리해버리는데 그것도 역시 희화적이다.

똥을 퍼다 부은 사람이 누군가에 대하여 진지하게 토의를 했다는 것이다. (「생활적」)

그것은 위신과 체면을 손상하는 일이라 해석하기 때문이다. (「미해 결의 장」)

동욱의 거처를 왕방하기 전에… (「비오는 날」)

병준은 장인과 아내에게 인솔되어… (「피해자」)

그리고 어떤 습벽이나 몸짓 혹은 말투 따위의 무언극의 의장(意匠)으로 도 같은 효과를 내는데, 인물이 등장할 때마다 반복되며, 그 인물에 대한 상징적인 수반물로서의 역할을 한다.

이런 것은 문장에서 오는 소설의 맛 즉, 문장의 로마네스크로 희화적인 작중 인물과 함께 그의 소설을 재미있게 하는 핵심적인 요소이다.

그런데 이와 같이 희화화된 작중 인물들은 모두가 어떤 단일한 관념이나 성격을 중심삼아 형성된 평면적인 인물(Flat-character)들이다. 인물이 어떤 고정관념에 집착해 있는 것이 아니라 인물 자체가 그대로 하나의 관념이 다. 따라서 이들은 사고하지 않는다. '찬성이 아니면 반대'고, '먹고 자는 재미가 아니면 무슨 재미로 사느냐'는 이치(二値)적 사고(two valued orientation)로, 어떠한 환경에 부딪치든지 조건 반사를 할 뿐이다. 논리적으 로 사고하여 환경과 대결하는 것이 아니고 그저 환경을 통과만 한다.

그런데, 이런 인물들은 언제든지 등장하기만 하면 쉽게 알아볼 수 있는 장점을 지니고 있지만, 어떤 시대나 사회의 전형적인 인간형을 대표할 수 있는 인물은 되지 못한다. 이것은 물론 장편소설의 기준이지만 손창섭은 인간을 현상적으로만 보았을 뿐, 사회와의 관계에서 보지 않았다. 그가 사회적인 관습이나 의식 따위에 적의를 느끼고 있었지만 그것은 자신의 열등감 때문이었으며, 그것이 작품에 나타날 때도 사회제도와 인간과의 보편적인 갈등으로 승화시키지 못하고, 하나의 콤플렉스 관념으로 노출시키고 있을 뿐이다. 그리고, 『낙서족』의 도현은 당시의 시대적인 고민을 구현한 한국 청년의 전형적인 인물로 그릴 수 있는 좋은 조건을 갖추고 있는 인물이었지만, 그저 뚝심으로 '지끈딱'하고 마는 희화적인 성격 유형으로만 나타나고 있을 뿐이다.

6. 하늘 옷을 잃은 천사

그런데, 인간에 대한 짓궂은 오예(汚穢)의 의장(意匠)과, 희화화의 배면(背面)에는 사디즘과 함께 항상 애절한 서민적 페이소스가 후광처럼 투사되고 있다. 「혈서」의 박노인이 규홍에게 보낸 편지에서, 간질병자인 자기의 딸을 배필로 맞아달라는 간절한 부탁은 그대로는 한낱 희화에 지나지 않지만, 박노인의 편에서 보면 어머니도 없이 병신으로 자라 혼기를 맞은 딸에 대한 절절한 애정이 흘러 넘치고 있다. 그 희화적인 편지에 대한 독자의 미소는, 이러한 불우한 서민의 애상에 대한 공감에서 깊이를 얻게 된다. 그리고 끼니를 굶으면서도 미국 유학에만 들떠있는 아들들은 무조건 두둔하는 반면, 고등고시를 포기한 큰아들은 죽으라고 때리는 「미해결의 장」의 '대장'의 행동 밑에는 고등고시에 다섯 차례나 떨어진, 자기의 깨어진 꿈을 아들에게서 보상받으려는 낙척한 서민의 애절한 소망이 깃들어 있다. 그리고 진성회라는 유명무실한 회를 조직하여 세 사람의 회원 중에서 자기가 회장 자리를 차지하고 아들에게는 준회원의 자격을 주어 비서로 임명하며, 자식들의 이름을 지상, 지철, 지웅, 지숙 따위로 짓는 것도 같은 심리에서 연유한 행동이며, 「피해자」의 장인이 병준을 처음 만났을 때 나이, 성명, 학력, 직장, 가족 상황 등을 취조하듯 물어 일일이 수첩에다 적는 것이나, 병준을 자기의 손아귀에 꼼짝 못하게 집어넣고 일상 생활을 엄격히 규제하는 것도 백성에게 권세를 부리는 관리의 행동을 본뜬 것이다. 그리고 「유실몽」의 남북석탄주식회사라는 유령회사 사원(?)들이 부사장, 전무 취체역 따위의 감투를 하나씩 나누어 쓰고, 명함까지 만들어 쓱쓱 내미는 것 등, 모두가 깨어진 꿈에 대한 환몽 속에서 허둑이고 있는데, 그 밑바닥에는 언제나 절절한 서민적 애수가 흘러넘치고 있다.

그리고 작중 인물들은 한결같이 선량하기만 하다. 「유실몽」의 유령회사 사원(?)들이 부사장이니 감사니 자칭하며 명함까지 찍어가지고 나타날 때, 독자들은 이들이 무슨 음모를 꾸밀 것 같아 긴장하지만, 다만 자본주가 나타나주기를 바라는 막연한 기대 속에서 소일(消日)하는, 그저 무능하고 선량하기만 한 인간들로 끝난다.

그의 작중인물은 이와 같이 모두가 선량하기만 하여 '법 없이도 살아갈' 사람들이다. 이렇게 선량하고 무능한 사람들이 이 사회에서 패자일 것은 너무나 뻔한 일이다. 그들은 단지 환몽 속에서만 반추동물처럼 자기의 깨어진 꿈을 되새길 뿐이다. 아무리 기다려도 「유실몽」에서 자본주는 나타나지 않을 것이며, 아무리 구제품을 주어다 아동복을 재생해보아도 미국 유학은 피안의 불빛일 것이다.

따라서 이 세상은 '나와 도무지 어떤 필연성 밑에 연결시킬 수 없는'(「미해결의 장」) 곳이고, '산다는 것의 무의미와 우울이 꽝꽝 소리를 내어 다지는 것처럼 정신을 내려 누를'(「생활적」) 뿐이다. 여기에서 인생에 대한 최후적인 회답은 '죽음'이며, 정신적인 도피처는 환몽의 천상 세계이다.

> 퇴색한 옷과 뚫어진 구두바닥을 통해서 싸늘하게 스며드는 칠궂은
> 가을비를 맞으며 가로수의 낙엽이 흩어져 딩구는 포도나 논두렁 혹은
> 산비탈의 시들어가는 풀포기를 밟으며 나는 걸어온 것입니다. 비속에
> 바라보는 거리나 전원 풍경은 견딜 수 없이 무거운 회색 바탕이었습니
> 다. 무한히 전개된 회색 배경으로 냉랭한 가을비 뿌리는 속에 조그맣
> 게, 그림자처럼 움직이고 있는 것이 나 자신입니다. 이것이 내 인생의
> 내부에 한없이 전개되는 운명적인 색조인 것입니다.

「미소」

무거운 회색 풍경 속에 조그만 그림자와 같이 미미한 것이 객관화된
자아의 모습이다. 회색의 자연 풍경인지 한낱 그림자인지 분간할 수 없을
만큼, 희미한 자아의 내부는 필연적으로 암울한 자연의 색조가 전개될
뿐이다. 말로가 지적한 동양적 니힐리즘의 기조를 이루고 있는, 자연 속에
몰입된 몰아의 경지다. 자연을 소여(所與)의 대상으로 자아의 주체 속에
끌어넣는 것이 아니라, 오히려 그 속에 망연자실 함몰되어 자연과 자아는
피아일체를 이루고 있다. 이러한 정신적 기조 위에 놓인 니힐리즘은 페시
미즘으로 구체화되어 전 작품의 밑바닥을 도도히 관류한다.

작중 인물의 행동을 '운명적'이라거나 '숙명적'이라고 간단히 처리해버
리는 데 단편집 『비오는 날』에는 '운명'이나 '숙명'이란 어휘가 삼사 회나
반복되며, '할 수 없이', '어쩌는 수없이' 등, 행동의 좌절이나 체념을 운명
적인 필연성으로 처리한 것도 수없이 많다. 이런 것은 모두가 운명론적
허무감으로 짙게 착색된 작자의 정신적 내막을 말해주는 것이다.

여기에다 '한탄', '비탄', '한숨' 등, 역시 운명론에 기저한 페시미즘의
색조를 풍기는 어휘까지를 합치면 이런 언어는 한 페이지에 평균 일·이회

의 심한 빈도를 나타낸다.

모두에서 장황하게 설명한 바와 같이, 그는 어떤 시츄에이션에 부딪칠 때마다 공격 이외에는 이에 순응할 정신적 탄력성을 상실하고 있기 때문에, 공격의 한계는 곧 인간의 한계로서 '할 수 없고', '별 수 없는' 운명이란 거벽인 것이다. '한탄', '비탄' 따위는 이 거벽에 부딪쳐 터져나오는 원색의 비오(悲鳴)이다.

따라서 이 현실은 별 수 없는 곳이고, 도무지 자기와 어떤 필연성 밑에 연결시킬 수 없는 곳이기만 하다. 「미해결의 장」의 주인공이 아버지를 '대장'이라고 부르고 있는 것은, 아버지에 대해서도 부자간이란 혈연관계를 느낄 수 없기 때문에 아버지라는 언어의 감화적인 내포를 배제하고 소외감을 그대로 표현한 것이다. 그는 아버지에 대한 소외감과 거리감을 관념으로 뿐만 아니라 피부로까지 느낀다. 죽으라고 때리는 아버지의 주먹이 '살'로 느껴지는 것이 아니고 항상 '고무장갑'으로만 느껴질 뿐이다. 그리고 「생활적」의 동주는 '아무러한 위험이나 불행도 무색할 수밖에 없을' 만큼 현실에서 철저하게 소외되어 '낯선 사람이 우 몰려와도 무섭지가 않다.'

따라서 이들은, 우연히 이 추잡한 세상에 내려와서 '날개옷을 잃어버린 천사'(「유실몽」)이며, '죽음만이 확신할 수 있는 단 하나의 장례'이다.

7. 스토리텔러

마지막으로 소설을 전개하는 수법에서 그의 특징적인 점을 찾아보기로 한다.

손창섭의 소설을 읽을 때, 독자는 스토리를 향하고 그것을 바라보기보다는 이야기하는 작자를 향하고 그에게 귀를 기울이게 된다. 헨리 · 제임스의 용어를 빌리면 작품을 증화(繪畵)적으로 전개하고 있기 때문이다. 주로 장편소설의 수법인 이 증화적인 전개는, 한국의 단편작가들이 일반적으로 채택하고 있는 수법인데, 특히 손창섭은 독자에게 전달해야 할 것이 작자 자신의 실루엣으로 등장시킨 작중 인물의 의식 내용이기 때문이다. 작중인물의 의식내용을 그들의 행동으로 표현하여, 그 전모를 드러내려면 너무 오랜 시간이 걸리거나 불가능하다. 그리고 손창섭은 처음부터 모파상과 같이 작품을 드라마적으로 전개하는 희곡 작가의 기질보다는 무대의 전면에 나서서 이야기하는 스토리텔러로서의 기질이 승하다. 따라서 그는 무대에 등장하는 인물의 행동이나 대화를 통해서 사건을 독자에게 납득시키는 것이 아니고, 자기의 얼굴을 교묘하게 감추고, 사건의 전말과 작중 인물의 의식 내용을 자신의 육성으로 설명하는 나레이터인 것이다. 작중 인물의 입을 직접 빌리는 수도 있고 어느 인물의 뒤에 숨어서 그 인물의 입장에서 이야기를 하기도 하는데, 여기에서 독자는 시점을 허공에 두고 무대 전부를 내려다보는 것이 아니라, 독자 앞에 그 신분과 인생관이 알려진 인물의 눈을 빌려서 일정한 한계가 주어진 시야를 관찰하면 된다. 따라서 독자는 퍽 안정감을 얻게 된다.

그의 소설은 일인칭으로 전개되는 것도 있지만 대개는 삼인칭 소설인데 작자의 입장이 의탁된 인물을 일인칭으로 바꾸어도 작품에 아무런 손상을 가져오지 않는다. 「비오는 날」의 원구를 '나'로 바꾸면, 「미해결의 장」의 '나'와 조금도 다를 것이 없다. 문장 한 구절 손댈 필요가 없다. 「미해결의 장」의 '나'처럼 완전히 원구의 입장에서 관찰되고 서술되었기 때문이다.

이와 같이 작중 인물화한 일인칭이나, 작자의 입장이 의탁·고정된 작중 인물에 의해서 사건이 전개되면 독자에게 안정감을 줄뿐만 아니라 작품이 뚜렷한 개성과 통일성을 갖게 된다. 작중 인물이 이야기를 한다는 것만으로도 스토리에는 통일성이 주어지기 때문이다.

그리고 문장도 찰나적인 동작을 붙잡는 매듭이 똑똑 지는 드라마적인 문장이 아니고, 이야기조의 나긋나긋한 맛을 살린 서술적인 문장이다. 따라서 비교적 길고 호흡에 조금도 긴박감을 주지 않으며, 재촉하거나 앞질러 가지도 않는다. 독자의 템포에 맞추어 언제나 차근히 동행한다.

그리고 문장의 결미가 대부분 '···이다.'나 '···였다.'가 아니라 '···ㄴ것이다.', '것이었다.'로 끝난다. 이렇게 사실이나 동작을 일반화하여 문장 자체에서 오는 드라마적인 긴장을 배제해버린다.

'달수는 흑흑 느껴 울었다.'가 아니라, '달수는 흑흑 느껴 우는 것이었다.'로 끝나는데, 이와 같은 사실의 일반화는 작중 화자인 작자의 얼굴을 독자의 시계에서 감추는 베일이며, 사건의 증화적인 전개를 뒷받침하는 문장 자체의 증화적인 요소다.

이러한 결미는, 다른 작품보다 다소 드라마적인 요소가 들어있는 「설중행」과 「육체추」에서는 '···ㄴ것이다.'의 결미가 현저하게 적은 반면, 「미해결의 장」이나 「생활적」 같은 드라마적인 요소가 전혀 없는 작품에서는 훨씬 심하게 나타난다. 「설중행」과 「생활적」을 비교해보면, 「설중행」에는 '것이다'와 '이다'의 비율이 일대칠인데, 「생활적」은 이대삼으로 심한 차이를 보인다. 그리고 「설중행」에서 '것이다'로 끝나는 문장은 거의 십구절 이상의 긴 문장인데, '이다'로 끝난 것은 십구절 넘는 것은 거의 없고 평균 오·륙 구절이다.

이것은 작품 전개의 수법과 문장의 관계를 말해주는 것이다.

8. 결 어

여태까지 문학의 기능적인 면에 기점을 두고, 소설의 창작 과정을 통하여 손창섭의 소설을 대강 훑어보았다. 프랑크·오코나의 말마따나 단편소설은 장편소설에 비하여 고독한 개인적인 예술이며, 인간의 운명에 대한 서정적인 절규이지만, 유독 작자 자신의 극히 개인적인 긴장에서 출발하여 자아라는 하나의 구심점만을 향해서 문학적인 모든 의장이 회귀하는 것이 손창섭의 소설이다.

따라서 모두(冒頭)에서 장황하게 설명한 바와 같이 손창섭이라는 인간의 정신구 조와 문장 사이에는 마치, 사람이 밥을 먹어야 사는 것과 같은 필연적인 관계가 있다. 이 관계를 해명하기 위해서 필자는 상당히 열을 올렸는데, 사람이 일차원적인 단순한 생존만을 위해서 밥을 먹는 것이 아니라면, 그의 소설은 작자의 개인적인 긴장을 완화시키는 외에 사회적인 존재양식인 예술로서 어떠한 의미를 지니고 있는 것일까?

물론, 예술 자체로서는 그의 소설은 상당히 성공을 거두고 있다. 특히 그의 소설이 처음부터 끝까지 일사불란의 통일성을 유지하고 있는 것은 무엇보다 높이 살만한 점이다. 유독 인물의 성격에 뚜렷한 통일성이 있는 것은, 모두가 평면적 인물인 탓도 있어 논란의 여지가 없지 않지만, 이것은 보다 그의 탁월한 작가적 기량인 인간 심리의 깊은 통찰에서 우러난 것으로 그의 소설의 예술적 가치를 크게 높여주는 중요한 요소이다.

그리고 모두(冒頭)에서 커다란 강점의 하나로 지적했지만 그의 소설은 재미가 있다. 인간에 대한 희화화는 문장의 맛이 곁들여 독자의 흥미를 돋구어주는 핵심적인 요소인데 그것은 작자의 인간적인 체온과 서민적 공감을 바탕으로 하고 있다. 그가 「신의 희작」에서 자기의 반생을 태연히 폭로할 수 있었던 것은, 그 결과만으로는 추잡하고 극악무도한 행위였지만 그 밑바닥에는 이러한 인간적인 공감의 요소가 깔려 있었기 때문이다.

이런 관점에서 보면 천주 앞에 '고해'한다는 것도 인간전체를 포용할 수 있는, 너그러운 천주 앞에서는 어떠한 잘못도 용서받을 수 있다는 안전

판이, 인간적인 차원에서 채워져 있기 때문일 것이다. 그리고 신도들을 앞에 놓고 인간악을 척결하고 고발하는 목사의 열띤 설교도 신도들을 향해 서라기보다는 자기 자신을 향한 인간적인 절규인지 모른다.

이와 같은 카타르시스는 고도로 승화한 감정적 경험의 사회 공유를 촉진하여 인간의 문화적 이상을 상기시켜 준다. 그러나 손창섭이 독자에게 상기시키는 것은 '허무'이며, 최후적으로 보내는 명백한 회답은 '죽음'이다.

그리고 그가 「신의 희작」에서 독자에게 끊임없이 던지고 있는 질문은 이런 경우에 이런 행동은 어쩔 수 없는 필연적인 것이 아니겠느냐는 것이고, 여기에 스스로 내리는 대답도 필연적이라는 것이다. 이러한 질문과 대답 밑에 깔려있는 인간에 대한 가정은 명백하다.

그러나, 인간은 비합리적이고 비논리적인 욕구를 추구하는 어두운 면과 함께, 이를 통제하고 억제하는 지성과 의지를 지니고 있다는 상식 앞에서, '그것은 자이다지만(灣)의 배수 작업과도 같은 개척 사업이다.'라고 파우스트를 결론지은 프로이트의 말을 한번 깊이 음미해 볼 필요가 있다.

자기 모멸의 신화

— 손창섭론 —

정창범

1. 손창섭의 인간 형성

그 멧돼지 같은 남자와 어머니가 동침하던 광경과, 칵 돼지라고 하며 쥐어박던 어머니의 증오에 찬 눈과, 자기(S)의 사타구니를 주무르는 어머니의 손을 향락하던 자신과, 자신의 야뇨증 때문에 거의 마를 날이 없이 지린내를 풍기는 얼룩진 요와, 정부하고 나란히 목을 매고 죽어 늘어졌던 창녀의 모양이 때로는 따로따로 때로는 뒤범벅이 되어서 어린 그의 머리 속과 눈앞을 혼란하게 하였다.(「신의 회작」)

이 구절은 손창섭의 인간 형성의 요인이 어떠한 것인가를 단적으로 말해 주는 글이다.

프로이트는 인간 형성에 있어 섹스가 가장 큰 구실을 한다고 했지만, 손창섭의 경우야말로 그 대표적인 본보기다.

그가 위와 같은 충격적인 체험을 한 것은 겨우 철이 들기 시작한, 열세 살 때였다고 스스로 고백한다. 열세 살이라면 프로이트의 설(낡은 학설이기는 하지만)에 의거해서 ① 구진기(태어나서 6개월) ② 항문 사디즘기(2~3세) ③ 남근, 음핵기 (3~5세)를 거쳐 ④ 산복기 (5세~사춘기 직전)를 넘어 ⑤ 사춘기에 막 들어선 때이다.

바로 그 나이에 '어머니와 멧돼지 같은 남자'와의 불륜 관계를 목도했을 때, 'S'는 '왜 그런지 죽으리만큼 창피한 일이며, 집안의 운명을 망치는 무서운 결과가 올 것만' 같은 생각에 몸서리쳤다고 한다. 그러면서 동시에 언젠가 잠자리에서 행한 모자(母子)사이의 페팅 뒤에 맛본 수치감이 '어머니의 동침 사건과 결부되어 극히 희미하나마 일종의 까닭 모를 공모의식 같은 것으로 변하면서 그의 심중에 번지어 갔다.'

'S'의 이 감정 논리를 어떻게 해석해야 할 것인가. 어머니의 소행에 대한 이율배반적인 감정, 즉 죽으리만큼 창피하지만 그러나 까닭 모를 공모의식을 동시에 느껴야 하는 'S'를 지배하고 있는 것은 무엇일까.

오이디푸스 · 콤플렉스를 찾아보지 않을 수 없다. 그러나 그것은 모자 사이의 공모의식적인 애착과는 다르다. 성적 색채가 짙은 모자 사이의 의식적인 애무로 빚어진 것이다. 그 애무엔 따뜻한 모자간의 감정적인 숨결이라곤 전혀 배어 있지 않다. 아들이 귀여워서가 아니라 단순히 성적 공백을 잠시나마 메우려는 이를테면 대리 만족을 위한 어머니의 손장난이다. 'S'는 그 짓에 흥분했던 것이다. 'S'는 바로 그러한 오이디푸스요, 어머니는 요카스테이다.

요컨대 'S'가 '죽으리만큼 창피'한 생각과 '까닭 모를 공모의식'을 동시에 느끼게 되는 것도 바로 그 때문이다. 다시 말해서 성의 대상이 아닌 오직 자기를 낳아 기른 사람으로서의 어머니를 생각할 때면, 그녀의 소행이 '죽으리만큼 창피'하고, 성적 대상으로서 어머니를 연상하면, '까닭 모를 공모의식'을 느끼게 되는 것이다. 이 두 가지 감정 중에서 어느 쪽이

더 무거운 중량을 차지하느냐 하는 것은 큰 문제가 안 된다. 결국 그 두 가지 감정이 한데 뭉쳐서 어린 시절의 손창섭을 어떠한 상태에 몰아넣었느냐 하는 것이 문제다. 그는 고백한다.

> 곧장 부엌에 들어가 나뭇단을 묶어 둔 새끼 오라기를 끌렀다. 그리고 부뚜막에 올라서서 발돋움을 해가며 엉성한 서까래에 단단히 비끄러맸다. 마지막으로 S는 그 줄을 팽팽히 잡아 다녀 목에다 감아 매고, 이제는 정말 어머니 말대로 콱 뒈져 버리는 것이라고, 기묘한 승리감에 도취하며 발끝을 부뚜막에서 떼어버린 것이다. 순간 그는 목이 끊어져 나가는 것 같은 충격을 느끼며, 숨이 탁 막히고 머리가 아찔해서 정신 없이 팔 다리를 허비적거리기 시작했다.

'S'는 자살을 택했던 것이다. 그러나 그것은 성공하지 못했다.

자살은 'S'에게 있어서 유일한 도피처였다. 그런데 그 곳까지도 그를 반겨 주지 않았던 것이다. 이럴 때 'S'의 몸에 정신의학적 증상이 나타난다면 어떠한 것일까. 필시 강박신경증이라는 병명을 붙일만한 것일 게다.

이와 같은 모자 사이의 이상 관계로 인한 증상 외에도 'S'를 괴롭힌 또 하나의 증상을 잊을 수 없다. 앞에서 그 자신 '자신의 야뇨증 때문에 거의 마를 날이 없이 지린내를 풍기는 얼룩진 요'라고 했지만 이 야뇨증은 섹스문제와 함께 손창섭의 인간 형성에 중대한 작용력을 가진 것이었다.

그 스스로 말하기를 '야뇨증에서 오는 수치심과 공포심은, 드디어 그에게 열등감을 깊이 뿌리박게 해 주었다'고 하면서 '일종의 성기 증오증이라고 할까. 그는 더 없이 증오에 찬 시선으로 자신의 그것을 들여다보며 손가락으로 때리기도 하고 손톱으로 꼬집기도 했다.'고 한다.

강박신경증과 생리적 결함으로 인한 열등감을 한 몸에 아울러 지녀야 했던 손창섭이다. 그런데 이 강박신경증과 열등감은 어린 한 때의 증상이나 에피소드가 아니었다. 그대로 고착(fixation)된 채로 손창섭의 모든 행동 양식을 지배해 나갔던 것이다. 고착의 정도가 지나치게 강한 나머지 그는 모든 행동에 있어서 번번이 적응 이상의 증상을 나타내곤 했다.

'S가 어느 학교에서나 확실성 있게 퇴학을 당해야 한 것은 불량 학생으로 간주되었기 때문이다.'고 그는 말하거니와 '중학교 시절의 S는 싸우지 않고는 억울해서 견딜 수 없었던 것이다.'

그는 싸울 때면 이렇게 외친다.

"야이 이 새끼 내 눈깔 좀 봐, 난 부모두 형제두 집두 없는 사람이다."

흔히 열등감의 소유자는 그것을 극복하려고 보상 행위를 하는 법이지만, 그는 말더듬이였던 데모스테네스가 그것을 교정하여 웅변가가 된 것 같은 건전한 보상 행위를 한 것이 아니었다.

그는 일종의 반동형성을 일으켜 방위적 보상 행위를 하고 있는 것이다. 그 경우에 그는 다만 자기 보존을 위해 소극적인 수세만을 지키고 있는 것이 아니다. 그의 자기 보존 충동은 공격충동과 일치된다. 이것만이 그 자신을 위한 웅변적인 변명인 것이다. 이것만이 자아 주장의 길이다. 그는 그런 점에서는 한낱 신경증 환자가 아니다. 일종의 범죄자적 심리를 아울러 지니고 있다. 단순한 신경증 환자는 도피적이지만, 'S'는 남과 격절된 상태에서 고립하려 들기도 하면서 동시에 범죄자적인 자세를 취하는 가운데 공격하고 행동한다. 신경증환자에게는 결심공포(결심하는 것이 두려운 마음)가 있으나 범죄자에게는 그것이 없다. 그는 결심할 뿐이다. 그리고 행동한다. 'S'도 역시 단연 결심하고 행동한다.

'그는 정말 비위에 거슬리는 놈을 닥치는 대로 때려죽이고 죽어도 좋다고 생각하고 있다. 그의 이러한 살인의 가능성은, 점점 인생에의 반역에 자신을 갖게 했다.'고 'S'는 회고한다.

그러한 그는 영어 선생과 논쟁 끝에 적의와 분노를 느낀 나머지 복수로써 스승의 딸을 강간했다. 그는 하숙집에서 야뇨를 저질렀을 때 그것을 기막힌 표정으로 내려다 본 주인집 딸에게 분노를 느낀 끝에 며칠 있다가 겁탈을 하고 말았다. 그는 친구의 누이동생을 만나지 말라는 그 부모의 엄명에 반감을 느낀 끝에 그녀를 건드리고 말았다.

'S'의 이 모든 행위는 바로 범죄 행위가 아니고 무엇인가.

제재를 받았을 때, 치부를 들켰을 때, 거절을 당했을 때 적의와 분노를 느끼는 것은 당연하다. 그러나 이럴 때, 정상 심리의 소유자나 단순한 신경 증환자는 적의와 분노를 느낀 뒤엔 이윽고 반성·자책·수치·불안·도 피·우울·결심 따위의 심리적 회유에 몸을 맡기고 말 것이지만 'S'의 경 우는 그렇지가 못한 것이다. 그는 복수를 결심한다. 아니 복수를 감행하고 마는 것이다. 살인의 가능성을 품으면서.

이와 같은 범죄적인 복수 행위는 말할 것도 없이 열등감 소유자의 반동 형성으로서의 독특한 방위적 보상 행위임에는 틀림없다.

그러나 그 복수의 표현 방법이 또한 기괴하지 않는가. 반드시 강간의 형식에 의해서만 복수가 표현되니 말이다.

여기서 다시 한번 정신분석학적 해석을 가하지 않을 수 없다.

'S'는 분명히 자기에게 가해진 제재와 치부의 발각, 거절 때문에 복수한 것만은 틀림없으나, 따지고 보면 좀더 근원적인 것에 대해서 분노를 느꼈 던 것이다. 그 근원은 바로 'S'의 어머니요, 그 자신의 심층인 것이다. 오이 디푸스적 착종관계로 맺어졌던 어머니, 멧돼지 같은 남자와 동침한 어머 니, 칵 돼지라고 하며 쥐어박던 어머니—그녀는 차원이 얕은 요카스테나 요, 거어트루드이다. 그는 탕녀다. 그녀는 중절의 불만을 증오에 찬 눈에 담고 아들을 노려본다. 그녀는 섹스 때문에 아들을 내동댕이치고 멧돼지 같은 남자와 도망갔다. 그녀는 'S'의 분노의 원천이다. 그러나 그녀는 성의 대상으로서 'S'의 심층 속에 고착되어 있다. 그럴수록 그녀는 'S'의 원수다.

그러므로 그는 자신을 거절하는 자, 제재를 가하는 자, 수치감을 주는 자를 그녀와 동일시(identification)한다. 그리하여 그가 증오하고 멸시하는 성기로서 복수를 강행하는 것이다. 양심이라든가 죄의식이 개입할 여지라곤 없다. 그는 다만 성적 클라이맥스를 느끼는 순간 복수를 치른 쾌감을 느끼는 것으로 족한 것이다.

'S'는 '이러한 여자관계들을 생각할 때, 그는 자신에게서 원시적인 야생 동물의 냄새를 맡는 것이다. 그에게는 확실히 야생 동물적인 요소가 있었다. 영원히 그리고 절대로 문화적인 색채에 혼합 조화될 수 없는 이질적인 색소를 간직하고 있는 것이다.'고 한다.

과연 그럴까, 자신을 야생 동물에 비유했으니 말이다. 야생 동물에는 교미기가 따로 있다. 그 때에 한해서만 교미하는 것이다. 'S'에게는 야생 동물적인 미덕이라곤 없다. 범죄자 특유의 냉혹성과 잔인성만이 충만하다. 하지만 결국 그 특성도 강박신경증적인 열등감을 보상하려는 데서 발휘된 것에 지나지 않는다. 그 자신 잔인하고 투쟁적이기는 하지만 실은 심층을 통찰해 보면 그 반대로 나약하고 비참하고 고독한 것이다. 너무나도 나약하고 비참하고 고독하기 때문에 강한 체, 충실한 체, 의지적인 체 의태를 부리고 있는데 지나지 않는다. 그러므로 그의 보상을 위한 몸부림은 자기 비밀을 끝내 숨기려는 필사적인 의태인 것이다.

어쨌든 손창섭의 인간 형성은 해괴망측한 것임에는 틀림없다. 그러나 그의 말처럼 '그의 지극히 빈약한 인생 그 자체가 이미 하나의 유머로서 존재하고' 있지는 않는다. 그 자신으로선 자기 인생이 하나의 유머일는지 모르나 제삼자에겐 더 없이 숙명적이고도 고행에 넘친 실험의 과정으로써 여겨지는 것이다.

작품 「신의 회작」(1961년 5월 『현대문학』)이 「자화상」이라는 부제를 달고 발표되었을 때 그 감상은 참으로 복잡한 것이었다. 뜬소문으로만

들어오던 손창섭의 괴팍한 사생활과 인생편력의 진상을 비로소 확인했다는 즐거움 같은 것도 품었지만, 왜 별안간 그 기괴한 사적 비밀을 백일하에 스스로 폭로하게 되었는가, 시기적으로 너무 이르지 않는가. 마땅히 그럴 필요가 있었을까 하고 멋대로 그의 심중을 헤아려 보았던 것이다.

마침내 하나의 결론을 얻었으니 그것은 아주 소박한 추단이다. 요컨대 몸에 때가 꼈을 때는 목욕을 하고, 옷이 더러울 땐 세탁을 하듯이, 손창섭은 자기 정신 속에 퇴적된 지난날의 모든 추오(醜汚)가 낯뜨겁게 환기되면 될수록 그것을 깨끗이 드라이클리닝하고 싶었던 것이다. 자아 내부의 추오를 말끔히 클리닝 할 수 있는 가장 손쉬운 방법은 고백이다. 옛 체험으로 환원하면서 모든 것을 송두리째 털어놓음으로써 자아 내부의 정화를 꾀하도록 하는 것―이것은 정신분석 치료법의 하나이기도 하다. 아우구스티누스나 루소 그리고 톨스토이도 그 요법에 의해서 자신의 정신을 드라이클리닝했다. 손창섭도 결국 마찬가지다. 그러나 우리 손창섭에게는 그들과 달리 자기 미화를 위한 수사적 노력이 없는 것이다. 오히려 자기 저주를 뒤섞어 가면서 추오 그대로를 폭로하고 있는 것이다.

그의 그러한 자기폭로 충동의 동기와 독자성에서 손창섭의 진면목을 다시 확인하게 된다.

하지만 자기폭로 기록으로서의 「신의 희작」은 작가 자신에게는 정신적으로나 시기적으로 가장 절박한 상황에서 인간적으로나 문학적으로 내적 필연적인 모멘트를 이루는 작품으로서 발표한 것이겠지마는, 독자에게는 「신의 희작」은 역시 혼란을 일으켜 주는 작품이다. 바꾸어 말해서 「신의 희작」을 읽기 전에 손창섭의 전(全)발표작품에 대해서 품었던 생각과, 그것을 읽은 뒤에 전 작품에 대한 생각이 여러 면에서 달라지기 때문이다.

「신의 희작」을 읽기 전만 해도 손창섭 세계의 비극성과 절망과 부정을 그 어떤 형이상학적 의미에 의해서 해석했던 것인데, 그것을 읽은 뒤부터는 관점의 이동을 꾀하지 않을 수 없게 된 것이다.

2. 이상인격의 구조

손창섭은 자기 자신을 「신의 희작」품이라고 하여 자기의 육체적, 정신적 기형성을 비웃는다.

'인간만이 고뇌를 알기 때문에 웃음을 발명하지 않을 수 없었다'고 니체가 말했다지만, 손창섭의 비웃음도 실은 자신의 고뇌가 어떤 것인지를 너무나도 잘 알기 때문에 풍겨진 것이다. 그런데 그 비웃음을 그는 소리를 내며 웃어 대고 있다. 비웃음 소리는 또한 자기 모멸로 가득 찬 음향을 울려 놓는다.

그러나 한편 손창섭은 자기만을 모멸하고 있지는 않는다. 마치 자기가 유쾌하면 남도 유쾌하고 자신이 비참하면 남도 같이 비참하리라고 생각하듯이 자신이 기형적이면 남도 다 같이 그러리라는 생각에서, 자기를 비웃듯이 다른 인간도 비웃는다. 이것은 심리학상의 일종의 투사(projection)작용이다.

자기 자신이 기형적인데 남이 그렇지 않다는 것은 참을 수 없는 일인 것처럼 그는 기묘한 뉘앙스를 가진 수식을 인간들에게 가하고 있다.

예컨대 「인간동물원초」, 「인간시세」, 『낙서족』, 「잉여인간」 등등……

개개의 작품내용을 떠나서 우선 제목만을 놓고 볼 때 손창섭의 인간관의 기준이 자신의 기형성에 대한 사무친 자각에 의해서 이루어진 것임을 알 수 있는 것이다.

인간을 동물로 비유한다거나, 물가 시세로 따져 보거나, 변소 안이나 담벼락에 아무렇게나 끄적거릴 정도의 족속으로 간주하거나 잉여 생산물

같이 내다버릴 물건으로 빗대 보는 인간 모멸의 취미는 분명히 자기 모멸의 습성이 투사된 것이 틀림없다.

손창섭 앞에서 인간의 가치는 여지없이 폭락되고 말았다. 가치가 폭락된 인간은 인간적인 모든 것이 소외된 말하자면 비인간이다. 비인간과 대립하는 것은 말할 것도 없이 인간적인 인간이요, 그는 인간의 생명, 인간의 가치, 인간의 창조력을 무엇보다도 중히 여긴다. 그는 그 모든 것을 향상시키기 위해서 인간적인 것에 봉사한다.

그러나 손창섭의 심층의 주인공 'S'나, 그의 인간관은 그 모든 인간적인 것을 경멸한다. 인간 모멸은 반드시 손창섭에게서 비롯된 것은 아니라 하더라도 그것은 그의 정신의 심층 속의 감정으로서 고착되어 있으리만치 강렬한 것이다.

그와 같은 인간관에 의해서 창조된 작중 인물이 노멀할 수 없는 것은 당연한 얘기다.

작가는 그들에게 질병과 무의지와 권태를 선사했다.

「사연기」의 성규에게는 폐결핵을, 「혈서」의 달수에게는 살아 있다는데 대한 불안을, 준석에게는 다리 한쪽만을, 창애에게는 지랄병을, 「생활적」의 봉수에게는 무기력한 권태를, 순이에게는 송장의 울음소리 같은 신음을 부여하고 있다.

그들은 생명적 감정이 거세된 존재다. 그들의 인격은 한결같이 평균 범위를 벗어나 있다. 이를테면 뇌의 이질적 장해가 없는 정신병자다. 이 사실을 뒷받침하듯 「신의 희작」의 'S'는 말한다.

  'S'의 외형이 이런 꼬락서닐 제야, 그 내부 세계 또한 규격 미달의 불구 상태일 것은 거의 뻔한 노릇이다.
  그것은 의식세계의 단 적 표현인, 그의 소설이란 것을 읽어보면 족히 짐작할 수 있는 일이다. 그 속에는 첫줄 첫 마디에서부터, 끝줄 끝마디까지 음산한 신음 소리로 가득 차 있는 것이다.

그러나 그 작중 인물들을 유심히 뜯어보면, 결코 모두들 앓고만 있는 것은 아니다. 그들의 대부분은 이미 정신적 질병에 대한 면역성을 가지고 있는 자들이다. 도대체가 앓고 있지도 않는 사람들이 줄곧 신음 소리를 연발하며 살고 있다는 것은 참말 어이없는 일이 아닐 수 없다.

이것은 물론 자기 자신을 모멸하고 야유하듯이 자기 작품을 야유한 것에 지나지 않으나 어쨌든 그 모든 앱노멀한 작중 인물은 기형적인 인생편력을 밟아 오는 동안 고착된 작가의 자기 모멸의식이 확대 표출된 것만은 사실이다.

질병과 불구와 무의지와 권태는 인간이 인간적인 충족을 조해당한 상태이거니와, 그 어느 것도 자기 자신의 선택과 행위를 통해서 자기 자신을 창조해 갈 수 없는 것이다. 질병은 기거의 불가능, 불구는 보행의 불가능 속에 살아야 하며 권태와 무의지는 사고의 정지상태에서 살아갈 수밖에 없다.

「혈서」의 달수에게는 '우선 그 자신이 죽지 않고 이렇게 살아 있다는 것부터'가 도무지 알 수 없는 일이었을 뿐만 아니라 '준석이가 살아 있다는 것은 더욱 믿을 수 없는 일'이었던 것이다.

프란츠 카프카는 자기 자신에 대해서 '나는 온갖 사물로부터 공허한 공간에 의해서 격절되어 있다. 그리고 나는 그 경계에까지도 도달할 수가 없다'고 했지만 손창섭의 인물들은 '살아 있다'는 사실과 격절되어 있는 것이다. '살아 있다'는 의식의 상실, 이것은 기막힌 비극이다. 그렇지만 그 의식을 회복하려고 노력은 하고 있다. '뒷간 출입도 온전히 못하는 순이는 진종일 누운 채 그 무겁고 단조로운 신음 소리를 내는 것이 일이었다.'

'순이'는 왜 신음 소리를 내는가.

'머지않아 죽을지도 모르는 순이의 최선을 다한 생활이었기 때문이다.'

'살아 있다'는 의식의 회복을 위한 최선을 다한 노력이 신음 소리로 표현되는 패러독스. 그들에겐 구원이 있을 수 없다.

그런데 인간적인 충동이나 태도를 포기해 버린 이들은 단순한 변질자다. 서구적인 의미에서 신으로부터 소외되었거나 역사적 상황에 대해 반역을 시도한 끝에 좌절된 나머지 삶의 의욕을 잃은 따위의 형이상적 존재가 아니다. 성격상의 변질자요, 의지 박약자에 지나지 않는다. 그러므로 그들은 내적 변화나 정신적 재생에 의해서도 구원될 수 없고, 종교적인 교화에 의해서도 개인의 인간적 주권을 회복할 수 없는 존재인 것이다. 그야말로 모두가 잉여인간들인 것이다.

손창섭 자신의 자기 모멸의식이 일으킨 인간 경멸의 격정이 얼마만치 가혹하게 작용되었는가를 실증하는 인물들이다.

3. 「낙서족」

'난 너 같은 거 한 두 마리쯤 죽여두 그만야, 내 죽음을 애석해 하구 슬퍼해 줄 사람은 세상에 단 한 사람두 없으니까'(「신의 회작」)하고 무시무시한 도전사를 퍼 부으며 싸우고 덤비는 'S'는 악착스럽고 잔인하지만 '우습게도 일종의 의협심에 뒷받침되어 있었다'고 한다.

그 의협심에 뒷받침된 'S'는 박도현으로서 작품 『낙서족』에 등장한다.

박도현은 'S'처럼 규격미달의 인간이다. 그는 남근성격(Phallic character)의 소유자다. 그는 난폭하다. 그는 단호히 행동한다. 그는 서슴없이 남근을 노출한다.

그렇지만 그는 '나는 조국 광복에 헌신하고 있는 독립투사의 아들'이라는 과중한 부채의식을 거머쥐고 있는 것이다. 그는 그 부채의식의 희생자다. 그는 그 의식 때문에 가짜 독립단원 행세를 하며 조선은행 평양지점에 독립자금을 내라고 협박전화를 걸고 경찰의 주목에 못 견디어 일본으로 밀항해 간 것이었다.

은행 협박 사건은 적어도 그 자신에게는 참을래야 참을 수 없는 투쟁심의 발로이겠으나 행동 방법은 전후 불각의 저돌성을 띠고 있다. 말하자면 독립단원의 얘기가 나왔을 때 거기서 쇼크를 받아 정신의 하층이 마비되어 앞뒤 생각 없이 덤벼든 것이다. 독립단원 이야기에 맹종반응을 일으켰던 것이다.

박도현은 이상적인 여성 상희에게도 그런 반응을 일으켰고, 학교에서 이학년의 조선인 학생 한 명과 일인 학생 한 명 사이에 싸움이 벌어졌을 때 억울하게도 조선인 학생만이 퇴학 처분을 당했을 때도 그랬다.

'그는 치솟는 분노의 불길을 끌 수 없어 전신을 부들부들' 떨었던 것이다.

"교, 교장 선생님 여쭐 말씀이 있습니다."하고 말이다.

그는 또한 자기 자신의 웅변에도 맹종반응을 일으키고 있는 것이다.

"저는 말입니다. 상희씨나 상화씨 모친님의 그 신성한 호의에 보답할 결심을 했습니다. 조국을 위해서 목숨 내놓고 싸울 생각입니다. 적극적인 행동에 몸을 바칠 각오란 말입니다."

이럴 때 도현은 하마터면 주먹을 내두를 뻔했다. 그의 내부에는 희한한 가능성이 뒷받침한 영웅이 되살아 오르는 것이다.

이와 같은 그의 반응을 보고 주변의 모든 친구들도 스스로 정신의 상층을 마비시켜버리고 그를 지사로 떠받든다. 그를 비판적인 눈으로 바라보는 상희의 이지도 어느 순간에는 마비되고 마는 것이다.

그 까닭은 도현의 친구들이나 상희의 기질이 한결같이 도현의 기질과 동일하기 때문이 아니다. 그보다는 그들은 동족으로서 공통된 원망을 가지고 있기 때문인 것이다. 다같이 조국의 독립을 바라며, 독립의 실현을 위해 서는 일어나야 한다는 간절한 원망이 마음 밑바닥에 자리 잡고 있기 때문에 도현의 투사적인 맹종반응에 자기도 모르게 매치된 것에 틀림없다.

그러고 보면 도현은 자기 자신과 친구를 착각하고 있고, 주변의 친구들은 그를 오해하고 있는 셈이다.

착각과 오해 가운데 탄생된 애국투사 박도현의 그 뇌를 해부해 보면 별다른 변화를 찾아 볼 수는 없겠지만, 일종의 반응성 정신병자인 것만은 사실이다.

남근성격에 반응성 정신병을 플러스해서 형성된 그는 애국자인 일면에는 범죄 심리의 소유자다.

그는 하숙집 딸 노리꼬를 강간하고 만 것이었다. 왜냐하면 상희에게 느낀 성욕을 노리꼬에게서 충족시키기 위해서다. 이럴 때 그는 자기 행위를 이렇게 합리화한다.

'일본 경찰에 대한, 아니 일본인 전체에 대한 복수심'으로서 그녀를 유린 했다고. 이것은 마치 「신의 희작」의 'S'가 제재를 받았거나, 치부를 들켰거나 거절을 당했거나 했을 때 강간 행위로 복수한 범죄 심리와 같은 것이다.

따로 이사 간 하숙집에서도 주인 아주머니가 경찰과 내통했다는 사실을 알자 그는 '복수심과 욕정을 동시에 만족시키기 위해' 그녀를 범하고야 말았다.

강간과 애국과는 전혀 맥락이 없는데도 그는 억지로 양자를 연결시키려 한다. 그는 지리멸렬한 파시스트다. 그는 사디즘적인 자기 과시와 우월감과 지배경향을 가진 돈키호테적 파시스트이다.

손창섭은 왜 이런 작품을 써야 했는가.

이것 역시 자기 모멸의식이 확대 심화된 의식으로서의 인간 경멸의 격정 적인 충동에서 나온 것이겠으나 불만은 크다.

다른 작가 같으면 '독립투사의 아들'이라는 부채의식을 걸머진 도현을 좀 더 숭고한 방향으로 추구해 나갈 것을 손창섭은 오히려 그를 야유하고 희화화했다는 색다른 각도만은 인정한다.

그러나 색다른 각도를 설정한 그 점만이 의미가 있을 뿐이지 그밖에 또 다른 의의란 없는 것이다. 그저 막연하게 박도현이라는 기묘한 인간형도 다 있구나 하는 정도의 감상 밖에 남는 것이 없다.

박도현의 부채의식, 그가 처해 있는 상황, 다른 작품 인물들의 자세가 박도현을 그런 정도의 인간형으로 만들어 놓기를 바라지 않을 만치 절박하고도 진지하다는 것을 손창섭 자신도 잘 알고 있을 터인데도, 굳이 박도현을 기형화해 놓았다.

이것은 손창섭의 악취미적인 데몬이 시킨 일이다.

이 데몬을 과감히 추방할 때 손창섭은 새로운 전신의 가능성을 발견할 것이다.

실내작가론

— 손창섭 —

고 은

50년대 소설은 이중의 난관에서 발생했다. 그들은 거부함으로써 소속되었고 소속됨으로써 흡수된 세대인 것이다. 이러한 세대 의식이 문학 내적 모순을 드러냄으로써 하나의 암담한 손창섭만을 남겼다고 말할 때 실감되며 따라서 우리는 좀 잔인 무도한 독선적 비평 감각을 갖게 된다. 문학이란 한 시대의 한 작가를 낳는 것만은 아니다라는 예술적 다원현상과 그러나 한 시대는 한 작가만을 고집한다는 예술적 영웅주의에서 어느 편이 덜하다는 것을 말하기 전에 우리는 50년대 소설이 50년대의 공허한 몸짓에 불과했다는 비판 밑에서 남는 것이 손창섭의 우둔한 끈기임을 알고 있다. 물론 유일한 50년대의 상이작가로서 손창섭만을 말하려는 저변에는 지나친 50년대적 이디엄에 사로잡힐 우려가 있다. 50년대 소설이란 6·25사변을 체험한 전후문학과 그 전의 소량의 전쟁문학 소품을 통틀어서 일컫는다. 이를테면 임시수도의 피난지에서 거의 우상파괴의 집요한 우상이었던 장용학의 육탄적이며 저돌적인 반동문체의 파문, 선우휘의 도산(島山)적 민족의식·정치관의 홍사단적인 계몽을 허구화한 근대 의식, 오상원, 이호철, 서기원들의 암흑·변명·확집(確執)들이 그것이다. 그들은 전쟁, 피난, 불안이 모여든 후방의 바라크에서 일종의 유사 극한 상황을 일상적으로 경험하면서 그 극한의 비극감이 그들 각자의 저항 의식으로서 심취하는 태도로 나타난 것이다. 그리하여 그들은 실제로 전쟁의 비극과 비인도적인 참상을 목격하기도 하고 그 체험을 자기화할 수 없는 소품적 소비주의로 전락하기도 하면서 상황의 에뜨랑제가 될 수 있었다. 상황을 의식할 때마다 상황으로부터 밀려나고 마침내 그들은 전쟁이나 전쟁을 통한 개인적인 불행을 인간 자신에서 전가하지 않고 언제나 역사라는 환상에 전가시켰던 것이다. 그것은 그들을 앞선 세대들의 무자각한 중층이 재래적으로 택했던 자연에의 책임전가와는 달리 매우 민첩하게 역사의식의 노예가 된 것이다. 그러나 그들의 역사의식이란 아직까지 육당(六堂)적 상식 역사의 범주에서 더 발전되지 않았을 때의 의식 구조로서는 역사적 자기해석을 기대할 수 없고 그것은 역사의식에 기투될 만한 양식을 터득하지 못함으로서 아주 허황한 거품이 된 것이다. 다만 모든 것은 역사 탓이다, 모든 것은 전쟁 탓이다라고 절규한 50년대의 문학은 그들의 문학 속에서 이제까지의 향토 문학, 토속 문학을 거부할 때 야기되는 자기 정체를 감수해야 했고 새로운 얼굴로 나타나려는 의지가 의타현상을 일으켜서 아주 못생긴 서구주의 문학이 된 것이다. 그들이 말하는 바의 역사란 역사적 환영에 지나지 않았기 때문이다. 역사의식이란 엄연한 보수성을 전제할 때, 그 보수성을 값싼 전위감각이나 불완전한 저항의식으로서 대체했을 때 그것은 쉽사리 감상주의에 도달했다. 이런 실태에서 50년대란 본질적으로 허장성세의 체험으로서 전쟁과 역사를 주문했고 부산의 실존주의에서 그것은 하나의 소란을 이룬 것뿐이다. 누구나 실존주의의 몇 줄을 엿본 뒤 실존주의의 자화상을 가지고 부산, 대구의 찻집에 출입하면 그 날로부터 술을 마시고, 마이너스

행각을 하고, 작가가 되었던 것이다. 가장 작가가 되기 어렵거나 가장 작가가 되기 쉬웠던 그 때의 혼란에서 발자끄와 도스토엡스끼의 요소로 이루어진 합성화의 손창섭에 의해서 50년대의 인간상은 회화화되거나 인간성의 하위현상을 표출하는데 일관한 것이다. 우리는 여기서 50년대의 불안정한 문학이 손창섭만큼 집요하게 추구된 의지를 발견하기 어려운 나머지 50년대의 많은 작가들이 하나의 손창섭에게 도태되고 만 사실을 어떻게 이해해야 할 것인가가 50년대의 문학에서 찾을 수 있는 현실임을 알게 된다. 50년대의 문학은 낡은 세대들이 줄기차게 서술해 오는 문학에 견준다면 너무나 비참하게 정지되어서 그것은 50년대 이후의 문학에 아무런 지시도 기대할 수 없게 한다. 우리는 8·15해방을 사실상 우리들의 문화적 개화기라고 본다면 6·25의 문학은 문학의 혼란기라고 본다. 그래서 이러한 문학 세대는 반드시 환상을 불러일으키기 마련이다. 왜냐하면 6·25사변을 통해서 오히려 작가적 비중을 확립한 김동리, 황순원 들에게 새로운 도전으로서 50년대의 문학이 가능했다면 그것 자체가 그들을 극복한다는 과감한 목적을 가지게 됨과 함께 50년대의 가능성조차 극복을 위한 효용화 현상으로 오도되기 때문이다. 말하자면 50년대 소설은 앞의 세대로부터 단절될 수 없는 태도로 단절을 시도했고 단절된 뒤의 책임을 전제할 수 없었기 때문에 가령 M·뷔또르가 '새로운 책은 낡은 책의 비판이다.'라고 말한 의미 따위가 개재되지 못한 채 그들 자신이 비난한 '풍란의 문학'으로 환원될 만한 것에 다름 아니다. 그들은 대체로 50년대의 일괄적인 증상으로서 누구나 정신적 상이군인이었고 기성 윤리의 허망은 일종의 다다이즘으로 강조되었다. 그것은 객체화한 비평의식이기보다는 다분히 감정에 뿌리박은 것이었고 그들이 정규적인 문학이론에 몰두할 수 없었던 정신적 임시수용소에서 문학적 분위기만을 호흡함으로서 창조—비평 사이의 정밀한 함수 관계를 오해하기에 이르렀다. 그러므로 그들 50년대의 비평의식은 하나의 애욕처럼 휴대될 수 있었던 것이다. 전쟁의 모든 부분에서 저마다 모여 왔고 저마다 비슷하고 좀 더 다른 전쟁 체험들을 가지고 와서 그것을 자백하는 것으로서 문학을 시도한 것이다. 우리는 여기서 50년대 소설처럼 불우한 창조 행위를 통해서 만들어진 것은 없다고 말하기에 앞서 그들의 소설처럼 유효기간이 짧은 것은 없다고 덧붙임으로써 그들의 문학에 대한 냉엄한 판단을 요구할 때 그곳에 손창섭의 영하(零下)사회에 서식하는 인간 군상들을 만나게 되는 것이다. 손창섭의 문학이 이룩한 인간형은 천편일률적인 모형에 찍혀진 인간상이며 이미 구원받을 수 없는 곳에 날인을 찍은 인간상이지만 그가 만들어낸 비창조적이고 습득한 듯한 인간상에는 50년대의 모든 얼굴이 다 들어있음을 우리는 알 수 있다. 그러므로 그는 니이체가 근대인의 모든 것을 가지고 있고 모든 고뇌를 도맡았다는 사실에 비유할만한 하나의 축소판의 영웅주의를 그를 통해서 진단할 수 있다. 그가 그려낸 작중인물들은 작가의 정신적 유예성이 없이도 현실을 절하시킬 때마다 낯익은 것들이며 그런 뜻에서 그의 소설은 소재소설이라고 말할 수 있다. 그럼에도 불구하고 이러한 작중인물들을 집합시키면 그것으로서 우리는 일목요연한 50년대의 원형으로 요약하려는 욕구가 발생할 때 손창섭이 거둔 뜻밖의 수확에 경탄하게 되는 것이다. 50년대의 인간을 가장 격하시킨 인간상으로서 그것이 도리어 강렬한 50년대를 인식하게 됨은 50년대가 하나의 파괴의 세대였다는 것을 증명한다. 그렇다. 그때까지 잔류해 온 근세사 과정의 모든 봉건주의 가치 체계가 정지된 채 한번도 자아의 손으로 만져질 수 없었고 자각을 통해서 구성될 수 없는 상태였다. 그것을 전쟁이 말살한 것이다. 그런데 우리가 여기서 유의할 것은 문학에 있어서의 재래적 형식이 파괴되었다고 할 때 그것은 동시에 그 파괴 위에 세워져야 할 새로운 문학의 전환 형성에 필요한 요인조차도 아울러 파괴된 일이다. 50년대는 이런 자아 파괴를 깨닫지 못하는데서 앞의 세대를 거부하는 제스처를 고집한 것이다. 손창섭의 인간상은 바로 이런 상태에서 습득한 인간의 단편들이다. 따라서 우리는 손창섭론에 필요한 몇 가지 50년대의 개념들과 만나볼 수 있다. ① 휴머니즘이 50년대 문학 전반에 걸쳐서 군림했다. '제3의 휴머니즘—김동리', '제3인간형—안수길' 따위의 휴머니즘은 그것이 전쟁 이전부터 이데올로기 논쟁에 대한 소박한 변증 이론이었고, 50년대 자신의 구호가 된 휴머니즘은 이른바 실존주의 상식론에 근거를 두었다. 이것은 한때 문학보다 인간이 선행하는 듯한, 지성이 행동을 전제하는 듯한 정열로 가열되었고, 그것이 후기 그리스의 인문주의나 르네상스적 인본주의 사상으로부터 완전히 절연된 것으로서 하나의 인정심문으로 파악되거나 종합적 인간의식으로 호도되었던 것이다. 이런 것을 '실존주의는 휴머니즘이다'라고 말한 사르뜨르의 현학적인 캐치·워드를 너무나 안이하게 수용하는 폐단으로써 50년대의 진실은 환상으로 미만된 것이다. 인간의 전부가 그 형식이 붕괴됨으로서 그 붕괴·상실을 회복하려는 자동적인 욕구가 휴머니즘을 찾는 것이라고 말할 때 그것은 50년대의 휴머니즘은 아니다. 그들은 그들이 타도한 바의 인간 자체 때문에 그들 자체에게 기대되었던 인간상의 가능성 여부조차 타도한 것이다. 그러기 때문에 그들이 '벌레가 뜬 된장국' 뿐의 판자집에 돌아가서도 외쳤던 휴머니즘이란 가장 허탈한 휴머니즘이었던 것이다. ② 절망은 50년대의 훈장이었고 풍속의 대표자였다. 누구의 가슴에도 절망이란 주홍글씨가 찍혀져 있었다. 그러나 이것은 세기말의 서구 시인이나 지식인들이 노래했던 절망으로서보다도 왜곡된 낭만주의로서 구사되었고 그것은 앞서 제기된 휴머니즘의 허실로 가상되는 것에 지나지 않았다. 문학에 있어서 전후 감각은 세기말의 절망, 폐허의 의미가 전쟁으로 파괴된 서울과 피난지와 교묘하게 전의되어서 우리는 새삼스럽게 전쟁 자체의 비극적 현실보다도 제1차대전 후의 문학적 증상을 경험하지 않으면 안되었다. 그러기 때문에 50년대의 문학은 일종의 자기 해석을 포기한 정신적 공지에 세기말의 유물을 배치한 것이다. ③ 50년대는 이른바 '새 물결'에 대해서 예각화한 나머지 그것이 어떤 전통 양식으로부터 출현한 것인가를 파악하기 전에 그것 자체만을 지체(肢體)로 잘라서 공감했기 때문에 정신적 식민지로서 역할할 수밖에 없었다. 이를테면 비트, 영, 분노의 문학, 앙띠·로망들을 그것이 문학 비평의 성장 과정에 의하지 않은 고학생적 태도로 수용한 과오로써 유행된 것이다. 그러면서도 그들은 언제나 '새 물결'은 하나의 소화불량의 것으로 거부 수단이 되거나 저항 뒤에 더욱 확실하게 직면되는 서정주, 김동리의 비중에 초조한 양태로 나타난 것이다. 50년대는 문학에 있어서의 저항을 하나의 몸짓으로 밖에는 실현할 수 없었다는 점을 그들이 그들 자신에게 적응될만한 새 물결을 환영하는 태도 안에서 노정시킨 것이다. 물론 50년대의 비극은 한국 문학에 있어서 가장 비싼 상환으로 갚아져야 한다. 그러나 그들은 이 상환이 그들의 문학에 대하여 어떻게 이행될 것인가에 의문을 던져 줄 때, 그들은 50년대의 문학의 치부를 보여 준다. 이를테면 이호철의 문학은 그의 초기작이나 그의 기교주의가 반드시 50년대의 문학이라고 말할 수 없기 때문에 그것은 문학을 시대의 증인으로 제시할 경우에는 시대 없는 의식의 문학이 될 수 있다. 이것은 그 밖의 작가들에게도 작가적 주선율이 되고 있다. 이러한 몇 가지 비판의 나머지 우리는 50년대의 혼란과 허망이 남겨놓은 손창섭의 음울한 유적을 발견한다. 그는 50년대의 대표작가 밖에는 어떤 작가도 될 수 없는 불행을 가지고 있는 것이다. 그가 체험한 '신의 희작'으로서의 인간관은 50년대의 전쟁 비극을 통해서 지나치게 극대화된 것인지 모른다.

유종호는 그의 「손창섭론」에서

'……손창섭은 유달리도 인간의 본질에 대해서 관심이 깊은 작가다. 「인간동물원초」, 「인간시세」, 혹은 『낙서족』, 이렇게 그의 작품 제목에 인간이란 말이나 인간을 의미하는 어휘가 삽입되어 있는 예가 많은 것도 그 일방증(一傍證)이다. 그리고 그가 인간이란 말을 쓸 때 거기에는 으레 어떤 모멸감이 내포되어 있다.'

'……인간의 본질이나 本性에 대해서 집요한 관심을 기울이면서 손창섭이 보여주는 작중인물의 화상은 십중팔구가 모멸의 인간상이다'

라고 주장한다. 우리는 이 총괄적인 주장에 따라서 손창섭을 이해하게 될 때 전혀 다른 주장이 파생하는 바를 유의하지 않으면 안된다. 손창섭의 인간은 전혀 인과론을 거부하고 있으며 우연한 존재, 우연한 관계에 의해서 살고 있으며 그 우의에는 그들의 동작이나 문제 해결에 어떤 도덕적 필연성을 강조할 수 없는 인간들이기 때문에 우리는 그 인간을 따라가다가 우심한 무기물적인 세계를 만나는 것이다. 먼저 그의 인간군상을 종합적으로 파악해 본다. 「公休日」의 도일, 「사연기」의 동식, 「비 오는 날」의 원구, 「생활적」의 동주, 「혈서」의 달수, 「피해자」의 병준, 「미해결의 장」의 나, 「인간동물원초」의 통역관, 「유실몽」의 상근, 「설중행」의 고선생, 「광야」의 동오, 승두, 「미소」의 나, 「층계의 위치」의 나, 「치몽」의 상균들, 「소년」의 창훈, 「잉여인간」의 채익준, 천봉우, 「육체추」의 환자들은 적어도 그들이 움직이는 소설 안에서 그들 하나 하나에 상응하는 부주인공이나 배면화된 단역에 대하여 과부족이 없는 적절한 인간이하의 연극을 보이고 있다. 여기서 한국 작가가 조작한 주인공의 유형을 변별해 본다. 먼저 이광수의 안이한 초기 지식인의 체제적 질감, 김동인의 탐미적 주인공의 농밀한 표상을 지나면 이효석들의 향토적인 영감이나 서민 주인공이 김동리에 이르러 그의 미학의 극점을 추구하는 상징으로서의 인물, 완전 허구로서의 인물이 창조된 데 대해서 황순원의 내한적인 무명감의 주인공이 있다. 이런 소설 속의 인물 설정은 물론 작가의 취향에 의해서 발단하는 것이지만 그 시대의 얼굴에 틀림없는 것이다. 이광수의 주인공은 그의 여성적, 위선적, 인도주의를 관철하기 위해서 사용된 것이지만 그 시대의 지식계급의 성격은 대체로 그렇게 밖에 나타날 수 없어서 매우 미온적인 사회의식을 가지는 태도로 유지된 것을 말하고 있다. 그래서 그들은 일제 시대의 가장 안이한 '강산'이 필수로 하는 여성적 행동 범주로서 한계를 드러낸 것이다. 이에 대해서 김동인의 악마적인 유미주의 주인공들은 도저히 평온할 수 없고 매우 몰사회적인 예술지상주의를 배태하고 있는 것이다. 그 당시의 문학동인들은 이광수의 대중적 계몽적 윤리체제에 강한 반발을 일으켜서 반체제의 인간, 반사회적인 개인의 함정에 파묻혔다. 말하자면 이광수적인 안마술의 평온감으로부터 극소수의 예술적 지식계급이 생겨난 고립사회를 보여준다. 그러나 위의 두 유형이 다 같이 개화 이후의 인간상에 뿌리를 박고 있는 인간이라면 이에 대해서 이효석의 주인공은 시골 주막에서 멀어져 가는 길에서 외따로 만날 수 있는 촌부나 젊은이였다. 그것은 그 당시로서는 어떤 뜻에서 민족의 소외부라고 할 수 있었고 그것은 이조시조나 풍속화의 세계에서 이제까지 연면하게 일관해 오는 인간상의 표본이었다. 그러나 적어도 소설에 있어서의 인간성이란 이런 자연발생적인 무자각한 주인공으로 만족하는 소설 등식(等式)은 낡은 것이다. 그것을 김동리는 추상화, 상징화시켰고 오랫동안 그런 인물의 개혁이 중단·지탱되었다가 손창섭에 이르러 새로운 50년대의 인간으로 변형된 것이다. 손창섭의 주인공들은 환경에 의해서 한계 상황을 감지하고 그곳으로부터 망명하거나 사신하거나 할 수 없는 것이다. 그들은 한결같이 상식으로부터 제거된 표정을 자신의 운명에 대한 제호로 삼고 있으며 한결같이 어눌한 의지와 만성의 비속성을 지키고 있다. 그러기 때문에 이를테면 발자끄의 거시적인 '인간희극'이 보여주는 인간의 드라마틱한 총화가 손창섭에서는 아주 국부적인 협착한 인간 잡거기(雜居記)로 밖에는 나타날 수 없다. 이 점은 그를 위대한 작가로 말하려는 때에 치명적인 장해가 되고 있다. 그가 50년대의 작가라는 것만으로 말해지는 이유도 이런 사정에 따른 것이다. 그러나 그는 선천적으로 소설에 익숙하고 소설에 편승하는 작가의 각도—특이하나 평범한 각도를 가지고 있고 그 각도가 이렇다할 난관 없이 택한 인간상이 대체로 피난 생활의 가장 암담한 낙백지대(落魄地帶)에서 살고 있는 인간의 쓰레기였던 것이다. 이러한 작가의 각도가 떠올린 인물 설정에 대해서 우리는 선천적이라고 말했지만 그것을 좀더 구체적으로 알아 볼 때 그것은 작가가 자라 온 환경을 소설 무대의 환경으로 도치시킨 점을 알게 된다. 대체로 인간은 유아기 컴플렉스에 의해서 고착된 습관, 이를테면 어렸을 때 버릇 들었던 음식이 성인이 된 뒤에도 가장 맛있는 음식인 것처럼 손창섭은 아주 자연스럽고 용이하게 50년대의 피난생활에 경도된 것이다. 만약 그에게 전쟁·피난의 비극이 없었다면 그는 아무것으로도 자기상환을 할 수 없게 되었을지도 모를 만큼 그는 50년대의 불행을 행운으로 역조시킨 것이다. 그가 선택한 작중 인물들은 거의 문맹 계층이 아니다. 그리고 사회의 우위 계층에서도 아주 격리된 것이다. 이 계층사이의 한 부동지역에서 어떤 부류에도 속할 수 없는 이른바 '계급의 집시'로서 길고 비좁은 항구도시의 부산 용두산 산비탈이나 서울의 도동 바라크지대에 있는 가건물적 인생들이 그가 집요하게 물어뜯는 주인공이다. 그는 그들의 애환을 통해서 인간을 동물로 인식하기보다 동물을 인간으로 원용하는 역설을 취득하고 있다. 그런데 우리는 여기서 손창섭의 특질을 발견하고 놀라지 않을 수 없다. 유종호는 '마치 인간을 그리기 위해서 작중 인물을 묘사한 것이 아니라 그저 모멸하고 냉소하기 위해서 작중 인물을 설정하고 조작한다는 인상을 주기까지 한다'고 말하고 있지만 손창섭은 인간 해석에 있어서 도저히 양보할 수 없는 희극적 싸디즘을 동원한다. 그것은 그가 어린 시절의 창가(娼街)생활로 자라고 젊은 시절을 극단적인 유랑 생활과 단독으로 자랐기 때문에 그에게는 언제나 친숙한 생존자의 애정으로 환산되는 것이다. 우리는 청계천 판자집 부근에서 넝마를 입은 어머니가 제 아이를 사랑하는 언어란 아주 심한 욕지거리 따위라는 것, 그런 욕투성이의 사랑으로도 어떤 충격도 받지 않고 헐벗고 훔치면서 자란다는 사실과 방불해서 손창섭은 인간에 대해서 그런 욕지거리의 애정을 도모하는 어머니 역할이라고 보아도 좋은 것이다. 그러나 손창섭의 모멸·욕이 박수를 받은 것은 전시 또는 전후의 인간이 인간과 관련을 맺을 때마다 생기는 가해자의식 가학성의 심리 현상에 영합한 점을 우리는 잊을 수 없다. 이런 사디스틱·휴머니티가 가장 적당한 곳을 찾았을 때 그곳이 피난 생활의 극빈 계층임은 두말할 나위도 없다. 그런 곳의 생활이란 이미 선악도 미추도 판별할 수 없는 상태로서 인간이란 거꾸로 동물이라는 의식으로부터 겨우 느끼게 되는 것이며 하나의 평균치만을 가진 반수준의 짐승이라는 것이고 그 짐승은 언제나 좌절되고 무력하고 냉소를 자아내고 '똥냄새가 절어 든' 곳에서 '비가 새는 판잣집의 지붕 밑'에서 '파리가 들끓는' 곳에서 기이할 만큼 끈질긴 목숨을 이어나가고 있는 것이다. 우리는 왜 손창섭을 50년대의 원형이라고 하는가의 질문에 대해서 그가 반드시 모범적인 해답을 주지 않는다는 것을 잘 알고 있다. 왜냐하면 50년대의 인간상을 예증할 때 손창섭은 어느 정도 그 시대의 리얼리티에 결손되고 있기 때문이다. 그는 엄밀하게 말해서 50년대와 손창섭 자신을 합함으로써 50년대의 얼굴이라는 답을 계산하고 있는 것이다. 우리는 그 시대의 전쟁과 기아와 여러 가지의 인간고들이 손창섭의 유형과 들어맞지 않는 점을 제시할 수 있다. 첫째 모든 기존 가치와 윤리 도덕의 구성 인자가 파괴되었다고 하지만 그것은 임시적인 현상의 표면이었고 그 가치 척도는 다시 소생한 것이다. 인간이라 해도 전쟁과 극한을 체험할 때의 비인간적인 무의식과 긴박성을 지나서는 다시 제 일상적인 인간으로 복구하는 것이다. 아무리 피난 생활의 암담한 실의에 파묻혀서 헤어날 수 없다 해도 그것은 별빛을 바라보거나 꽃의 아름다움을 답습할 수 없다는 극단적인 사태만으로 관철되지 않는 것이다. 인간과 인간 사이의 애정이 언제나 희미한 불빛으로 인간의 명암상에서 꺼지지 않고 있었다. 아주 문맹 계층의 빈핍 생활에서조차 이웃에게 밀떡 한 접시를 돌릴 수 있는 미덕도 그렇게 무참하게 거부되지는 않았다. 이런 점은 손창섭과 배치되는 작가 오영수의 세계에서 찾아보기보다 도리어 손창섭의 소설 안에 환송되어서 주인공과 연관을 맺는 상관 인물들이 가진 일말의 애정이나 왜곡된 감상주의로서 역설할 수 있는 것이다. 이런 특질은 그가 인간해석에 있어서 근본적으로 비극적일 수 없다는 결론을 얻을 수 있다. 그것은 그의 주인공들의 굴절없는 무표정, 또는 때묻은 체온, 좀 어리숙하고 음흉한 교활성의 공감, 언제나 도시에서 잃지 못하는 시골다운 인간감정, 보무 당당하거나 근대적인 도보로 걸을 수 없고 게 걸음이나 어딘지 연민을 환기시키는 도보로 걷게 하는 인간 격하의 제동력들은 거의 심각한 비극 의식과는 거리가 먼 존재들이다. 그러므로 그의 인물들은 그가 그렇게도 애를 써서 처참한 환경 속에서 투입시켜도 주인공들에게는 일률적인 희화화된 비극성이고 그것은 희극의 요소를 구비하고 희극을 부연하는 역할을 하는 것으로 임무를 다한다. 아마도 이러한 손창섭의 방관자적인 싸디즘은 그 인물들을 창조했다기 보다 유형화하는데 둔탁한 천재를 발휘하는 것 같다. 그렇다면 왜 그는 이러한 인간상 밖에는 보여 줄 수 없는가라는 문제를 제기할 필요가 있다. 50년대란 아무리 절망, 불안, 허무, 폐허, 고독, 방황이란 말이 자주 쓰여졌다해도 본질적으로 그런 말과 맞지 않는 희극적인 위화감을 내포한 세대인 것이다. 그것은 해방 이후의 몇 해 동안을 사실상 실체 의식을 가져 보지 못한 채 환호성을 지르다가 정치적 혼란에 먹힌 뒤에 6·25사변의 불의를 만난 것이다. 그러기 때문에 그 시대의 인간은 인격으로서 절망할 수 없고 수족을 휘두르며 절망하는 것에 지나지 않았다. 실제로 전쟁은 전쟁 자체의 보편성보다 더 악랄한 비극으로 인간을 초토화했는데도 불구하고 인간은 인간의식의 아픔을 유희화하려는 경향이 있었고 그것을 쉽사리 허구에 귀납시킨 작가가 손창섭인 것이다. 손창섭은 시대의 비밀을 터득하는데 자신의 비밀을 꺼내버렸던 것이다. 여기서 자신의 비밀을 꺼냈다는 것은 그가 매우 운명론적인 인간상 및 인간의 운명화된 불행상을 구성할 때, 그것은 50년대 작가들이 그들의 소설 미학에서 언제나 모두처럼 달고 다니는 전쟁의 참화를 양각하는 청원 의식이 현저하게 감소된 나머지 마치 전쟁의 비극 그 자체조차도 운명론의 한 로우컬리즘으로 추출함으로서 탄로난 점에 우리는 주의한다. 이런 현상은 그가 50년대의 진지한 문학적 주제를 지양한 뒤 이른바 대중 소설로 전향하면서 구수한 인정 풍경을 냉혹한듯한 현실 배경에 대비시켜서 사용하는 인간의 어리숙한 편향을 흥미진진하게 자극하는 점에서도 곧잘 나타난다. 우리는 손창섭에게 좀 더 육박할 필요가 있다는 것은 그를 아무리 한 시대의 적의한 증인이라고 내세우고 위대한 작가라는 에피세트를 붙이고 있지만 그 예찬이 뜻하는 바는 선천적으로 지식인이기보다 대중이라는 것이다. 그의 불우한 반생기는 그를 결코 우수한 지식인이 될 수 없게 했고 고도의 인본주의 수련을 쌓을 수 없게 했고 그를 의식의 작가가 되게 할 수 없었다. 그는 그의 작문 실력이 체험과 짙은 환영에 밀착되어서 발전한 것이 그의 매너리즘이 넘치는 소설에 도달한 것에 지나지 않는다. 그러나 이 지적은 그를 더 위대하게 하는 데만 효과가 있는 것이다. 손창섭의 문학은 현대 한국 소설의 한 고전이 될 수 있고 그것은 60년대의 분석적인 작가 의식이나 개인적 작가 생활에 의해서 하나의 유물이 된 것이다.

적지않은 비평가들의 공약수로 되어 있는 인간에의 모멸과 냉소를 손창섭의 특질로 삼고 있는데 그 확률은 모멸·냉소라고 하기보다 인간적 자각의 결핍 현상에서 인간을 '그 녀석' 정도로 강등시키는 태도가 생긴다. 그것은 서구적 휴머니즘으로서의 인간이 아니라 우리들의 운명 속에서 방기되어진 낡은 파락호(破落戶)거나 시정 잡배거나 변두리 골짜기의 따라지, 뒷골목의 엽전들인 것이다. 이러한 인간상은 같은 세대의 장용학이 난삽하게 다루어 온 비인간에 대하면 훨씬 애매 몽롱한 인간상으로서 일종의 인간적 구원의식을 기대할 수 없으며 어떤 구원도 기대하지 않는 인간의 굴레를 쓴 생물로서 존재하는 것이다. 그렇다. 손창섭의 주인공 동오, 지상, 순이, 규홍, 성규, 준석들에게는 어떤 종류의 구원에서도 단절되어진 것으로서 철해 있다. 손창섭의 소설에는 한 번도 S·O·S가 타전되지 않고 있다. 그의 인물들이 갖춘 불행이란 아편을 태우면서 세월을 날려 보내는 모습, 끼니도 잇지 못하면서 허황한 미국 유학을 꿈꾸는 모습, 한 방에서 또는 이웃 방에서 서로 비슷한 불행들이 번져서 믹스되는 모습, 뒷간 출입도 제대로 못하고 하루 내내 방바닥에 뼈를 누인 채 신음하는 소녀, 몇 사람씩 공밥을 먹이면서 밤늦도록 '여자나 쓰는' 시를 쓴다고 씨름하는 모습, 거의 해골이 되어서 죽어가는 폐결핵 환자들로 되어 있으며 그 무대는 언제나 만주 변두리의 황무지거나 피난촌이거나 남산 기슭의 두더지 골짜기이며 그들의 구체적인 서술로써 엮어지는 불행의 추이에 대해서 우리는 인간의 비극을 체험하기보다 손창섭의 허구의식이 그것들에게 희극의 반사작용을 부여함으로써 마치 오랫동안 닦지 않은 황치(黃齒)와 같은 불결감을 유도하면서 이상한 동정을 청구한다. 손창섭의 인간상은 그 자체가 아무리 구원을 포기하고 있고, 손창섭이 그의 인물들을 통해서 도저히 도스또옙스키적인 신의 세계에 이르는 길을 걸을 수 없다는 사실에도 불구하고 한 가닥의 동정을 받는 대상으로서 그 주인공들은 만족하고 있다. 비록 그들이 50년대의 현실에서 얻어진 인물이라 할지라도 그것을 묘사함에 따라 언제나 약간의 부자연성과 우화적인 인상을 수반하고 그것이 그의 허구 예술의 정체로서 나타나는 것이다. 과연 그는 인간을 언제나 좀 모자라거나 좀 허황한 것으로서 기본 도형을 잡고 있으며 그런 타입 메이커로서 밖에는 그는 어떤 인간도 형성할 수 없는 것이다. 그는 처음과 끝이 같고, 이것과 저것이 같은 것이다. 이것은 손창섭만큼 정신분석을 가할만한 작가도 없다는 결론에 의해서 그의 정신적 자서전이라는 「신의 희작」으로 구명할 수 있다. 그는 그의 역경과 낯선 고장의 냉각된 환경에서 성장과정을 보냄으로써 언제나 과장된 자기보위의 감정에 길들어졌으며 그것은 그에게 최초의 세계였던 어머니에의 철저한 불신·저주를 경험함으로써 갑자기 열린 허망으로 확산되는 감정 때문에 가능했던 것이다.

> S의 외형이 이런 꼬락서닐 제야, 그 내부 내계 또한 규격 미달의 불구 상태일 것은 거의 뻔한 노릇이다.
> 그것은 의식 세계의 단적 표현인, 그의 소설이란 것을 읽어보면 족히 짐작할 수 있는 일이다. 그 속에는 첫줄 첫마디에서부터, 끝줄 끝마디까지 음산한 신음소리로 가득 차 있는 것이다. 그러나 그 작중 인물들을 유심히 뜯어보면, 결국 모두들 앓고만 있는 것은 아니다. 그들의 대부분은 이미 정신적 질병에 대한 면역성을 가지고 있는 자들이다.

우리는 작가 자신이 천명한 주인공들의 존재 양식에 관해서 아무런 이의를 제기할 수 없을 때 그것은 동시에 작가 자신의 모방인 점을 검증하게 된다. '줄리앙·소렐은 나다!'라고 스땅달은 말했다. 이런 경우에 적용한다면 손창섭이 만든 모든 인물들은 바로 손창섭인 것이다. 그는 신음 소리를 내도 그 신음 소리가 고통을 받는 상태에서보다 면역 상태에서 나오는 것이며 그것은 어떤 암흑의 현실이기보다 허상화한 비실재적 인물들로 전치된 인간들이며 또한 그것은 손창섭의 첫 조건으로써 그의 어린 시절부터 생겨난 '인생은 숫제 연극'이다라는 녹슨 체념의 확증이다. 그는 '겨우 철이 들기 시작하면서, 처음으로 어머니가 모르는 남자와 동침하는 현장을 발견'했다. 이 사실은 그에게 있어서 최초의 인간 모델의 충격이 되었다. 마치 보들레르와 어머니 사이의 부정적 모성애가 보들레르의 일생을 낭비와 지옥으로 빠지게 한 것처럼 그는 그 사건을 목격함으로써 비로소 세계와 인간의 외부를 바라보는 비순수의 눈이 떠진 것이다. 그것은 가장 완고한 눈이며 그 비순수의 눈은 한번도 감겨진 일이 없다. 그가 바라본 최초의 세계는 그를 처참한 자기 환멸, '칵 뒈져'야 할 자기 환멸 속에 있게 했고 최초의 인간은 어머니조차 하나의 부도덕한 본능의 고기 덩어리로 인식하게 한 것이다. 그러나 이러한 그의 심리적 파괴 행위는 그가 단속적으로 또는 그칠 새 없이 이어지는 역경과 불우한 그늘에 있음으로써 오히려 저항력을 키우게 되고 질긴 섬유질의 의지를 보유하게 되었으며 그 의지는 언제나 인간의 평가절하 상태에 완만한 유모어를 도입케 한 것이다. 그래서 아무리 인간이 나락에 떨어져 있다해도 그것은 그 나락의 고통을 맛보기보다 오히려 그것을 희화화함으로써 중독현상을 일으켰다. 그에게 있어서 일종의 제한된 쾌감으로서의 인간적 가학성을 자랑삼게 한 이유가 바로 이 중독현상에 다름 아니다. 그가 중학생 때부터 미개적 수치감으로 심화된 야뇨증(夜尿症)의 고민조차도, 하루에 밥 세끼 분을 한번에 먹어치우고 굶주리는 것조차도, '싸움닭'이라는 별명으로 닥치는 대로 싸움판을 벌이는 것조차도 그것이 그의 인간을 쓰러뜨리게 하는데는 도움을 주지 않았다. 그런 것들로부터 그는 극복되고 제패되어서 드디어 손창섭적 연애로서 일본 여자와 동거 생활에 이르기까지 한다. 아마도 1950년대까지 그는 줄곧 그의 네거티브 멜로드라마 문학을 위해서 그의 인생을 그의 생활

도처에서 확장하고 과장하고 자독하면서 그것을 인간 일반의 영역에까지 끌어올린 것이다. 그러므로 그는 그의 문학의 모든 디테일이나 일상적 차원에서조차 부재할 수 없고 편재하는 것이다. 우리는 손창섭이 그 자신을 신의 희작이라고 인정한 뒤 그 자신의 희작을 따라서 모든 인간의 희작성을 적출하는데 필요한 예비 수단으로 활용하고 있다. 그는 신이 하나의 희작으로서 그를 창조한 것에 대한 원죄적 도전·복수행위로써 많은 인간의 희작을 창조한 것이다. 그는 한번도 인간에게 정면으로 항변하거나 규탄하지 않았다. 그러나 그는 언제나 인간을 능숙한 바보가 되어서 빈정대는 것이다. 그는 이 모멸과 연민, 얼굴 없는 동정 따위가 없이는 인간을 바라볼 수 없는 작가인 것이다.

> "야아 이새끼, 내 눈깔 좀 똑똑히 봐. 난 부모형제두 없는 사람이
> 다."
> ⋯⋯⋯⋯
> "난 너 같은 거 한두 마리쯤 죽이구 죽어두 그만야. 내 죽음을 애석
> 해 하구 슬퍼해 줄 사람은 세상에 단 한 사람두 없으니까."

아마도 이 중학생 손창섭의 싸움질할 때의 도전사는 그가 인간 전반에 대한 그의 불이성(不易性)의 거부일 것이다. 이른바 손창섭의 이러한 인간적인 대결이 인간의 불행상만을 추구해 온 문학으로 나타난 것이라고 볼 때 그의 문학은 손창섭적 도전 행위가 된다. '이러한 그의 비현대성, 비문화성, 비일반성은 그의 정신과 육체의 기본 형성 요인인 기형성과 불구성에서 돋아난 가지[枝]로서 그의 생활과 문학에 비극과 희극을 동시에 투영해 온 근원인 것이다.'라고 그의 자서전 소설 「신의 희작」이 마감해 가고 있을 때 우리는 손창섭의 진실을 체득하지 않으면 안된다. 그의 소설은 언제나 실패작을 교묘하게 의장화함으로써 극복한 것이다. 그것이 그의

대표작 「혈서」, 「미해결의 장」, 「유실몽」, 「인간동물원초」, 「잉여인간」, 「낙서족」 들이다. 우리는 여기서 그가 어떻게 그의 인간상에 대하여 꾸준한 문체 작가로서 지속되고 있는가를 결어로 삼아 토구(討究)해 볼 수 있다. 그의 문체는 첫째, 속어성을 가지고 있다. 무엇보다도 고급의 언어기교나 상충적 조사(措辭)나 의식 구조에서 깨어난 의식 도구로서의 어감은 그에게 무의미한 것이 됨으로써 언제나 그의 언어적 질감을 중간화시키고 있다.

> "미스터 高상, 그럼 댕게 오뤠다. 쌀은 일어서 물에 당가 놨쉐다."順伊에게 흰죽을 쑤어 달라는 의미인 것이다. 東周는 언제나처럼 들은 체 만 체 누워 있을 따름이다. 鳳洙 역시 대답을 기다리는 건 아니다. 제멋대로 코를 벌룸거리며 "그래두 이 방에는 분 냄새랑 구리무 냄새가 막 풍기구 괜티않아."

「생활적」의 한 군데이다. 이 예문에서 지문은 대화문에게 수사학상으로 상당한 침해를 받으면서 비속성으로 일변한다. 이것은 손창섭의 천부적인 기술이다. 그의 자의적인 문체의 덜 세련된 익살이 강렬한 인간의 은어성을 표출해 내는데 어김없이 성공하고 있다는 사실에 우리는 찬성한다. 그는 이런 표현 형식이 아니면 그의 소설이 불가능하다는 것을 누구보다도 잘 알고 있다. 그의 소설이 채택하고 있는 인간이란 '유전형' 내지 개인, 태어난 그대로의 본능적인 인간의 의미로 쓰여진다는 코드웰의 이론에 따라서 '인간은 무엇인가 말할 수 없는 짐승 따위로 성장할 것 같지만 그렇고 않고 어떤 종류의 사회에 있어서 어떤 종류의 인간으로서 성장한다.'는 유전형을 사절한 인간 사표자로서 인간을 방증하는 서술 언어조차 최대한의 유전형을 무시하려는 본능적 속어 행위를 풍기고 있다. 그의 문체는 전혀 광택이 없는 설명체로서 그의 서술의 끈기는 좀 진부한 남성적 수사를 감행한다. 그런 모체에서 손창섭의 핵무기라고 할 수 있는 야담적 미각을 자극한다. '그는 발소리가 안 나게 집 뒤로 돌아가 처마 밑에서 벽에 기대어 밤을 새우기도 했다. 밤이 깊어 갈수록 몸이 얼어 들어오기 시작했다. 다리가 몽둥이처럼 뻣뻣해 오는 것이다. 그는 양복 저고리를 벗어서 머리에 뒤집어 쓰고 그 자리에 쪼그리고 앉았다. 자기는 왜 이렇게 살아야 하는가를 병준은 잠깐 생각해 보는 것이다.……이튿날 새벽에 누구보다도 먼저 통장네 개가 그를 발견하고 짖어댔다.' 손창섭이 즐겨 쓰고있는 것은, 여기서 절박해야 할 상태에 대한 진지한 허식보다 오히려 그것을 도외시한 익살로써 통장네 개가 짖는 것으로 병준의 속수무책을 강조하는 야담적 희극감으로 보여진다. 그는 처음부터 인격이나 어격 따위를 그다지 신빙치 않음으로써 그 두 가지를 균질적으로 저하시킴으로써 일치하는 손창섭의 인간 언어가 조립된다는 것을 우리에게 적시하는 터이다. 우리는 앞에서 그를 50년대의 한계로서 다짐했지만 그의 영속적 저변은 언제나 어떤 시대와 상황에 대해서 정면으로 의식할 수 없는 불구 현상으로써 대중적 심리의 복합체를 울릴 것이다. 우리는 50년대 소설에 있어서 이런 시대적 배신행위로서의 손창섭을 굳이 고착시키려는 노력이 어디서 오는 것인가를 누구보다도 손창섭이 먼저 알아야 할 것이다. 이제 우리는 그가 더 필요하지 않는 시대에서 문학을 일삼고 있다. 그의 소설은 오늘의 문학에 있어서 하나의 스토리 테일러의 기능밖에는, 하나의 기초적인 소설유형밖에는 어떤 강점도 지킬 수 없는 것이다. 그러나 우리들의 한 시대의 우상이었던 인격 없는 문학, 신 없는 문학의 매혹을 우리는 저버릴 수 없는 것이다.

권태형 인간상과 그 소설사적 의미

— 손창섭론 —

김영화

근대소설은 무엇보다 인간의 탐구에 그 생명이 있고, 작품을 통한 인간의 성격 제시는 독자들로 하여금 인간에 대한 새로운 이해와 흥미를 불러일으킨다. 손창섭의 인물들은 50년대 독자들에게 하나의 놀라움을 준 것이 사실이다.

1

한국 소설사의 관점에서 볼 때, 손창섭의 초기 소설은 어떤 형식으로든 소설사에 언급될 것 같다. 그것은 50년대의 한국 현실을 리얼하게 재현했다던가, 그가 제시하는 인물들이 특이하다고 해서만이 아니다.

손창섭은 종래 우리들이 가지고 있었던 현실 의식이나 인간관을 뒤엎고 아주 독특하고 특이한 현실과 인물을 제시하면서 인간의 의미를 추적하고,

거기에 소설적인 흥미를 가미해서 한국 소설의 폭을 확대했다. 손창섭이 제시하는 현실이나 인물이 우리가 지금까지 생각해 온 현실과 인물과는 아주 특이한 것인데도 조금도 생소하지 않다. 아니 오히려 생생하게 살아서 우리 앞에 다가온다. 이것은 독자에게 놀라움을 줄 수 있는 깊은 요인이다.

어째서 이런 놀라움이 일어나는가. 그것을 소설의 구조를 검토하면서 해명해 보려는 것이 이 글의 목적이다.

2

손창섭의 초기 소설을 통독하고 나서 우리가 놀라움을 갖게 되는 것은 작중 인물의 특이성과 희화화에 있다. 김동인 이후 인생의 모습을 있는 그대로 작품 속에 표현해야 한다는 요청에 따라 많은 작가들이 그가 본 인생을 작품 속에 표현해 왔다. 때로는 그런 인물들이 우리의 생활 주변에서 흔히 볼 수 있는 평범한 인물들인 경우도 있고, 아주 파격적인 인물들인 경우도 있다. 그런 인물들의 성격과 행동에서 감동을 맛보기도 하지만, 때로는 현실의 복사를 보듯 아무런 감동을 주지 못하는 경우도 있음을 보았다. 근대소설은 무엇보다 인간의 탐구에 그 생명이 있고, 작품을 통한 인간의 성격의 제시는 독자들로 하여금 인간에 대한 새로운 이해와 흥미를 불러일으킨다.

손창섭의 인물들은 50년대 독자들에게 하나의 놀라움을 준 것이 사실이다. 그것은 지금껏 보아 온 작중인물들과 비교해 볼 때 아주 독특하고 특이한 양상을 보여주었기 때문이다. 이런 인물들을 몇 가지 유형으로 분석해 보면 다음과 같다.

A형 : 도일(「공휴일」), 동식(「사연기」), 지상(「미해결의 장」), 철수(「유실
　　　몽」), 동주(「생활적」), 고선생(「설중행」), 달수(「혈서」), 원구(「비오
　　　는 날」), 동오(「광야」) 등

B형 : 봉수(「생활적」), 누이(「유실몽」), 관식(「설중행」), 준석(「혈서」), 대
　　　장(「미해결의 장」), 귀남(「설중행」), 성규(「사연기」), 하루꼬(「생활
　　　적」), 상근(「유실몽」), 순실(「피해자」), 노왕(「광야」) 등

C형 : 창애(「혈서」), 춘화(「광야」), 만실(「육체추」), 순이(「생활적」), 동옥
　　　(「비오는 날」), 광순(「미해결의 장」), 대갈장군(「피해자」), 양담배
　　　(「인간동물원초」) 등

　전통적인 관점에서 이 작중 인물들을 보게 되면 대체로 부정적 인물들이
다. 같은 부정적 인물들이면서도 비교적 긍정적 요소를 지니고 있는 인물
들은 A형이다. 적어도 이들 인물들은 보는 눈에 있어서 손창섭의 그것은
다분히 동정적이다. 이런 A형과 대조적인 인물들이 B형이다. 같은 상황
속에 A, B 두 가지 형의 인물을 몰아넣고 그들 사이에 벌어지는 갈등을
통해서 손창섭은 인간의 의미와 그 존재의 양상을 독자에게 제시하고 있는
것 같다.

　A형은 사회적 통념대로 보면 시민 사회의 중핵을 차지할 수 있는 요인을
지닌 인물들이다. 그들의 학력 수준에 있어서는 적어도 대학 교육을 받고
있거나 중퇴자거나 졸업자다. 직업에 있어서도 교원(동식·고선생)과 은
행원(도일), 또는 출판사 사원(병준)이 끼여 있어, 근대 시민 사회의 중핵을
이루는 직업에 종사하고 있다. 이들은 정도의 차이는 있으나 시민으로서의
양식을 지니고 있다. 가능한 한 인간만이 지닐 수 있는 특성을 잃지 않으려
는 의식이 없지 않다.

　그러나 B형의 인물들은 학력 수준도 A형의 그것보다 낮고 양식 그것보

다 본능에 충실한 인물들이다. A형보다 본능적이고 동물적이고 세속적이다. 돈과 성과 세속적 출세가 인생의 목표인 양 생각하며 수단과 방법을 가리지 않고 이를 추구하는 인물들이 이 형에 속한다.

이 두 유형의 인물들을 같은 상황 속에 몰아넣고 그들이 벌이는 갈등과 싸움을 지켜보다가 A형이 패배하고 있음을 발견하고 그것을 제시하고 있는 것이 손창섭이다. 그럴 때 백치형인 C형의 인물들을 그 사이에 끼여 넣어 갈등의 양상을 심화시키고 있다. 선악과 미추의 구별이나 위험과 안전에 대한 판단조차 잃고 있는 인간들을 끼워 넣음으로써 이야기의 극화에 기여하고 있다.

「미해결의 장」의 '지상'은 그의 가족들이 영어의 실력 여하에 따라 인간의 자격을 규정하고, 미국 유학을 했느냐의 여부에 따라 인간의 가치를 평가하려 들 때마다 자신은 도저히 그것에 동조할 수 없는 안타까움을 절감한다. 그리고 사필귀정, 국가민족, 진성회(眞誠會) 등 그의 주변에서 일어나는 일상사의 위선과 거짓을 꿰뚫어 보고 있으면서도 스스로의 무력을 느끼고 여기서도 피하려고 한다.

「생활적」의 '동주'와 「유실몽」의 '철수'는 '봉수'나 '누이'나 '상근'이처럼 남녀의 문제를 자웅(雌雄)의 의미로만 해석할 수 없는 데서 비극은 출발하고 있다. '봉수'와 '누이', 그리고 '상근'이는 인생의 목적은 돈과 성에 있다는 신념을 갖고 그것을 얻기 위해서는 수단과 방법을 가리지 않는다. 그러기 위해서는 인간적 신의나 양식 같은 것은 거추장스러운 것에 지나지 않는다. 그러나 '동주'나 '철수'는 그럴 수가 없을 뿐만 아니라, 그것이 크게 잘못된 것이라는 것을 느끼고 있다. 그러나 적극적으로 그것과 맞서 싸울 힘을 잃고 있다. 더 나아가 싸운다는 것조차 권태롭고 무의미한 일로 간주하고 있다.

이와 비슷한 것은 「설중행」의 '고선생'이 '관식'이의 세계를 보는 눈에서도 그렇고 「혈서」에서의 '달수'가 '준석'이의 세계에 동조할 수 없는 데도 나타난다. 따라서 A형의 인물과 B형의 인물은 동일한 상황 속에 놓이게 될 때 반드시 심한 갈등이 따르고 그 결과 A형이 패배하고 있다.

이런 패배는 새삼스런 것은 아니다. 손창섭 이전의 소설들에서도 이런 문제가 다루어진 것이 없지는 않다. 문제는 A형의 인물들의 의식의 문제다. 이들의 의식을 지배하는 것은 권태, 무의미, 피로 등이다. 적극적으로 살아가려는 의욕이 없다. 의식만 흐느적거리고 행동력이 없다. 우리가 종래 가치가 있다고 믿고 그것을 획득하려고 노력하는 일 자체에 대해서도 회의를 느끼고 있다. 때로는 회의하는 일조차 귀찮고 피로한 일로 간주하고 있다. 그들은 의식의 심연 속에 빠져 그대로 허우적거리고 있다는 느낌이 짙다.

이런 인물들은 하나의 개성을 지니고 우리 주변에서 발견할 수 있는 구체적 인물이라기보다 차라리 역사의 진전과 더불어 형성된 상징적 의미로서의 인간의 모습이라고 보아야 좋을 것 같다. 따라서 '지향'이나 '철수'나 '동주' 등은 우리 주변에서 우리와 같이 호흡하고 살아가는 인물이라기보다 우리들의 가슴 속 깊이 자리잡고 있는 인간성의 또 다른 면을 우리에게 보여 준 것이라고 보는 것이 좋을 것이다.

3

소설의 배경은 여러 가지 기능을 지니고 있다. 손창섭 소설의 경우는 무엇보다는 작중 인물들의 성격과 불가분의 관계에 있는 것이 그의 소설의 배경이다. 6 · 25 전쟁과 피난생활과, 그리고 참담한 현실 그 자체의 표현도 없지 않지만 작중 인물의 의식세계의 투영으로서의 배경이 큰 역할을 하고 있는 것 같다. 그의 소설의 대개가 비오는 현실로 그려진 것은 작중인물의 밝지 못한 의식 그것을 상징한다. 「치몽」, 「피해자」, 「사연기」, 「미해결의 장」, 「비오는 날」 등 그의 소설에 비오는 날이 많은 것은 작중 인물의 의식, 더 나아가 주제와도 관계가 있다.

> 어느 새 장마는 아니련만 어제부터 내리는 비가 그칠 줄을 모른다. 이런 날은 더욱 실내의 먼지가 밖으로 빠지지를 못하고 고여 있는 것이다. 하두 먼지를 많이 마셔서 그런지 인제는 내 목구멍에서까지 봉당내가 나는 것이다. 방에 있으면서도 전신이 비에 젖은 것처럼 눅눅해 견딜 수 없는 것이다. 그것은 몸뿐 아니라 마음이나 영혼까지도 꿀쩍하니 젖어 있는 것같이 느껴지는 것이다.
>
> 「미해결의 장」(밑줄 필자)

> 이렇게 비 내리는 날이면 마음은 감당할 수 없도록 무거워지는 것이었다. 그것은 동욱 남매의 음산한 생활풍경이 그의 뇌리를 스치고 영사막처럼 흘러갔기 때문이다. 빗소리를 들을 때마다 원구에게는 의례히 동욱과 그의 여동생 동옥이 생각나는 것이었다. 그들의 쓰러져 가는 방과 목조건물이 비의 장막 저 편에 우울하게 떠오르는 것이었다. 비록 맑은 날일지라도 동욱 오뉘의 생활을 생각하면 원구의 귀에는 빗소리가 설레이고 그의 마음 구석에는 빗물이 스며 흐르는 것 같았다.
>
> 「비오는 날」

위 인용문에서 보듯 손창섭의 소설 속에 내리는 비는 단순한 자연 현상이 아니다. 마음이나 영혼까지 젖게 하거나 맑은 날일지라도 마음 속에는 빗물이 스며 흐르는 것 같은 느낌을 준다는 것은 작중 인물의 어두운 의식 세계의 한 단면이며, 그의 소설의 주제의 어두움과도 상통하는 것이다.

적어도 손창섭의 소설의 배경은 작중 인물을 극명하게 드러내는데 기여했을 뿐만 아니라, 소설의 주제를 드러내는 데 크게 기여한다.

손창섭은 소설의 배경을 제시하면서 이중의 효과를 거두고 있다. 그것은 이들 소설의 시대적 배경이 된 6·25 직후의 암담하고 비참한 현실을 현실 그대로 리얼하게 제시하면서 동시에 작중 인물의 의식과 작품의 주제를 부각시키는 데 크게 기여했다. 그것은 배경의 효과를 적절하게 구사한 손창섭의 기술의 탁월한 부분이다.

4

손창섭의 소설의 결말은 아주 비극적이고 절망적이다. 죽음과 방황으로 끝나는 경우가 있는가 하면 아무도 돌보려 들지 않는 백치가 임신한 것을 확인시켜 미래의 비극을 예고하면서 결말을 맺는 경우도 있다. 백치의 임신을 통하여 어린아이의 아버지가 누구인지 모르는 데도 생명의 탄생의 비극을 암시한다.

「혈서」는 두 젊은이가 결론 없는 논쟁을 벌이다 식도로 손가락을 잘라, 한 사람은 기절하고 한 사람은 절뚝거리는 다리를 끌면서 어둠 속으로 사라지는 것으로 끝난다. 「생활적」은 '순이'가 죽자 '동주'는 그 죽은 여자에게 키스를 퍼부으며, 눈물을 흘리고 있는 자신이 지금 살아 있다는 것, 그리고 자기는 살아 있으니까 앞으로 죽을 수 있다는 것, 그것만이 자기가 확신할 수 있는 단 하나의 장래라고 생각하며 다시 한번 시체 위에 키스하는 것으로 끝을 맺는다. 앞날에 죽을 수 있다는 엄연한 사실, 그것은 인간이 확인할 수 있는 '단 하나의 장래'임에 틀림없을 것이다. 그 죽음을 위해서 결국 인간은 참담하게 살고 있음을 손창섭은 소설을 통하여 제시하고 있다.

이 외에도 그의 소설의 결말은 비극적이고 절망적인 것이 많다. '동옥'이를 팔아먹은 줄 알면서도 왜 팔았느냐는 항의할 힘마저 상실한 채 오한을 느끼며 앓고 난 사람처럼 밭두둑 길을 걸어가는 '원구'(「비오는 날」)의 경우나, 깡패에게 몰매를 맞으면서 '광순'이를 부르고 있는 지상(「미해결의 장」)의 경우, 그리고 '관식'이와 '귀남'이를 쫓아 놓고 눈오는 날 한강뚝을 걷고 있는 '고선생'(「설중행」)의 앞날도 암담, 그것밖에 없다.

소설의 결말은 하나의 이야기의 종말이요, 그 다음 이야기의 시작이다. 소설의 결말을 통해 새로운 이야기의 시작은 이미 표백된다. 손창섭이 보는 인생은 상당히 절망적이다.

그렇다면 절망에 그쳐 버렸을까. 그런 것만은 아닌 것 같다. 그렇지 않을 수도 있다는 약간의 암시가 없는 것도 아니다. 그것은 이 세상이 달라질 때 가능하다는 것이다. 그리고 인간의 의미도 달라져야 한다는 것이다. 그러려고 하면 인간의 그 위선적인 습성에서 벗어나야 한다는 것이다. 그리고 인생의 습성화된 위선의 가면을 벗어나야 하며 공식적인 사고 방식을 버리는데 있다는 것(「설중행」)이다. 또 잃어버린 하늘 옷을 찾아야 하는 일(「유실몽」)이다. 그렇지 못하는 날 이 지상과 인간은 도저히 구원을 받을 수 없다는 것이다. 적어도 구제를 받기 위해서는 이 지구는 파멸하고 또 하나의 창조주가 나타나기를 기대하고 있는 것이 작가 손창섭인 것 같다.

우리는 가끔 이 이 세상이 완전히 없어지고 새로운 세상이, 그리고 새로운 의미를 지닌 인간들이 태어났으면 하는 공상을 할 때가 있다. 특히 손창섭은 그것을 더욱 원했는지 모른다. 이 세상이 달라지지 않는 한 사람들은 얼마나 바보짓을 하고 있으며, 또 바보이지 않을 수 없는 여러 가지 실례(작품)들을 제시하고 있다. 그런 속에서는 도저히 구원의 길이 없다는 것이다. 때문에 한 사람의 인간이 죽는다고 해서 문제가 해결되는 것도 아니라는 것이다.

> "문선생! 당신은 죽으면 모든 문제가 해결된다고 생각합니까?"
> "물론이지. 죽기만 하면 만사는 마지막이니까!"
> "물론이라구요? 그래 당신이 죽는다구 해서 이 세상이 달라진단
> 말입니까? 당신만 없어지면 그래 지구덩이의 피부병이 완치된단 말입
> 니까?"

「미해결의 장」

어느 특정한 개인의 죽음 그것은 그 개인에게는 문제가 해결될 수 있어
도 인간의 문제 그것은 해결될 수 없다는 것이다. 이것은 손창섭이 인생과
사회를 보는 눈이 그대로 드러난 것이요, 그의 비극적 인생관의 표백이라
고 볼 수 있을 것이다.

5

인간은 존엄한 존재라고 믿고 싶고, 또 그러기를 희망하는 것이 인간의
속성일 것이다. 여기에 정면으로 도전하고 나선 것이 손창섭의 세계인
것 같다. 오히려 그 반대라고 주장하고 있는지도 모른다.

> 나는 오늘도 걸음을 멈추고 그 구멍으로 운동장을 들여다 보는 것
> 이다. 마침 쉬는 시간인 모양이다. 어린애들이 넓은 마당에 가득히
> 들끓고 있다. 나는 언제나처럼 어이없는 공상에 취해보는 것이다. 그
> 공상에 의하면 나는 지금 현미경을 들여다보고 있는 병리학자(病理學
> 者)인 것이다. 난치(難治)의 피부병에 신음하고 있는 지구덩이의 위촉
> 을 받고 병원체의 발견에 착수한 것이다. 그것이 '인간'이라는 박테리

아에 의해서 발생되는 질병이라는 것을 알았지만, 아직도 그 세균이 어떠한 상태로 발생 번식해 나가는지를 밝히지 못하고 있는 것이다. 그러니 치료법에 있어서는 더욱 캄캄할 뿐이다. (중략) 나는 아이들을 들여다보며 한숨을 쉬는 것이다. 아직은 활동을 못하지만 고것들이 완전히 성장하게 되면 지구의 피부에 악착같이 달라붙어 야금야금 갉아먹을 것이다. 인간이라는 병균에 침범 당해 그 피부는 는적는적 썩어 들어가는 지구덩이를 상상하며 나는 구멍에서 눈을 떼고 춤을 뱉았다.

「미해결의 장」

이 인용문을 보면 지구는 이 세상, 인간은 병균으로 비유되어 있다. 존엄한 존재라고 생각해 온 인간을 병균이라고 이야기하는데 손창섭의 인간관의 한 모습을 볼 수 있다. 그의 소설 도처에 인간에 대한 조소와 야유, 그리고 모멸의 시선을 보게 되는 것은 손창섭의 인간관에서 연유한다. 위에서 검토한 먹고 배설하는 기능밖에 가지지 못한 C형의 인물인 '창애' 나 '춘화'나 '순이'……등은 말할 것도 없고 근대 시민 사회의 중핵을 이룰 수 있는 교원, 은행원, 출판사사원, 대학생 등인 A형의 인물들도 오십보 백보라는 것이다. 따라서 점잖은 체 위선의 가면을 쓰고 앉아 있다가 그것을 벗어버릴 때 얼마나 어처구니없는 짓을 하는가를 보여준다.

'관식' 이에게 점잖은 충고를 늘어놓으면서도 잠자는 '귀남' 이의 입술에 키스를 퍼붓는 '고선생' (「설중행」), 성적 충동이나 그것의 추구를 경멸해야 할 것이라고 생각하면서도 '하루꼬' 와의 첫날밤에 그대로 수컷일 수밖에 없었던 '동주' (「생활적」), '누이' 부부가 성관계를 할 때마다 육체의 일부를 매만질 수밖에 없는 '철수' (「유실몽」) 등 인간의 동물적 약점이 적나라하게 드러난다.

지나친 선량성이 도리어 악이 될 수도 있다는 것을 보여주는 「피해자」의

'병준'과 「사연기」의 '동식' 절망한 나머지 술을 마시면서 목사가 되겠노라는 '동욱' (「비오는 날」) 등 인간이 지닌 약점이 그대로 노출되어 혐오감을 불러일으키게 하는 것이 손창섭의 작중 인물이다.

사회적 통념에 따르면 그의 작중 인물들은 한결같이 비정상인이다. 정신적 불구이거나 육체적 불구이거나 사회 도덕률의 모범과는 거리가 먼 인물이고, 또 이들 인물들은 그의 조소와 야유를 받고 있다.

> 정말로 자기는 아무 것도 아니라고 생각했다. 이 세상에 인간으로 태어난 것이 자기의 과오 같이만 해석되는 것이었다. 그처럼 인간행세에 도무지 자신이 서지 않는 그는 누구 앞에서나 실없이 비굴할 수밖에 없는 것이다.
>
> 「피해자」

인간이 자존심을 잃을 때 그것은 인간의 특성을 잃어버리는 것과 같다. 이제 남은 것은 개나 돼지와 같은 동물적 존재에 지나지 않는다. 인간이 동물로 전락할 때 본능과 충동에 따라 움직이게 되고 사유의 기능도 마비된다. 손창섭의 작중 인물들을 관통해 흐르고 있는 것은 성충동에 의한 행동이다. 세련되지 못한 동물 그대로의 성충동의 표백은 「고금소총」을 읽을 때에 느꼈던 무엇이라 꼬집어 말할 수 없는 일종의 혐오감을 불러일으킨다. 그렇게 존엄하다고 하는 인간이 고작 이 정도인가? 하는 생각에 이르렀을 때 독자들의 마음은 가벼운 것만이 아닐 것이다. 여기에 독자들은 쓴웃음, 비극적 유모어를 발견하게 된다. 그것은 흔히 민담 가운데서도 볼 수 있는 것이다.

일본의 학자 앵정덕태랑(櫻井德太郎)은 민담 중의 소화를 세 가지로 나누고 있다. 첫째가 이상성격형, 둘째가 우자(愚者)형, 셋째가 흉내내기형이다. 손창섭의 작중 인물들은 대개 첫째와 둘째형에 부합된다. 인간을 바보나 천치로 만들어 놓고 그것을 비웃게 하는 수법을 구사했던 것이다.

민담은 대(大)와 소(小), 정직과 부정직, 청빈과 탐욕, 선과 악 등 두개의 기조가 양립한다. 이 두개의 기조가 사회적, 도징적(道徵的), 감정적인 대립과 갈등을 거치면서 약자와 선자가 패배를 계속하다가 초자연적인 힘에 의해 승리하는 것으로 결말을 맺는다. 손창섭의 소설의 경우도 그 두개의 기조나 대립 갈등의 양상은 비슷한 데가 있다. 그러나 민담에서처럼 초자연적인 구원의 힘이 제거되고 있다. 독자의 희망과는 달리 선자, 약자가 참담한 패배를 하고 도리어 작가의 야유와 조소를 받고 독자들마저 그런 정서적 반응을 갖게 된다.

민담이 일반서민을 상대로 하는 이야기인 것처럼, 그리고 서민들의 흥미를 끄는 이야기인 것처럼 그의 소설은 서민 취향, 서민 기질, 그리고 대중소설적 요소를 다분히 지니고 있다. 서민들에게는 사람들이 지나치게 선량하거나 바보 행세를 구경하기를 좋아하는 짓궂은 생리를 지니고 있다. 그는 그러한 인간의 심리를 교묘하게 파악하고 그것을 이용했을 뿐이다. 그것이 그의 소설을 재미있게 만드는 요인이 되고 있다.

6

손창섭 소설의 특징은 작중 인물의 특이성과 소설의 재미에 있다.

작중 인물의 특이성은 그의 독특한 인간관의 표현이며, 그것은 인간성의 집요한 탐구라는 근대소설의 본령에 접근하려는 태도다. 아직도 한국 소설이 딛고 넘어가야 할 것이 바로 이 점이다. 인간성에 대한 집요한 탐구가 한국 소설에는 부족한 것 같다. 독자들이 소설을 통해 찾는 것은 인간에 대한 탐구나 이해만은 물론 아니다. 그러나 소설이 인간의 삶을 표현하는 것이라고 하면 인간 자체에 대한 탐구가 필수적이다. 인간에 대한 탐구와 이해 없이 어떤 사회적, 정치적, 상황이나 역사 속에 인간을 던져 넣고 그 반응만을 보이는 것은 허구의 조작이라는 인상을 배제할 수 없다. 사회의 규범이나 도덕률, 또는 가치관을 전제하면서, 그 표준을 앞에 놓고 거기에 부합되는 인물을 창조한다든지 시대적 유행에 민감하게 반응하는 인간을 통해서 인간성의 탐구나 인간의 심층 심리를 드러내기는 어려울 것이다. 그 점에서 손창섭 소설은 일차 소설사적 의의를 갖는다.

또 그의 작중 인물들은 권태형 인물이 많다. 언제나 심신이 피로해 있고 가치가 있는 일을 발견할 수 없는 인물들이다. 자기가 하고자 하는 일에 대해서 적극적인 의욕조차 없다. 오히려 종래 가치가 있다고 믿어왔던 것조차 지극히 무의미한 것으로 느끼는 절망 속의 인간상이다. 이것을 우리의 소설사에 조명해 볼 때 이상의 「날개」의 작중 인물과 아주 비슷하다. 「날개」의 주인공도 뚜렷한 목적 의식을 갖고 있지도 않고 전통적 가치를 고수하지도 않는 인물이며 언제나 권태 속에 있다. 산다는 것조차 무의미하고 권태롭다는 이 인물과 손창섭의 인물은 그 점에서 상당한 유사점을 갖고 있다. 그리고 김승옥의 작중 인물과도 일맥 상통하고 있다는 느낌이 있다. 더구나 이들 인물들은 인격의 붕괴 과정에 있거나 붕괴된 인물들이다. 그 점에서는 50년대의 후반이나 70년대에 나온 소설들의 인물과도 일맥상통하는 점이 있다. 인격의 파산, 가치관의 붕괴, 그것이 잠재적으로 오늘날의 소설의 인물의 의식을 지배하고 있는 것처럼 보인다. 그 점에서는 오늘날의 작가들에게도 손창섭의 숨결이 스며있는 것 같은 생각마저 일게 한다. 이 점은 더 두고 지켜보아야 하겠지만 확실히 그의 인간관과 인격의 해체는 우리 소설사에 언급하고 넘어갈 부분이 될 것 같다.

이런 유의 소설의 한 가지 문제는 문학의 기능 문제다. 문학도 인간

구제의 길에 한몫을 담당해야 한다고 하면 손창섭의 문학은 어떤 기능을 하고 있는가. 근대소설이 추구했던 인간성의 탐구는 탐구 그 자체에 그친 것일까. 그것을 통해 인간 구제의 길을 모색하고자 했던 것은 아닐까. 이 문제는 손창섭의 소설만을 두고 생각한다기보다 오늘날 대량으로 쏟아져 나오는 소설들을 두고 한 번 생각해봄직한 문제일 것이다.

손창섭 소설의 의미 매김

조남현

1. 초기소설—'병자'와 '병신'의 생태학

손창섭은『문예』52년 6월호와 53년 6월호에서 단편「공휴일」과「사선기」가 추천되면서 문단에 나왔다. 그 후 손창섭은「잉여인간」(『사상계』, 1958.9)을 발표함으로써 자신의 성가를 확실하게 굳힐 수 있었던 때까지「혈서」,「미해결의 장」등 20 여편의 단편들을 써냈다. 손창섭의 경우, 초기작이라 하면 데뷔작「공휴일」에서「잉여인간」직전의 소설「잡초의 의지」(『신태양』, 58.8)까지 사이의 작품들을 가리키는 것이라 할 수 있다. 시각에 따라서는,「잉여인간」이 초기작의 도달점이 될 수도 있고 아니면 손창섭의 50년대의 끝 작품「포말의 의지」(『현대문학』, 59. 11)로 초기작이 마감될 수도 있을 것이다. 그런데 초기작의 범위를 어떻게 확정짓든지 간에 대체로 작가의 창작 의도나 방향과는 별 연관성이 없는 10진법의 연대성 따위를 그 절대적 기준으로 고집하는 태도는 문제가 아닐 수 없다. 가령, 10년 단위의 연대가 바뀌었다고 해서 자신의 작품 세계의 색깔이나 방향을 '근본적으로' 뒤바꾸어버리는 작가는 실제로 거의 없다시피 하다.

손창섭의 소설들, 그 중에서도 초기작은 소설 연구에 있어 가장 중요하면서도 효과적인 작업은 바로 '작중 인물 연구'라는 명제를 잘 충족시켜 준다. 「공휴일」에서 「잡초의 의지」에 이르기까지의 소설들에는 주요 인물로 병자, 불구자, 창녀 등의 존재들이 빈번히 등장하고 있다. 이 때의 '병자'는 「사선기」(『문예』, 53.6)의 성규(폐병), 「인간동물원초」(『문학예술』, 55.8)에서의 주사장(임질), 「유실몽」(『사상계』, 56. 3)의 강노인(신경통), 「생활적」(『현대공론』,54. 11)에서의 순이(폐병) 등과 같이 외견상으로 뚜렷하게 육신의 병을 앓고 있는 인물을 가리키는 말로 썼거니와, 눈에 잘 뜨이지 않는 정신상의 병을 앓는 인물까지 포함시킬 수 있다고 보면 손창섭의 소설들은 거의 모두 '병자'를 설정한 결과가 된다. 정신면에서 '이상(異常)의 징후'를 내보이는 인물까지를 '병자(病者)'의 범주에 넣을 수 있다고 볼 경우, 손창섭의 초기 소설을 '병자의 소설'이라고 이름하는 것이 헛소리는 안될 것이다. '병자의 소설'이라는 명명이 가능하다는 이야기는 손창섭의 소설을 읽고 해석하는 자리에 있어서 작중 인물 연구가 대번에 가장 큰 성과를 올릴 수 있다는 의미가 된다.

손창섭의 초기 소설에서 넓은 의미의 병자가 거의 모든 작품에 등장하고 있다는 사실 못지 않게 중요한 것은 이때의 남성 인물들 대부분이 무능하거나, 나약하거나, 떳떳치 못한 그런 인간상으로 처리되어 있다는 점이다. 이런 면에서 보자면, 기종 인습에 끝까지 굴복하지 않은 「저어(齟齬)」(『사상계』, 55.7)의 광호, '힘있는 자'에 얽힌 상식적 관념과 순응주의적 태도에 끝까지 맞서 싸운 「고독한 영웅」(『현대문학』, 58.1)에서의 인구 등은 손창섭의 소설에서 오히려 예외적인 존재가 될 수밖에 없다.

「잉여인간」을 포함해서 「비오는 날」(『문예』, 53.11), 「혈서」(『현대문학』, 55.1), 「미해결의 장」, 「유실몽」 등과 같은 손창섭의 수작들은 바로 이렇듯 무능하고, 못나고, 병신 같고, 한심하기 짝이 없는 남자 주인공을 설정한 데서 하나의 공통점을 갖는다. 이러한 부정적, 소극적, 패배적인 남성 인물을 제시한 소설들이 '가치 있는' 또 '주목할 만한' 작품들의 대열에 끼어들게 된 사실은 우연의 일치로 보기는 어렵다. 바로 손창섭은 '남성다움'이나 '인간다움'에서 소외된 남자들의 경우에 각별한 관심을 가졌던 것이며, 이들 존재들을 통해 50년대 전후 우리 사회와 삶의 모습을 가장 정확하게 투시할 수 있다고 생각한 것인지도 모른다. 손창섭의 초기 소설에서 무능하고, 병신 같은 남자가 주요 인물로 등장하는 소설들이 질적·양적인 면에서 큰 비중을 차지하고 있음을 부정할 수 없는 한, 데뷔작에서 「잉여인간」 이전까지의 그의 소설들에는 '병신형 소설'이 엄연히 큰 갈래를 이루고 있다는 판단이 나올 수 있게 된다.

손창섭은 데뷔작 「공휴일」에서부터 무력증에서 허우적거리는 남자를 그려 보였다. 은행원으로 근무한 지 10년이 되어 가는 「공휴일」의 주인공 도일은 한마디로 '늙은' 젊은이의 사고와 행동 양식을 보인다. '오래간만에 맞이하는 휴일(休日)이라서 별로이 좋을 일도 없지만, 그렇다고 또한 안 좋을 것도 없었다'(『문예』, 52. 6, p.192)로 서두를 떼고 있는 「공휴일」은 도일이 자신의 일생에서 가장 중요한 결혼 문제마저 무관심, 우유부단, 소극성의 태도로 일관한다는 이야기를 들려주는데 초점을 맞춘 것이다. 그는 사랑했던 여자로부터 실연을 당하자 몸부림치며 괴로워하지는 않았지만 그렇다고 그녀를 깨끗하게 잊은 것도 아니었다. 다른 여자와 엉겁결에 약혼은 했지만 그 약혼녀를 싫어하는 것도 좋아하는 것도 아니었고, 다만 그녀가 점점 적극적인 모습으로 변해가는 것에 겁을 먹고 있는 중이었다.

도일은 별로 구미가 댕기는 것도 아니었지만, 그렇다고 꼬집어 거절할 조건도 용기도 미처 발견하지 못하고 우물쭈물하는 사이에—이를테면 전차 같은 것을 타고 가다가 사소한 일로 이 정류장에서 내릴까 말까 머뭇거리는 동안에 전차는 그만 떠나 버리고 말듯이, 그 뽄새로 약혼이랍시고 이루어졌던 것이다. (중략) 그의 이러한 권태증은 이성문제나 결혼문제에 한해서 뿐은 아니었다. 자기를 둘러싸고 있는 온갖 인물에게 도일은 흥미도 애정도 느껴보지 못하는 것이었다. 다만 그에게는 의무만이 있을 뿐이었다. 아들로서, 친구로서, 은행원으로서, 국민으로서의 의무만을 감당해 나갈 뿐이었다.

(『문예』, 52.6, p.198)

그러나 이 소설은 도일이 권태감과 무기력증 그리고 자포자기적 관념에서 끝까지 헤어나지 못하는 그런 상태로 버려 두지 않는다. 어항을 들여다보던 도일은 자기와 약혼녀 금순은 결국 따로따로 놀 수밖에 없는 '붕어'와 '미꾸라지'와 같은 관계라고 파악하고는 금순에게 파혼 선언을 하러 집을 나서게 된다. 결국 이 작품은 남주인공을 우유부단, 소극성, 불확실성 등의 진공관에서 끄집어내는 식으로 결말을 맺은 것이다.

「비오는 날」에서 소아마비인 여동생을 1·4후퇴 때, 데리고 남하한 후 남의 초상화를 그려주며 그 대가로써 겨우 연명해 가는 동욱은 마침내 능력의 한계를 절감하게 된다. 불구자인 여동생, 또 그녀의 불신감, 비만 오면 마구 새는 집, 끼니 걱정, 앞날에 대한 전망의 부재 등으로 엮어진 현실 앞에서 동욱은 끝내 신경질 환자로 변해 갔으며 누이 동옥을 친구 원구에게 강제로 떠 맡길 궁리를 하게 된다. 집주인 노파에게 사기 당해 오갈 데 없는 알거지가 되자 동욱은 나 몰라라 하고 군에 입대해버린다. 대학까지 나오고 장차 목사가 되겠다고 한 동욱은 불구자인 누이동생 하나 건사하는 것마저 실패했을 정도로 무능한 꼴을 보이고 만 것이다.

「혈서」는 전쟁에 나갔다가 다리 한쪽 잃고 돌아 온 준석, 군대도 기피하고 취직도 못한 상태이면서 대학에 갈 꿈은 결코 포기하지 않는 달수, 부농의 아들로 친구들의 생활비를 다 대주고 있긴 하나 시 쓰는 일에만 몰두하는 규홍, 그리고 간질병을 앓고 있는 창애를 등장시키고 있는 점에서 손창섭의 초기 소설의 모델이 되는 것이라 하겠다. 앞서 지적한 것처럼 손창섭의 초기 소설은 일명 '병자'의 생태학을, 일면 '병신 같은 남자'의 생태학을 잘 보여주고 있는 것이기 때문이다. 이 소설에서 준석은 달수에게는 새디스트로 나타나고 있으며, 규홍에게는 아무리 기생적 존재라고 해도 당당하게 대하려 한다. '군속으로 일선을 편력하다가 한쪽 다리를 호개(중공군)에게 맥힌 준석'은 달수는 말할 것도 없고 규홍마저도 '병신 같은 놈'으로 본다.

> 준석에게는 도대체 규홍이가 문학을 한다는 것부터가 비위에 거슬렸다. 정치, 군사, 실업, 자연과학 같은 부문 외에는 모두 여자들이나 할 일이지 대장부가 관여할 사업이 못 된다고 생각하고 있는 준석이었다. 그러한 그는 규홍이가 밤을 새우다시피 해 가면서 시를 외우고 쓰고 하는 것이 유치하기 이를 데 없어 보였다. 더욱이 책상 앞에 붙어있는 규홍의 시란 걸 읽으면 당장 밸이 뒤틀려서 견딜 수 없는 것이었다.
> 「어이 무턱, 저게 뭐야, 저게 도대체 무슨 개수작이야.」
>
> (『현대문학』, 55.1 p.179)

아버지를 속이고 국문과에 들어가 문학 공부에 심취하는 가운데 '혈서 쓰듯 살고 싶다'는 요지의 시 「혈서」를 벽에다 좌우명처럼 붙여놓고 사는 규홍에겐 이미 준석, 달수 그리고 창애는 현실에서 낙오된 존재로 비친 것이나 다름없다. 자기의 아픈 곳을 계속 찔러대며 '룸펜', '기피자'를 줄기차게 들먹거리는 준석에게 항거 한번 못했던 달수는 준석이가 창애를 건드려 임신시킨 것을 알게 되자 그를 고발하겠다고 으름장을 놓는다. 이처럼 작가 손창섭은 그가 자신의 초기 소설들 속에서 선별적으로 제시했던 '병적 인간', '불구자', '환자', '무능한 남자' 등을 「혈서」에서는 한 집, 한 방에 같이 거주하게 만들면서 그들로 하여금 명시적이든 묵시적이든 서로 바보라고 손가락질 하게끔 만들어놓은 것이다. 손창섭이 노골적으로 어떤 작중인물의 편을 들고 있는지는 「혈서」 그 자체만 보면 알기 어렵다. 그러나 「혈서」를 전후로 한 작품들에 나타난 '병자'나 '병신'에 드는 인물들의 양태를 자세히 살펴보면, 손창섭이 「혈서」에서는 규홍이란 인물에 비교적 크게 동조하는 것임을 알게 된다. 이렇게 보면 「혈서」의 인물들 중에서는 달수나 준석이가 규홍이보다는 무능하고, 못난, 떳떳치 못한 경우에 바짝 다가서는 것이라 할 수 있다.

「피해자」(『신태양』 55.3)의 주인공 병준은 아예 소설의 제목이 잘 가리키고 있는 것처럼 '나약하고', '소심한' 인물의 표본으로 그려지고 있다. 출판사 사원인 병준은 사기꾼이나 다름없는 장인, 장인과 죽이 맞아 자기를 때로는 협박하고, 때로는 유혹하는 뻔뻔한 계집, 보기만 해도 가슴이 답답해오는 의붓자식들, 몇 달째 월급을 안주는 사장 등의 존재들에게 짓눌려 반항 한번 제대로 하지 못한 채 자살하고 만다. 병준이 무엇이 두려웠고 또 무엇이 답답해서 장인이나 마누라에게 큰소리 한번 치지 못하고 '심신이 나날이 피로해 가는 것을 의식하다가' 마침내 자살해버린 것인지, 그에 대해서는 손창섭은 납득할 만한 배경이나 이유를 제시하지 않았다. 따라서 병준은 문자 그대로 나약하기 짝이 없는 바보로 평가될 수밖에 없다.

손창섭의 초기 소설들 가운데서 무능하거나, 병신 같거나, 한심한 남자들의 모습을 「미해결의 장」만큼 다양하게 또 여실하게 보여준 작품은 없다고 해도 과언이 아니다. 이 소설은 대학생인 지상이 자기 집안 식구들,

이웃 문학생 집안 식구들, 문선생 여동생 광순이 등을 관찰하고 나서 쓴 일기의 형식으로 되어 있다. 「미해결의 장」도 「혈서」와 마찬가지로 작중 인물들이 서로 노골적으로든 마음속으로든 병신이니 한심한 놈이니 하고 욕하고 있는 관계를 기본 구조로 취하고 있다. 이 소설에선 '나'(지상)의 위치와 형태를 일러주는 대목들을 우선적으로 찾아볼 필요가 있다.

㉮ 미국은 고사하고 나는 요지음 대학에도 제대로 나가지 못하는 것이다. 그것은 납부금을 제때에 바치지 못해서만도 아닌 것이다. 물론 그것이 하나의 중요한 동기이기는 하였다. 그러나 그 보다도 나는 주위와 자신의 중압감을 감당해 나갈 수 없는 것이다. 이 대가리가, 동체가, 팔다리가 그리고 먼지와 함께 방안에 배꼭 차 있는 무의미가, 나는 무거워 견딜 수 없는 것이다.

(『현대문학』, 55. 6,p.172)

㉯ 왜냐하면 「죽어라, 죽어!」소리 뒤에는 고무장갑 같은 대장의 손이 내 따귀를 갈기는 것이 거의 공식화되어 있었기 때문이다. 이러한 식구들 가운데서 나만 정말 아무 것도 아닌 것이다. 암만해도 자신이 미국을 가야 할 하등의 이유도 나는 발견하지 못하는 것이다. (pp.171~172)

㉰ 나는 언제나처럼 어이없는 공상에 취해 보는 것이다. 그 공상에 의하면, 나는 지금 현미경을 드려다 보고 있는 병리학자(病理學者)인 것이다. 난치(難治)의 피부병에 신음하고 있는 지구덩이의 위촉을 받고 병원체의 발견에 착수한 것이다. (p.175)

㉱ 그것은 좀 전까지 광순이가 자고 있던 자리인 것이다. 나는 이불을 들치고 그 속으로 기어들었다. 밤에도 제대로 잠을 못 자는 나는 가끔 여기에 와서 낮잠을 자는 것이다. 왜 그런지 광순의 이불 속에

들어가 누우면 잠이 잘 오는 것이다. (p.176)

ⓐ 나는 그 길로 식당을 나와 광순의 「오피스」를 향해 뛰어 갔다. 나는 그 문간에 서 있는 한 색씨에게 부탁해서 광순을 불러 냈다. 무슨 일인가 하고 광순은 이내 따라 나왔다. 나는 급히 쓸 일이 있다고 하고 백환을 더 청했다. 광순은 잠자코 백환 짜리를 한 장 내 손에 얹어 주었다. (p.184)

㉮의 부분은 대학생인 '내'가 어째서 더 대학에 다니지도 않고 게다가 한술 더 떠 가정이든 사회든 '세계'에 어울리지 않는 행동이나 하고 다니는가에 대해 모처럼 그 배경 요인을 설명한 것이다. 기본적으로 손창섭은 작중 인물이나 사건에 대해 설명보다는 묘사에, '말하기'보다는 '보여주기'에 치중한 작가다. ㉯는 '내'가 온통 미국 유학병에 사로잡혀 있는 아버지와 형제들로부터 소외당하고 있음을 잘 일러준 부분이며 ㉰와 ⓐ는 '나'의 바보 같고, 한심하기 짝이 없는 형태의 구체적 실례를 들어 보이고 있는 부분이다. '나'는, 여대생의 신분으로 오빠와 나머지 식구들을 먹여 살리기 위해 몸 파는 여인으로 전락, 급기야는 대학에서도 쫓겨나버린 광순이와는 친척이나 애인 관계도 아니면서 심심하면 용돈을 타 쓰곤 하는 것이다. 또, 대낮에는 문선생네 집에 가서 광순이가 자고 나간 이부자리 속으로 들어가 낮잠을 자곤 하는 기행을 보이기도 하였다. ㉰는 작중 인물 '나'의 공상이 펼쳐진 것이라기보다는 작가 손창섭의 작가의식—50년대 전후사회를 어디까지나 병리학자의 입장과 시각에서 바라보고자 한 작가의식이 드러난 것이라고 보아도 좋을 것이다.

「미해결의 장」은 무능한 데서 끝나지 않고 과대망상증까지 보여주는 남자들을 그려놓음으로써 '병적 인간'의 진경을 더 넓혀놓은 결과를 가져오기도 했다. 손창섭의 다른 초기 소설들이 대체로 무능·무력·자포자기 등의 형태로써 병적 징후를 드러낸 인물들을 그려 보일 수 있었던 것에 비한다면 「미해결의 장」이 과대망상증에 걸린 인물들에게 눈을 뜬 것은 하나의 신선한 매력이라고 할 수도 있다. 이 소설 속에서의 '진성회'는 바로 과대망상증으로 자신들의 무능과 무력을 잠시라도 덮어보려는 남자들의 집합체다.

> 진성회의 회원은 현재 나의 대장(부친), 문선생, 장선생 이렇게 세 사람뿐이다. 진실하고, 성실한 사람들끼리 모여, 국가 민족과, 인류 사회를 위해서 진실하고 성실한 일을 하다가 죽자는 것이 소위 '진성회'의 취지인 것이다. 그들은 이 지구상에서 자기네 세 사람만이 가장 진실하고 성실한 인간이라고 생각하고 있는 것이다. 따라서 민족과 인류를 위해 진실하고 성실한 일을 할 수 있는 인재도 역시 자기들뿐이라고 자신하고 있는 것이다. 그들은 한달에 한번씩 정례 회의를 열고 세상이 자기들을 몰라주고 하늘이 때를 허락하지 않음을 개탄하는 것이다.   (p.177)

천하의 인재인 자기들을 세상이 몰라준다고 개탄하고 울분을 토하는 이들 세 사람은 부인이나 누이가 몸을 망쳐가며 벌어오는 돈으로 먹고 사는 존재들로, 이미 가장으로서의 최소한의 능력과 권위마저 잃어버린 인물들이다. 부인이 소학교 교원인 장선생은 늘 부인의 눈치나 보면서 완전히 주부 노릇을 하고 지내며, 문선생은 위궤양을 앓고 있으면서 여동생이 몸팔아 벌어온 돈으로 슬픔과 자포자기적 태도를 보이며 하루 하루 지내고 있고, '나'의 아버지는 뼈만 남은 어머니가 하는 일을 옆에서 돕는 '제품 직공'에 불과한 신세로, 자식들에게 미국 유학 타령이나 해대는 알콜 중독자에 지나지 않는다. 무능자인데다가 병적 징후의 제일 두드러진 실례가 되는 과대망상증이 겹쳐진 이들 세 인물은 서로 소외되지 않기 위해 한자리에 모였고 이렇게 해서 나타난 것이 바로 '진성회'인 것이다.

「유실몽」에서 여러 번 결혼한 경력이 있으면서 지금은 술집에 나가는 누이 집에 얹혀 있으면서 집보고 애기 돌보아주는 일을 하고 있는 '나'(철수)도 악하지는 않지만 '무능자'의 카테고리에 드는 인물이라 할 수 있다. 이 소설 속에서의 '나'는 사업한답시고 매일같이 돈을 뜯어 가는 매부 상근에 비하면 분명 건실한 맛이 있기는 하지만, 낮에는 공장에 나가며 밤에는 교원자격 검정고시에 여념이 없는 춘자에 비하면 의지도 박약할 뿐 아니라 앞날에 대한 비전도 아주 흐릿한 편이다.

「잡초의 의지」에서의 유선생은 기본적으로 선량하기는 하지만 앞날에 대한 계획성, 어려운 현실을 정면에서 적극적으로 타개하려는 의지 같은 것은 결여된 인물로 나타난다. 이에 반해 「설중행」('문학예술', 56. 4)에서 먹고 잘 데가 없어 가난한 중학교 은사에게 얹히게 된 관식은 점점 건달기를 짙게 드러내며 인정이나 체면보다는 돈이 우선이라는 속악한 생각과 행동으로 빠지고 만다.

앞에서 살펴본 것처럼, 「피해자」는 창녀나 다름없는 여자에 의해 한 선량한 남자가 무기력하게 희생되는 과정을 들려주었고 「미해결의 장」에서는 무능하고 병든 오빠를 만난 누이동생이 불가항력으로 창녀로 전락해 버리는 과정을 들을 수 있었다. 그런가 하면 「유실몽」은 이상의 「날개」가 원형이 되고 있는 무능한 남편/ 몸파는 아내라는 관계를 설정해 보이고 있다. 남편의 무능이 원인이고 아내의 매춘 행위가 결과가 되는 그런 식의 기본 관계를 설정한 작품은 손창섭의 초기작에서는 거의 찾기가 어렵다. 이 기본 관계를 좀 확대해석하여 '무능한 남자'와 '몸파는 여자'로 놓을 경우, 이 두 요소가 한 공간 안에서 동시에 나타나는 작품으로는 「생활적」, 「저녁놀」 같은 것이 있기는 하다. 손창섭의 초기작들 중 창녀 혹은 술집 여자가 등장하는 소설로는 「생활적」, 「피해자」, 「미해결의 장」, 「유실몽」, 「사제한」, 「층계의 위치」, 「저녁놀」, 「소년」 등이 있다. 양적인 면에서 볼 때는 '무능한 남자'가 등장하는 소설과 거의 같은 비중을 갖는 것이라 할 수 있다. 이런 점에서, 비록 무능한 남자라는 요소와 몸 파는 여자라는 요소가 인과관계를 맺거나 병치되는 경우의 작품들이 많지 않다 하더라도 손창섭의 초기 소설에 있어 남성의 무능·무력·권위 상실 등의 모티프는 여성의 매춘이란 모티프와 하나의 짝을 이루었다고 할 수 있다.

'병'을 육신상의 질병과 불구로 좁혀놓고 보아도, 손창섭의 초기작에서 '병자'를 다룬 소설은 위의 두 갈래의 소설에 결코 뒤지지 않는 무게와 값을 지닌 것으로 나타나게 된다. 「사선기」, 「비오는 날」, 「생활적」 등은 병자가 주인공으로 나타난 경우이고 「혈서」, 「피해자」, 「미해결의 장」, 「인간동물원초」, 「유실몽」 등은 대체로 보조인물로 다루어진 경우다. 이 중에서도 「사선기」, 「생활적」, 「유실몽」 등은 병을 앓고 있는 인물의 모습을 찬찬하게 잘 묘사한 흔적을 드러내고 있다. 그런가 하면 「생활적」은 앞서 지적한 「미해결의 장」의 경우와 마찬가지로 육신상의 병 혹은 정신상의 병적 징후가 나타나게 된 근본 원인을 파헤쳐 보기도 하였다.

> 얼마 전까지만 해도 동주는 낯선 사람들에게 대해서는 병적으로 공포를 품어 왔다. 공산정치 하에 있었을 때는 더 심했었다. 정체를 모르는 사람에겐 어떻게 대해야 될지를 모를 뿐 아니라, 도대체 이 세상에 자기에게 위해를 가할 망정 누구 하나 이득을 가져다 줄 사람은 없다고 생각하기 때문이다.

동주의 심신을 정상인으로서 활동할 수 없을 정도로 쇠약하게 만든 '병적 공포심'은 어디에서 그 뿌리를 찾아야 할 것인가. 손창섭은 이미 이 소설의 앞부분에서 동주가 포로수용소 내에서 몇몇 동지가 '적색포로에게 맞아죽은 것'을 직접 눈으로 보았을 뿐만 아니라 그 후 그 장면이 잠자리에서 악몽으로 자꾸 되살아나고 있음을 친절하게 밝혀놓은 바 있다. 결국 동주가 앓고 있는 공포심과 이에서 비롯된 기인증(忌人症), 그 병원체는 전쟁에서 찾아낼 수밖에 없게 된 것이다. 동주와 같은 반공포로 출신으로는 「조건부」(『문학예술』, 57. 8)에서의 남주인공 성갑주가 있긴 하나 작중의 사건과 성갑주의 반공포로 출신이라는 과거는 연관성이 없는 것으로 그려지고 있다. 그리고 과거에 좌익활동을 했던 인물로는 「사선기」에서의 성규, 「유실몽」에서의 재순의 생부가 있긴 하나 두 인물 역시 현재의 상황이 좌익활동으로서의 과거에 직접 연결되어 있는 식으로 그려지고 있진 않다.

손창섭의 초기 소설에서 또 한가지 특별히 주목해야 할 것은 「비오는 날」, 「생활적」, 「혈서」, 「유실몽」, 「설중행」, 「층계의 위치」, 「치몽」, 「조건부」, 「잡초의 의지」 등의 작품들이 단적인 실례가 되고 있는 것처럼 작중 인물들이 자기 집 혹은 자기 방에서 거주하지 못하고 있다는 점이다. 제 집이나 방이 없는 설움을 겪어야 하는 것은 물론, 원하지 않는 사람들이 같은 거주 공간에 있는 나머지 기이한 인간관계가 형성되는 현상마저 빚어지게 된 것이다. 한 개인에게 있어 자기가 원하는 거주 공간이 없다는 것은 '뿌리뽑힌 자', '소외된 자'로서의 병적 심리나 파행적 행태가 곧이어 나타날 것을 예고하는 것이나 다름없다.

2. 「잉여인간」―손창섭의 정점(頂點)

데뷔작 「공휴일」(『문예』, 1952. 6)에서 「잉여인간」 직전의 단편 「잡초의 의지」(『신태양』, 1958. 8)까지 사이의 주인공들은 이상에서 살펴본 것처럼 무능한 남자, 몸 파는 여자, 육신상의 병자 등으로 대별된다. 이러한 몇 부류의 인물들은 '병자'라는 이름 아래 하나로 묶일 수가 있다. 이 때의

'병자'는 외적·내적인 면에서 실조나 불구의 상태로부터 벗어나지 못한 존재들을 가리키는 것으로, 특히 무능자와 창녀의 경우, 개인 그 자체의 심리적 요인보다는 사회적 요인 쪽을 더 크게 눈여겨 보아야 더욱 확실한 이해와 인식에 다가가게 될 것이다. 그럼에도 손창섭은 다분히 의도적으로 이들 인물들을 사회적 배경이나 요인과는 단절시킨 가운데 형상화하고 해석한 듯한 결과를 드러내고 있다. 그의 초기 소설들은 한 인물이 설정되고 해부되는 과정에 있어서 에고나 리비도의 담지자라는 측면이 사회적 동물로서의 측면을 압도하고 있음을 잘 보여준다.

물론, 손창섭의 「잉여인간」 이전까지의 소설들이 50년대의 시대상이나 사회적 풍경으로 향해 있는 문을 완전히 닫아걸었다고 단정하기는 어렵다. 비록 사회학적 상상력을 본격적으로 가동시킨 것은 아니지만, 그는 전란, 궁핍상, 허무주의 풍조, 구조적 모순 등과 같은 사회적 배경 요인을 조금씩은 내 비칠 줄 알았기 때문이다.

그는 50년대 전후사회를 막바로 소설 속의 배경으로 설정하고, 명시해 놓는 대신 여러 논자들이 손창섭의 초기 소설의 뚜렷한 상징적 장치로 지적해 온 '계속 내리는 비', '음산하고 어두운 바깥 분위기'를 인물들의 주변에 쳐놓는 데 힘썼다. 여기에다 앞장 끝 부분에서 지적한 내용, 즉 '제 집이나 방이 없는 설움'까지 합쳐 생각하면, 손창섭의 초기 소설은 '비가 오거나 음산한 날(시간적 배경), 낡아빠진 셋방(공간적 배경)에서 정신이나 육체가 병든 남녀(인물)가 계속 앓고 있다(사건)'는 공식을 중심에다 두고 있는 것으로 정리된다.

이 시기의 대표작으로 꼽히는 「생활적」, 「미해결의 장」, 「비오는 날」, 「혈서」, 「유실몽」 등을 보면, 손창섭의 서사적 공간은 몸에 병이 든 환자들과 정신이상자들이 마구 뒤섞여 있는 병실을 방불케 한다. 바로 손창섭은 50년대 전후 우리 사회를 병실로 파악한 것인지 모른다.

그러나 병실 속에는 환자들과 정신적 불구자들만 있는 것은 아니었다. 「사선기」에서의 동식, 「비오는 날」에서의 원구, 「유실몽」에서의 춘자, 「사제한」에서의 진수, 「소년」에서의 구선생 등이 좋은 예가 되고 있는 것처럼 병자들을 체념과 자비(自卑)의 늪에서 건져내려는 가운데 조력, 구제, 계몽 등의 역할을 해내려는 인물들도 나타난다. 물론 결과적으로 볼 때 이러한 인물들이 자임했던 역할은 그냥 말뿐이지 실제는 거의 없는 것으로 드러나고 만다. 이 소설들은 대체로 작중 인물들이 처해 있는 현실의 타개나 개선이 거의 이루어지지 않은 식으로 결말을 맺고 있기 때문이다. 병자들이 처해 있는 현실이 타개되었거나 개선된 흔적들이 거의 드러나지 않았다는 점은 결국 손창섭이 조력자나 계몽자 혹은 메시아로서의 역할을 행사하였을 법한 이들 인물들에게 아주 작은 비중을 두었다는 의미가 된다. 「사선기」의 동식, 「비오는 날」의 원구, 「사제한」의 진수 등은 작중의 근본적인 상황에 한번 시원하게 참여해보지도 못한 채 결국 단순한 목격자로 끝나고 말았으며 「유실몽」의 춘자는 현실 극복 의지를 그냥 꿈으로 간직한 채 끝나고 만다. 그리고 「소년」에서의 여교사 구남영이 문제아 창훈을 선도하려는 노력도 뚜렷한 성과를 맺지 못한다. 손창섭은 이들 인물들을 결국 패배하거나 좌절하는 것으로 마무리하고는 있지만, 이들 인물들이 굳이 윤리적 관점을 빌리지 않는다 하더라도 건강하고, 선량하고, 적극적인 인간형에 속하는 것임은 부정할 수 없다.

그렇지만 손창섭은 이런 인간형을 계속해서 단역이나 보조적 인물의 수준으로 내버려 둔 것은 아니었다. 「잉여인간」바로 직전에 발표된 「가부녀」(『자유문학』, 1958.1), 「고독한 영웅」(『현대문학』, 1958.1), 「잡초의 의지」(『신태양』, 1958.8) 등에서 손창섭은 인정이라든가 의리라든가 양심과 같은 '인간다운' 가치를 지키기 위해 돈, 권력, 동물적 욕망으로부터의 위협과 유혹을 뿌리치기에 애를 쓰는 인물들을 프로타고니스트로 내세우고

자 하는 작가적 태도를 분명하게 내보이고 있다. 이 세 작품은 병든 인간들과 병든 사회 앞에서 구경꾼으로 남아 있을 수밖에 없었거나 무력하게 패퇴했던 건강하고, 선량하고, 가치 지향에 적극적이었던 인물들이 실지회복의 결과를 낳았음을 잘 실증해준 것이라 하겠다. 이렇듯 인간다운 가치를 지켰거나 혹은 지향한 인물들의 작품 내에서의 위치가 단순 목격자에서 주인공으로 반전된 것은 손창섭의 인간관과 세계관이 내밀하지만 분명하게 변화를 일으킨 데 기인한다.

정확히 말하자면 1958년도에 들어서면서부터, 그는 '병자'와 '병실'에다가 작가적 시선을 고정시켰던 기왕의 태도를 수정하기 시작하였다. 그는 병자들에게 뿐만 아니라 건강하고, 가치 지향적인 인간형들에게도 관심을 기울이기 시작했고 '병실'을 에워싸고 있는 '사회'에도 눈길을 돌릴 줄 알게 되었다. 그리고 마냥 인간 부정론으로 치달렸던 일원론적 인간관에서 부정적 현상과 긍정적 현상의 공존을 인정하는 이원론적 인간관으로 자리를 옮기게 되었고, 한 개인을 해석하고 형상화하는 과정에 있어서 이드니 에고니 하는 개념 못지 않게 '사회적 동물'로서의 측면도 중시할 수 있게 되었다.

「잉여인간」(『사상계』,1958.9)은 손창섭이 기본적인 인간관과 소설 구성방법의 면에서 보인 일대 변화를 잘 실증해준 「가부녀」, 「고독한 영웅」, 잡초의 의지」의 연장선에 놓고 보아야 한다. 이 세 작품이 '새로운' 인식과 시각을 획득하기에 힘쓴 실험작에 들 수 있는 것이라면, 「잉여인간」은 이러한 인식과 시각에 있어 옛것과 새것이 안정된 분위기 속에서 잘 어울려 있는 경우라 할 수 있다.

「잉여인간」에서 보인 새로움은 구체적으로 어떤 것을 가리키는 것인가. 서만기, 홍인숙, 은주 등과 같은 건실하고 정직한 인물들을 작중의 인물들로 부각시키려 했고 또 프러스 모델로 암시하려 했다는 점, 넓은 의미의 병자를 그리는 데 있어 병적인 모습과 행태를 드러내 보이는 수준에서 멈추는 대신 '병'의 원인을 찾아내어 적시하려 했다는 점, 이야기를 끌고 나가는 과정에 있어서 정신분석학적 시각에의 의존도를 크게 낮추었고 동시에 사회학적 상상력을 적극 활용하기 시작했다는 점 등은 손창섭 소설의 새것 지향과 변화를 잘 일러주는 것이 된다. 이전 같으면 그는 천봉우나 채익중과 같은 '병자'나 '병신'을 단연 프로타고니스트로 설정했을 것이며 또 이들 인물들의 병든 몰골과 행태를 묘사하는 수준에서 끝내고 말았을 것이다. 그리고 이들 병자들을 '사회'로 내몰려고도 하지 않았을 것이다.

천봉우나 채익준은 합리성·정직성·온건함·견인주의적(堅忍主義的) 자세 등의 덕목에다 먹고사는 데 필요한 기술적 지식까지 갖춘 서만기의 옆에 서 있게 되면서 그들의 무력증·무책임성·비사회적 생각과 태도 등은 더욱 선명하게 음각되는 결과를 맞게 된다. 천봉우와 채익준은 둘 다 서만기와 대비됨으로써 병적 인간, 부정적 인물로 더욱 뚜렷하게 부각되는 공통점을 안고 있긴 하나, 자폐증과 과대망상증의 차이가 분명한 것처럼 두 인물 사이에도 사고와 행태의 면에서 큰 차이가 있게 된다.

채익준은 자기 앞가림 하나 제대로 못하면서 먼 데 있는 것, 큰 것에 환상적인 집착을 갖는 과대망상증의 인간이다. 그는 집에다 돈 한푼 갖다 주지 못하는 무능한 가장이다. 그러면서도 그는 불의와 부정, 부패와 모순을 저지른 사람들에 대해서는 남달리 큰 목소리로 아낌없이 비판을 가한다. 채익준은 소매치기, 날치기, 모리배, 협잡꾼, 밀수범, 부패한 관리 등 반사회적이고 반국가적인 패덕자나 범죄자들은 모조리 총살형에 처해야 한다는 극언을 서슴지 않는다. 그는 한국을 도둑의 나라라고 한 한 외국기자의 말을 전폭 지지하기도 하고, 한국인은 참을성 없는 조폭한 민족이라는 국내외의 일반적 통념을 여과하지 않은 채 자기 것으로 만들어버리기도 한다. 부정, 부패, 사기 등에 관한 소식을 담은 신문 기사를 보면 여지없이 목청을 돋우고 핏대를 올리며 비분강개에 **빠져들곤** 하는 채익준과 같은 인간형은 가장 가까운 현실에 대한 처리능력의 결핍을 멀고도 추상적인 현실에 대한 의도적인 관심증대로써 위장하고 접근법에 기울어졌던 과거와는 달리 사회학적 상상력의 렌즈도 깨끗이 닦아 채익준의 속사정을 잘 파헤쳐 보이고 있다.

> 익준은 취직을 단념하고 있었다. 왜정 때 겨우 중학을 나왔을 뿐 특수한 기술도 빽도 없는데다가 나이마저 삼십고개를 반이나 넘어섰고 보니 취직이란 말 그대로 별따기였다. 게다가 남달리 정의감과 결벽성이 세기 때문에 사소한 부정이나 불의를 보고도 참지 못하는 그는 설사 어떤 직장이 걸렸다 해도 오래 붙어 있지 못했을 것이다. 사변 전에도 직장다운 직장을 오래 가져 보지 못했던 것은 오로지 그러한 그의 성격 탓이었다. 그렇다고 장사를 하자니 밑천도 없었거니와 이 또한 고지식한 그에게 될 일이 아니었다. 언젠가는 생각다 못해 노동판에도 섞여 보았다. 그 역시 해보지 않던 일이라 한 몫을 감당할 수도 없었거니와 사무실에서 인부들의 임금을 속여먹는 줄 알게 되자 대뜸 쫓아가서 시비 끝에 주먹다짐까지 벌어졌던 것이다.[1]

현실적응력 혹은 사회적응 의지를 가로막는 결과가 된 지나친 정의감과 결벽성은 채익준의 경우 후천적인 경험의 소산이라기보다 생득적인 성격이 짙은 것으로 그려져 있다. 지나친 결벽증도 병적 징후임에 틀림없는 것이긴 하지만, 만일 이때의 결벽증이 정의감과 원리원칙 고수의 정신을 핵심으로 삼고 있는 것이라면 그것은 하나의 소외현상은 될지언정 병적인 것이라고 부르기는 어렵다. 이런 점에서 진짜로 병든 것은 채익준이 아니라 채익준을 에워싸고 있는 시대요, 사회일 수 있다. 어쩌면 채익준은 정의

---

1) 『사상계』, 1958.9, 360면.

감과 원리원칙 고수의지로 떠받쳐져 있는 결벽증에서 헤어나지 못한 나머지 불의와 부패, 사기와 요령이 횡행하는 동시대로부터 저절로 소외되어버리고 만 것일 수도 있다. 그러나 앞서 잠깐 지적한 바와 같이 채익준은 굶기를 밥먹듯 하는 식구들, 병을 앓다 약 한번 써보지 못한 채 죽어버린 아내라는 '바로 눈앞의' 현실에 처해서도 손가락 하나 까딱하지 못하는 무능력과 의무방기를 드러냄으로써 병적 인간 운운의 혐의로부터 해방될 수 있는 가능성을 살리지 못한 결과가 되고 만 셈이다. 그는 곧고 깨끗하게 살려고는 했지만 실지(實地)에는 뿌리를 내리지 못하였던 것이다. 그는 자기 집안 하나 제대로 건사하지 못한 한심한 인간이긴 했지만, 한국인으로서의 자존심과 실익을 동시에 충족시킬 수 있는 길이 무엇인가를 적극적으로 모색할 줄 알았던 협량(狹量)을 지니기도 했다.

「잉여인간」에서 '양심적이고 동지적인 자본주를 얻어먹고 살 수도 있고 동시에 국가사회에도 이익할 수 잇는 사업을 일으키겠다'[2]는 채익준의 꿈은 그의 온갖 노력에도 불구하고 한갓 백일몽으로 끝나고 만다. 그러나 철저한 신용과 친절 본위를 모토로 하여 외국인 전용의 일용 잡화 및 식료품 상회를 경영함으로써 한국인의 정직성과 자존심 그리고 실익을 한꺼번에 다 살려 낼 수 있다고 본 채익준의 아이디어는 단순한 환상으로만 몰아칠 것은 아니다. 그의 결벽증 자체가 50년대 우리 사회의 한 지향점이기도 한 '도덕성 회복'을 암시하고 있었던 것처럼 이러한 계획과 꿈도 작가 손창섭 자신이 우리 사회의 앞날을 헤아린 끝에 내어놓은 현상 타개책 혹은 발전 방안으로 해석될 수 있는 소지가 없지 않기 때문이다. 이러한 아이디어가 적시대적(適時代的)인 것이었는지의 여부는 차치하고라도 또 실현가능성이 있는 것인지의 여부는 그만 두고라도 손창섭이 작중 인물의 머리를

---

2) 위의 책, 360면.

통해서 현실 타개의 한 방안을 제시하였다는 것은 그로서는 일대 변화가 아닐 수 없다.

이 소설에서 채익준의 삶은 '지나친 결벽증→현실 적응 실패→자기 합리화→과대망상증'의 도정을 밟은 것으로 설명된다. 한마디로 채익준은 눈앞의 현실을 정확하게 보는데 필요한 '안경'을 쓰려 하지 않은 채 '망원경'을 보는 데만 급급했다는 것이다. 「잉여인간」 속에서 채익준이 써야 할 '안경'을 쓰지 않았다는 사실은 매우 큰 의미로 작용하게 된다. 채익준은 '안경'을 쓰지 않음으로 해서 다시 말해 기본적이면서도 구체적이고 또 바로 목전에 다가서 있는 현실을 외면해버림으로써 '잉여인간'이라는 손가락질을 받게 된 것이다. 「잉여인간」의 끝대목은 장모가 익준에게 '어이구, 차라리 쓸모 없는 저 따위나 잡아가지 않구 염라대왕두 망발이시지!'[3]하고 독설을 뱉는 것으로 처리되어 있다.

가장으로서의 의무를 저버리고 사회에서의 역할 기대에 일체 무관심한 점에선 천봉우는 채익준과 동질적인 인간이다. 그러나 이 두 인물은 여러 각도에서 차이점을 드러내고 있다. 일례로, 채익준이 비록 과대망상증으로 귀결되고 말았지만 윤리, 민족, 국가, 사회 등의 개념에 눈을 뜰 줄 알았던 데 반해 천봉우는 '자아'를 에워싸고 있는 모든 개념들에 아예 시선을 주지 않는 것으로 드러난다. 채익준이 한 성인 남자로서의 인식과 관심의 화살을 너무 멀리 쏘아버리려 한 것이라면 천봉준은 자기 자신을 향해서만 활시위를 당긴 것이라 할 수 있다. 또, 채익준이 결벽증의 포로가 된 것이라면, 천봉우는 무력증이나 자폐증의 포로가 된 것으로 보인다.

만기 치과의원에 날마다 출근하다시피 나와, 간호원 홍인숙을 졸졸 따라다니고, 심심하면 자고, 그 이외에는 무표정한 얼굴로 말없이 의자에 앉아

---

3) 위의 책, 376면.

있는 것이 봉우의 일상성이다. 그는 전적으로 아내에게 의존하고 있고 따라서 아내가 어떻게 살고 놀아나는지에 대해서도 일체 무관심하며 무반응이다.

봉우는 어쩌다가 이렇듯 폐인이 되고 만 것일까.

중학 시절에는 그토록 재기발랄하고 야심가였던 그가 일단 현실 사회에 몸을 잠그고 부대끼기 시작하면서부터 차츰 무슨 일에나 시들해지기 시작하더니 전란통에 양친과 형제를 잃고 난 다음부터는 영 딴 사람처럼 인간 만사에 흥미를 잃은 사람이 되어버리고 말았다. 심지어 그는 자기 아내에게까지 남편다운 관심과 구실을 다하지 못하고 있는 것이다.[4]

'전란통에 양친과 형제를 다 잃고 난 다음' 하는 식으로 구체적인 원인이 제시되어 있긴 하지만, '현실 사회에 몸을~무슨 일에나 시들해지기 시작하더니'와 같은 대목이 모호성과 추상성으로 착색되어버린 이상, 천봉우의 자폐증, 무기력증은 후천적 요인보다는 기질적 요인이 더 크게 작용한 것이라고 볼 수밖에 없다. 보기에 따라서는 위의 대목에서 명시 또는 암시된 인과관계는 필연성을 놓쳐버린 것일 수도 있다.

그러나, 천봉우가 어째서 늘 수면 부족을 느끼고 있는가에 대한 해답을 들려주고 있는 대목에서는 인과 논리를 단단하게 구축한 것으로 보인다.

그러니까 자연 깊은 잠을 이루지 못한다. 그렇게 된 연유를 그는 6·25 사변으로 돌리는 것이다. 피난 나갈 기회를 놓치고 적치(赤治) 삼 개월 꼬박 서울에 숨어 지낸 봉우는 빨갱이와 공습에 대한 공포감 때문에 잠시도 마음 놓고 잠들어본 적이 없다고 한다. (중략) 그러기에

---

4) 위의 책, 350면.

꼬집어 말하면 그는 자면서도 깨어 있고 깨어 있으면서도 자고 있는
상태인 것이다. 까닭에 그는 밤낮 없이 자면서도 항시 수면부족을
느끼지 않을 수 없는 모양이다.[5]

　'자면서도 깨어 있고 깨어 있으면서도 자고 있는 상태'가 계속되다 보면
일/휴식, 밤/낮, 기쁨/슬픔, 긴장/이완 등의 이원체계가 무너지게 되며 마침
내는 자기 분열이 일어나고 만다. 전쟁을 겪은 한 개인이 마침내 자기
동일성이 파괴되거나 자기 분열증을 일으키는 결과를 맞았다고 하는 손창
섭류의 논리는 물론 「잉여인간」에서 처음 보인 것은 아니다. 그는 이미
「사선기」, 「생활적」, 「혈서」, 「잡초의 의지」 등의 작품에서 병적 상태나
병든 인간의 주요 원인으로 '6 · 25'를 슬며시 내비쳤던 것이다. 손창섭은
「잉여인간」에 와서는 좀 더 자신 있는 어조로 '6 · 25'를 들먹거리고 있다.
손창섭이 작중 인물을 전쟁의 피해자로 부각시키려는 태도가 「사선기」,
「생활적」, 「혈서」 등에서는 아직은 분명치 못했던 것으로 나타났는데 「잉
여인간」에 오면 전쟁은 가해자, 개인은 피해자라는 도식이 분명하게 자리
를 잡게 된다. 천봉우는 바로 이런 도식의 매개자가 되고 있다.
　서만기와 같은 '모범생'을 비꼬는 말투 한번 없이 긍정적으로 그려낸
것은 손창섭으로서는 큰 변화임에 틀림없다. 손창섭의 초기 소설의 지배적
인 창작 의도를 '인간 모멸'이라고 풀이한 다음과 같은 견해 앞에 서게
되면 서만기, 홍인숙과 같은 인물이 손창섭의 인간관의 일대 변화의 산물
임을 인정치 않을 수 없게 된다.

　　인간의 본질이나 본성에 대해서 집요한 관심을 기울이면서 손창섭
　　이 보여준 작중인물의 화상은 십중팔구가 모멸의 인간상이다. 마치

---

5) 위의 책, 349면.

인간을 그리기 위해서 작중인물을 묘사한 것이 아니라 그저 모멸하고
냉소하기 위해서 작중인물을 설정하고 조작한다는 인상을 주기까지
한다.6)

손창섭은 '인간 모멸'에서 '인간 찬미'로 발전했다고 할 수 있을 만큼
서만기를 단점이 거의 없는 인간으로 그려놓고 있다. 그는 서만기에게
'영국풍의 신사', '군계일학', '출중한 의료기술', '귀공자풍', '풍부한 교
양' 등의 찬사를 보내었을 뿐만 아니라, 물질과 여자의 유혹에 조금도 흔들
리지 않는 남자로 형상화하기도 하였다. 만기의 예사롭지 않은 풍모는
이 정도에서 끝나지 않는다. 만기는 처가 식구까지 합쳐 열 네 명이나
되는 가족을 부양하느라 늘 쪼들리고 허덕거림에도 불구하고 한번도 얼굴
을 찡그리거나 짜증낸 적이 없는 것으로 그려졌다. 흠잡을 데가 거의 없는
인물로 그려진 서만기를 보면 손창섭에게도 인간을 따뜻하고도 사랑스럽
게 볼 줄 아는 시선과 마음이 있음을 긍정하게 된다. 그리하여 그는 자신의
과거의 소설에서는 좀처럼 보여주지 않았던 참된 사랑의 순간을 「잉여인
간」에서는 보여줄 수 있게 된 것이다. 「가부녀」, 「고독한 영웅」 이전의
손창섭의 소설들은 '인간은 인간에 대하여 승냥이'라는 따위의 부정적인
인간관에 의해 떠받쳐진 것이거니와, 이러한 인간관은 비로소 「잉여인간」
에 와서 근본적인 도전을 받게 된 것이라 할 수 있다.

만기는 자기에게 지워진 고통을 혼자서만 이를 사려 물고 이겨나갔
다. 하두 고민이 심할 때는 입맛을 잃고 잠도 제대로 이루지 못했다.
그러한 만기의 심중을 아내만은 알았다. 밤새껏 엎치락 뒤치락 하며
남편이 잠을 못드는 밤이면 아내는 말 없이 만기를 끌어안고 소리를
죽여가며 흐느껴 울었다. 그런 때 만기는 도리어 아내의 등을 어루만

---

6) 유종호, 「모멸과 연민」(上), 『현대문학』, 1959. 9, 73면.

지며 위로해주는 것이었다.[7]

「잉여인간」 이후의 소설에서도 이처럼 공감가게시리 한 개인과 타인이 이해와 사랑을 나누는 장면을 찾기란 쉽지 않다. 따뜻한 이해와 사랑으로 뭉쳐진 서만기와 그의 처의 경우는 완전히 형식으로만 부부인 천봉우와 그의 아내의 불행한 관계를, 가난 때문에 아내가 일찍 죽고 마는 채익준 부부의 비극적 관계를 더욱더 잘 음각하는 것이 된다. 물론, 이 소설의 제목이 '잉여인간'으로 되어 있는 이상, 서만기와 그의 처 같은 모범생의 입장을 내세우는 것이 손창섭의 근본적인 창작 의도였다고 하기는 어려울 것이다.

서만기의 성실성과 견인주의적 태도에 감복한 나머지 그 동안의 급료를 한푼도 쓰지 않고 모아 그것을 병원신축 자금으로 내놓겠다는 간호원 미쓰 홍, 만기가 말없이 고생하는 것이 안타까워 다니던 대학을 중퇴하고 취직한 가운데 형부를 진정으로 존경하고 사랑하는 처제 은주는 『낙서족』에 가서 한상희로 발전되는 '천사형'의 인물이라 할 수 있다. 「잉여인간」에서 서만기, 처, 처제, 미쓰 홍 사이에서 이루어진 화해와 교감의 분위기는 특히 「혈서」, 「미해결의 장」, 「인간동물원초」 등에서 서로 처절하게 물고 뜯는 분위기와는 좋은 대조가 된다. 양적인 면에서 보자면 손창섭의 소설 세계는 후자의 분위기가 주도하는 것으로 나타난다.

인간 부정, 인간 모멸, 인간 격하의 냄새가 물씬 풍기는 제목인 「인간동물원초」, 「인간시세」, 『낙서족』, 「잡초의 의지」 등의 연장선에다 「잉여인간」을 올려놓고 볼 경우, 이 작품은 상당히 탈색은 되었다곤 하지만 아직도 손창섭이 인간혐오증을 앓고 있음을 입증하는 것이 된다. 그리고 채익준,

---

7) 『사상계』, 1958. 9, 366면.

천봉우, 천봉우의 처 등이 주요 인물로 떠오르게 된다.

그러나 윤리 의식이니 사회 의식이니 하는 것을 거추장스러운 것으로 보면서 인간을 이드의 색깔로만 칠하려 했던 일련의 초기작들과 「잉여인간」 사이에 인간다움의 가치를 적극 모색한 「가부녀」, 「고독한 영웅」, 「잡초의 의지」 등이 엄존해 있음을 염두에 둘 경우, 「잉여인간」은 기존의 인간관과 맹목적인 부정 심리에서 해방되고자 한 손창섭의 몸부림의 소산으로 비치기 쉽다. 「잉여인간」에 오면서 손창섭은 최소한 두 가지 이상의 색깔로 인간세계를 색칠할 수 있게 된 것이다. 병적인 것 옆에 건강한 것을, 무가치한 것 옆에 가치지향적인 것을, 무력증의 반대편에 적극적 의지를 놓을 줄 알게 되었다는 것이다. 그리고 무엇보다도 손창섭은 사회학적 상상력의 중요성을 깨닫게 된 것이다.

3. 『낙서족』—'반죽'의 실패

「잉여인간」과 「낙서족」(『사상계』, 1959.3) 사이에 「인간시세」(『현대문학』, 1958.11)가 발표되었음을, 또 「잉여인간」, 『낙서족』의 앞과 뒤에 「잡초의 의지」(『신태양』1958.8)와 「포말의 의지」(『현대문학』, 1959.11)가 각각 놓여 있음을 주목할 필요가 있다.

「잉여인간」을 손창섭이 '병실'에서 나와 이제 막 '사회' 속으로 들어간 것으로 볼 수 있다면 「인간시세」는 손창섭이 '역사' 쪽을 향해 발걸음을 옮기기 시작한 것으로 풀이할 수 있다. 『낙서족』은 중심부를 향해 제대로 발걸음을 옮긴 것인지의 여부는 차치하더라도 손창섭이 '역사'속에 뛰어들었음을 잘 보여준다. '역사'를 향해 갔다는 점에서 『낙서족』은 명실공히 「인간시세」의 연장선에 서 있는 것이 된다.

「잉여인간」,『낙서족』의 앞과 뒤에 「잡초의 의지」와 「포말의 의지」가 놓여 있는 것도 우연으로만 보기는 어렵다. 애까지 딸린 창녀를 진심으로 돌보아주는 한 사내의 경우를 들려주고 있는 「잡초의 의지」나 전쟁 때 각각 동생과 남편을 잃은 한 남녀가 재기의 결심을 펼치기까지의 과정을 그린 「포말의 의지」나 다같이 진실되고 건강한 삶을 지향하는 인간형을 돋을새김한 것이라 하겠다. 바로『낙서족』은 작가가 이렇듯 건강하고, 긍정적이며 가치 지향적인 인간형을 어떻게 하면 효과적으로 형상화할 수 있을까 하고 부심하던 때에 나온 것이라 할 수 있다. 이 무렵에 손창섭은 인간의 속성 가운데서 충동이나 본능보다는 '의지'에다가 더 큰 무게를 두려 하면서 인간 부정론과 인간 혐오증에서 빠져 나오려고 했던 것이다. 이드의 한 중요한 양상인 '한'이나 '복수심'의 문제를 다루면서도 그는 「인간시세」가 좋은 예가 되고 있는 것처럼 그를 역사적 산물로 파악하려는 시각에 서 있고자 하였다.

그런데,『낙서족』은 어떤 결과를 빚어내었는가. 결론부터 미리 말하자면 『낙서족』은 결코 성공작이라고 할 수가 없게 되어 있다.『낙서족』은 손창섭에게 있어서는 「잉여인간」이 정점에 해당하는 것임을 일러주는 결과를 빚어내고 말았고 또 역시 손창섭은 병적인 인간, '맨얼굴'[8]의 인간을 그리는 데 능한 작가임을 반증해주었다. 이미 「잉여인간」에서의 서만기나 '천사형' 여인들이 다소 작위적인 느낌을 주었던 것처럼, 기본적으로 손창섭은 진지한 인물, 긍정적인 인물, 가치 지향적인 인물을 현실감과 공감이 가게시리 그려 낼 수 있는 능력은 결코 잘 갖추지 못한 것으로 보인다.

『낙서족』은 「잉여인간」과 마찬가지로 일원론적 인간관에서 이원론적 인간관으로, 세속사적 형태에서 신성사적 형식으로, 밤의 구조에서 낮으로

---

8) 김윤식,『우리소설과의 만남』, 민음사, 1986, 138면.

구조로 옮겨지는 과정에 서 있는 것으로 볼 수 있다. 그런데 이러한 이행과 정에서 「잉여인간」은 그런대로 자연스러움과 개연성을 잘 획득하고 있는 반면『낙서족』은 자연스러움과 현실성을 거의 살려내지 못하고 말았다. 『낙서족』이 이러한 결과를 빚어내게 된 요인은 여러 각도에서 지적해볼 수 있다.

> 『낙서족』이 단편의 연장과 같은 인상을 준 소이연도 그의 지나치
> 게 협소한 심리적 인간상이 단조성으로 떨어져 단조한 반복이 많았기
> 때문이다. 그리고 그가 심리적 인간상을 사회적 인간상과 합류시키지
> 않는 한, 그 단조성은 외곬으로만 흘러갈 위험성이 많다.9)

이 견해는『낙서족』의 실패 요인을 심리학적 촉수의 단조로움, 심리학적 접근법과 사회학적 상상력의 반죽의 잘못에서 찾으려 한 것이다. 한마디 로, 손창섭은 특히『낙서족』을 써내려가는 과정에서 심리학적 상상력과 사회학적 상상력을 모양새 좋게 잘 반죽하려 하지도 않았고 또 실제로 그럴 능력도 부족했다. 애초부터 그는 참으로 별난 성장 과정을 밟아온 자신의 모습을 발가벗겨 보이고 이어 속시원하게 하소연해 보려는 뜻에서 소설을 쓰기 시작했던 것이다.

> 말하자면 나의 작품은 소설의 형식을 빌은 작자의 정신적 수기요,
> 도회(韜晦) 취미를 띤 자기고백의 과장된 기록인 것이다. 기형적인
> 개성의 특이성을 바탕으로 불우한 역경에서 형성된, 굴곡된 정신 내용
> 의 역설적 고백—이것이 내 작품의 정체인 것이다.10)

---

9) 유종호, 「모멸과 연민」 (下),『현대문학』, 95면.
10)『현대한국문학전집』3, 신구문화사, 1968, 476면.

물론, 소설을 철저한 자기 고백의 기록으로 보았다는 사실 하나만 갖고는 손창섭을 앞서 말한 의미의 '반죽'에 미숙했던 작가라고 단정할 수는 없다. 왜냐하면 자기 고백에의 충동은 꼭 역사나 사회와 직접 맞닿아 있지 않은 '운명 타령'이나 '자기성격 해부'만이 가져다주는 것은 아니기 때문이다. 그러나 '자화상'이란 부제가 붙어 있는 단편 「신의 희작」을 보면, 손창섭의 자기 고백 충동은 실제로 역사니 사회니 하는 개념을 비껴 가는 성격의 것임을 인정치 않을 수 없게 된다. 소설은 '자기 고백의 과장된 기록'이라는 손창섭류의 견해에 서서 보면, 손창섭은 「신의 희작」('현대문학',1961.5)을 쓰기 위해 십 년 가까운 세월을 기다리고 준비해온 셈이 된다. 그만큼 「신의 희작」에는 손창섭의 부끄럽고, 억울하고, 한스러운 사연들이 다 모아져 있기 때문이다. 이 소설은 손창섭의 지나온 인생이 엄청난 외상, 극도의 결핍 체험, 극심한 불안감과 공포심, 맹목적 공격 충동과 복수심, 편집광(paranoid)적인 자조감, 반항 심리의 심화 등으로 점철되어 있음을 극명하게 보여준다. 그가 처음 발견한 '나'는 '육신과 정신의 고아'였으며 '남'은 '이기와 위선에 찬 적'[11]이었던 만큼, 그의 인간관과 사회관은 뒤틀릴 대로 뒤틀리고 비뚤어질 대로 비뚤어질 수밖에 없었다. 이 소설은 손창섭이 어른이 되어서도 시대적 분위기나 사회적 상황에 대해서 상식적 수준의 파악에도 닿지 못하였음을 털어놓고 있다.

하지만 그와 같은 불안의 본질을 철저히 분석하고 해명해 보기에는, 그는 너무나 무지했고 그러한 현실에 대결하여 대국적인 투쟁을 전개하기에는 그는 너무나 무력한 존재였다. 단순한 무지라든가 무력이라기보다도, 육체적으로나 정신적으로나 비정상적인 기형성을 바탕으로 구조된 그의 인간이, 이러한 상황 속에 던져졌을 때, 그것은

---

11) 위의 책, 473-474면.

다만 조국 땅에서 새로운 넌센스를 연출시키는 결과를 가져왔을 뿐이
다.12)

이 부분은 작중의 S가 해방 직후의 우리 현실에 대하여 무지와 무기력을
드러낸 것을 지적한 것으로, 자신을 에워싸고 있는 현실과 사회, 분위기와
상황에 대한 무관심과 무지 그리고 공포심은 손창섭 소설의 주조음이라고
해도 지나친 말은 아닐 것이다.

이런 만큼, 『낙서족』에서 도현과 상희를 비롯한 작중 인물들에게 사회적
가면이나 역사 속에서의 역할을 뒤집어씌우는 작가의 작업은 처음부터
어색하고 부자연스러운 쪽으로 흘러갈 운명이었는지 모른다. 「잉여인간」
에서 '모범생'을 제시하는데 성공했다고 자부한 손창섭이기에 『낙서족』에
서는 이러한 프러스 모델로서의 인간형을 더욱 발전된 모습으로 밀고 가려
는 욕심을 갖게 되었을 것이다. 그리하여 손창섭은 1938년도의 일본 동경
을 배경으로 삼는 가운데, 기질과 성격상으로는 작가 자신을 너무도 닮은
주인공 박도현을 과감하다고 할만큼 독립투사의 아들, 공산주의 운동가의
조카로 설정하는 데서 시작하고 있다. 그뿐인가, 박도현의 어머니는 반평
생을 생과부로 살면서도 오히려 한순간의 불안이나 동요 없이, 계속 '큰일'
을 하는 남편을 존경하고 신앙하는 말하자면 심지 굳고, 잘 참는 여인으로
그려져 있다. 이처럼 주인공 박도현을 '정신이 살아 있는' 집안의 자손으로
설정한 것은 「신의 희작」에서 잘 드러나고 있는 바와 같은 손창섭의 극심
한 '고아 의식'과 '결핍 심리'에 대한 의도적인 보상 작용의 결과라 할
수 있다. 또한, 작가 손창섭의 실제 삶 속에선 한 여인으로서의 욕정을
이기지 못한 나머지 결국 가장 치명적인 외상을 아들에게 안겨준 어머니—
이런 어머니를 정신분석학에서 bad breast라고 부르기도 한다—가 『낙서

---

12) 『현대문학』, 1961. 5, 36면.

족』에 와선 도현 어머니나 상회 어머니나 다 그런 것처럼 아버지의 역할까지 떠맡은, 그러면서도 자애를 잊지 않고 있는 어머니의 상으로 바뀌어졌다. 이 역시 결핍 심리를 메꾸어 보려는 작가의 집념이 낳은 산물이라 할 수 있다.

『낙서족』에서 주인공 박도현과 직접적인 관계를 맺고 있는 인물들의 성격을 분석하는 일은 작가 손창섭이 인간의 '단독자'로서의 측면과 '관계 존재'로서의 측면을 얼마나 잘 합류시켰는가 하는 것을 알아보는 데 하나의 지름길이 될 수 있다. 도현을 에워싸고 있으면서 그에게 영향을 주거나 그로부터 영향을 받고 있는 인물들은 이렇게 유별할 수 있으리라.

① 박도현을 끊임없이 감시하는 가운데 때로 체포하거나 고문을 가함으로써 극도의 압박감과 증오감을 심어주게 된 일본 경찰들
② 훌륭한 인물이 되어 나중에 나라를 위해 큰일을 하라고 도움과 가르침, 그리고 압박감을 동시에 안겨주는 어머니, 상회 어머니, 상희 등의 존재
③ 도현의 성충동과 복수심의 제물이 되고 만 일본여자 노리꼬
④ 도현을 영웅적 투사로 보고 그를 추종하는 광욱·병호·용재·귀섭 등과 같은 조선 유학생들

박도현은 ①의 존재들에 의해 증오심과 복수심의 화신이 되고 만 것이며 ②의 존재들로부터는 국가·민족·역사·투쟁 등과 같은 개념들에 대한 각성을 유도받게 된 것이다. 그런가 하면 도현은 노리꼬와의 관계를 이끌고 나가는 그 사이에 떳떳지 못한 자기합리화 충동과 연민의 감정이 자기 내부에서 끊임없이 싸우고 있는 것을 느끼게 된다. ④의 인물들은 도현으로서는 참으로 감당키 어려운 영웅 심리와 과대망상증을 부추겨놓은 존재

들이다. 영웅 심리와 과대망상증의 면에서 이들 단역들은 도현에게 '욕망의 매개자'로 다가오게 된다. 이들 존재들은 도현을 아끼고 돌본다는 면에선 상희와 뜻을 같이한 것으로 나타나지만, 구체적인 방법론에 있어서는 도현을 될 수 있으면 자제시키려 했고, 앞 날과 먼 곳을 보라고 일러주곤 했던 상희와는 대조적이었다고 할 수 있다.

②의 존재들과 ④의 존재들이 잘 보여 주고 있는 것처럼, 도현은 늘상 두 군데로부터 인력을 느끼고 있다. 생득적인 기질과 성격의 면에서 보면 그는 영웅 심리와 과대망상증 그리고 행동주의에의 충동을 끊임없이 부추기고 있는 인물들 쪽으로 끌려가야 한다. 『낙서족』은 도현이 한마디로 불안하면서도 가벼운 성격의 소유자임을, 또 극단적인 감정에 아주 쉽게 도달하는 존재임을 거듭해서 강조하고 있다. 도현의 성격을 명시 또는 암시하는 대목은 여러 곳에서 찾아볼 수 있다.

> 그러한 이야기를 하고 있는 동안 도현의 머리 한 구석에는 할아버지 산소에서 꼭 한번 만나본 일이 있는 농군으로 가장한 부친의 모습이 줄곧 떠돌고 있었다. 도현은 차츰 흥분해 갔다. 마침내 그는 걷잡을 수 없는 분노와 복수심에 사로잡혔다. 도현은 경찰을 한번 멋지게 골려주고 싶었다. 그러기 위해서는 은행에 대한 협박이 효과적이었다. 도현은 친구의 승락을 얻고 가게에 있는 전화로 조선은행 평양 지점에 전화를 건 것이다. (372면)

> 도현은 우선에 알맹이를 마련해야 한다고 생각했다. 그 알맹이는 더 말할 나위도 없이 눈부신 「행동」이다. 대사회적인 행동 대 국가적인 행동. 도현은 흥분하기 시작했다. (378면)

> 그 결과 조선인 학생만이 억울하게 퇴학 처분을 당한 것이다. 이 소식은 전교를 통해 육십여명에 달하는 조선인 학생들에게 큰 충격을

주었다. (중략)

맨 나중에야 그 소식을 들었다. 대뜸 그 얼굴이 돌격 직전의 투우처럼 사나워 졌다. 그는 치솟는 분노의 불길을 끌 수 없어 전신을 부들부들 떨었다. 도현은 지체할 수가 없었다. 전신은 이미 불덩이 처럼 달아올랐던 것이다. 그 길로 교장실에 달려갔다. 도현을 보자 교장은 약간 얼굴색이 해쓱해 졌다. (398면)

이 말을 묵묵히 듣고 있던 도현은 별안간 머리를 번쩍 들었다 .맹수처럼 충혈된 그 눈. 얼굴은 무섭게 일그러져 있었다.

「전, 전 각오했읍니다. 이 이상 참을 수 없읍니다. 기어코 일본 천황을 죽이고, 또 상희씨를 모욕한 그 경찰서두 습격하고야 말렵니다. 결심했읍니다. 전!」

도현은 지나친 분노와 흥분으로 몸을 후둘후둘 떨었다. 용재도 규섭도, 가만 있을 수 없는 일이라고 하며 따라서 흥분했다. (435면)

좀 과장해서 말하면 도현은 자기 통제의 정치나 사고의 기능이 마비되어 버린 것처럼 보인다. 그는 독립단에 대한 이야기를 나누다 아버지의 모습을 떠올리고 흥분한 나머지 그 자리에서 은행 협박의 계획을 꾸미게 되었고(①), 경찰서에 붙들려가 모진 고문을 당하고 나와서는 숨 돌릴 사이도 없이 '대 국가적인 행동'으로 나아갈 것을 결심한다(②). 그리고 조선인 학생들만이 퇴학당했다는 소식을 듣기가 무섭게 분노를 가누지 못한 채 교장실로 달려들어갔으며(③), 상희가 경찰서에 붙들려가 큰 곤욕을 치르고 나왔다는 말을 듣는 순간 도현은 분노와 흥분으로 몸을 가누지 못한 나머지 '즉석에서' 천황 암살과 경찰서 습격을 기도하겠다는 결심을 밝힌다(④). 이쯤 되면 도현은 경솔부박한 성격의 소유자로, 또 사려 분별의 능력이 제거된 채 단기와 충동으로써만 만사를 해결하려는 한마디로 신뢰할 수 없는 존재로 규정될 수밖에 없다.

상희 어머니와 도현 어머니의 대리인이라고도 할 수 있는 상희의 존재가 없었다면 도현은 문자 그대로 맹목적이며 충동적인 행동주의자의 길이나 싸움꾼의 길을 걷게 되었을 것이 분명하다. 그나마 도현의 가치지향적 성격과 행태는 상희에 의해서 만들어지고 가다듬어진 것이라 아니 할 수 없다. 도현에게 있어서 상희는, 도현이 툭하면 '상희씬 정말 천사같이 고상한 분입니다. 전 상희씨를 존경합니다'라는 말을 진심어린 목소리로 뱉았던 데서 알 수 있는 것처럼 애인이라기보다는 '교사'에 가까운 존재가 되고 있다. 상희는 도현을 늘 무엇인가 가르치고, 충고하기 위해 만난다고 할 정도로 도현을 새로운 인간형으로 만드는 일에 적극적인 태도를 취하였다. 상희는 도현을 늘 가르치고 있다고 해도 과언이 아니다.

> 상희는 한동안 생각에 잠겨 있었다.
> 「이왕 저지른 일이니 할 수 없구만요……그러나 절대로 폭력을 사용하진 마세요. 냉정히 신사적으루 대결하세요. 그리구 결코 조국이니 조선 민족이니 하는 식의 자극적인 용어나 과격한 언동은 삼가세요…….」(399면)

> 이러한 두 가지 방법 중에서 도현씨가 어느 쪽을 택하시든 그건 자유예요. 다만 가장 성공률이 높은 길을 택하셔야 하실게구, 따라서 목적을 이루기 위해서는 주도한 계획 밑에 인내와 노력과 수양의 과정을 거치셔야 할거예요. 제가 어줍잖게 이런 말씀을 드려서 불쾌하실지 모르지만, 저는 도현씨의 인품을 믿기 때문에 진심에서 말씀 드린거예요. 저는 도현씨를 알구 있다구 자부해요. 도현씨의 그 나이브한 성품과 저돌적인 용감성을 잘 조절만 하면 무슨 일을 하실 수 있다구 믿어요.(407면)

상희는 흥분하기 잘하고, 앞 뒤 헤아릴 줄 모르고, 먼 곳과 큰 것을 내다

볼 줄 모르는 도현의 단점을 계속 환기시키는 가운데 도현에게 점진적 개량주의와 자강의 논리로서의 독립 운동의 방법과 의미를 일깨워주는 데 주력하기도 했다.『낙서족』의 끝부분에 가면 도현은 상희라는 교사의 말을 아주 고분고분하게 잘 듣는 생도로 탈바꿈하고 만다.

결국 도현은 그를 잡아당기는 두개의 힘 중, 상희로 대표되고 도현 어머니와 상희 어머니가 뒤에서 버티고 있는 인력권으로 쏠리고 만 것이다.

그러나『낙서족』은 손창섭 자신의 초기작들과 마찬가지로 '극단적' 서술방법을 취한 것이라 아니 할 수 없다. 그의 초기 소설들이 상식에 못미치는 인간상을 제시하는 데 주력함으로써 '인간부정'의 단음을 들려준 것이라면『낙서족』은 상식을 뛰어넘은 인물들을 설정함으로써 '인간 오해'의 부작용을 빚어 낸 것이라 할 수 있다. 초기작의 인물들이 '이드'로 채색되어 있다면『낙서족』의 인물들은 논리성과 현실성의 뒷받침을 받지 못한 채 턱없는 '초자아'의 조종을 받고 있는 것으로 나타난다. 초기작들과 비슷하게『낙서족』에는 말하자면 흔히 말하는 '우리'와 생각도 비슷하고 행태도 흡사한 그런 평균인(Durchschnittmensch)이 거의 보이지 않고 있다는 것이다.

『낙서족』에서 상희는 초자아에만, 도현은 이드와 초자아의 양극에만 매달리고 있지 않은가.

허무주의 심연과 극복의 노력

— 손창섭론 —

조현일

1. 머리말

손창섭은 「공휴일」(1952), 「사연기」(1953)가 『문예』에 추천되면서부터 본격적인 창작 활동을 시작한 대표적인 전후세대 작가이다. 손창섭은 당대 비평가들에게 '병자의 노래',[1] '모멸의 인간상'[2]등으로 평가되었던 특이한 작가 의식, 그리고 '병신스런 인물'[3]등으로 평가되었던 작중 인물의 특이성으로 인해 등단 초기부터 '센세이셔널한 문제 작가'[4]로 인정되었다. 손창섭의 작품 세계에 대한 연구는 매우 광범위하게 이루어졌는데, 역시 작중 인물과 작자 의식의 특이성에 주목하는 연구가 주종을 이룬다. 이는 실존철학이나 정신분석학의 개념을 원용하거나 인물 유형을 중심으로 한

---

1) 조연현, 「병자의 노래」, 『현대문학』, 1955.4, 74면.

2) 유종호, 「모멸과 번민」, 『현대문학』, 1959.9, 73면.

3) 김우종, 「긍정에의 의욕」, 『현대한국문학전집』, 신구문화사, 1968, 465면.

4) 윤병로, 「혈서의 내용」, 『현대문학』, 1958. 12, 236면.

통시적 고찰 등을 통해서 이루어졌다. 이외에 문체론 내지는 수사학적 차원의 연구가 진행되었다.

최근 들어 손창섭 소설에 대한 문학사적 평가가 본격적으로 시도되고 있다. 정신적, 육체적 병자를 다룸으로써 전후 1950년대의 파행적인 인간 조건을 그려냈다는 긍정적 평가[5]와 객관적 현실과는 무관한 정지된 시간의 세계를 그리고 있다는 평가,[6] 전후라는 시대적 배경 속에서 등장한 고유의 형상화 방식을 보여주고 있다는 평가[7] 등 다양한 의견차를 드러내고 있다. 그럼에도 불구하고 '무의미에의 가치부여',[8] '삶의 무의미함과 존재의 무의미함이라는 절대 명제를 집요하게 반복',[9] '허무의 극단과 그 허무와의 치열한 대결의지를 보여주는 문학적 이미지'[10]등의 평가에서 알 수 있듯이 삶의 무의미를 추구하고 있었다는 점에서는 의견을 같이하고 있다.

본고의 의도는 전술한 연구 결과에 기반하여 손창섭의 1950년대 소설 전체를 지배하고 있는 바로 이 삶의 무의미성이라는 극단적 명제가 그의 1950년대 소설 전체에서 어떠한 양상으로 전개되는가를 살펴보는 데 있

---

5) 조남현, 「손창섭 소설의 세계」, 『한국 현대소설의 해부』, 문예출판사, 1993.

6) 정호웅, 「50년대 소설론」문학사와 비평연구회 편, 『1950년대 문학연구』, 예하, 1987.
   서준섭, 「정지된 세계의 소설-손창섭론」, 한국 현대문학 연구회, 『한국전후문학의 형성과 전개』, 태학사, 1993.

7) 김동환, 「한국 전후소설에 나타난 현실의 추상화방법 연구」, 『한국의 전후문학』, 한국 현대문학 연구회, 1991.4.

8) 김윤식, 「6.25 전쟁문학」, 문학사와 비평연구회 편, 『1950년 문학연구』, 예하, 1991, 29면.

9) 정호웅, 앞의 글, 51면.

10) 서준섭, 앞의 글, 182면.

다. 본고에서 특히 주목하는 점은 다음 두 가지이다.

첫째는 손창섭 특유의 세계관인 허무주의의 양상이다. 손창섭 소설에 나타나는 삶의 무의미성은 주로 실존철학과의 관련성 속에서 논의되어 왔다. 그러나 손창섭이 주장하는 삶의 무의미성은 실존철학에서 주장하는 죽음의 선취나 인간 의식의 존재론적 구조에서 오는 실존과는 거리가 있으며 오히려 19세기 이후 등장한 문화요소로서의 허무주의와 관련을 갖는 것으로 판단된다. 고드스블롬에 따르면 삶에 대한 철저한 허무감은 결핍감, 근본적 진리[11]가 상실되었다는 체험에서 발생한다. 그리고 그 근본에는 진리에 대한 욕망이 자리잡고 있다. 까뮈나 사르트르의 사상 역시 이와 같은 허무주의와의 관련성 속에서 원용될 수 있을 것이고 이에 따를 때 그의 소설의 변화의 내적 동인은 물론 1950년대 손창섭 소설 전체가 포괄적으로 설명될 수 있을 것이다.

다른 하나는 손창섭에게서 소설 창작의 의미가 무엇인가라는 문제이다. 손창섭에게서 소설 창작이 매우 특이한 의미를 갖고 있음은 여러 연구자들에 의해 이미 지적된 바 있는 데 본고에서는 앞서 서술한 허무주의와의 관련성 속에서 그 의미를 추적해보고자 한다. 극단적인 허무주의는 어떤 행동도 불가능하게 만든다는 사실을 고려할 때, 하나의 행동을 의미하는 소설 창작은 손창섭에게 그 허무를 견디어 나가는 시도의 하나로서 매우 독특한 형태를 띠고 있다. 구체적으로 그것은 기술수사학의 차원을 넘어선 아이러니적 창작 방법을 취하고 있는데 아이러니의 고유한 속성은 손창섭으로 하여금 극단적 허무주의를 넘어서게 만들어 1950년 후반의 일련의 소설들, 즉 인간에 대한 긍정으로 나아가게 하는 것으로 판단된다.

---

11) 이때 진리란 구체적으로 삶의 목적과 의미를 밝혀주는 본질이 어떤 것, 존재나 행복의 유일하고도 순수한 이미지를 의미한다. 고드스블롬(천형균 역), 『니힐리즘과 문화』, 문학과 지성사, 1992, 133면.

2장에서는 초기에 발표된 작품을 중심으로 그의 허무주의와 소설 창작의 관계를 「미해결의 장」, 「유실몽」, 「설중행」 등 1950년대 중반에 발표된 작품을 중심으로 규명하며, 끝으로 4장에서 1950년대 말의 작품을 통해 그의 허무주의의 도달점을 밝히는 형식을 취하겠다.

2. 행위의 무의미성과 견딤의 미학

손창섭의 1950년대 초반의 소설들, 즉 「공휴일」(『문예』, 1952.6)과 피난민들을 그리고 있는 「사연기」(『문예』, 1953.6), 「비오는 날」(『문예』, 1953.11), 「생활적」(『현대공론』, 1954.11), 「혈서」(『현대문학』, 1955.1) 등은 모두 「신의 희작」(『현대문학』, 1961.5)에서 제시되는 '문화적인 것 일체'의 거부,[12] 삶의 무의미성에 대한 철저한 자각이 중심축을 이루고 있다. 이는 우선 '그의 이러한 권태증',[13] '무의미한 대좌',[14] '자기가 살아 있다는 것의 무의미',[15] '무의미한 항거'[16] 등 작품 도처에서 등장하는 삶의 무의미에 대한 서술과 그로 인한 불안, 우울, 권태 등의 정조에서 쉽게 확인된다. 그러나 허무주의의 가장 명백한 현상 중의 하나가 삶에서 어떤 의미도 발견하지 못한 채, 주어진 조건을 벗어나게 할 수 있는 근원적인 형식인 '행위'의 무의미성을 주장하는 것이라는 점을 고려할 때[17] 보다

---

12) 손창섭, 「신의 희작」, 『현대한국문학전집』 3, 신구문화사, 1968, 443면. 이하, 『현대한국문학전집』 3에 실린 작품들은 출전을 밝히지 않고 작품명과 쪽수만을 기입하는 것으로 대신한다.

13) 손창섭, 「공휴일」, 122면.

14) 손창섭, 「비오는 날」, 145면.

15) 손창섭, 「생활적」, 158면.

16) 손창섭, 「혈서」, 182면.

더 주목되는 것은, 첫째 작중인물들의 모든 행위가 극히 무의미한 것으로 그려진다는 점이며, 둘째 작자의 세계관을 대변하고 있는 「사연기」의 동주 등이 모두 허무주의에 빠져 있는 인물이라는 점이다.

우선 전자부터 살펴보면 손창섭의 데뷔작이라고 할 수 있는 「공휴일」에서부터 행위의 무의미성이 등장함을 알 수 있다. 도일은 삶의 무의미를 깨닫고 있는 자신과 일상적 삶에 함몰되어 있는 약혼녀 금순의 결합을 어항 속의 금붕어와 미꾸라지의 결합과도 같은, 어울리지 않는 것으로 간주하고 파혼을 선언하려 한다.

> 도일이가 자기 편에서 여자를 찾아 나서는 일은 처음이었던 것이다. 아들이 닫치고 나간 대문 쪽을 바라보는 어머니 얼굴에 환히 주름이 펴지는 것은 그러나 잘못이었다. 그 동안 속으로만 다짐해 오던 것이나 오늘이야말로 파혼을 선언할 용기가 있다고 제딴에는 자신하고 집을 나선 도일이었기 때문이다.[18]

주목되는 것은 '제딴에는'이라는 표현이다. '파혼'이란 삶의 무의미성을 선언하는 행위에 다름아니다. 그러나 이 또한 하나의 행위인 이상 어떤 의미를 갖는 바, 손창섭은 바로 삶의 무의미성을 내세우는 행위조차 우스워하면서 결코 성공할 수 없는 것으로 그리고 있다. 「사연기」에서 주인공 동식이 연인의 자살 과정을 목도하면서도 어떠한 행위도 시도하지 않는 것이나, 「생활적」에서 동주가 '산다는 것의 무의미와 우울이 꽝꽝 소리를 내어 다지는 것처럼 전신을 내리누르는' 상황을 벗어나려는 어떤 행위도 하지 않는 것, 「비오는 날」에서 원구가 자신의 구원만을 바라는 동욱, 동주에

---

17) 고드스블롬, 앞의 책, 35면.

18) 손창섭, 「공휴일」, 126면.

대해 '도대체 무엇을 생각해야 하며 또한 어떠한 포즈를 지속해야 하는가?' 라는 질문에 빠져 망설이다가 정작 그들을 위로하기 위해 찾아갔을 때 동욱, 동주 모두 자신의 길을 떠나 버림으로써 주어진 상태를 벗어나게 해 줄 행위의 기회를 상실하는 것, 「혈서」에서 준석과 달수의 논전이 '영원히 일치점에 도달할 수 없는 괴이한 논전', 무의미한 행위의 반복으로 그려지는 것 등은 모두 손창섭이 행위의 무의미성을 주장하고 있음을 알려준다.

이와 관련하여 주목되는 것은 시작도 종말도 없다는 특이한 시간의식과 '아무 것도 끝나지 않으며 무한궤도와 같이 소설 속의 모든 사태는 결말이 없다'[19]는 특이한 결말구조이다. 손창섭 소설에서 나타나는 이러한 시간의식은 '정지된 시계추의 그 맥빠진 허수함을 느끼는' 「공휴일」의 도일, 특히 「혈서」의 달수를 통해 단적으로 표명된다.

> 그렇게 어둡고 무겁기만 한 귀로에서 '최선을 다한 나의 노력은 오늘도 수포로 돌아갔다'는 생각이 어쩔 수 없는 결론이나처럼 선명하게 의식되는 것이었다. 수포라는 통속적 한자어는, 어둠 속에서 무수히 떴다 사라지는 물거품을 그에게 거푸 보여주는 것이었다. 한편 그러한 그의 헛수고는 비단 오늘이라는 시간을 기준으로 출생 이전의 무한한 공간에서부터 이랬고 앞으로는 또 죽은 뒤에까지도 영원히 이렇게 불행할 것만 같았다.[20]

인용문에서 드러나듯 달수는 취직을 하기 위해 노력하지만 끝내 그러한 노력이 매번 수포로 돌아감으로써 시작도 결말도 없는 영원한 반복이라는 시간의식을 갖게 된다. 커머드에 다르면 인간은 시간을 인간화하고 존재의 불안감을 극복하기 위해 시작, 중간, 결말이라는 허구를 생산하고 가변성

---

19) 김윤식, 앞의 글, 27면.
20) 손창섭, 「혈서」, 169면.

속의 영원이라는 순간을 지향한다.[21] 반면 손창섭은 무의미한 반복이라는 시간의식, 해결없는 결말 구조를 내세우고 있다. 이는 기존 소설이 추구하는 가변성 속의 영원이라는 시간의식과 그에 기반한 결말 구조에 대한 비판의 의미를 지니는 것으로서[22] 삶은 허무하며 행위는 무의미한 것이라는 그의 특유의 허무주의에서 기인하는 것으로 판단된다.

손창섭의 허무주의는 「사연기」의 동식, 「생활적」의 동주 등의 삶의 방식에서 보다 더 잘 드러난다. 작가의 세계관을 대변하고 있는 인물인 동식과 동주의 삶의 방식은 삶의 무의미성에서 결코 벗어날 수 없을 때 작가가 내세우는 삶의 방식을 대변한다.

「사연기」는 삶의 무의미성에 직면하였을 때 그에 대처하는 세 가지 가능성을 보여준다. 성구가 일종의 발악하는 삶의 방식이라면 정숙은 자살을 택하는 경우이다. 그리고 동식은 어떤 행위도 하지 않고 그저 견디어낸다. 손창섭이 동조하는 삶의 방식은 정숙과 동식의 방식, 특히 동식의 삶의 방식이라 할 수 있다. 피난생활 속에서 성규와 정숙의 생활을 책임지고 있는 동식은 '해방 이래 한결같이 계속되는 초조, 불안, 울분, 공포, 그리고 권태 속에서' 철저한 허무에 빠져 사랑하는 연인의 자살을 방조한다. 삶의 목적과 의미를 지시해주는 진리, 혹은 진정한 사랑의 추억, 귓바퀴에 있는 기미로 상징되는 빛남은 그에게 어떤 삶의 의미도 주지 못한다.

이러한 삶의 방식은 「생활적」의 동주에게서 좀더 명료하게 나타난다.

---

21) 프랭크 커머드(조초희 역), 『종말의식과 인간적 시간』, 문학과지성사, 1993, 30면, 57면, 83면 참조.

22) 삶의 무의미성에서 오는 이러한 시간의식, 결말 구조는 사르트르의 『구토』의 그것과 유사성을 보인다. 『구토』의 주인공 로깡땡은 현실에서 어떤 의미도 발견하지 못하고 모험, 어떤 의미있는 순간을 기대하는 것은 그릇된 것임을 역설하고 있는데 그 결과 『구토』는 시작도 끝도 없는 시간의식과 해결 없는 결말 구조를 보이고 있다. 프랭크 커머드, 앞의 책, 136-161면 참조.

「사연기」의 동식과 마찬가지로 「생활적」의 동주는 6 · 25를 거치면서 '산 다는 것의 무의미와 우울이 꽝꽝 소리를 내어 다지는 것처럼 전신을 내리 누르는' 상황에 빠져 있다.

> "에라 이 자식 똥이나 처먹고 뒈져라." 마지막으로 돌아서는 사람이 그러면서 발길로 문을 힘껏 차고 가는 것이었다. 동주는 그저 무거웠 다. 온 몸뚱이가, 그리고 이 구린내 나는 공기가 무거워서 견딜 수 없는 것이다. 그러나 견디어 내는 수밖에 달리 어쩔 수 없지 않느냐? 순이의 신음소리에 간신히 자기가 살아 있다는 것을 의식하며 동주는 그대로 하루가 또 저물어야 하는 것이다. (강조—인용자)[23]

인용문에서 드러나듯 우물터에 누군가 똥을 넣은 사건이 발생하자 마을 사람들이 그것을 동주의 행위로 오인하고 동주를 탄핵하는데 동주의 유일 한 대처 방안은 어떤 행위도 하지 않은 채 '그저 견디어내는 것'이다. 이러 한 삶의 방식은 삶의 허무감이라고 할 수 있는 부조리 감정[24]에 직면하였 을 때 인간이 취할 수 있는 세 가지 방식, 즉 철학적 · 실제적 자살, 부조리 감정을 끝까지 말고 나가는 것, 일상적 인간으로 돌아가거나 아예 '부조리 와 마주치기 이전의 일상적 인간'[25]으로 남는 것 중 까뮈가 긍정하는 두 번째 삶의 방식에 해당하는 것이라고 할 수 있다. 그리고 범주상 「사연기」 의 정숙이 첫 번째 삶의 방식에 해당한다면 「사연기」의 성규, 「생활적」의 춘자, 봉수는 세 번째 삶의 방식에 해당한다고 할 수 있다.

---

23) 손창섭, 「생활적」, 166면.
24) 부조리 감정이란 논리적 사고의 대상이 될 수 없는 현사실로 삶의 의미와 세계의 의미를 보장해주는 범주들, 진리, 목적, 인과율 등에 대한 허무의 경험을 가리키는 바 삶의 무의미성에 대한 자각과 동일한 범주로 판단된다. F. 짐머만(이기상 옮김), 『실존철학』, 서광사, 1987, 162면 참조.
25) 알베르 까뮈(민희식 역), 『씨지프스의 신화』, 육문사, 1993, 78면.

여기서 한 가지 주목되는 점은 「생활적」의 동주의 생활 방식이 삶과 의미가 분리되는 근대에서의 보다 근원적 체험, 즉 타락한 세계에서의 '자명성'의 상실이라는 체험에 기반한 것으로 제시된다는 점이다. 번쉬타인에 따를 때, 삶과 의미의 분리로 규정되는 근대의 고유의 특성 중에 하나는 행위의 자명성의 상실이다. 삶과 의미가 통일되어 있을 경우 인간의 행위는 해석의 여지가 없다. 행위 자체가 투명하게 그 의미를 드러내기 때문이다. 반면 삶과 의미가 분리될 때 모든 행위는 그 자체와 동기 사이에 불일치의 가능성이 생긴다.[26] 이로 인하여 행위는 항상 해석되고 설명되어야 하는 상황에 빠지며 행위는 결코 온전하게 복구될 수 없게 된다. 즉, 타인이 '나'를 이해하지 못하게 되는 것이다.

> 억센 사투리를 쓰는 아주머니들은 우물에 똥을 퍼다 넣은 사람이
> 틀림없이 동주라고 믿고 있을 것이다. 그렇다면 아무리 동주가 아니라
> 고 변명을 한 대야 곧이 들어 주지 않을 것이 아니냐 아무 대답이
> 없이 동주는 벽을 향해 도로 얼굴을 돌려 버렸다.[27] (강조 - 인용자)

성욕에 사로잡혀 있는 춘자나 돈만을 제일로 아는 봉수, 그리고 그와 별 다를 게 없는 동네 사람들의 삶이란 동주의 눈에 똥구더기 속에서의 삶, 타락한 삶에 불과하다. 그럼에도 불구하고 똥을 더러워하는 그들의 허위 의식, 타락한 세상과 비교할 때, 허무의 늪에 빠져 자신을 이해시키기 위해 아무런 노력도 하지 않는 동주의 삶이란 비록 생활적으로 무능력할지라도 정당한 것이고, 그러한 동주의 삶은 그들에게는 이해될 수 없는 성질의 것이다. 일상적인 삶에 빠져 있는 이들에게 자신의 삶이 이해될 수

---

26) J.M. Bernstein, *The Philosophy of Novel*, The Harvester Press, 1984, p. 58
27) 손창섭, 「생활적」, 166면.

없다는 근원적인 체험은 「공휴일」의 도일이 '아무리 애써 설명한댔자 자기의 심경이 그대로 저쪽에 수긍될 까닭이 없다고 생각했기 때문에 그는 잠자코 소처럼 멋없이 씩 웃어 보였을 뿐이었다.'와 「미해결의 장」에서 '나'가 가족에게 이방인시 당하는 것에서도 그대로 나타난다.

이상의 사실을 고려할 때 사회적으로 적응 능력이 부족한 「사연기」의 동식과 「생활적」의 동주는 그 무능력성으로 인해 비판받기 이전에 그 속에 내포되어있는, 부조리한 사회에 대한 거부적 태도 그리고 그러한 상태로 나아갈 수밖에 없는 필연성에 주목되야 할 것으로 보인다. 또한 「사연기」, 「생활적」에서 죽음을 단지 우연한 것으로 간주하고 자살을 방조하는 것을 고려할 때 동주, 동식의 모습이 현존재의 본질에서 기원하는 자유의 의식[28]을 의미한다고 보기도 힘들다. 죽음에 대한 동주, 동식의 태도는 비록 죽음을 최선의 삶의 방식이라고 인정하지는 않지만 자살까지도 정당한 것으로 간주하는 허무주의자의 그것이다. 결국 동주, 동식으로 대변되는 손창섭의 허무주의는 삶은 물론 행위조차 무의미하다는 극단적인 허무주의에 빠져 있는 상태, 극단적 허무주의자의 삶을 그리고 있는 것이라고 할 수 있다.

자서전적 소설인 「신의 희작」을 고려할 때 손창섭의 허무주의는 격동기라는 시대적 상황과 독특한 개인사적 체험에서부터 비롯된 것으로 판단된다. 전자의 경우 해방과 6·25를 통해 이루어진 두 차례의 민족의 재편성 과정을 체험하면서 '해방 따라지'로서의 난민 의식을 갖게 된 것을 의미하며, 후자는 어머니가 다른 남자와 동침하는 장면을 목격하는 등의 비정상적인 유년기 성체험과 야뇨증으로 인해 다양한 콤플렉스[29]를 소유하게

---

28) 아더 단토(신오현 역), 『사르트르의 철학』, 민음사, 1992, 101면.
　　O.F.Bollnow(최동희 역), 「이성과 현실」, 『실존철학』, 1989, 97-101면 참조.
29) 송기숙, 「창작과정을 통해서 본 손창섭」, 『현대문학』, 1964.9, 106-108면.

된 것을 의미한다. 이러한 체험 속에서 "하구 많은 '물건' 가운데서 어쩌자고 하필 '인간'으로 생겨났는지 모르겠다"[30]는 자기 자신까지 포함하는 인간에 대한 철저한 모멸감을 형성하게 되고 그로 인해 인간의 삶에는 어떤 의미도 없다는 허무주의에 빠지게 된 것이라고 할 수 있다. 이러한 사실과 앞서 고찰한 동주, 동식의 삶의 방식을 고려할 때 손창섭의 허무주의는 이상적 유형의 허무주의, 즉 전적으로 진리에의 욕망에서 추동되면서 잘못된 가치와 규범을 파괴하고 새로운 존재 양식을 개척해 나가는 유형의 허무주의라고 할 수는 없다.[31] 그렇다고 만성적 환멸에 머물러 기존의 가치를 긍정해버리는 허무주의라고 할 수도 없는, 진리, 참다운 가치에 대한 의욕이 없다면 허무주의에 빠지지도 않을 것이며 그의 소설이 부정하고 있는 인간의 추악한 면, 즉 「공휴일」의 약혼자 금순과 아미, 「생활적」의 춘자와 봉수, 「사연기」의 성규 등의 모습은 마땅히 부정되어야 할 것들이기 때문이다. 결국 그의 허무주의는 진리에 대한 욕망을 배면에 깔고 있지만 아직 어떤 적극적 가치를 추구하고 있지는 못한 채, 가치나 진리가 없는 상태를 인정하려 하지 않는 특유의 허무주의라 할 수 있다.

3. 허무주의와 자기 아이러니

가장 순수한 형태의 허무주의는 어떤 형태의 표현과 행위도 불가능한 상태라고 할 수 있다. 동주와 동식의 삶, 그로 대변되는 손창섭의 세계관은 이러한 허무주의에 접근해 있다. 그러나 이를 손창섭 자신에게 적용시키면, 소설 창작 그 자체도 하나의 행위라는 사실을 고려할 때 손창섭 자신은

---

30) 손창섭, 「당선소감-인간에의 배신」, 『문예』, 1953.6, 76면.
31) 고드스블롬, 앞의 책, 36면.

허무주의에 철저하지 못한 모순적 행위를 하고 있는 것이 아닌가라는 의문이 발생한다. 결국 그에게서 소설 창작이란 무엇인가라는 의문이 발생하게 되는 데 이와 관련하여 주목되는 것은 손창섭의 소설 창작에 대한 다음과 같은 견해이다.

> 즉 그것(신음소리로 일관되어 있는 작품세계 - 인용자)은 더 말할 나위도 없이 작자의 육체적 정신적 기형성에 연유한 것으로서, 여기에 그의 비극적인 유우머가 있는 것이다. 이러한 그의 유우머는 작품을 통해서 보다도, 실생활면에 노출될 때, 더울 비극적인 색채를 가미하게 되는 것이다. 아마도 그가 격에 맞지 않는 문학을 스스로 필생의 업으로 택하게 된 것은 자신의 이러한 비극적인 유우머의 정체를 기어이 밝혀 보자는 절실한 욕구에서인지 모른다.[32](강조 - 인용자)

> 말하자면 나의 작품은 소설의 형식을 빌은 작자의 정신적 수기요 도회취미를 띤 자기고백의 과장된 기록인 것이다. 기형적인 개성의 특이성을 바탕으로 불우한 역경에서 형성된, 굴곡된 정신 내용의 역설적 고백—이것이 내 작품의 정체인 것이다.[33] (강조—인용자)

인용문에서 주목되는 것은 크게 두 가지이다. 하나는 손창섭에게서 소설 창작이란 일종의 자서전적 형식을 띤다는 점이며, 다른 하나는 자신의 정체를 밝히고자 하는 노력의 소산이라는 점이다. 그의 작품들은 고려할 때 이러한 발언은 모든 소설가에게 발견되는 일반적인 차원의 것을 넘어서는데[34] 이러한 점이 무엇을 의미하는가는 고드스블롬의 견해에 따를 때

---

32) 손창섭, 「신의 희작-자화상」, 410-411면.
33) 손창섭, 「아마츄어 작가의 변」, 『사상계』, 1965. 7(『현대한국문학전집』3, 신구문화사, 476면)
34) 송기숙, 앞의 글, 104면.

쉽게 밝혀진다. 고드스블롬에 따르면, 허무주의자가 허무감과 나태를 벗어나 무언가 생산적 행위를 하는 가장 대표적인 형식은 자서전적 형태의 글쓰기이다. 허무주의자는 자신의 허무주의에 대한 가장 적절한 표현을 자서전적 형태에서 발견하게 되며 그 속에서 허무주의자로서의 자신의 정체를 밝히고자 하는 시도를 통해 허무감, 나태에 빠지지 않는 행위를 하게 된다. 이는 허무주의로 인한 나태와 허무감을, 입증하고 말하려는 욕망이 압도하는 것으로써 허무감을 극복하는 유일한 수단이다.[35] 인용문을 고려할 때 이러한 사실은 손창섭에게도 적용되는 것으로 판단된다. 비록 소설의 내용상 허무주의를 내세우고 있지만 손창섭의 소설 창작, 구체적으로 자서전적 형태의 소설 창작이란 바로 허무감을 극복하는 시도라고 할 수 있을 것이다.

손창섭의 소설 창작이 허무감과 나태를 극복하는 시도라고 할 때 여타 허무주의자의 자서전적 글쓰기와 구별되는 그만의 고유한 특성은 부정적 인간에 대한 아이러니화, 보다 본질적으로는 자기 자신에 대한 아이러니화라고 할 수 있다. 허무주의는 근원적으로는 진리에의 욕망에서 비롯되지만 사회, 문화, 개인이라는 변수에 따라 현실적으로 다양한 형태를 띠게 된다. 손창섭의 허무주의는 전술한 바 있듯이 격동기라는 사회적 요소와 유년기의 체험이라는 개인적 요소로부터 형성된 인간 모멸이라는 독특한 형태를 띤다. 이를 고려할 때 자기 자신까지 포함하는 모든 인간들에 대한 아이러니화는 당연한 것이라 할 수 있다.

이러한 면모가 본격적으로 드러나는 것은 1950년대 중반에 발표된 손창섭의 소설들, 「미해결의 장」(『현대문학』, 1955.6), 「유실몽」(『사상계』, 1956.3), 「설중행」(『문학예술』, 1956.8) 등에서부터이다. 이러한 소설들이

---

35) 고드스블롬, 앞의 책, 274-275면.

기술수사학적 차원에서의 아이러니의 특성인 자신에 찬 무지, 현실과 외관의 대조, 희극적 요소36) 등을 드러냄은 이미 자세한 연구가 진행된 바 있다.37) 이러한 사실을 바탕으로 본고에서 주목하는 것은 이 작품들 속에서 나타나는 아이러니가 기술수사학적 차원의 아이러니를 넘어서서 한 주체 내의 자아의 이중화, 즉 아이러니 자아와 경험적 자아로의 분리가 이루어져 아이러니 자아가 시간적 거리가 아닌 공간적 거리 속에서 경험적 자아를 반성하는 행위, 경험적 자아의 전복을 통해 웃음을 유발시키고 자신에 대한 그릇된 가정을 비웃음으로써 보다 고차원의 자기 인식을 얻게 되는 수사학으로서 구현되고 있다는 점이다.38) 「미해결의 장」에서 일차적으로 아이러니의 대상이 되는 것은 아메리칸 드림과 입신양명의 꿈 속에 파묻혀 있는 지숙, 지철, 지웅과 성실성이라는 이데올로기에 사로잡혀 있는 진성회 회원, 즉 아버지, 문선생, 장선생이다. 그러나 이보다 중요한 것은 서술적 자아 '나'가 경험적 자아인 지상이란 인물 역시 아이러니화한다는 점이다. 지상은 '이 대가리가, 동체가 팔다리가 그리고 먼지와 함께 방안에 배꼭 차 있는 무의미가 나는 무거워 견딜 수 없는 것이다.'에서

---

36) D.C. Muecke(문상득 역), 『아이러니』, 서울대 출판부, 1996, 46-47면.

37) 한상규, 「손창섭 초기 소설에 나타난 아이러니의 미적 가능」, 『외국문학』, 1993 가을호.

38) 본고는 주로 폴 드 만과 번쉬타인, 특히 번쉬타인의 아이러니 개념에 입각해 있다. 번쉬타인은 경험적 자아에 대한 아이러니 자아의 공간적 거리를 통한 반성이라는 폴 드 만의 아니러니 개념을 수용하면서도 그가 아이러니 자아를 언어행위시 일반적으로 발생하기 마련인 심리적 통일성으로만 간주하고 있다고 비판하고 아이러니 자아가 경험적 속성도 가짐을 지적한다. 이는 매우 자기인식 과정과 그것이 나선형의 과정이라는 점이 설명된다. Paul de Man, *Blindness and Insight : Essays in the Rhetoric of Contempory* Criticism, Mineapolis ; Minnesota Press, 1983, p. 190 : 번쉬타인, 앞의 책, pp.213-215, 225 ; 에밀 벤베니스트(황경자 역), 「언어활동에서의 주관성에 대하여」 『일반언어학의 제문제 1』, 민음사, 1992, 374-376면 참조.

드러나듯, 「사연기」의 동식이나 「생활적」의 동주와 동일하게 삶의 무의미에 빠져 있는 인물이다. 지상은 삶의 의미를 발견하기 위해 창녀 광순의 집을 왕복하는 무의미한 행위만을 되풀이 할 뿐인데 서술적 자아 '나'는 바로 이러한 삶의 무의미에 빠져있는 경험적 자아 '지상'을 '별 수 없는 인간'으로 간주하고 있으며 생계의 수단인 재봉틀을 빼앗기고 깡패들에게 두들겨 맞고 넘어지는 마지막 장면에서 드러나듯 경험적 자아의 전복을 웃음 속에서 바라본다. 이 마지막 장면은 이중적 의미를 지닌다. 하나는 어떤 행위도 무의미하다는 허무주의를 드러낸다는 점이며, 다른 하나는 이 행위의 무의미성을 주장하는 허무주의 자체가 웃음의 대상이 된다는 점이다. 이는 서술적 자아가 언어 행위시 발생하는 심리적 통일성으로서의 자아이면서 동시에 경험적 속성, 즉 '지상'이라는 경험적 자아의 속성을 어쩔 수 없이 갖고 있으며, 양자 사이에 진동하고 있다는 점을 나타낸다. 여기서 발생하는 자기 인식의 증가란 행위의 무의미성에 대한 강조를 넘어서 행위의 무의미성을 주장하는 허무주의 자체가 웃음의 대상이 되는 점, 즉 행위의 무의미성을 내세우는 것은 현실 앞에서 무력할 뿐이라는 인식이다. 그리고 이는 나선형의 과정으로서의 아이러니의 한 단면을 보여주는 것이라 할 수 있다.

여기에서 주목되는 것은 '지상'의 아이러니화란 결국 「생활적」, 「사연기」 등에서 제시된 허무주의, 그리고 손창섭 자신의 아이러니화 과정을 의미하기도 한다는 점이다. 손창섭의 경험적 자아 역시 인간에 대한 모멸감으로 인해 어떤 행위도 무의미하다는 철저한 허무주의에 사로잡혀 있었는데 그것이 현실의 강고함과 대조되면서 부정되고 있다. 그 결과 삶, 어떤 행동도 무의미하다는 손창섭 특유의 허무주의가 흔들리기 시작한다. 이러한 면모는 「유실몽」에서부터 나타나기 시작한다.

나는 왜 그런 소리를 지껄였는지 모르겠다. 그예 나는 실수를 했구
나 하는 생각 만이 머리 속에 핑 돌았다. (중략) 우리 방에 돌아온
나는 갑자기 전신에 피로를 느끼었다. 나는 벽에 기대 앉아서 눈을
감았다. 나라는 인간은 할 수 없다고 생각했다.[39]

「유실몽」 역시 성욕만을 유일한 가치로 아는 누이와 남북석탄 주식회사
라는 유령회사에 얽매여 있는 매형 상근, 고불통대(별명) 등의 인물을 아이
러니화하는 것은 물론 인용문에서 드러나듯 삶의 무의미에 빠져 있는 '철
수' 자신까지 아이러니화한다. 그럼에도 불구하고 「미해결의 장」과 달리
여타의 인물에 대한 애정어린 시선이 나타난다. 「유실몽」의 누이와 춘자는
이전 소설에서 등장하는 인물과 동일한 유형의 인물이다. 누이는 성욕에
사로잡혀 있는 「생활적」의 춘자와 동일한 인물이며 「유실몽」의 춘자는
그 목표가 교사자격증의 획득으로 바뀌었을 뿐 자신의 운명을 바꾸는 것이
가능하다고 믿는다는 점에서 미국 유학을 탈출구로 보고 운명을 바꾸기
위해 노력하는 「미해결의 장」의 지숙과 동일한 인물 유형이다.

누이에게서는 강한 인간의 냄새가 풍기었다. 나는 그 냄새를 즐기
는 것이었다. 세상에는 인간 냄새를 풍기지 못하는 인간이 얼마나
많은지 모르겠다.(강조—인용자)

마주 앉을 때 스커어트 밑으로 내민 무릎이 눈에 뜨이면 나는 가슴
이 아팠다. 형벌처럼 불행과 고독을 짊어진 춘자는 터무니 없는 자존
심으로 간신히 자기를 버티고 있는 것이었다.[40](강조—인용자)

---

39) 손창섭, 「유실몽」, 242면.
40) 손창섭, 「유실몽」, 231, 239면.

그러나 인용문에서 나타나듯 서술적 자아 '나'의 태도는 비록 누이와 춘자와 같은 삶의 방식, 특히 춘자의 운명을 바꾸려는 노력을 인정하지는 않지만 동일한 유형의 인물에 대해 철저한 부정으로 시종하던 이전 작품과는 달리 그들의 삶에 대해 애정을 갖고 관찰하고 있다는 점에서 차이를 드러낸다.

> 차라리 나는 누이와는 반대 방향으로 가야 한다고 생각하며 대합실을 나섰다. (중략) 불현듯 창백한 춘자의 얼굴이 눈앞을 얼씬 거렸다. 뒤이어 여자의 가느다란 울음 소리가 들려 오는 것 같았다. 이러한 착각을 나는 끝까지 견디어 내야 한다고 생각하며 자꾸만 어둠 속을 헤치고 소년을 따라 걸었다.[41](강조-인용자)

이를 고려할 때 인용문에서 보이는 소설의 결말 부분, '이러한 착각을 끝까지 견디어 내야 한다.' 는 표현 역시 사실상 그 의미가 이전의 「생활적」의 동주가 보여주던 '견디여 내는 수밖에 달리 어쩔 수 없지 않느냐'는 표현과 동일하지 않다. 그것은 이전에는 무조건 부정했던 삶들에 대해 애정을 갖게 됨으로써 발생한 혼란에 직면하여 예전에 그가 성취했던 인식, 즉 어떤 행위도 무의미하다는 허무주의를 지켜내야 한다는 허무주의로 전환하기 직전에 와 있음을 의미한다. 사정은 연이어 발표된 「설중행」에서도 마찬가지이다. 고선생은 '도의적 의식', '인간적 가치나 의미'를 믿는 고지식한 인물로서 「미해결의 장」의 진성회 회원들과 동일한 유형의 인물임에도 불구하고 손창섭은 철저한 부정보다는 그 나름의 삶의 방식에 대하여 애정을 갖고 관찰하고 있다.

요컨대 아이러니란 하나의 주체가 아이러니 자아와 경험적 자아로 분리

---

41) 손창섭, 「유실몽」, 245-246면.

되어 경험적 자아를 아이러니화함으로써 자기 인식을 증가시키는 나선형의 과정을 의미하는데 이는 손창섭에게도 그대로 적용된다고 할 수 있다. 손창섭은 인간에 대한 모멸감 속에서 형성된 허무감과 나태를 극복하기 위하여 자기 자신을 포함한 인간 전체를 아이러니화하는 창작을 시도하였고, 그 결과 진리에 대한 적극적 추구를 수반하지 않은 채, 행위의 무의미성만을 주장하던 손창섭 특유의 허무주의가 아이러니화되면서 진리, 가치를 추구하는 적극적 유형의 허무주의를 새롭게 기획하게 된 것이라 할 수 있다. 「미소」(『신태양』, 1956.8)는 이러한 손창섭의 변모를 매우 상징적으로 표현하고 있다는 점에서 주목된다.

> 이 이상 귀양은 나를 피하지 말아야 할 것입니다. 귀양의 그 빛나는 미소는 인간에게만 의미가 있기 때문입니다. 더구나 'ㅎ'발음이며 b와 d를 구별 못하는 내 두뇌의 치매성이나, 가을비 내리는 음산한 풍경이 호색 바탕으로 끝없이 전개된 내 인생의 정신 풍토 위에는 귀양의 투명한 미소를 충분히 형체화시킬 수 있는 운명적인 필연성조차 내재해 있는 것입니다. 모든 인간을 불신하지 않을 수 없는 나는, 최후로 귀양만을 믿는 것입니다. 나는 이제 서슴지 않고 귀양을 찾아 나설 것입니다.[42](강조—인용자)

'나'가 작자 자신의 분신이라고 가정할 때, '미소'는 인간에게만 의미 있는 어떤 것, 즉 삶의 의미, 진리를 상징하며 두뇌의 치매성과 회색 바탕의 인생이란 유년기 성체험과 해방 따라지로서의 체험을 의미하는 것으로 해석된다. 이에 따를 때 결국 인용문은 인간에 대한 불신은 여전하지만 어떤 행위도 무의미하다는 극단적인 허무주의를 넘어서 진리를 찾아 나서 겠다는 다짐을 표현한 것이라고 할 수 있다.

---

42) 손창섭, 「미소」, 281면.

4. 의미의 추구와 추상적 휴머니즘

극단적 허무주의에서 벗어나 삶의 의미를 추구하고자 하는 손창섭의 변모는 「고독한 영웅」(『현대문학』, 1958.1), 「잡초의 의지」(『신태양』, 1958.8), 「잉여인간」(『사상계』, 1958.9), 「포말의 의지」(『현대문학』, 1959.11)등의 잇달은 작품 속에서 줄기차게 시도된다. 이 작품들은 손창섭의 1950년대 초기의 소설들이 삶의 의미를 완전히 부정하는 것과는 달리 삶의 의미를 매우 다양한 형태로 탐구한다.

「가부녀」에서는 "그저 재물만으로 채울 수 없는 가슴 속의 공허를 매꾸기 위해서 못 견디게 인간의 체온이 그리웠을 뿐이다."라는 강노인의 독백에서 드러나듯 축재(蓄財)만을 유일한 낙으로 여기던 강노인의 변모 과정을 통해 '인간간의 따뜻한 정'이라는 삶의 가치를 제시한다. 「고독한 영웅」은 손창섭 소설에서 유례가 드물게 사회 부조리를 고발하고 있다는 점에서 주목된다. 평교사인 인구는 특권의식을 만끽하고 있는 정치적, 경제적 유력자의 아들을 체벌한 이유로 폭력교사로 몰리면서도 교장으로 대변되는 금력이나 권력, 형으로 대변되는 체면이나 위선에 굴하지 않는다.

> "뭐, 뭐라구요 대체 차선생 따위가 뭘 믿구 그리 큰 소릴 치는 거요." "저는 먼저 저 자신을 믿습니다. 제가 결론적으로 도달한 비장한 각오를 믿는 단 말씀입니다. 교장 선생님처럼 금력이나 권력만을 믿는 일에는 그만 지쳐버렸습니다."[43]

인구가 그렇게 저항하는 이유는 인용문에서 드러나듯 기존의 그릇된 가치에서 벗어나 자기 자신의 윤리 의식에 입각해 행동하고자 하는 욕구에

---

43) 손창섭, 「고독한 영웅」, 『현대문학』, 1958. 1, 95면.

서 비롯되는 데 이는 결국 손창섭이 개인의 최소한의 윤리 의식에 근거한 저항을 삶의 긍정적인 의미로 내세운 것이라 할 수 있다. 「잡초의 의지」에서는 허무주의에 빠져 있는 유선생의 자식을 혼자 보듬고 나가는 정혜의 모습을 통해 생명을 탄생시키는 존재로서의 여성의 풍요로움을, 「잉여인간」에서는 서만기를 통해 '자기의 분수를 알고 함부로 부딪치지도 않고 꺾이지도 않고 자기의 능력과 노력과 성의로서 차근차근 자기의 길을 뚫고 나가는'44) 삶의 태도, 성실성이라는 덕목을 내세운다. 그리고 「포말의 의지」에서는 몸을 파는 상황에 처해 있으면서도 신에 대한 믿음을 잃지 않는 여인인 영실을 만나면서 주인공 종배가 느끼는 '어떤 보람에 대한 하나의 가능성'45)을 제시한다.

　1950년대 후반에 발표된 일련의 소설들은 이상과 같이 다양한 삶의 의미를 탐구하면서, 그것을 수행하는 작중 인물들의 행위를 그려내고 있다. 「가부녀」에서 강노인은 자신의 전부였던 재산을 다 바쳐가면서까지 '인간의 체온'을 느끼고자 하며 「고독한 영웅」의 인구는 생존의 수단인 직장을 버릴 것을 각오하면서까지 부조리에 대항한다. 또한 「잡초의 의지」에서 정혜는 허무주의자 유선생의 자식을 혼자만이 책임져 나가려 하며 「포말의 의지」에서 종배는 영실의 '최소한의 희망'을 실현시켜주기 위해 노력한다. 그리고 「잉여인간」의 서만기는 '사람이란 행복하기 위해서 살고 있는 것이 아니다. 자기의 정해진 길을 가기 위해서 살고 있는 것이다.'라는 인식하에 자신의 삶을 성실하게 걸어간다. 이러한 면모는 일반적으로 너무도 당연한 사실일 수 있지만, 손창섭의 1950년대 초반의 소설들이 주어진 조건을 벗어나려는 어떤 행위도 시도하지 않는 인물들을 주인공으로 설정

---

44) 손창섭, 「잉여인간」, 344면.
45) 손창섭, 「포말의 의지」, 『현대문학』, 1959.11, 56면.

하고 작중 인물들의 어떤 행위도 무의미한 것으로 간주하였다는 점을 고려할 때 손창섭 자신에게는 결정적인 변화라 할 수 있다. 물론 그 시도는 모두 불발로 그치고 만다. '무한궤도와 같은 이 소설 속의 모든 사태는 결말이 없다.'는 지적은 여전히 유효하지만 주어진 조건을 변형시키는 근원적 형식이 행위라고 할 때 이는 그 결과와 상관 없이 일종의 가능성을 제시하는 것이라는 점에서 의의를 갖는다고 할 수 있다.

「가부녀」, 「잡초의 의지」, 「잉여인간」, 「포말의 의지」 등에서 제시되고 있는 다양한 삶의 의미는 휴머니즘으로 포괄될 수 있다. 그리고 그것들은 모두 단편성에 머물러 있고 무엇보다도 생활과 현실에 뿌리를 둔 것이라기보다는 추상적인 차원의 휴머니즘, 인간이라면 누구나 인정할 수밖에 없는 차원의 휴머니즘적 가치의 제시를 넘어서지 못한다. 그런 만큼 행위 역시 어떤 현실적 근거 속에서 탐구된다기보다는 개인적 차원의 윤리적 결단이나 일정한 가치에 대한 맹목적 의지에 의해서 이루어지는 것으로 그려진다는 한계를 갖는다. 「가부녀」의 강노인의 행위는 맹목적인 것이라 할 수 있으며, 「고독한 영웅」의 저항은 철저하게 개인의 윤리적 결단에 의해서 이루어진 행위이다. 또한 「포말의 의지」나 「잡초의 의지」는 제목 그대로 의지의 드러냄에서 나아가지 못하고 있다. 특히 「잉여인간」의 서만기는 지나치게 이상화되어 있음을 부정할 수 없다.

이상의 고찰을 기반으로 하여 1950년대 후반에 발표된 손창섭의 작품 전체를 평가해볼 때, 손창섭은 어떤 행위도 무의미하다는 극단적인 허무주의에서는 벗어나 있으나 여전히 삶은 무의미하다는 인식에서 근본적으로 벗어나지는 못하고 있으며 비록 사회적 접근을 시도하고 있으나 현실주의적 성취를 이루지는 못했다는 평가46)가 가능하다. 이는 무의미한 행위만

---

46) 조남현, 앞의 글, 128면 ; 김우종, 『한국 현대 소설사』, 성문사, 331면 참조.

되풀이하는 도현이라는 인물을 중심으로 『낙서족』이라는 장편을 창작한 점과 더불어 앞선 고찰에 드러나듯 행위의 가능성은 열어 놓았지만 추상적인 차원의 휴머니즘적 가치를 제시하는 데서 나아가지 못하였다는 점에서 단적으로 드러난다.

5. 맺음말

손창섭의 1950년대의 소설은 허무주의에 중심축이 놓여있다. 「생활적」, 「사연기」, 「비오는 날」 등의 1950년대 초반의 소설들의 경우 권태, 불안, 우울의 정조가 작품의 전체 분위기를 지배하고 있는데, 본고에서는 특히 작가의 세계관을 대변하는 주인공들이 주어진 조건을 변형시킬 수 있는 근원적 형식인 행위 자체를 무의미한 것으로 간주하고 있다는 점에 주목하였다. 그들의 삶은 '그저 견디어 내는 것'으로 요약될 수 있는 극단적인 허무주의자의 삶이라고 할 수 있는데 이러한 면모는 실존철학보다는 손창섭의 개인사적 체험과 6·25로 이어지는 시대적 상황과 보다 밀접한 관련을 가지며 더 나아가서는 자명성의 상실이라는 보다 근원적 체험에 기반한 것으로 판단된다.

「미해결의 장」, 「유실몽」, 「설중행」 등에 이르면 이러한 극단적 허무주의는 기술수사학적 차원을 넘어서는 자기 아이러니와 결합된다. 이 때 주목되는 것은 아이러니 자아의 이중적 속성 때문에, 자기 아이러니의 과정에서 어떤 행위도 무의미하다는 허무주의의 표현과 동시에 그러한 허무주의 자체의 아이러니화가 의도되지 않은 상태에서 수행된다는 점이다. 「유실몽」과 「설중행」 등에서 나타나는 애정어린 시선은 손창섭 자신의 미묘한 변화를 보여주는 단적인 예로 판단된다. 추상적 휴머니즘으로 요약되는, 1950년대 후반의 「가부녀」, 「고독한 영웅」, 「잡초의 의지」, 「잉여인간」, 「포말의 의지」 등의 다양한 의미 추구는 앞선 과정의 필연적 결과이다.

이상의 사실을 고려할 때 손창섭의 1950년대 작품은 전후문학이라는 특수성을 넘어서 허무주의의 원형적인 모습을 보여준다. 1950년대 초반 소설에서 드러나는 허무주의의 극단적 모습, 「미해결의 장」, 「유실몽」 등에서 보여지는 허무주의와 창작의 관계, 그리고 1950년대 후반의 일련의 소설에서 나타나는 한계 등은 소설에서 허무주의가 차지할 수 있는 위상을 다양한 차원에서 원형적인 모습으로 보여주는 것으로 판단된다.

전쟁 세대의 자화상

하정일

1. 전쟁, 분단, 가난

손창섭은 1950년대 문학의 자화상이다. 그만큼 전후 한국 사회의 정서와 분위기를 절실하게 표현한 작가가 없기 때문이다. 고은은 특유의 과장법으로 50년대를 '아아 50년대!'라고 명명한 바 있다.[1] '모든 논리를 등지고 불치의 감탄사로서 말하지 않으면' 안되는 시대, 그것은 한 마디로 해결 불가능한 절망과 전망 부재한 허무의 늪에 빠져 허우적거리던 시대였다. 이런 상황에서 냉철한 논리란 한갓 사치품일 뿐 '불치의 감탄사'만이 자신을 표현할 수 있는 유일한 방법일 수밖에 없었던 것은 어쩌면 당연한 일이었을지도 모른다. 손창섭은 바로 전후 한국인 -특히 지식인-이 느꼈던 해결 불가능한 절망과 전망 부재의 허무 그 자체를 소설의 주제로 삼았던 작가였다.[2] 그를 50년대 문학의 자화상이라고 한 것도 그 때문이다.

---

1) 고 은, 『1950년대』, 청하, 1989, 19면.
2) 이기인, 「개인의 생존과 인간다운 삶에의 집념」, 『1950년대 소설가들』, 나남, 1994,

손창섭 문학의 주제가 절망과 허무 그 자체라는 사실은 50년대 문학의 본질을 설명해주는 중요한 단서가 된다. 엄격히 따지자면, 절망감이나 허무감 같은 정서가 곧 작품의 주제를 이룬다는 것은 소설의 장르적 성격에 어긋나는 현상이라 할 수 있다. 오히려 절망과 허무를 다루더라도 그런 정서가 생기게 된 연원을 추적하는 것이 소설의 장르적 성격에 보다 잘 어울린다. 하지만 손창섭에게 그 같은 문제는 관심사가 아니다. 따라서 소설적 제재나 사건들도 삶의 제반 연관을 규명하기 위한 장치가 아니라 절망감과 허무감을 효과적으로 표현하기 위한 소도구에 불과하다. 물론 손창섭의 작품에도 절망의 연원이 전혀 나타나지 않는 것은 아니다. 아니 그와는 반대로 그의 모든 소설에는 절망의 연원이 뚜렷하게 각인되어 있다. 그것은 전쟁과 분단과 가난이다. 그의 소설의 주요 인물들은 예외 없이 전쟁과 분단과 가난의 상처와 고통 속에서 살아가는 사람들이다. 가령 「사연기」의 동식과 성규 부부나 「비오는 날」의 원구와 동욱 남매는 월남한 사람들이고, 「생활적」의 동주나 「혈서」의 달수등은 극도의 가난으로 신음하는 사람들이다. 또한 「잉여인간」의 봉우라든가 「사연기」의 동식은 전쟁과 이데올로기 투쟁의 상처 때문에 정신적으로 방황하는 군상이다. 여타의 작품들에서도 전쟁과 분단과 가난은 언제나 절망적 삶의 우울한 배경을 이루고 있다.

하지만 배경이 곧 환경은 아니다. 예컨대 한 남자가 설악산에 갔다고 할 때, 설악산이 배경이 될 수는 있지만 곧바로 환경이 되지는 않는다. 적어도 환경이 되기 위해서는 그의 삶과 설악산 사이에 구체적 연관이 맺어져야 한다. 그러한 구체적 연관이 없이는 설악산은 한갓 공간적 배경에 불과할 뿐인 것이다. 손창섭 문학의 예술적 성취도를 평가하는 데 있어

41-46면.

이 문제는 대단히 결정적인 의미를 지닌다. 절망과 허무가 주제가 되지 말란 법은 없다. 전쟁 직후의 피폐상을 감안하면 절망과 허무를 표현하는 것이야말로 삶에 대한 정직한 태도라고 할 수 있다. 고은의 말처럼 50년대는 감탄사의 시대 아닌가. 그러나 감탄사를 어떻게 표현하느냐는 또 다른 차원의 문제다. 말하자면 소설에는 소설 특유의 방식이 있다는 것이다. 환경과의 상호 연관이 중요한 것은 이 때문이다. 50년대 문학이 보여주는 근거 없는 허무주의도 따지고 보면 환경과의 상호 연관이 결여된 데서 기인하는 경우가 많다. 그렇다면 50년대 문학의 자화상인 손창섭의 경우는 어떠한가. 우리가 지금부터 추적해야 할 문제가 바로 그것이다.

2. 성격의 비극

손창섭 문학에 환경이 존재하는가라는 문제를 풀기 위해서는 먼저 그의 소설에 등장하는 인물들부터 살펴볼 필요가 있다. 손창섭 문학의 인물들에 나타나는 가장 두드러진 특징은 비정상성이다. 그의 소설은 비정상적 인간들의 박람회라 해도 과언이 아닐 정도로 비정상인으로 가득차 있다. 「생활적」의 동주, 「혈서」의 달수, 「미해결의 장」의 나, 『낙서족』의 도현 등 그의 소설에 등장하는 거의 모든 인물들이 그러하다. 그의 작품 중 비교적 정상적인 삶의 세계를 그리고 있는 것으로 평가받는 「잉여인간」의 경우도 마찬가지이다. 무슨 일에나 흥분하는 익준과 아무일에도 관심 없는 봉우가 정상적인 성격의 소유자가 아닌 것은 분명하다. 주위의 모든 여자들에게 짝사랑 받는 남편을 보면서도 아무런 질투심도 느끼지 않는 만기의 아내나 "한평생 만기만을 생각하고 사랑하며 깨끗이 혼자 늙겠다는" 처제도 정상적인 인간이라고 보기는 좀 어렵다. 게다가 가장 정상적인 듯한 만기 역시 사실은 누구 못지 않게 비정상적이다. 세상에 그처럼 완전한 인간이 과연 존재할 수 있을까. 악마가 비정상적인 만큼 천사도 비정상이다. 만기는 바로 현실에 존재할 수 없는 천사라는 점에서 비정상적 인간인 것이다.

물론 문학 작품에 비정상적 인간이 등장하면 안된다는 법은 없다. 아니 오히려 소설 속의 인물은 현실의 인물들에 비해 비정상적인 경우가 훨씬 많다. 왜냐하면 현실의 농축인 문학에서는 평균치를 벗어나는 극단적 인물을 그리는 것이 문학적 실감과 핍진성을 살리는 데 보다 용이하기 때문이다. 그러나 손창섭 소설의 인물들은 극단적이라기보다는 예외적이다. 극단성이란 다른 말로 하면 가능성의 최대치라고 할 수 있다. 다시 말해 삶의 제반 조건이 허용하는 최대치를 벗어나지 않을 때 문학적 극단성은 유지된다. 반면에 그러한 최대치를 벗어나는 순간 그것은 예외성으로 전락한다. 손창섭은 후자에 가깝다. 손창섭 문학의 등장 인물들은 삶의 조건이 허용하는 최대치를 벗어난 경우가 허다하다. 『낙서족』의 박도현이 전형적인 예이다. 겉으로만 보면 박도현은 독립 운동가를 아버지로 두고 있는 민족주의자이고 청운의 뜻을 품고 일본에 온 유학생이지만, 그의 사고 방식이나 행동은 민족주의적 유학생에게 기대할 수 있는 내용과는 거리가 멀다. 그는 상회에게 잘 보이기 위해 툭하면 엉뚱한 일을 벌이고 강간 행위를 일본에 대한 복수라고 강변하는, 지극히 비정상적인 성격의 소유자이다. 그의 비정상성은 현찰 일만 원을 내놓지 않으면 은행 중역들을 몰살시키겠다고 협박하거나 일본 천황을 암살하고 경찰서도 습격하겠다고 호언하는 데서도 잘 드러난다. 그러나 문제는 박도현의 비정상성이 아니라 그것이 그가 처한 삶의 조건을 십분 감안하더라도 도저히 가능성의 최대치로 볼 수 없는, 그야말로 예외적인 비정상성이라는 점이다. 『낙서족』에서 소설적 현실성을 전혀 느낄 수 없는 것은 이 때문이다.

이러한 비현실성은 같은 전쟁 세대인 이범선의 「사망보류」와 비교해도 분명하게 드러난다. 「사망보류」의 철 역시 곗돈을 타기 위해 자신의 죽음을 숨기는 비정상적 형태를 보여준다. 하지만 철의 비정상적 행동은 자신이 죽은 후에도 가족이 최소한의 생계를 유지할 수 있도록 하려는 심리적 동기에서 나왔다는 점에서 가능성의 최대치를 벗어나지 않는다. 따라서 극단적이긴 하지만 예외적이지는 않다. 그래서 독자들은 철의 삶과 죽음을 통해 50년대의 극한적 궁핍상을 실감나게 추체험하게 되는 것이다. 여기서 중요한 것이 개연성이다. 즉 철이 극단적이지만 예외적이지는 않은 인물로 그려질 수 있었던 것은 그의 비정상성이 개연성-최소한의 생계를 유지하려는 심리적 동기와 그 같은 강박관념을 만들어낸 극한적 가난-있는 비정상이었기 때문인 것이다.

반면에 박도현의 비정상성에는 개연성이 결여되어 있다. 무엇보다 박도현은 원래부터 그런 인간이었다는 것인데, 이런 식의 성격화로 결코 개연성을 확보할 수 없는 법이다. 손창섭 문학의 인물들은 예외없이 왜 그렇게 되었는지에 대해 아무런 해명도 해주지 않는다. 「혈서」의 달수는 법대생이면서도 왜 아무데나 들어가서 "학비와 식비만 당해 준다면, 무슨 일이든 목숨을 걸고 충성을 다하겠습니다"라고 밖에 취직 운동을 못할까. 「미해결의 장」의 지상은 어째서 미국 유학병에 걸린 가족들에게 아무런 항변도 하지 못하는 걸까. 「신의 희작」의 S는 왜 lifework를 끝까지 worklife라고 우겼을까. 어디서도 이에 대한 단서는 발견되지 않는다. S의 유년기 체험과 야뇨증도 만족스러운 설명을 제공해 주지는 못한다. S와 비슷한 체험을 했으면서도 S와는 다른 삶을 살아간 사람들이 얼마든지 있기 때문이다. 마지막으로 남는 유일한 설명이 그들은 원래부터 그런 인간이었다는 것이다.

얼른 어떻게는 해야겠는데 하고 초조해 하면서도 어떻게 하는 도리가 없었다. 송장처럼 외계의 힘을 빌리지 않고는 적극적으로 자신을 움직여 보지 못하는 위인이었다. 이북에 있을 때만 해도 가까운 친구들이 모두 재빠르게 월남을 했건만 동주만은 만날 벼르기만 하다가 종시 못넘어오고 만 것이라든지, 사변이 터지자 남들은 죽기를 기쓰고 공산군에 나가기를 기피했건만, 그는 끝끝내 숨어 견디지 못하고 마침내 끌려나가고야 말았던 것도 **결국은 동주 자신의 이러한 성격에 원인이 있었던 것이다.**(진하게-인용자) 곤경에 직면하게 되면 그것을 극복하기 위해 끝까지 버둥거려 보는 것이 아니라, 어떻게든 될 대로 되겠지 하고 막연히 시간의 해결 앞에 내어맡겨 버리고 마는 동주였다.[3]

동주가 비슷한 처지의 친지들과 달리 '송장' 같은 삶을 살아가고 있는 근본적인 까닭은 결국 동주 자신의 '성격' 때문이다. 다시 말해 동주의 소극적이고 자폐적인 성격이 동주로 하여금 현실에 순응하지도 저항하지도 못한 채 '어떻게든 될 대로 되겠지 하고 막연히 시간의 해결 앞에 내어맡겨 버리고' 살아가도록 만든 것이다. 손창섭 문학의 인물들은 이처럼 언제나 성격이 미리 '주어져' 있다.[4] 그러니 성격화의 과정이 생략될 수밖에 없고, 왜 그렇게 되었는지가 불분명할 수밖에 없다. 성격이 미리 주어질 경우 상황이 아무리 바뀌더라도 성격의 변화를 기대하기가 힘들어진다. 이때 가능한 것은 상황이 어떻게 변하든간에 원래의 성격을 일관되게 밀어 부쳐 나가거나(『낙서족』) 현실과의 접촉을 끊고 내면으로 칩거하는(「미해결의 장」) 길이다. 양자는 주어진 성격의 변화 불가능성이 빚어낸 동전의 앞뒷면이라 할 수 있는데, 손창섭 문학에서 보다 주된 경향은 후자이다. 이러한 내면화 경향에서 손창섭의 모더니즘적 지향을 확인할 수 있거니와

---

3) 손창섭, 「생활적」, 70면. 『잉여인간』(한국소설문학대계 30), 동아출판사, 1995.

4) 한수영, 「1950년대 한국소설 연구:남한편」, 『1950년대 남북한 문학』, 평민사, 1991, 57-59면.

이와 관련하여 지상의 다음과 같은 독백은 음미할 만하다.

> 언제나처럼 어이없는 공상에 취해보는 것이다. 그 공상에 의하면, 나는 지금 현미경을 들여다보고 있는 병리학자인 것이다. 난치(難治)의 피부병에 신음하고 있는 지구덩이의 위촉을 받고 병원체의 발견에 착수한 것이다. 그것이 '인간'이라는 박테리아에 의해서 발생되는 질병이라는 것은 알았지만, 아직도 그 세균이 어떠한 상태로 발생번식에 나가는지를 밝히지 못하고 있는 것이다. 그러니 치료법에 있어서는 더욱 캄캄할 뿐이다. 나는 지구덩이에 대해서 면목이 없는 것이다. 나는 아이들을 들여다보며 한숨을 쉬는 것이다. 아직은 활동을 못하지만, 고것들이 완전히 성장하게 되면 지구의 피부에 악착같이 달라붙어 야금야금 갉아먹을 것이다. 인간이라는 병균에 침범당해, 그 피부가 는적는적 썩어들어 가는 지구덩이를 상상하며, 나는 구멍에서 눈을 떼고 침을 뱉었다. 그것은 단순한 피부병이 아니라 지구에게 있어서는 나병과 같이 불치의 병일지도 모른다는 생각을 안고 나는 발길을 떼어 놓는 것이다.[5]

지상의 독백은 손창섭 문학의 내면화 경향과 관련해 다양한 시사를 던져준다. 우선 지상은 지구 즉 현실과 멀리 떨어져 관조하는 관찰자이다. 지상이 실제 생활에서 받는 갖은 모욕에도 불구하고 자신의 성격을 일관되게 유지할 수 있는 것은 바로 이처럼 현실과의 연관을 끊고 스스로를 철저한 관찰자로 유폐시킨 덕택이다. 현실을 마음대로 조소하고 내면과의 독백적 대화를 즐길 수 있는 것도 이 때문이다. 지상의 독백에서 또 한 가지 주목할 것은 인간관이다. 지상의 분석에 따르면, 인간은 '박테리아'이다. (물론 그 '인간'에서 지상은 제외된다.) 요컨대 인간이란 존재는 지구에 전혀 보탬이 안되는 일개 병균에 불과한 것이다. 손창섭 문학의 인물들이 어째

---

5) 손창섭, 「미해결의 장」, 같은 책, 129-130면.

서 하나같이 비정상적인지가 이로써 분명해진다. 인간은 원래부터 비정상적 존재-병균인 것이다. 게다가 이러한 비정상성 혹은 악마성은 워낙 근원적이어서 바뀔 가능성마저 없다. 그래서 아이들을 바라보면서도 그들이 커서 지구를 갉아먹으리라는 섬뜩한 공상만을 계속하는 것이다. 아이들에게서마저 아무런 가능성도 기대할 수 없다면 그 절망과 허무란 바닥 없는 늪이나 다름없다. 여기서 우리는 손창섭 문학의 허무주의가 환경이 아니라 '인간성'에서 기인한 것이라는 사실을 어렵지 않게 짐작할 수 있다. 따라서 전쟁과 분단과 가난은 손창섭의 허무주의를 더욱 그럴 듯하게 장식해주는 소도구에 불과할 뿐이다.

전쟁과 분단과 가난은 손창섭 문학 전체를 둘러싸고 있는 암울한 배경이다. 그럼에도 불구하고 그것이 환경으로까지 나아가지 못한 채 절망과 허무의 정서를 장식해주는 소도구에 머물고 만 것은 인간이 본원적으로 악마적 존재이고 그것은 불가능하다는 인간관 때문이라 할 수 있다. 이러한 손창섭의 인간관이 극명하게 표현된 작품이 「인간동물원초」이다. 「인간동물원초」는 제목부터 의미심장하다. 이 제목의 밑바닥에는 인간은 결국 동물이라는 사고가 깔려있는데, 그 까닭은 인간 또한 동물과 마찬가지로 욕망 덩어리 그 자체이기 때문이다. 이 작품이 감옥이라는 밀폐된 공간을 설정한 것은 감옥과 같은 특수한 환경이 인간의 심성을 어떻게 변화시키는가를 관찰하기 위해서가 아니라 감옥이야말로 인간의 본성이 가장 순수하고도 명료하게 표출되는 공간이기 때문이다. 그런 점에서 감옥은 현실의 알레고리이다. 이 밀폐된 공간에서는 동물적 욕망을 충족시키기 위한 대립과 투쟁만이 난무하다. 감옥의 구성원들은 욕망의 주체이거나 객체이다. 따라서 욕망 이외의 논리가 끼어들 여지라곤 전혀 없다. 자유를 말하는 통역관이 오히려 예외적 존재로 취급되는 것도 그 때문이다. 물론 감옥의 권력자인 방장도 통역관만은 어려워한다. 그러나 통역관에 대한 경원(敬遠)은 지식인에 대한 일반 대중의 경원 이상도 이하도 아니다. 감옥 안의 삶에서 통역관은 철저히 소외되어 있고, 감옥 구성원들에게 아무런 영향력도 발휘하지 못한다. 다시 말해 통역관은 경원이란 이름으로 소외되어 있는 것이다. 당연히 통역관과 다른 이들과의 의사소통은 단절되어 있을 수밖에 없다. 그런 점에서 통역관은 「미해결의 장」의 지상과 같은 무력한 관찰자인 셈이다. 따라서 실재하는 것은 동물적 욕망들이며, 인간이란 그러한 욕망의 상징일 뿐이다.

손창섭 문학이 보여주는 현실도 이 연장선상에 놓여 있다. 손창섭에게 현실이란 욕망의 충족을 위한 투쟁의 장이다. 게다가 그 욕망이란 것도 단지 돈·섹스·권력에 대한 욕망일 따름이어서 어떤 인간적이고 고상한 의미는 결코 찾아볼 수 없다. 그러므로 인간과 인간 사이의 합리적 의사소통은 불가능하며, 욕망의 주체와 주체, 혹은 욕망의 주체와 객체들간의 대립과 굴종만이 존재한다. 가령 「공포」를 보자. 대식과 병우의 관계는 철저한 지배/복종의 관계이다. 지배와 복종의 원칙이 얼마나 철저한가 하면, 병우가 대식의 명령을 거부하자 손가락을 잘라버릴 정도이다. 그런데도 병우는 그에 대해 아무런 저항도 하지 못한다. 그 까닭은 공포 때문이다. 하지만 그 공포가 잔인한 보복에 대한 공포만은 아니다. 그보다는 오히려 지배/복종의 관계에서 소외되는 데 대한 공포가 더욱 중요하다. 그래서 병우는 아버지가 대식을 고소했다는 얘기를 듣고 "난 나쁜 놈예요. 장댈 배신한 난 정말 나쁜 놈이란 말예요. 그러니까 난 죽어야 해요. 당장 죽어 없어져야 해요."라고 울부짖는 것이다. 나쁜 일을 시킨 병우에게 맞선 행위를 정의가 아니라 배신이라고 확신하는 병우의 모습에서 우리는 옳고/그름의 기준이 지배/복종에 대한 어쩔 수 없는 굴종만을 의미하지는 않는다는 사실을 확인할 수 있다. 병우의 공포는 바로 그러한 '편안함'을 잃게되는 것에 대한 공포이다. 왜냐하면 '편안함'을 잃게 된다는 것은 일종의 소외를 의미하고, 소외에 대한 공포야말로 인간에게 가장 근원적인 공포이기 때문이다. 따라서 문제는 옳으냐 그르냐가 아니라 편안함이냐 소외냐이다. 병우는 당연히 '편안함'을 선택한 것이고, 그 결과 옳고 그름의 기준마저 뒤바뀌게 된 것이다. 그런 점에서 병우의 복종은 타율적인 동시에 자발적이다. 자발적 복종이 제공하는 편안함은 마침내 대식에게 굴복한 병우 아버지의 심리변화에서도 잘 나타난다.

> 모래 위에 펄쩍 주저앉은 채, 꼼짝을 않고, 점점 작아져가는 대식의 뒷모습을 겁에 질린 듯, 취한 듯 바라보고 있던 오씨는 그 표정이 차차 체념으로 변하며 마음 속 한 구석에서는 뜻하지 않게 은근한 자랑과 우쭐해지는 기분마저 느껴 보는 것이었다.[6]

공포가 체념으로, 체념이 자랑으로 변해 가는 병우 아버지의 심리 상태는 타율적 복종이 자발적 복종으로 바뀌면서 느끼는 편안함에 다름아니다. 다시 「인간동물원초」로 돌아오면, 방장과 주사장의 성적 학대에 대한 핑핑이와 양담배의 복종이 제공하는 편안함과 관련되어 있다. 다시 말해 방장과 주사장이 성적 욕망의 만족을 위해 지배력을 행사한다면, 핑핑이와 양담배는 편안함에 대한 욕망 때문에 자발적인 복종을 계속하는 것이다. 결국 지배와 복종의 관계는 욕망이 낳은 산물이며, 그런 점에서 지배하는 자이건 지배당하는 자이건 너나 할 것 없이 모두 '동물'인 셈이다. 반면에 이러한 현실 원리를 수용하지 않을 경우 그에게 주어지는 것은, 통역관에게서 볼 수 있듯이, 소외이다. 하지만 좀더 꼼꼼히 들여다보면, 통역관은 이같은 '인간동물원'의 종속 변수일 뿐이다. 왜냐하면 그는 감옥의 전도된 질서를 냉소할 뿐 거기에 저항하지는 않기 때문이다. 통역관이 할 수 있는

---

6) 손창섭, 「공포」, 같은 책, 578면.

최대치는 「유실몽」의 '나'나 「잉여인간」의 서만기 혹은 「마해결의 장」의 지상처럼 현실과의 단절을 통해 자신의 정체성을 유지하는 것이다. 그러니 현실에 개입할 여지가 없는 것이 당연하다. "저 하늘을 차지하고 싶거든 용감해져야 합니다"라는 통역관의 발언이 공허하게 느껴지는 것도, 그리고 통역관과 감옥 구성원 사이에서 아무런 긴장감도 찾아볼 수 없는 것도 그 때문이라 할 수 있다. 그런 점에서 통역관은 존재(存在)하되 실재(實在)하지는 않는 인물이다. 심하게 말하면, 있으나 마나한 인물이란 것이다.

이렇듯 현실이란 손창섭에게 단지 안간의 악마적 욕망이 외화(外化)된 공간에 불과하다. 요컨대 현실이 현실로서의 상대적 자율성도 갖지 못하고 있는 것이다. 인간성이 선험적으로 주어진 것이고 현실은 한갓 욕망의 외화라면, 주체와의 구체적 교섭체로서의 환경은 존재할 수 없다. 그렇다면 환경이 실종된 소설에서 남는 것은 무엇일까. 그것은 성격의 비극이다. 손창섭 문학은 한마디로 말해 비정상적 인간들의 욕망이 빚어낸 비극의 세계이다. 게다가 그 욕망이란 것도 환경과의 상호작용을 통해 생겨난 것이 아닌, 인간의 악마성 혹은 속물성으로부터 유래한 본원적인 것이다. 요컨대 환경을 실종되고 모든 것은 인간성으로 환원된다. 손창섭 문학의 절망감은 그런 점에서 인간의 본연적 악마성에 기인한 존재론적 절망감이라 할 수 있다.

3. 서사 미달의 문학

손창섭의 문학이 존재론적 절망의 세계라는 말은 결국 그의 소설에 서사성이 부족하다는 것을 의미한다. 물론 손창섭의 묘사력은 치밀하기로 정평이 나있다. 50년대 문학의 전반적인 수준을 감안할 때 이 점은 분명 손창섭이 이루어낸 중요한 성취이다. 특히 대상에 대한 정확하면서도 냉정한 묘사는 감탄할 정도이다. 그런 점에서 손창섭 문학의 힘은 실로 여기에 집약되어 있다 해도 과언이 아닐 것이다. 그러나 묘사가 서사의 전부는 아니다. 묘사가 서사의 기초임에는 틀림없지만 서사는 묘사 이상인 것이다. 소설적 서사의 핵심은 무엇보다 삶의 연관에 대한 인식이라 할 수 있다. 따라서 묘사가 아무리 치밀하더라도 그것들이 서로 아무런 연관도 맺지 못한 채 따로따로 떨어져 있다면 소설로서는 낙제일 수밖에 없다. 손창섭 문학에 부족한 것이 바로 이 점이다. 즉 삶의 연관에 대한 깊은 통찰을 손창섭의 작품에서는 찾아보기 어렵다는 것이다. 성격이 미리 주어진 채 고정되어 있는 것, 환경이 실질적으로 부재한 것, 모든 것이 인간성의 문제로 환원되는 것, 성격의 예외성이 도드라지는 것 등의 문제점도 이와 관련이 깊다. 왜냐하면 삶의 연관이란 성격과 환경이 상호작용을 통해 드러나는 법인데, 성격이 미리 주어진 채 고정되어 있고 환경이 실질적으로 부재하는 한 성격과 환경의 상호작용은 불가능하기 때문이다.

앞에서 확인한 것처럼, 손창섭 문학에서는 그래서 성격의 비극만이 가능하다. 그러므로 이제 우리의 관심사는 왜 그렇게 되었냐는 점이다. 우선 지적할 것이 인과성의 결여이다. 손창섭에게 삶이란 인과성이 결여된, 지극히 우연적이고 존재론적인 공간이다.

　　아무리 궁리해 보아도 나는 집을 떠나야만 할까 보다. 그것만이 우선 나에게 있어서 하나의 해결일 듯 싶게 생각되는 것이다. 그 '해결'이라는 말은 더할 나위 없이 내 남에 꼭 드는 것이다. 그 말은 충분히 나를 취하게 하는 것이다. 그러나 도대체 나는 언제나 되면 노상 집을 떠날 수 있을 것인가? 하루에 몇 번씩 혹은 몇 십 번씩 '해결'을 생각하고 거기에 도취하면서도 종시 나는 해결을 짓지 못한 채 지금까지 이러고 있는 것이다. 나는 도무지 주위와 나를 어떠한

필연성 밑에 연결시키지 못하는 것이다.(진하게-인용자) 당장 이 방
안에 있어서의 위치와 식구들과의 관계부터가 그렇다.[7]

이 구절에서 주목해야 할 사항은 두 가지이다. 하나는 집을 떠나는 것이
유일한 해결책인 줄 뻔히 알면서도 주인공은 집을 떠나지 못하고 있다는
점이다. 이는 '집'이 주인공에게 일종의 존재론적인 공간, 즉 자신의 의지
와는 상관없이 선험적으로 주어진 운명적 세계임을 뜻한다. 그래서 주인공
은 가족들과 주위 사람들에게 그토록 모욕을 당하고 현실의 속물성에 진저
리치면서도 끝내 집을 떠나지 못하는 것이다. 다른 하나는 '주위와 나를
어떠한 필연성 밑에 연결시키지 못하는' 점이다. 가족들과의 관계가 그럴
정도면 다른 것은 더 말할 나위도 없다. 결국 주인공이 바라보는 세상은
직접적이건 간접적이건 간에 주인공과 아무런 인과적 연관도 갖지 않는,
절대적 타자인 셈이다. 서두에서 손창섭 문학은 절망 자체만을 표현할
뿐 절망의 연원에 대한 천착은 보여주지 않는다고 지적했는데, 그 까닭이
이로써 분명해진다. 인과적 연관에 대한 인식을 결여한 손창섭 문학에서
절망의 연원에 대한 추적은 애당초 불가능할 수밖에 없는 것이다. 환경이
존재하지 않는 것도 궁극적으로 이 때문이다. 우연적이고 존재론적인 환경
이란 주체와의 상호작용을 결코 허용하지 않는다는 점에서 실제로는 아무
것도 아니란 말과 같다.

이러한 인과적 연관의 결여가 낳은 가장 심각한 폐해는 추상화이다.
손창섭 문학의 추상성은, 50년대의 대다수 작가가 그러하듯, 시공간적 구
체성이 부족하다는 사실에서 쉽게 확인된다. 전쟁 직후의 분위기가 강하게
느껴지긴 하지만, 그것은 분위기일 뿐 실체화되지는 못한 상태이다.[8] 그

---

7) 손창섭, 「미해결의 장」, 같은 책, 122면.
8) 전쟁 직후의 분위기가 실체화되지 못했다는 것은 다른 말로 하면 전쟁 직후의 한국

때문에 시간과 장소를 바꾸어도 의미의 변화가 별로 나타나지 않는다. 물론 삶의 우연성은 어쩌면 50년대의 뿌리뽑힌 삶의 반영이라고 할 수 있다. 전쟁으로 모든 것이 폐허가 된 데다 가족과 고향마저 잃고 어디에도 정착하지 못할 자에게 삶이란 그야말로 횡액이었을 것이다. 손창섭이 바로 그런 처지였기에 삶이 어처구니 없는 횡액이란 느낌의 정도는 더욱 컸으리란 점은 짐작하기 어렵지 않다. 하지만 삶의 논리와 소설의 논리는 다르다. 다시 말해 소설에서는 체험의 직접성에 지나치게 긴박되어서는 곤란하다는 것이다. 왜냐하면 그래서는 체험을 '객관화'할 수 없고, 따라서 자신의 주관적 체험과 당대의 보편적 현실을 연결시킬 수 없기 때문이다. 삶의 추상화는 이러한 딜레마를 해결하기 위해 손창섭이 찾아낸 편법이라 할 수 있다.9) 말하자면 '나의 삶이나 너의 삶이나 존재론적으로 동일하다, 그러므로 삶의 우연성은 시공간을 뛰어 넘는 보편적 진실이다.' 라는 식으로 문제를 해결하려 한 결과가 바로 추상화란 것이다. 하지만 이것은 결코 소설의 논리라고 할 수 없다. 시공간적 구체성은 근대소설의 인식론적 출발점이다. 따라서 적어도 소설에서는 시공간적 구체성을 초월한 보편적 진실이란 도대체 존재할 수 없다. 혹자는 그것이 모더니즘 소설의 특징이라고 강변할지도 모르겠다. 그러나 예컨대 최인훈의 『광장』만 보더라도 6·25 전쟁과 분단이라는 시공간적 구체성이 이명준의 운명을 규율하는 최종 심급으로 작용하고 있음을 읽어낼 수 있거니와 그런 점에서 모더니즘

사회라는 시공간이 단지 배경에 머물러 있을 뿐 주체의 삶과 구체적으로 연관된 환경으로까지 나아가지 못했다는 의미이다.

9) 삶의 추상화가 극대화되면 그것은 일종의 알레고리가 된다. 장용학이나 김성한이 대표적인 예이며, 손창섭의 경우에도 때때로 알레고리화 경향이 나타난다. 가령 「인간동물원초」나 「공포」가 그런 경우에 해당된다. 「미해결의 장」의 박테리아 비유도 마찬가지이다.

소설 역시, 매우 간접적이고 복잡하긴 하지만, 나름대로의 방식으로 시공간적 구체성을 담아낸다고 할 수 있다.[10] 반면에 손창섭에게서는 그 정도의 시공간적 구체성도 찾기 힘들다. 그래서 손창섭의 소설이 온전한 의미에서의 근대적 서사성에 미달한 상태라고 평가할 수밖에 없는 것이다.

서사성의 부족과 관련하여 비합리성의 문제도 빼놓을 수 없다. 삶이 인과적 연관을 결여한 우연적 존재라면, 합리적 인식은 애당초 불가능하다. 아니 좀더 정확히 얘기하면, 합리적 인식이 먼저다. 다시 말해 삶을 합리적으로 바라보지 않았기 때문에 그것이 우연적인 존재로 보이게 된 것이다. 어느 쪽이 되었던 별 차이가 없을 것 같은데도 굳이 선후를 따지는 이유는 선후 문제가 의외로 중요하기 때문이다. 삶이 우연적이냐 필연적이냐는 삶 자체에 달려 있는 것이 아니라 인식 주체의 삶 자체에 달려있다. 인식 주체가 삶을 합리적으로 바라보려 노력할 경우 삶은 언제나 필연적이다. 이 말이 삶의 우연적 계기들을 부정하는 것은 아니다. 요는 합리적 인식을 견지하는 한 삶의 우연성 또한 필연성의 큰 테두리 내에 자리매김할 수 있다는 것이다.[11] 따라서 손창섭 문학이 삶의 우연성을 절대화하게 된 것은 삶의 실상이 그렇기 때문이라기 보다는 그가 합리적 인식 가능성을 처음부터 포기했기 때문이라고 해석하는 것이 더욱 적절하다.

이처럼 합리적 인식 가능성을 포기할 경우 당연히 합리적 해결책의 모색

---

10) 하정일, 「후기 자본주의와 근대 소설의 운명」, 『현상과인식』, 1995, 봄, 39-43면.
11) 물론 이런 태도가 합리성의 절대화로 이어져서는 곤란하다. 그럴 때 합리적으로 설명되지 않는 현상은 무조건 비정상으로 매도하는 계몽주의적 폭력이 나타나게 된다. 그래서 합리성의 원리가 제대로 구현되기 위해서는 무엇보다 합리성의 한계를 정직하게 인정할 줄 아는 겸손이 절실하다. 그러나 합리성의 한계를 인정한다는 것이 곧 합리적 인식 가능성의 포기를 의미하지는 않는다. 우연성의 절대화는 합리성의 절대화 이상으로 위험하다. 왜냐하면 그것은 진리의 허무주의에 다름아니기 때문이다.

역시 불가능해진다. 손창섭 문학에서는 환경에 의해 성격이 변화하고 그러한 성격 발전을 기반으로 환경을 변화시켜 나가는, 이른바 주체와 객체의 변증법을 볼 수 없다. 주객 변증법이 합리성의 원리를 기반으로 한다는 점에서 이는 당연한 귀결인데, 여기서 강조하고 싶은 것은 주체와 객체의 이원화이다. 합리적 인식 가능성의 포기는 주객의 분리로 이어지고, 양자는 서로에게 절대적 타자가 된다. 앞에서 사용한 표현을 빌리면, 환경은 실종되고 배경만 존재한다. 배경은 단순한 시공간적 조건일 수도 있고 인간의 힘으로는 어찌해 볼 도리가 없는 절대 상수(上數)일 수도 있다. 그러나 어느 쪽이건 항상 고정된 채 변화의 여지가 없고 주체와의 구체적 연관이 결여되어 있다는 점에서 그것이 소설에서 갖는 의미는 동일하다. 따라서 손창섭의 소설에서는 고정되어 있는 상황에 대한 주체의 '반응'만이 문제가 된다. '반응'이란 표현을 쓴 까닭은 상황에 대한 주체의 대응이 다분히 즉자적이고 반사적이기 때문이다. 그래서 상황에 쉽사리 매몰되거나 아니면 무모하게 뛰어넘으려 할 뿐 자신을 둘러싼 상황을 차분히 분석하고 성찰하는 모습을 보여주지 못한다. 이는 상황이 절대적 타자로서 주체와의 교섭을 허용하지 않고 있는 조건에서는 당연한 현상이라 하겠는데, 이러니 합리적 해결책의 모색은 기대하기 힘든 주문일 수밖에 없다. 손창섭의 거의 모든 작품이 전망 부재의 허무주의에 빠져 있는 것은 이때문이거니와 설사 문제 해결을 지향하더라도『낙서족』의 박도현처럼 돈키호테식의 좌충우돌이 되기 십상이다.

4. 전쟁 세대의 자화상

손창섭 문학의 세계를 여행하면서 내리게 된 결론은 손창섭의 소설은 결국 서사 미달의 문학이라는 것이다. 이렇게 된 가장 근본적인 이유는 손창섭이 6.25 전쟁에 너무도 깊이 긴박되어 최소한의 거리도 유지하지 못했기 때문이다. 이런 사정은 이른바 '전후작가' 전체에 똑같이 해당되는데, '전후문학'의 단명(短命)은 그런 점에서 필연이었다고 할 수 있다. 여기서 필자는 손창섭을 비롯한 장용학·김성한·이범선·오상원 등에게 붙여져 있는 '전후 세대'라는 명칭을 '전쟁 세대'로 바꿀 것을 제안한다. 왜냐하면 이들의 문학은 전쟁 체험의 자장에서 끝내 벗어나지 못했고 우리 사회가 6.25에 대한 객관적 거리 감각을 기반으로 현실을 서사적으로 탐구하는 새로운 소설의 기운이 나타나기 전까지 남한문학사의 공백을 메워준, 일종의 과도기적 문학이라 할 수 있다. 전후 세대라는 명칭은 그러므로 오히려 이호철, 하근찬, 최인훈, 박경리 등에게 붙여져야 합당하다. 이들 역시 전쟁 세대와 마찬가지로 절망을 얘기한다. 하지만 이들이 전쟁 세대와 다른 점은 절망의 연원이 무엇인지를 치열하게 추적하고 있다는 점이다. 다시 말해 삶의 인과적 연관을 성찰하고 주체와 환경의 상호작용을 그려내려 노력하고 있는 것이다. 그래서 이들의 문학 역시 여전히 사적(私的) 체험에 강하게 연루되어 있음에도 불구하고 그것의 '객관화'를 지향할 수 있었던 것이다.12)

이호철이나 최인훈의 등장은 50년대 후반의 문학사적 변화와 맥을 같이 한다. 따라서 전쟁 세대의 문학에서도 이 시기를 전후하여 일련의 변화상이 나타난다. 그것은 무엇보다 주체와 환경의 상호연관을 따지면서 절망의 극복 가능성을 모색하는 데서 확인된다. 「설중행」, 「유실몽」, 「잉여인간」 등이 그것인 바, 이들 작품은 인간에 대한 신뢰를 바탕으로 새로운

---

12) 이에 대한 좀더 자세한 설명으로는 졸고, 「세계에 속물성에 맞선 기나긴 저항의 여정-박경리론」(『환상의 시기』, 솔, 1996)을 참고하시오.

삶의 가능성을 진지하게 묻고 있다는 공통점을 보여준다. 특히 「유실몽」에서 주인공이 행하는 다음과 같은 다짐은 이와 관련하여 자못 의미심장하다.

> (..) 이제는 어디로든 나도 떠나야 할 때가 왔다고 생각했다. 그 집에 내가 월여를 머물러 있은 것도 누이가 있었기 때문이다. 그렇다고 해서 다시 누이를 찾아갈 생각은 아예없었다. **차라리 나는 누이와는 반대 방향으로 가야 한다고 생각하며 대합실을 나섰다.** (진하게-인용자) 밖에는 어둠을 뚫고, 자동차가 수없이 질주하고 있었다. 나는 될 수 있는 대로 어두운 쪽을 골라서 걸었다. 십여 살짜리 조무래기 한 놈이 앞을 막아 섰다.
> "아저씨, 하숙 안 가셔요?"
> "오냐 가자! 가구말구. 어디라두 가자!"
> 나는 소년을 따라 걸었다. 어두운 골목으로 들어섰다. 불현듯 창백한 춘자의 얼굴의 눈앞을 얼찐거렸다. 뒤이어 여자의 가느단 울음소리가 들려 오는 것 같았다. 그것은 분명히 숨죽여 우는 젊은 여자의 울음 소리였다. 이러한 착각을 끝까지 견디어 내야 한다고 생각하며 자꾸만 어둠 속을 헤치고 소년을 따라 걸었다.[13)]

"누이와는 반대 방향으로 가야 한다"는 다짐은 상황에 매몰된 채 절망만을 곱씹으며 무위도식하던 과거와는 다른 삶을 살겠다는 분명한 의지의 표현이다.[14)] 이러한 결단은 손창섭 문학에서 일찍이 볼 수 없었던 새로운 면모임에 틀림없다. 재미있는 것은 '가자!'라는 말이다. 이 '가자!'라는 표현은 이범선의 「오발탄」에서도 등장하거니와 이같은 떠남 혹은 결별의

---

13) 손창섭, 「유실몽」, 같은 책, 199면.
14) 하정일, 「전후 단편소설의 세계관과 장르적 특성」, 『민족문학의 이념과 방법』, 태학사, 1993, 397-399면.

모티브는 50년대 후반의 소설에서 꽤 빈번하게 등장한다. 그럼 점에서 이 모티브는 전쟁의 상처를 딛고 새로운 삶의 가능성을 적극적으로 탐색하기 시작한 50년대 후반의 문학사적 변화를 표상한다고 할 수 있다. 손창섭 역시 그러한 문학사적 변화의 도도한 흐름에 동참하고 있는 것이다. 하지만 손창섭의 변신은 다른 전쟁 세대 작가들과 마찬가지로 결국 실패로 끝나고 만다. 「유실몽」이나 「잉여인간」에서 보여준 자기 갱신의 가능성을 가로막은 장벽은 전쟁이었다. 전쟁의 잔혹함은 손창섭을 끝내 놓아주지 않았던 셈이다. 서두에서 손창섭을 50년대 문학의 자화상이라고 했다가 결론에 와서는 전쟁 세대의 자화상이라고 수정한 것도 그 때문이다. 손창섭에게 6.25란 자신의 의지로는 어찌해 볼 도리가 없는 절대적 운명이었던 것이다. 따라서 전쟁 체험의 극복은 다음 세대의 작가들이 감당해야 할 몫이었다.

전후 시각으로 쓴 첫 일제 체험

— 손창섭의 「낙서족」론 —

송하춘

1.

손창섭 소설의 현주소는 대부분 6.25전쟁 직후의 피난지다. 그가 다룬 일제시대의 민족수난과 해방 직후의 좌우대립과 전쟁으로 인한 간난은 시대와 관심에 따라 성격이 조금씩 다르더라도, 모든 이야기가 피난민의 삶이라는 점에서 한 가지로 공통적이다.

그러나 그의 첫 장편소설인 「낙서족」은 이 점에서 예외다. 같은 피난 시기에 썼지만, 「낙서족」은 일제시대인 1938년 일본의 동경이 무대이다. 1950년대 그의 소설이 피난지로 즐겨 채택하던 서울이나 부산이 아니다. 그만큼 시대를 거슬러 올라 간 것은 이 작가에게 한 가지 변화로 지적될 만하다. 1950년대 피난민 생활만을 집중적으로 조명하던 그에게 이런 변화는 당대적 조명을 일탈한 것이기 때문이다.

「낙서족」은 1959년 3월 <사상계>에 발표된 장편소설이다. 이것으로써 6.25 전쟁과 관련된 손창섭의 소설은 물론 1950년대 피난민 성격의 소설이

마감되는 현상을 보인다. 그만큼 손창섭이 전후 소설사에 미친 영향은
컸다.

1950년대가 마감되는 그 해에 「낙서족」이 겪은 변화를 우리는 주목할
필요가 있다. 무엇보다 소설 영역의 확대라는 점에서 그것은 중요한 변화
로 인식된다. 손창섭은 더이상 전쟁으로 인한 불구의 세계에 머물러 있기
를 거부한다. 그리고 관심의 영역을 넓혀 일제시대의 체험 속으로 뛰어들
었다.

이제 우리는 손창섭 소설의 형성과 변모라는 시각에서 「낙서족」을 해명
하기로 한다. 「낙서족」은 일제시대에 쓰여진 많은 소설과 같은 맥락에서
검토될 성질의 것이 아니다. 그것은 해방이 되고, 6.25전쟁을 겪고 난 뒤에
일제시대라는 한 시대가 역사적 거리를 두고 물러앉은 시기에 쓰여졌기
때문이다. 일제시대에 그 당대를 쓰는 것과, 일제시대가 마감된 시기에
그 시대를 쓰는 것과는 차이가 있다. 「낙서족」은 그 시대가 일단 마감되고
나서 지나간 시대를 문제삼은 소설이다. 이 점에서 「낙서족」은 해방 이후
일제시대를 본격적으로 다룬 첫 번째 소설이며, 이 연구는 당연히 그런
관점에서 이루어져야 마땅하다고 본다.[1]

모든 손창섭 소설의 현장은 '피난지'다,라고 말할 때, 그것은 전쟁이
휩쓸고 간 자리의 특수상황을 의미하였다. 고향을 버리고 어디론가 밀려와
서 펼쳐야 하는 임시적인 삶, 그렇게 보면 「낙서족」의 현장도 '피난지'이기
는 마찬가지다. 「낙서족」의 피난지는 식민지 현실로 인한 삶의 상실 지역
이다. 일본 동경, 우리 민족에게 그곳은 경제적인 궁핍과 정신적인 불안과

---

[1] 손창섭 소설에 대한 연구로는 다음 글들을 참고할 수 있다. 조연현 「병자의 노래」
(『현대문학』, 1955.4), 윤병로 「혈서의 내용」(『현대문학』, 1958,12), 김상일 「손창섭
또는 비정의 신화」(『현대문학』, 1961,7), 김현 「테러리즘의 문학」(『문학과 지성』, 71
년, 여름), 정창범 「손창섭론 - 자기모멸의 신화」(『문학춘추』, 1965,2) 등

인간적인 모멸이 있을 뿐이다. 손창섭 소설은 이런 문제에 대한 불만이나 고발이 아니다. 결핍된 삶 자체를 보여주는 것으로 그는 작가의 임무를 다할 뿐이다.

원래 손창섭 소설은 전후의 왜곡된 상황에 대한 하나의 전형이었다. 맨처음 발표된 「사선기」부터 「비오는 날」「생활적」「혈서」「미해결의 장」「설중행」「잉여인간」에 이르기까지 전체가 하나의 모습이다. 소설의 현장이 하나이고, 인물들끼리의 관계가 하나이고, 가난이 하나이고, 사랑이 하나이다.

먼저, 손창섭 소설의 등장인물은 기본적으로 네 사람이다. 남자가 세 사람, 여자가 한 사람. 그들은 대개 한 집에 모여 지낸다. 때로는 방 한 칸에 모여 살기도 하지만, 그들은 한 집안 식구가 아니다. 각각이 남남이거나, 최소한 두 가구 이상이 모여 이룬 복합형 취락구조다. 그 집 혹은 그들의 방은 동굴 속처럼 어둡고 칙칙하다. 그 안에서 그들은 부조화의 조화를 이루면서 생활한다. 손창섭 소설의 전체 이미지는 불협화음이다. 가족끼리 어울려 살면서도 남남처럼 서먹하고, 남남끼리 어울려 살면서도 가족처럼 끈끈한 것이 손창섭 소설의 특징이다. 다음은 「잉여인간」의 첫 장면이다.

> 만기 치과의원(萬基齒科醫院)에는 원장인 <서만기>씨와 간호원 <홍인숙>양 외에도 거의 날마다 출근하다싶이 하는 사람 둘이 있다. 그 한 사람은 비분강개(悲憤慷慨)파 <채익준>씨요, 다른 한 사람은 실의의 인간 <천봉우>씨다. 두 사람은 다 같이 서만기 원장의 중학교 동창생이다.[2]

여기서도 주요 작중인물은 세 남자와 한 여자 모두 넷이다. 서만기와

---

2) 손창섭, 「잉여인간」, 『현대한국문학전집3』(신구문화사, 1981), 339면.

채익준과 천봉우와, 그리고 홍인숙. 그 가운데 서만기 혼자만 생업이 있고, 채익준과 천봉우는 무직이다. 벌이가 없기 때문에 그들은 자연 벌이가 있는 서만기에게 생계를 의지할 수밖에 없다. 그리고도 손창섭 소설은 벌이가 없는 이 두 사람을 중심으로 이야기를 벌리는 것이 특징이다. 그들의 어울려 살기란 모두 정상적인 얽힘이 아니다. 서로 얽힐 수 없는 관계이지만, 전쟁이 그것을 가능케 한다는 것이 손창섭의 시각이다. 손창섭은 처음부터 가능한 인간의 관계들을 주목하지 않는다. 오히려 불가능한 관계들이 서로 어떻게 얽혀 지내는가를 그는 주목한다. 「잉여인간」의 인물들은 목적없이 만나는 생활의 낙오자들이지만, 중학교 동창이라는 인연으로 하나의 가족적인 틀을 형성한다. 혹은 군대 동기인 경우도 있다. 혹은 이북에서 같이 지내다가 피난나온 사람들이기도 하다. 「혈서」의 세 젊은이들, 「설중행」의 옛 제자와 은사, 「비 오는 날」의 동욱 남매, 「인간동물원초」의 죄수들, 그들은 모두 방 한 칸에 여자를 사이에 두고 위험한 혼숙을 한다. 「사선기」처럼 옛 애인의 집에 함께 기거하기도 한다. 「생활적」의 동주부부와 봉수부녀, 「유실몽」의 상근부부와 처남도 어울릴 수 없는 관계들의 어울림으로써, 전후 피난생활에 대한 풍속도를 이룬다.

손창섭 소설의 인물들은 대부분 무력증 환자다. 「잉여인간」의 천봉우처럼 모두 실의에 빠져 있다. 천봉우는 늘 말이 없고, 방금 자다 깬 사람처럼 가수상태에서 허덕인다. 그가 그렇게 된 이유를 작가는 6.25 때문이라고 적고 있다. 피난 나갈 기회를 놓치고 적치 삼개월을 꼬박 서울에 숨어 지내다 보니, 빨갱이와 공습에 대한 공포감 때문에 그렇게 되었다는 것이다. 전쟁은 끝났지만, 아직도 불안한 긴장상태가 지속되고 있음을 의미한다. 중학시절의 그는 재기발랄한 야심가였다. 그러던 것이 전란통에 양친과 형제를 잃고 나자 인간만사에 흥미를 잃고 말았다.

2.

「낙서족」의 인물도 본질적으로 피난민들이다. 아버지가 독립운동가이고, 숙부가 공산당원인 박도현이 발 붙일 곳이라고는 이 세상에 아무 데도 없었다. 자기 자신마저 독립자금을 마련하기 위해 '은행 협박 소동'을 벌인 죄로 일본 형사에게 쫓기는 입장이다. 그만큼 그는 민족적 불행과 깊이 관련되어 있다. 그에게는 언제나 보이지 않는 감시가 따른다. 감시를 피해 그는 자주 거처를 옮겨야 하고, 그 때마다 형사에게 불려가 심한 구타와 고문을 당한다. 감시와 고문으로 인한 불안과 초조는 식민지 시대 피난민들의 심적 상태를 반영한다.

도현과 상희와 노리꼬의 관계 또한 부조화의 조화를 이룬다. 도현과 상희는 동포애로 만나고, 도현과 노리꼬는 적개심으로 만난다. 그것이 동포애이건 적개심이건 간에 그들의 사랑은 그 어느 것도 완전한 사랑일 수 없다. 도현의 상희에 대한 사랑은 너무 이상적이어서 불완전하고, 도현의 노리꼬에 대한 사랑은 너무 복수적이어서 불완전하다.

도현이 J 중학교 사학년에 편입하고, 거기서도 감시를 피해 하숙을 옮겨 다녀야 하는 삶의 궤적은 손창섭의 또 다른 피난민적 상황을 반영한다. 손창섭이 청소년기에 고향을 떠나 동경에서 방황해야 했던 것은, 6.25때 고향을 떠나 서울이나 부산에서 방황해야 했던 것과 같은 문제로 파악되고 있다. 일제시대는 손창섭의 청소년기 체험이다. 일제시대에 우리 민족이 고향을 포기하는 데는 두 가지 길이 있을 수 있다. 아버지나 숙부처럼 중국이나 만주로 가는 길과, 또 하나는 도현처럼 동경으로 가는 길이다. 그러나 도현처럼 동경으로 가는 길은 어떤 의미에서 중국이나 만주로 가는 길과 다를 수 있다. 중국이나 만주에서 독립운동을 하는 사람들과 달리 동경에서 도현은 개인적으로 행복을 추구할 수도 있기 때문이다. 도현은 처음부터 독립운동을 하러 동경에 간 사람은 아니다. 개인의 행복을 찾아 다만 고향을 떠났을 뿐이다. 「낙서족」의 상황은 이처럼 개인의 의지와 민족적 현실이 괴리된 데서 찾을 수 있다. 도현은 언제 어디서나 아버지와 밀접하게 관련되어 있었다. 그것이 도현의 민족적 현실이다. 도현은 그런 민족적 현실과 무관하고 싶어한다. 그렇지만 그의 현실은 그를 절대로 분리시켜 두지 않는다. 이 점에서 「낙서족」은 독립운동에 관한 소설이 아니라, 독립운동을 하지 않을 수 없는 상황으로 걸어가고 있는 한 인물의 성장소설이라고 할 수 있다.

「낙서족」의 성장소설적인 면은 옆방의 하숙생 한상혁과, 한상혁의 동생 상희와의 만남을 통해서 드러난다. 상희의 표현에 따르면 상혁은 '하나님을 배반하고 모친의 사랑에 반역하는 사람이고, 조국의 기대와 사회의 요구에 역행하는 방탕아'다. 그러나 이런 상혁의 성생활을 통해 도현은 자신의 육체를 발견한다. 그리고 상희를 사랑하게 된다. 인간은 성장하면서 죄악을 발견한다. 그러나 그 죄악이 인간을 성장시킨다고 믿는 점이 바로 성장소설의 특징이다. 도현이 자신의 육체를 발견했을 때 그가 새로운 죄악에 직면함은 말할 것도 없다. 도현은 성공이 뭔지도 모르는 사람이지만 '기어코 성공해야 한다'는 욕망에 사로잡힌 사람이다. 그것은 자신을 위한 길이지만 더 나아가 고향에 계신 모친을 위한 길이고, 만주에 계신 아버지를 위한 길이어서 조국과 민족을 위한 길이기도 하지만, 이런 욕망이 절망적인 상황과 겹칠 때 희화화되는 건 당연하다.

손창섭 소설의 상황은 대부분 절망적이다. 그의 인물들도 대부분 절망적인 인물들 뿐이다. 이와같이 절망적인 상황 속의 인물들이 희망을 가질 때 그 희망은 어처구니 없이 희화화될 수밖에 없는 것이다.

그것은 모친이나 자신이 어떤 거대한 바위 밑에 짓눌리어 있는 것

같은 숨가쁨을 느끼게 했다. 도현은 그 압박감에서 벗어나 보기 위해서 두 차례나 만주로 탈출하려다가 굴욕적인 실패를 맛보고 말았던 것이다. 그렇게 되자 도현은 하루라도 조선에 머물러 있을 마음의 여유를 가질 수가 없어 미칠듯이 초조한 나날을 보내다가 새로운 앞길을 뚫어 보자는 의욕에서 마침내 위험을 무릅쓰고 일본에 밀항해 왔던 것이다. 「새로운 앞길」, 그것도 역시 「기어코 성공해야 된다」는 생각이나 마찬가지로 너무나 막연한 의욕과 관념에 지나지 않았다. 그래도 도현이 거의 무모할 만큼 구체적인 현실의 장벽에 전신으로 부닥쳐 갈 수 있는 것은 그렇듯 막연한 관념이 말하는 냇적 명령에 의해서였다. 거기에가다 「나는 조국 광복에 헌신하고 있는 독립투사의 아들」이라는 정신적인 과중한 부채(負債)의식과 혈통적인 연관성은 결국 그로 하여금 눈물 겨운 넌센스를 연출케 하고야 마는 것이다.[3]

손창섭의 인물은 모험적이지만 지사적이 아니다. 「새로운 앞길」을 찾아 왔다지만 사실은 새로운 앞길이 막힌 상태를 의미한다. 「기어코 성공해야 된다」고 말하지만 결코 성공할 수 없는 인물이다. 「독립투사의 아들」이라고 하지만 자신이 독립투사는 아니다. 모든 길이 막혀 버린 상태의 희화화된 인물이다. 도현은 여러 면에서 모멸감에 차 있다. 형사의 심문에서 '우리 아버지는 일본의 손아귀에서 조국을 다시 찾으려고 싸우고 있는 혁명투사요! 그래 어쩔 테요?'라고 대들지 못한 점, 상희의 '냉철하고 침착한 태도, 그리고 조리 있는 화술' 등에 심리적으로 압도당한점. 그러나, 도현의 아버지가 독립투사라는 점과, 상희 부친이 삼일운동 때 학살 당했다는 사실 때문에 둘이는 '동류적(同類的)인 공감이 나날이 깊어갔다.' 도현의 은행협박사건이란 것도 그가 무슨 민족애가 있어서 그런 것이 아니라, 독립단원의 흉내를 내 보거나 혹은 아버지의 복수심리에서 나온 해프닝에 지나지 않는다. 망명투사의 아들, 공산당원의 조카. 이런 일련의 행위는

3) 손창섭, 『낙서족』(일신사, 1959), 30면.

이념 없이 다만 단순하게 살아가는데, 외부의 여건이 그 단순함을 걸어늘 바보스럽게 만드는 데서 나온 인물이다. 상희는 자신의 부친이 삼일운동 때 학살 당했다는 데 자부심을 갖고 자기도 그렇게 살려고 노력한다고 한다. 이 말에 감동한 도현의 태도는 존경과 사랑으로 변하는데, 이 점에서 「낙서족」의 민족주의란 유아적이고 환상적이다.

손창섭의 희화화된 인물은 모두가 전쟁의 후유증으로부터 나온 것인데, 그 증세는 다시 두 가지로 압축된다. 하나가 경제적인 무력감이라면, 다른 하나는 애욕의 무력감이다. 「잉여인간」에서 천봉우의 무력감은 일종의 성적 편집 증세로 나타난다. 간호원 인숙에 대한 천봉우의 연애감정이 그 예다. 경제적으로나 육체적으로나 항상 무력감에 빠져있던 그가 인숙한테만은 유난히 강렬한 애욕을 느끼는데, 그것은 정상적인 관계의 사랑이 아니라, 일방적이고도 충동적인 욕구일 뿐이다. '인숙양을 바라볼 때만은 잠에서 덜 깬 사람같이 언제나 게슴츠레하던 그의 눈이 깨어있는 사람의 눈다웁게 빛나는 것이었다.' 그것은 그가 살아있음에 대한 존재의 확인이다. 식욕과 성욕은 인간의 원초적인 본능에 값한다. 손창섭은 성적 욕구를 통해서 인간본능의 밑바닥을 훑어 보고자 한다. 그것은 인간의 위선을 벗겨 내는 일이기도 한다. 「생활적」의 '그날 밤 동주는 그냥 수컷이었을 뿐이다.'와 같은 동물적 행위는 손창섭 소설의 전편에 깔려 있다. 전쟁으로 인한 경제적 궁핍과 인간의 훼손을 식욕과 성욕이라는 리트머스 시험지를 통해 반응해 보는 것이다. 「잉여인간」에서 이 점은 만기를 둘러싼 봉우처의 맹목적인 애욕과, 처제 은주가 형부에게 바치는 순결한 사랑과, 간호사 인숙이의 헌신적인 사랑에서도 나타난다. 그것들은 모두 정상적인 사랑이 아니라, 극단적이고도 병적인 상태의 인간상을 말해 준다. 상호 이해와 신뢰에서 생기는 정상적인 인간관계가 아니라, 위기의 상황에서 자행되는 자기 존재에 대한 충동적인 확인이다.

상희에 대한 도현의 사랑도 병적임은 말할 것도 없다. 도현은 상희를 사랑하지만, 그 사랑은 너무 이상적이다. 그 이상이 조국과 민족과 지고지순한 순결이라는 점에서 하나로 인식되기 때문이다.

　「전, 전, 조국을 위해 죽을 결심입니다!」도현은 그 말만으로는 자기의 벅찬 감동을 표현하기가 부족해서, 「상희씬 정말 천사같이 고상한 분입니다. 전 상희씨를 존경합니다. 정말입니다.」했다. 그러나 도현은 그 말이 천박한 애정의 고백으로 오해 받을까 봐 후회도 되었다.4)

도현에게 아버지와 어머니와 상희는 지고지순한 이상이라는 점에서 자기가 도달하기 어려운 목표점이 된다. 그리고 그가 도달할 수 없기 때문에 그것은 열등감을 야기하기도 한다. 도현이 세 번째 붙잡혔을 때, 형사들은 그의 모친이 미국인 선교사 집에서 일하고 있다는 점을 문제로 삼는다. 일본의 고립된 제국주의를 비난하는 대목인데, 그럼에도 불구하고 도현은 당당하지 못하고 죄의식에 사로잡힌다. 아버지는 만주에서, 어머니는 미국 선교사 집에서, 상희는 죽은 독립운동가의 딸로서, 그들은 도현과 깊이 관련되어 있는 것이다.

이와같이 개인과 세계가 타의적으로 얽혀 있음을 확인할 때, 행동의 윤리문제가 제기된다. 체포와 고문은 계속되었고, 그때마다 '도현은 모른다고 대답할 수밖에 없었다. 정말 하나도 모르는 사실이었던 것이다.' 이때 행동의 윤리가 요구되지만, 그것을 실천하지 못할 때 받는 열등감은 심각하다. 도현은 고문을 당할 때마다 '지끈 딱' 받아 버리지 못하고 당하기만 한 자신을 무가치하게 여길 수밖에 없다. 자기는 빈 껍대기에 불과한 것이다.

---

4) 앞의 책, 59면.

경찰은 빈 껍데기인 줄 뻔히 알면서도 혹시나 무슨 알맹이가 나오
지나 않을까 해서 심심하면 두들겨 보는 판이다. 그것은 자신의 무가
치를 말해 주는 것이다. 도현은 생각했다. 인간의 가치란 경찰이 중요
시 하느냐 않느냐에 따라서 결정되는 것이라는 묘한 해석을 갖게 되었
다. 도현은 우선 자기가 유가치한 존재가 되기 위해서는 이 빈 껍데기
에 알맹이를 마련해야 한다고 생각했다. 그 알맹이는 더 말할 나위도
없이 눈부신 「행동」이다. 대 사회적인 행동. 대 국가적인 행동. 도현은
흥분하기 시작했다. 상희가 나에게 친밀감과 호의를 베푸는 것은 구국
투사의 아들로서다. 나 자신의 가치를 인정하고서가 아닐 게다. 나
자신의 가치를 갖다 빈 껍데기 속에 알맹이를 채우자. 행동인이 되
자.5)

이 말은 도현이 아버지와 숙부의 뒤를 따라 자기도 독립투사가 되겠다는
행동적 자각을 의미하는데, 그러나 그 결심을 상희에게 말했을 때 상희는
그것을 곧 무위로 끝내고 만다. 도현의 감상적 영웅주의를 또 한 차례
희화화하는 것이다. 시대적 절망의 극복을 지고지순한 목표로 설정했을
때 이와같은 희화화는 계속될 수밖에 없다. 가령, 상희의 어머니는 타락한
상혁한테 주던 학비를 도현한테 주겠다고 한다. 그 이유는 독립투사의
아들을 돕기 위해서라는 것이다. '그리고 견딜수 없는 모욕과 울분두 꾹
누르구 착실히 공부만 하시는 게 현명한 방법일 거예요. 제일 목표는 대학
교를 졸업하시는 일 그것이예요. 대학을 졸업하구 나서 그 때의 국내 형편
과 국제 사정을 고려해 가지구 가장 효과적이구 실천성 있는 데에 이 목표
를 세우시는 거예요.(110)' 상희는 이성적이고 합리적이다. 이런 합리성을
도현이 도달하기 어려운 목표로 설정할 때 그것은 비현실적일 수밖에 없
다.

---

5) 앞의 책, 69면.

손창섭의 소설이 전후의 가장 비참한 현실을 포착하면서도 그것들이 비현실적으로 표현될 수밖에 없었던 것은 바로 이 점 때문이다. 절망적인 상황 속의 절망적인 인물들로 하여금 최소한의 이상을 갖게 할 때 그것은 실현 불가능한 비현실적 대상이 되고 마는 것이다. 그것은 전적으로 전쟁이 휩쓸고 간 자리에서만 보게 되는 피해의식 때문이다.

3.

손창섭의 피해의식은 그가 삶의 현장에 뛰어들려고 할 때 훨씬 민감하게 나타난다. 손창섭에게 삶의 현장이란 곧 가정을 의미하기도 한다. 그가 연애를 하고, 약혼을 하고, 결혼을 하고자 하는 것도 다름아닌 가정을 꾸리자는 일로써, 삶의 현장을 마련하는 일과 같다. 맨처음 추천작인 「공휴일」에서 이미 이 문제는 제기된다. 도일이 바로 그 '생활' 때문에 연애와 약혼과 결혼이라는 문제에 직면한 것이다. 그러나 도일은 '이성이나 결혼 문제 같은 데 대해서 남들처럼 흥미를 갖지 못하는 인물'이다. '결혼을 해도 그만 안해도 그만이고, 약혼을 해도 그만 안해도 그만이고, 파혼을 해도 그만 안해도 그만'이어서, 마침내 사회적 결속력이 결려된 성격으로 전락하고 마는 것이다. 이런 성격은 극단적인 허무주의의 산물로써, 일상과 괴리될 수밖에 없다. 어머니가 어머니같아 뵈지 않고, 아내가 아내같아 뵈지 않고, 여동생이 여동생같아 뵈지 않는 것도 바로 그 때문이다. 그래서 그들은 일상적인 삶의 현장으로부터 늘 격리되어 있다.

> 아침이 되어도 동주는 일어날 생각을 하지않는다. 송장처럼 그는
> 움직일줄을 모르는 것이다. 그만큼 그의 몸은 지칠대로 지쳐버린 것이

다. 몸 뿐이 아니다. 마음도 곤비할 대로 곤비해 있었다. 심신이 걸레
조각처럼 되는대로 방안 구석에 놓여져 있는 것이다. 걸레조각처럼![6]

「생활적」의 현장은 이처럼 비생활적이다. 이 폐칩된 공간 속에 두 가구
네 식구가 불협화음을 내며 산다. 동주와 수자부부. 봉수와 순이 부녀.
그 가운데 특히 실의에 빠진 동주와 옆방에서 신음하는 순이와의 '생활적'
인 관계는 그대로 전쟁 직후의 '생활'이다.

> 순이는 밤에도 자는 것 같지 않았다. 밤낮없이 누워서 신음소리만
> 을 내는 것이었다. 그것은 마치 신음소리를 내기 위해서 장치한 기계
> 와도 같았다. 동주는 종내 어느날 순이에게 물어 보았다. '너 어째서
> 그렇게 밤낮 신음소리를 지르니? 그렇게 죽어오게 아프냐?' 순이는
> 얼굴을 찡그렸다. '그럼 어떻게요. 그냥은 심심해서 못 견디겠는 걸.'
> 그 때부터 동주는 무겁고 암담한 순이의 신음소리를 아껴주기로 한
> 것이다. 그 신음소리는 머지않아 죽을지도 모르는 순이의 최선을 다한
> 생활이었기 때문이다.[7]

이런 '비생활적'인 '생활'의 공간은 자주 '동굴속'으로 표현된다. 그 동
굴속은 어둡고, 그 안에 불구자가 누워 있고, 그 옆에 할 일 없는 실업자가
그것을 지켜보고, 그래서 그 곳은 가난과 사랑의 위험지대로써 모든 손창
섭 소설을 하나의 암울한 폐허로 그려내는 것이다. 「혈서」의 비생활적인
생활 공간도 같은 풍경이다.

> 이 겨울 들어 불이라고는 지펴본 적 없는 방 한 가운데 다리 하나
> 없는 준석은 이불을 쓰고 누워 있는 것이다. 그는 낮이나 밤이나 한장

---

6) 손창섭, 앞의 『현대한국문학전집3』, 152면.
7) 앞의 책, 153면.

밖에 없는 이불속에 엎드린 채 일어나려 하지 않는 것이다. 첫째 춥기도 하려니와 일어나 앉아 그에게는 아무것도 할 일이 없는 것이었다. 준석이가 누워있는 발치쪽으로 취사도구가 놓여 있는 석유풍로와 나란히 창애는 언제나 그 자리에 그렇게 자리잡고 있는 것이었다.[8]

그 안에 한쪽 다리가 없는 불구자 준석과, 그 곁에 또 간질병 환자인 창애가 누워 있는 동굴속같은 풍경은 모든 손창섭 소설을 하나로 모습짓는 전후 피난생활의 음화다. 「유실몽」의 강노인도 같은 분위기의 동굴속에서 신경통을 앓고 있다. 「비오는 날」의 움막집은 낡은 목조건물이다. '한쪽 귀퉁이에 버티고 있는 두 개의 통나무 기둥이 모으로 기우러지려는 집을 간신히 지탱하고 있었다. 개와를 얹은 지붕에는 두세 군데 잡초가 반 길이나 무성해 있었다. 나중에 들어 알았지만 왜정 때는 무슨 요양원으로 사용되어 온 건물이라는 것이었다. 전면은 본시 전부가 유리창 문이었는데 유리는 한장도 남이 있지 않았다. 들이치는 비를 막기 위해서 오른편 창문 안에는 가마니때기가 느리워 있었다.' 그 안에 '왼쪽 다리가 어린애의 손목같이 가늘고 짧은' 동옥과 '목사가 되겠노라고 하면서도 술을 사랑하는' 동욱이 함께 기거한다.

「낙서족」의 상희도 도현이 결혼을 염두에 둘 때 비현실적인 인물이 된다. 그리고 그 또한 도현의 피해의식 때문임은 말할 것도 없다.

> 도현은 푸뜩 상희와 자기가 결혼하는 장면을 상상해 보았다. 그러나 그는 이내 낯을 붉히며 당치도 않은 공상이라고 자신에게 화를 냈다. 그런 공상초차가 상희를 모독하는 일 같았다. 다시 없이 고상하고 순결한 상희와 어떤 의미에서나 결혼할 자격이 자신에게는 없다고 그는 단정하였다.[9]

---

8) 앞의 책, 169-170면.

피해의식은 자기 모멸적인 인물을 낳고, 그것은 행동과 절망의 양극을 헤매게 만든다. 상희가 형사들한테 불려가는 사건이 생긴다. 이 일로 도현은 천황을 죽이고 경찰서를 습격하겠다고 분개한다. '순박한 우국청년'의 행동을 자각하게 되는 계기이다. '그들은 조국이니 동포니 하는 말에 지배당하고 있었다.' 도현은 다이나마이트를 만드는 일에 열중한다. 그 때문에 도현은 날이 갈수록 친구들의 우상이 되어 간다. 그러나 이런 행동의 자각도 상희 앞에서는 다시 무의미져 버리는 것이다. 그의 행동을 상희가 맹렬히 비난하며, 미국 아니면 상해로 가라고 권한다. 모두들 이에 동의하며 그들의 독립운동은 새로운 국면으로 접어든다. 이때 또 엉뚱한 사건이 생겨 그들의 이념을 혼란하게 만드는데, 그것은 노리꼬의 자살이다. 상희의 만류건 노리꼬의 자살 때문이건 어쨌든 도현의 행동은 희화화되고 마는 것이다.

> 그러나 도현은 필사적으로 이렇게 항변해 보았다. 「난 복수를 한
> 거다. 난 일본 연놈을 모조리 짓밟아 주고 싶었던 것이다. 뒈져서 잘했
> 다. 속이 시원하다!」 억지였다. 속이 시원하지 않았다. 그 반대였다.
> 도현은 자신을 저주했다.[10]

손창섭 소설의 영웅주의는 이만큼이나 소아적이다. 상희는 죽은 노리꼬의 아이를 자기가 길러내겠다고 하는데, 그것은 자기가 그 만큼 도현을 사랑하기 때문이며, 그것이 또한 도현의 독립운동을 돕는 일이어서 자기도 그만큼 조국과 민족을 위해 헌신하는 셈이 된다는 것이다.

전후 세대가 직면한 행동의 윤리는 인간 실존의 문제와 깊이 관련되어

---

9) 『낙서족』, 111면.

10) 앞의 책, 214면.

있었다. 「혈서」의 달수는 어느 날 문득 길을 걷다가 다음과 같은 문제에 직면한다.

> 한번은 거리에서 바루 자기 앞을 걸어가던 사람이 미군 추럭에 깔려 즉사했다. 그때 달수 자신도 하마트면 추럭 앞대가리에 이마빼기를 들이받을 뻔했다. 그날 이후 달수는 자기가 살아있다는 데 불안을 느끼게 되었다. 이상하게도 대량 살륙이 자행되었던 6.25 때가 아니라, 그러한 불안은 실로 그날부터였다. 따라서 자기는 왜 죽지 않고 이렇게 멀쩡히 살아있을까가 문제되기 시작했다. 그 생각은 납덩어리처럼 무겁게 잠시도 쉬지 않고 그를 짓누르는 것이었다. 그러한 달수에게는 준석이가 살아있다는 것은 더욱 믿을 수 없는 일이었다.[11]

'살아있음'에 대한 실감은 인간 위기의 자각을 의미한다. 전후세대들이 갖는 절망감 속에서 실존의 문제가 제기된 것도 바로 이 때문이다. 전쟁을 겪고 났을 때, 그들은 '우연히 살아있는 인간'이었다. 그들의 인생은 스스로 선택한 삶이 아니라, 그렇게 선택된 삶이었다. 전쟁의 와중에서는 오히려 그것을 깨닫지 못하였다. 훗날 전쟁이 휩쓸고 간 피난지에서 그들은 자신이 살아있음을 실감한 것이다.

손창섭 소설에서 인간 실존의 문제는 허무주의로 이어진다. 그리고 이때 허무의 정체는 책임의 부재 현상으로 나타난다.

> 이 자식아. 창애의 배가 불렀건 꺼졌건, 그게 나하고 무슨 상관이 있단 말이냐? 창애의 배는 어디 까지나 창애의 배지, 내 배는 아니다. 창애 배가 부른 게 어째서 내 죄란 말야.[12]

---

11) 『현대한국문학전집』, 178면.

12) 앞의 책, 182면.

「혈서」에서 창애라는 여자를 사이에 두고 준석과 달수가 벌이는 한판의
논리다. 창애 부친은 이 집 주인인 규홍이가 창애와 결혼해 주기를 바란다.
그러나 달수는 창애가 간질병 환자이기 때문에 절대로 그럴 수 없다고
한다. 준석은 결혼할 수도 있다고 주장한다. 그들 두 사람에게는 어디까지
나 자기의 생각과 주장만이 문제인 것이다. 그러던 어느 날, 창애가 준석의
애를 배는 사건이 생긴다. 달수가 볼 때 그것은 절대 있을 수 없는 일이다.
그러나 준석은 그게 뭬 문제가 되냐는 것이다. 전후세대들은 전쟁이 바로
자기 책임이 아니듯, 어떤 일도 자기 책임이 아니라는 생각을 갖는다. 심지
어는 자기가 저지를 일까지도 자기 책임이 아니라는 논리적인 강변을 낳게
된다. 극단의 부조리 상황이 극단의 허무주의를 야기한다. 「유실몽」에서도
이런 허무주의는 비슷하게 나타난다.

> 하나두 나의 죄는 아닙니다. 그러다구 물론 춘자씨 죄두 아닙니다.
> 정말입니다. 누구의 탓두 아닙니다. 춘자씨의 부친이나 우리 누이의
> 잘못두 아닙니다. 그저 명확한 사실은 우선 나에게는 한 벌의 신사복
> 이 필요하다는 것 뿐입니다. 그뿐입니다. 나는 언제까지나 염색한 군
> 복만을 입구 있을 수는 없으니까요.13)

이런 허무주의가 극단화하면 준석처럼 '비분강개파'가 되지만, 세상을
향해 부르짖음을 포기할 때 그의 인물은 오히려 '실의에 빠진 인물'이 되고
만다. 준석에 비해 달수가 그런 인물이다. 손창섭 소설의 인물들은 작가
자신이 표현한 대로 '비분강개파'와 '실의에 빠진' 두 가지 유형의 인물로
나뉜다. 비분강개파는 세상을 향해 적극적이지만 오히려 불합리한 데가
많고, 실의에 빠진 인물은 합리적이지만 그 대신 세상으로부터 한 발짝

---

13) 앞의 책, 236면.

물러나 있다. 비분강개파나 실의에 빠진 인물이나 전후 세대라는 점에서는 같다. 합리적인 행동도 전쟁 때문에 무기력해졌고, 불합리한 행동도 전쟁 때문에 가능해졌다. 손창섭 소설은 이 두 가지 유형의 극단적인 인물들이 꾸려내는 전후 사회의 풍속도다. 달수처럼 순리대로 살아도 세상은 절망적이고, 준석처럼 억지로 살아도 세상은 굴러간다. 6.25가 그들의 의식세계에 그만큼 큰 피해의식으로 자리잡고 있는 것이다.

4.

「낙서족」의 피해의식이 허무주의로 흐르는 대신 행동의 윤리를 자각한 것은 손창섭 소설이 보여준 커다란 변화 가운데 하나다. 노리꼬와의 관계에서 그 점은 상희와 대조된다.

노리꼬는 일본인 하숙집의 딸이다. 도현은 감시를 피해 자주 이사를 다녀야 했고, 방을 구할 때마다 조선인이라는 점 때문에 구하기가 어려웠고, 그래서 하층민들이 사는 지역으로 갈 수밖에 없었는데, 거기서 노리꼬 양을 만난다. 상희에게 갖는 존경심과 애욕을 감히 접근하지 못하다가 어느 날 노리꼬를 겁탈하는데, 그것은 묘한 민족적 감정으로 호도된다. 상희가 독립투사의 딸이어서 존경스럽던 것과 달리 노리꼬가 일본인이어서 복수심을 불러 일으킨 것이다.

노리꼬는 무릎을 모으고 앉아 조심스레 물었다. 도현은 주저했다. 그러나 이내 알맞은 핑계를 발견했다. 도현은 자기 속에서 일종의 복수심을 찾아낸 것이다. 일본경찰에 대한 아니 일본인 전체에 대한 복수심. 어쩌면 그것은 단순한 핑계만은 아닐지도 모른다. 도현의 가슴 속에는 비록 구체성은 띠지 못했을 망정 그러한 복수심이 끈기있게

타오르고 있었기 때문이다. 사건은 결정적이었다. 도현은 자기에게
노리꼬를 정복할--- 혹은 유린할 권리가 당당히 있다고 생각했다.[14]

상희를 범접하지 못할 만큼 지고지순한 민족감정도 소아적이지만, 적개
심을 빙자한 고리꼬에 대한 범접도 소아적이다. 이런 연애감정은 소아적이
기 때문에 희화화될 수밖에 없었다. 반복되는 검문과 감시와 노동, '그만큼
도현은 초조와 울분과 불안의 하루하루를 보내고 맞이해야 했던 것이다.'
그것은 상희 앞에 열등감을 자아내지만, 노리꼬 앞에서는 '행동'을 유발하
는 계기가 된다.

> 그는 또 다시 자신이 할 수 있는 어떤 「행동」을 생각해 보았다.
> 그 행동과 하천 공사장에서 자갈을 메어 나르는 일과는 너무도 거리가
> 멀었다. 그는 몹시 초조했다. 이러고 있을 수만은 없을 것 같았다.
> 이러다가는 자기도 모르는 사이에 힘을 뺏겨 버린 「삼손」의 꼴이 되
> 고 말 것 같았다. 어이없게도 그는 자신의 힘을 과신하고 있었다. 그
> 까닭에 그는 격렬한 「행동」에의 유혹을 느끼고 있는 것이었다.[15]

그러나 도현의 행동은 곧 노리꼬에 대한 성적 보복일 뿐이다. 상희 앞에
서는 좌절 뿐이던 독립운동에 대한 의무가 고작 노리꼬를 범하고 마는
일로 끝날 때, 우리는 「낙서족」의 한계를 보게 된다. 도현은 마침내 노리꼬
를 아내로 위장시켜 만주로 튈 계획을 꾸민다. 그러나 그때는 노리꼬가
이미 형사한테 매수당한 뒤였다. 마음이 나빠서가 아니라, 너무 착하기
때문에 도현을 돕다가 그렇게 된 것이다. 하숙집 주인마저 형사한테 매수
되고 만다. '마침내 그는 복수심과 욕정을 동시에 만족시키기 위해 옆방으

---

14) 『낙서족』, 92면.

15) 『낙서족』, 102면.

로' 간다.

> 그는 변명하듯 「나는 일본년에게 복수를 하는 거야!」 그렇게 계정
> 거리며 되는 대로 밤 거리를 걸었다. 소변이 마려웠다. .... 도현은 때에
> 따라 오줌발로 의미있는 글자를 쓰기도 했다. 그 글자는 조국, 자유,
> 행복, 투쟁, 그런 것이기도 했다. 그런 때는 그 글자가 지닌 엄청난
> 의미가 몽둥이로 머리를 때리듯이 도현을 반격해 오는 것이었다.16)

손창섭의 인물이 성적인 보복을 통한 개인적 욕망의 카타르시스로만
일관할 때 「낙서족」의 희화화는 면할 길이 없게 된다.

이 점에서, 감옥으로부터 나온 뒤 도현이 보여준 일련의 행동은 또 다른
의미를 지닌다. 감옥에서 나올 때 형사들은 도현이 상희 집에 기거하도록
주거를 제한한다. 상희도 그렇게 하기로 약속하고 도현을 맞으러 왔지만,
도현은 거절하고 차행준의 집으로 간다. 이유는 또 다시 상희에 대한 자신
의 열등감 때문이라는 것이다.

> 겨우 중학교 사학년 중퇴라는 빈약한 학력. 그러니 상희와 모친이
> 실망한 나머지 자기를 대수롭지 않게 여길 것이다. 어서 모만 추세면
> 잃어진 자기의 「가치」를 회복해야 하겠다고 그는 속으로 다짐하는
> 것이었다. 그에게 있어서 인간의 가치란 조국을 위해 투쟁하는 용맹성
> 여하에 귀결되는 것이었다.17)

도현이 상희와 노리꼬와의 상반된 연애감정에 예속되지 않고 광욱 일행
의 새로운 동지들을 만나게 된 것은 또 하나의 캐리커쳐다. 광욱 일행에
휩싸여 도현은 차츰 독립투사가 되어간다. 그것은 도현의 의지에 의해서가

---

16) 앞의 책, 113면.
17) 앞의 책, 128면.

아니라, 주위의 여건 때문이다. 자신의 의지와는 관계없이 광욱 일행이 그를 독립투사로 존경하는 것이다.

> 「언제나 말이 없이 함부로 아무나와 사귀지 않구 무슨 생각에 늘 잠겨 지내기에 난 벌써 형이 보통사람이 안닌 줄 짐작하구 있었어!」 도현은 자신에게서 새로운 가치를 발견한 것 같았다. 자기에게도 남을 감동시키고 남에게 존경받을 수 있는 요소가 있다는 것을 느끼었다. 부친이나 숙부의 여덕으로서가 아니라 진짜 자기 자신의 가치로서만이다. 도현은 누구를 위해서 보람있는 행동을 할 수 있는 능력이 자기에게 있다고 생각했다. 「누구」란 말할 것도 없이 조선사람인 것이다.[18]

소아적이고 희화화되기는 했을 망정 「낙서족」에 이런 영웅적 인물이 나온 것은 손창섭 소설의 또 다른 변화라고 할 수 있다.

손창섭 소설의 모든 인물은 육체적 불구자이거나 정신적으로 자기 모멸적이다. 「미해결의 장」에서 이런 폐허의 장면은 전쟁과 직결되며, 그것은 곧 지구상의 병리적 대상으로 확대되기도 한다.

> 전차길을 건너고, 국민학교 담장을 끼고 돌아서 육이오 때 파괴된 채로 버려둔 넓은 공터를 가로건너 나는 또 문선생네 집을 찾아가는 것이다. 국민학교의 그 콘크리트 담장에는 사변통에 총탄이 남긴 구멍이 숭숭 뚫어져 있었다. 나는 오늘도 걸음을 멈추고 그 구멍으로 운동장을 들여다 보는 것이다. 마침 쉬는 시간인 모양이다. 어린애들이 넓은 마당에 가득히 들끓고 있다. 나는 언제나처럼 어이없는 공상에 취해 보는 것이다. 그 공상에 의하면 나는 지금 현미경을 드려다 보고 있는 병리학자인 것이다. 난치의 피부병에 신음하고 있는 지구덩이의 위촉을 받고 병원체의 발견에 착수한 것이다. 그것이 <인간>이라는

---

18) 앞의 책, 130면.

박테리아에 의해서 발생되는 질병이라는 것은 알았지만, 아직도 그 세균이 어떠한 상태로 발생 번식해 나가는지를 밝히지 못하고 있는 것이다.[19]

국민학교 교정을 보는 시선이 마치 동굴속처럼 어둡다. 어린 학생들을 보는 그의 시선도 마치 그 안의 불구자들처럼 불결하다. 동굴속과 같은 움막집, 불구자와 같은 그 속의 인간들, 난치의 피부병에 신음하고 있는 지구덩이, 박테리아로 표현되는 어린 학생들까지, 그의 시선은 마치 세균을 드려다보는 현미경처럼 한 가지다. 그는 사물을 개체적으로 파악하지 않는다. 모든 사물을 하나의 현미경으로 관찰할 때, 보이는 것은 한 가지로 불순한 것들 뿐이다.

그러나 불구자가 있는 풍경은 음산하지만, 그 불구자를 향한 시선은 따뜻하다는 점이 또한 손창섭 소설의 특징이기도 하다. 이것이 그의 휴머니즘이다. 그들은 불구자와 함께 어울려 산다. 그의 소설 속에 어차피 완벽한 인물은 없다. 경제적으로 궁핍하거나 정신적으로 육체적으로 결핍된 인물들 뿐이다. 결핍된 인물이 결핍된 인물을 돕는 모습은 괴기스럽지만 훈훈하다. 「비오는 날」의 원구는 가난하지만 동옥의 불구를 보는 마음이 아프다. 동욱이 군대에 끌려가고, 동옥이 창녀촌에 팔아 넘겨졌을 때, 원구는 마치 자기가 팔아 넘기기라도 한 것 같은 죄책감에 젖는다. 간질병자인 「혈서」의 창애는 달수가 돌본다. 달수는 가난한 고학생으로 취직을 하지 못하여 실의에 빠져 있지만, 준석으로부터 끝내 창애를 지켜내지 못하였을 때 그는 손가락을 잘리우는 불행을 겪기도 한다. 「생활적」의 죽어가는 순이는 동주가 보살핀다. 순이의 신음소리를 들을 때마다 동주는 생명의 소중함을 느낀다. 신경통 환자인 「유실몽」의 강노인은 옆방의 사내가 보살

---

19) 앞의 책, 198-199면.

피고, 「포말의 의지」에서 창녀 옥화는 종배가 돕는다. 그러나 여기서는 돕는다는 표현이 적절하지 않다. 돕는 사람이나 도움을 받는 사람이나 다같이 궁핍한 사람들이기 때문이다. 그의 소설은 다만 궁핍한 사람들끼리 한데 모여 견딘다는 것이다. 이것이 바로 손창섭 소설의 휴머니즘이다.

　「사선기」는 지금까지 언급한 손창섭 소설의 거의 모든 특징들이 한데 어우러져 이룬 한 편의 감동적인 인간 드라마다. '생을 향락하다니? 생의 어느 구석에 조금이라도 향락할 수 있는 대견한 요소가 있단 말인가?' 이런 절규도 그 동안 빠짐없이 들을 수 있었던 그의 절망적 표현이다. '해방 이래 한결같이 계속되는 초조, 불안, 울분, 공포, 그리고 권태 속에서, 물심 어느 편으로나 잠시도 안정감을 경험해 본 적 없는 동식은, 결혼에 대한 특별한 관심도 느껴보지 못한 채 앞으로 몰아가노라면 어떻게든 자기의 <생활>이라는 것이 빚어지려니 싫어 어물어물 지내오다 보니 오늘날까지 남들같이 출세도 못하고 돈도 못 모으고 따라서 궁상스런 홀애비의 신세를 면하지 못하고 있는 것이다.' 이러한 무기력증은 모두 전쟁과 무관하지 않다. 해방 전에 동식과 정숙은 사랑하는 사이였다. 그 사이에 성규가 정숙을 좋아하면서 불행은 시작되었다. 동식의 집은 지주였다. 그 때문에 해방 직후, 동식의 부자는 끌려가 매를 맞고 아버지가 죽는다. 이때 성규는 좌익의 세력자였으므로 정숙이 만일 자기와 약혼을 해 주면 무사히 동식을 풀어 주고, 만일 그렇지 않으면 시베리아로 유형 보내겠다고 한다. 동식을 위해 정숙은 성규와 약혼한다. 「사선기」는 그 성규와 정숙 부부, 그리고 옛 애인 동식이 함께 기거할 수밖에 없는 운명적인 피난살이를 다룬다. 이 소설의 현장도 다른 소설과 마찬가지로 동굴속 같다. '먼지와 끄림과 파리똥으로 까맣게 쩔은 창 하나 없는 벽과 천장 구석구석에는 거미줄이 얽히어 있고, 때고 또 때고 한 장판 바닥에는 먼지가 풀석풀석 이는 음침한 단간방이었다. 이 방에 들어설 때마다 동식은 어느 옛날 얘기에나 나옴즉

한 끔찍스러운 괴물이라도 살 것 같은 우중충한 동굴을 연상하는 것이었다.' 그 안에 '언제나처럼 성규는 그러한 방 아랫묵 벽에 등을 기대고 앉아' 죽어가고 있다. 동식을 보는 성규의 시선은 아내의 옛 사랑에 대한 질투와 죄책감이다. 그 질투와 죄책감이 오늘의 비참한 현실과 교차될 때 그는 패배적인 인간상을 형성한다. 정숙을 보는 동식의 시선은 옛 사랑에 대한 연민과 죄책감이다. 그 연민과 죄책감도 오늘의 비참한 현실 앞에서는 승리자일 수 없다. 해방과 좌우 이데올로기의 대립과 전쟁을 겪고난 이들 젊은이에게 남은 건 절망과 좌절일 뿐이다.

5.

「낙서족」이 이런 자기 모멸적인 인물을 그나마 영웅적 인물로 희화화할 수 있었던 것은 손창섭 소설의 또 다른 변화다. 손창섭이 그만큼 전쟁의 피해의식으로부터 벗어나고 있음을 의미하기 때문이다. 손창섭은 어느덧 전쟁의 폐허로부터 자신을 털고 일어나 개관화 된 역사 속으로 몰입하고 있었던 것이다.

> 도현은 이제부터 지도적인 역량과 인간적인 중량을 길러야겠다고 생각했다. 지도적 역량이나 인간적 중량이 무엇이냐 하는 것은 명확히는 이해할 수 없었고, 더구나 그것을 어떻게 길러야 한다는 것은 더욱 막연했지만 아무튼 그러한 중량과 역량만 갖추면 자기는 과연 기울어진 조국을 위해서 큰 일을 할 수 있을 것 같았다. 그는 스스로 자신에세 총명성을 기대하지는 않았다. 모친을 뤼시해서 남들이 그렇게 보듯이 자기는 정말 좀 둔하고 미련한 편인지는 모른다. 그 대신 내게는 용감성이 있닷고 그는 자부했다.[20]

행준의 집에 기거하면서, 상희는 매일 도현을 와서 보살피고, 도현앞에 그런 행숙은 날로 높아만 보이고, 너무 높아서 사랑할 수 없는 그 앞에 행준이 상희를 욕심내고, 상희의 이상에 맞추고자 도현은 행동적인 투쟁으로 보답할 것을 꿈꾸고, 그런 적극적 투쟁방법 앞에 상희는 실망하고, 그때 행준이 끼어들고....논리는 이런 식이다. 민족주의에 관한 한 얼간이 자기 도취형. 확고한 이념에 의해 행동하는 게 아니라, 아버지를 자랑하다가 함께 휩쓸리는 환상형 독립투사. 행동하지 못하는 독립투사. 그러면서도 도현은 막중한 책임감을 느끼었다.

> 광욱이 단순한 개인으로 느껴지지 않고 한없는 복수로 발전하여 마침내 원 동포의 애끓는 호소와 열광적인 지지와 기대를 지니고 있는 자신을 보았기 때문이다. 그는 자신에게 위대한 가능성을 찾으려 서둘렀다. 「그렇다. 나는 불행한 동포와 조국을 위해 끝까지 싸우자! 오직 내 앞에는 위대한 행동이 있을 뿐이다.」이런 구호식의 부르짖음 소리를 도현은 자기 속에서 들었다.[21]

상희와 도현, 노리꼬와 도현, 그리고 광욱 일행과 도현의 관계는 「낙서족」의 세 가지 얼굴이다. 도현은 상희앞에서 자기 모멸적이다. 순결이라는 면에서도 그렇거니와, 교육적인 면에서도 그렇다고 생각한다. 이 점을 만회하여 상희 앞에 떳떳할 수 있는 길을 그는 '조국의 이름 아래 잔학한 지배 세력과 과감히 싸우는 일'이라고 생각한다.

> 그러면서도 그의 마음 한 구석에 자리잡고 있는 허전한 느낌은 왜 그런지 메꾸어지지 않았다. 보드라운 손길 따뜻한 체온이 그리웠다.

---

20) 앞의 책, 131면.
21) 앞의 책, 145면.

상희의 모습이 눈앞을 흘러갔다. 그러자 뜻하지 않고 노리꼬의 육체가
눈앞에 다가섰다. 노리꼬에게는 처음부터 어딘가 정신성과 순결을
거부하는 육체만이 있었다.[22]

그래서 상희에 대한 자기 모멸감을 복수하기 위한 방법으로 도현은 노리
꼬를 택한다. 노리꼬는 도현의 아이를 갖게 된다. 그런가 하면 도현은 광욱,
조병호 등 친구들로부터 독립운동가의 우상으로 부각된다. 그럴수록 김구
나 상해정부 아버지 등을 연결시켜 거짓말을 하게 되고, 거짓말은 다시
친구를 홀리는 결과를 낳고, 홀릴수록 도현은 영웅이 되고, 이런 식으로
거짓말의 부피는 커 가는 것이다.

마침내 도현의 부친이 국내에 잠입했다는 소식을 듣고 도현은 또 한
차례 행동을 자각한다. 그러나 이번에는 노리꼬의 부친한테 피소되어 경찰
서에 붙들려 감으로써 다시 좌절된다. 이런 식으로 「낙서족」은 행동과
좌절의 반복이다. 그 행동과 좌절을 통해 손창섭의 인간 모멸성이 제시된
다. 도현은 노리꼬와 함께 산다는 조건으로 석방된다. 노리꼬는 아내처럼
행동한다. 억지 부부생활이 계속된다. 이때 또 한 차례 행동을 결심한다.
광욱 용재 등 친구의 도움으로 비밀 아지트를 만드는 것이다. 거기서 그는
다이나마이트를 만든다. 그러나 덕기의 형이 경찰의 밀대여서 그 동안
덕기와 도현이 주고 받은 편지가 모조리 그 형을 통해 탄로났음이 밝혀지
고, 그래서 덕기가 형을 독살하려다가 실패하여 덕기는 경찰에 붙들려
갔다. 또 한 차례 좌절을 의미한다. 도현은 더욱 분개하여 다이나마이트로
일본천황을 죽여야 한다는 환상에 빠진다. 그러나 이런 영웅적 환상도
상희에 의해 깨어질 수밖에 없다. 노리꼬의 임신을 계기로 상희가 다시
도현을 모멸하기 시작하는 것이다.

---

22) 앞의 책, 163면.

「건, 건, 복수를 한 겁니다. 단순한 복숩니다!」

「그건 하나님을 노엽게 하는 비열한 행위예요. 하필이면 그런 엉뚱한 복수를 하시는 거예요. 하나님이 아끼시는 한 인간의 영혼에 상처를 입힐 권리는 도형씨에겐 없으셔요. 복수란 오직 악마에게 대해서만 허락되는 최후 수단예요. 순진하고 무력한 한 여자를 유린하는 게 어째서 명분 있는 복수예요?」[23]

끝내 상희와는 사랑하는 사이로 남고, 노리꼬는 죽고 이 소설은 끝이 난다. 도현을 미국으로 보내기 위해서, 우선 중국까지만 가면 거기서 미국인 선교사가 나오도록 되어 있다.

전후 사회의 풍속도로써, 손창섭 소설에 나타난 일본 혹은 미국에 대한 부정적인 태도를 우리는 주목할 필요가 있다. 먼저 미국을 보면, 첫 작품인 「공휴일」에서 도일의 약혼녀인 아미는 '미국유학의 장래'가 약속되어 있는 청년에게로 달아난다. 미국은 그녀에게 우월적이고, 그에게 열등감을 유발하는 곳이기도 한다. 「미해결의 장」에서 나의 일가는 미국유학병에 걸린 사람들이다. 움츠린 움막으로부터 어떤 해결의 실마리를 미국으로의 창구로 설정하는 것이다. '어이없게도 우리집 식구들은 왼통 미국유학열에 들떠 있는 것이다.' '오냐, 다섯 놈이 모두 박사, 석사 자격을 얻어가지고 미국서 돌아만 와 봐라. 오남매가 당장 미국서 박사 석사 자격을 얻어가지고 귀국하게 된 것처럼 대장은 신이 나는 것이다.' 그러다가 '문득 웃목에 누워 있는 나를 발견하고 나서 대장은 무슨 모욕이라고 당한 듯이 노려보는 것이다.' 그에게 미국은 선망의 대상이지만, 미국화가 곧 성공이라고 믿는 당시의 풍조에 대해서는 대단히 조소적이다. 미국에 대해 그는 비판적이기까지 하다. 이에 비하면 일본은 그에게 우월적인 대상도 아니

---

23) 앞의 책, 204-205면.

고, 그렇다고 비판적이지 않다. 다만 그 곳이 우리에게 불행의 원천일 수 있다는 것만은 분명히 인식하고 있는 것 같다. 한국 유학생을 따라잡는 일제의 검은 그림자를 그는 「낙서족」에서 주목한다. 주인공 박도현은 독립 투사의 아들로써, 「낙서족」은 지금까지 검토한 손창섭의 다른 소설과 달리 일본에서 겪는 우리 유학생의 수난기이다. 「생활적」의 수자는 일본여인이다.'해방되던 해 봄에 한국 청년과 결혼해 가지고 해방이 되자 곧 남편을 따라 한국으로 나왔다는 것이다. 남편의 고향인 전라도에 가 살다가 여수 순천 반란사건통에 경찰에서 일보던 남편은 학살 당했다. 그뒤 일본에 돌아가려고 부산에 오기는 했으나 호적초본이 있어야 외무부에 정식수속을 밟을 수 있는데, 친정과 연락이 취해지지 않아서 여태 돌아가지 못하여' 여기 눌러 산다는 것이다. 이 점은 아무 비판없이 일본의 잔재가 소설 속에 투영되는 경우다. 그런가 하면 「설중행」에서 귀남의 어머니는 일본으로 돌아가 버렸기 때문에 그 자녀에게 불행을 끼친 경우가 된다. 해방 다음다음 해에 그녀는 남편과 자식을 떼어 두고 본국으로 돌아가 버린다. 귀남에게 이런 비극은 다시 좌우대립을 거쳐 6.25까지 이어진다. 모친이 떠나간 지 석달 만에 이번에는 부친이 덜컥 죽는다. 부친은 주욱 청년단에 관계하고 있었으므로 좌익계열에 의해 죽은 것이라고 해석된다. 귀남은 다시 고모네에게 맡겨지지만그 고모네는 육이오 사변통에 죽고 만다. 일제 와 해방과 좌우 대립과 육이오는 그에게 어떤 식으로든지 동시적인 피해자로 기록되고 있음을 알 수 있다. 「생활적」에서는 전후 사회에 번져가는 일본적인 것과 미국적인 것을 동시에 비판한다. '동주는 그 <미스터 高상>이 질색이었다.' <미스터 高상>은 미국말과 일본말이 동시에 합쳐진 언어사용으로써, 그 당시 천박한 외래문명의 범람을 지적한다. 「낙서족」에서도 미국은 이상적 낙원이지만, 그러나 절망적인 상황에서 희화화될 수밖에 없었던 것은 역시 손창섭의 피해의식을 입증하는 바다.

손창섭 소설의 현장은 삶과 죽음이 교차하는 벼랑끝이다. 전쟁 직후의
절박한 상황이 그것이다. 그의 인물들은 모두가 벼랑끝에서 만난 사람들이
다. 그들은 혈연이 아니면서 혈연보다 더 끈끈하게 얽혀 지낸다. 얽힐 수
없는 관계들끼리 얽히고도 끝내 절연하지 못하고 지내는 모습들이 인간적
이다. 피난민의식의 표상이다. 손창섭은 남의 이야기를 자기 이야기처럼
소설 속에 끌어들이지 않는다. 철저히 자기를 살다가 소진하면 끝이다.
그 때문에 그의 소설은 피난민 생활로 시작해서 피난민 생활로 끝이었다.
그의 작중인물들은 대부분 대학생들이다. 엄밀히 말하면 대학 중퇴자들이
다. 그럼에도 불구하고 전혀 대학생을 연상할 수 없을 만큼 밑바닥 삶을
살게 한 점은 손창섭만의 큰 특징이다. 이 점은 그가 상식선에서 소설을
쓰지 않았다는 점을 입증한다. 혹은 삶의 본질론에 입각했음을 의미한다.
전쟁을 일으킨 기성세대에 대하여 직접 전쟁에 끌려갈 수 밖에 없었던
전후세대들이 갖는 공통적인 인식은 그들의 삶이 스스로 선택한 삶이 아니
라는 점이다. 그렇게 선택된 삶이라는 것이다. 이 점은 전후세대들이 갖는
실존의 문제에 닿아 있다.
　「낙서족」은 전후 세대의 시각으로 쓴 최초의 일제시대 체험이다. 그것은
해방이 되고, 6.25전쟁을 겪고 난 뒤에 일제시대라는 한 시대가 역사적
거리를 두고 객관화된 시기에 쓰여졌다는 점에서 의의을 찾을 수 있다.
일제시대에 그 당대를 쓰는 것과, 일제시대가 마감되고 나서 그 시대를
쓰는 것과는 차이가 있다. 「낙서족」은 그 시대가 마감되고 나서 지나간
시대를 문제삼은 소설이다. 이 점에서 「낙서족」은 해방 이후 일제시대를
본격적으로 다룬 첫번째 장편소설이며, 손창섭의 다른 전후 소설과 같이
피난지의 절망적인 상황, 자기 모멸적인 인물이 펼치는 삶인데도 그 역사
를 객관적으로 희화화할 수 있었다는 데에 의의를 찾을 수 있는 것이다.

재일 한인들의 수난사

―『유맹(流氓)』론 ―

강진호

1.

손창섭 소설을 병가의 신음소리, 모멸과 연민의 미학, 수인(囚人)의 문학[1] 등으로 이해하고 있는 사람들에게『유맹』[2]은 매우 낯설게 느껴진다. 『유맹』에는 일본을 배경으로 정상적이고 안정된 가정 생활을 하는 주인공이 등장하여 그의 따사롭고 치밀한 시선에 의해서 주변이 관찰되고, 이전 소설에서 볼 수 있었던 모멸과 자학의 감정이 전혀 드러나지 않기 때문이다. 이런 사실은, 이 작품이 전쟁의 끔직한 체험을 바탕으로 쓰여진 50년대 작품들과는 달리 사회가 안정된 1976년에 쓰여졌고, 또 손창섭이 한국

---

1) 그간 손창섭에 대해서 많은 연구성과가 축적되었는데, 이 글에서는 주로 다음 글들을 참고하였다.「모멸과 연민」(유종호),「회화화된 애국자」,「자기 모멸의 초상화」(정창범),「수인의 미학」(이어령),「긍정에의 의욕」(김우종),「손창섭 소설연구」(정은경, 고려대 석사, 1993), 출전은 부록의 연구사 목록 참조.

2) 손창섭,『유맹』, <한국일보>, 1976, 1.1 - 10.28.

생활을 청산하고 일본에 정착한 뒤에 발표한 것이라는 환경의 변화로 이해할 수도 있지만, 근본적으로는 작가가 현실에 대해서 일정한 거리감을 확보했음을 의미한다. 주변 인물들을 사실적으로 관찰하고 현재와 과거를 동시에 조망한다는 것은 작가가 역사주의적 시각을 견지하고, 과거의 체험에서도 자유로워졌음을 말해주는 것이다. 이런 점에서 『유맹』은 손창섭의 다른 장편들, 예컨대 『길』이나 『여자의 전부』 등과도 구별되는 독특한 면모를 갖고 있다.

손창섭 소설의 대부분이 그렇듯이, 이 작품에도 작가의 자전적 체험이 강하게 투사되어 있다. 「신의 희작」에서 고백한 것처럼, 자신의 '의식 세계를 단적으로 표현한' 것이 손창섭의 소설이라면, 『유맹』에는 도일(渡日) 후의 심경이 담겨져 있다. 화자인 '나'가 2년 전에 한국 생활을 청산하고 일본인 아내를 따라 도일하여 동경에 살고 있는 점이나, 작품 곳곳에서 언급되는 개인사에 대한 언술은 작가의 실제 삶과 거의 일치한다. 그런데 『낙서족』이나 「신의 희작」이 자신의 부끄러운 개인사를 숨김없이 고백하는 형식이었다면, 『유맹』에서는 주변 인물들을 관찰하고 기록하여 작가의 주장은 상대적으로 약화되어 드러난다. 더구나 화자는, 한국에 있는 친구의 부탁으로 재일 동포들의 의식을 조사하는 일까지 맡고 있어서, 작품은 마치 재일 한인들의 의식을 독자에게 보고하는 느낌마저 주며, 그런 관계로 기존의 평가를 바탕으로 이 작품을 보자면 낯설 수밖에 없다.

그 동안 「신의 희작」이나 『낙서족』은 손창섭을 이해하는 대표적인 작품으로 평가되어 왔다. 「신의 희작」(61)은 비정상적인 성장 과정과 모멸적 인간관을 그린 작가의 자전 소설로, 유곽에서 어린 시절을 보내고 홀어머니 밑에서 성장하면서 갖게 된 성에 대한 왜곡된 인식과 야뇨증, 까닭 모를 공포심과 복수심 등을 내용으로 하는데, 여기서 우리는 작가의 독특한 성장 과정과 내면 세계를 이해할 수 있었다. 한편 『낙서족』(59)은 과거의 역사를 제재로 했다는 점에서 전쟁의 끔직한 체험에서 벗어난 작가의 모습을 보여준 작품이지만, 주인공 '도현'의 행동은 상식 이하의 것이어서 지극히 회화적이었다. 독립을 위해서 조직을 결성하고 다이너마이트를 만들지만 독자들은 그의 행동에 공감할 수 없었는데, 이는 작가가 도현의 우스꽝스러운 행동을 통해서 민족이나 역사와 같은 지고의 가치마저 조롱했기 때문이다. 이렇듯 손창섭의 중요한 특성은 비정상적이고 모멸적인 인간상과 사회의 가치, 규범에 대한 부정이었다. 그의 작품이 아이러니를 특징으로 하는 것은 이 같은 역설의 방법으로 정상적인 삶을 갈망했기 때문이고, 손창섭이 전후 소설사에서 중요한 평가를 받는 것 역시 이러한 특성이 전후의 황폐한 현실을 상징적으로 대변해 주었기 때문이다. 사회적 가치와 규범이 흔적도 없이 사라지고 모든 합리적인 것이 파괴된 현실에서 남은 것이라곤 환멸과 허무뿐이었고, 손창섭 소설은 이같은 폐허에서 토해낸 처절한 신음 소리나 다름없었던 셈이다.

그런데 「잉여인간」이후 간헐적으로 드러난 삶에 대한 욕망과 의지가 이후 작품에서 점차 구체화되는데, 『유맹』(76)은 이러한 변화의 마지막에 놓이는 작품이다. 69년에 발표한『길』은 정상적인 삶에 대한 작가의 강력한 의지를 표현한 것으로, 최성칠이라는 소년이 혼탁한 현실에 대항하면서 건전한 가치관을 형성해 간다는 내용이다. 전쟁과 무관한 이런 내용을 통해서 작가는 산업 사회의 부정성과 진정한 가치관에 대해서 새로운 관심을 보였고, 뒤이어 쓰여진『여자의 전부』(일명『삼부녀』)(70)에서도 타락한 세태의 혼란스러운 가치관을 문제삼은 바 있다. 이 글의 대상이 되는『유맹』은 이런 변화를 보인 뒤 6년간의 침묵 끝에 발표한 작품으로, 여기서 작가가 주목한 것은 재일 한인들의 수난사였다. 최원복 노인을 중심으로 전개되는 재일 한인들이 겪는 차별 대우와 사회적 갈등은 우리 소설사에서 전례를 찾을 수 없었던 재일 동포들의 이야기라는 점에서도 의미를 찾을 수 있거니와, 무엇보다 중요한 것은 이를 통해서 작가의 창작을 관통하는 일관된 내용은 정상적인 삶을 가로막는 현실의 제반 부정적 요소이며, 그것을 작가는 시기별로 독특한 서사원리를 통해서 그려냈다는 사실이다. 50년대에는 비정상적인 인물군상을 통해서 환멸스러운 현실을 조소하다가, 60년대 들어서는 산업화와 타락한 세태의 문제에 관심을 보였으며, 도일 후에는 재일 한인들의 과거와 현재를 역사주의적 시각으로 조망하는데,[3] 이런 점에서 보자면 손창섭의 창작을 규율하는 가치의 중심은 다분히 리얼리스트적인 것이라고 할 수 있다.

그런 관계로『유맹』에서 우리가 주목할 수 있는 것은 재일 동포들의 정상적인 삶을 가로막는 여러 장애 요소들이다. 떠돌이 백성을 뜻하는 '유맹(流氓)'이라는 말처럼,『유맹』은 일본에서 생활하지만 거기에 정착하지 못하고 그렇다고 한국으로 돌아갈 수도 없는 재일 한인들의 슬픈 이야기를 내용으로 하고 있다. 이들의 대부분은 일제치하에서 강제 노역에 동원되어 비참하게 목숨을 이어오다가 해방이 되어도 귀국하지 못하고 그냥 눌러 앉게 된 사람들로, 그래서 하루라도 빨리 고국에 돌아가고자 하는 간절한 꿈을 안고 살아간다.『유맹』에는 이들의 신산스러운 삶이 현재와 과거의 대비를 통해서 그려지는 까닭에 작품에서는 무엇보다 작가의 역사주의적 시각이 돋보이게 된다. 역사주의적 시각이란 현재와 과거를 바라보는 작가의 역사관이고, 동시에 현실을 대상화하는 거리감각이다. 최원복을 중심으로 펼쳐지는 재일 한인들의 과거사는 그렇기 때문에 현재의 전사(前史)로서의 의미를 갖게 되며, 우리가 이 작품을 통해서 재일 한인들의 현재와 과거를 실감나게 느낄 수 있는 것도 사실은 이러한 역사

---

3) 이후 작가는 역사소설『봉술랑』을 마지막으로 더 이상 작품활동을 하지 않은 것으로 알려진다.

주의적 시각이 투영되어 있기 때문이다.

이 글에서 주목하고자 하는 점은 작가의 사실적이고 역사주의적인 시각에 의해서 포착된 재일 한인들의 현재와 과거사의 내용이 무엇이며, 그것을 통해서 알 수 있는 작가의 새로운 모습이 무엇인가 하는 점이다. 이를 위해서 우선 『유맹』의 내용을 분석적으로 살펴보고 그것이 어떠한 의미를 지니는가를 서술한 뒤, 마지막에 그것이 손창섭 소설에서 갖는 의미를 묻게 될 것이다. 미리 말하자면 『유맹』은 손창섭의 사실적이고 역사주의적인 시선에 의해서 포착된 재일 한인들에 대한 문학적 보고서이자 동시에 리얼리스트로서 작가의 완숙한 경지를 보여준 작품이다.

2.

『유맹』은 1976년 1월 1일부터 10월 28일까지 10개월간 <한국일보>에 연재된 장편으로, 작품은 현재와 과거가 번갈아 서술되는 두 개의 플롯으로 이루어져 있다. 현재의 이야기는 화자인 '나'가 일본서 알게 된 주변 인물과의 만남을 기술한 것이고, 과거에 대한 서술은 최원복과 고광일이 일제치하에서 겪은 수난과 해방 후의 정착 과정을 다룬 것이다. 이 두 개의 이야기가 번갈아 진행되면서 작품의 내용이 구체화되는 까닭에 인물의 성격은 역사성을 갖게 되고, 평이한 내용 역시 입체감을 부여받는다. 이 과정에서 작가의 탁월한 스토리 텔러적 수완이 작품의 흥미를 더욱 돋구는데, 작가는 우선 신문 소설의 특성을 효과적으로 이용한다. 매회 다음 회를 기다리게 하는 긴장과 호기심을 유발하는 구절을 삽입하여 독자들의 시선을 고정시키고, 그것을 통해서 작품의 완급을 조절한다. 또 인물의 배치 역시 치밀하여 한 인물의 내력을 말하다가 또 다른 인물을 연결하고, 그것이 계기가 되어 새로운 인물이 등장하는, 마치 인물이 고리처럼 연결되는 독특한 구성법을 사용하고 있다. 그리고 최원복과 고광일의 과거사를 회상하면서 작품의 시간을 현재에서 과거로 급전시켜 역사적인 원근법을 확보하며, 이런 시·공간을 배경으로 인물 하나하나의 숨은 사연이 들추어지는 까닭에 현재에서 과거로, 과거에서 현재로 이야기가 전환됨에도 불구하고 내용이 무리없이 연결되고, 독자들은 자연스럽게 재일 한인들의 현재와 과거의 숨은 역사 속으로 빠져들게 되는 것이다.

2-1.

작품의 한 축을 형성하는 현재의 이야기에는 화자인 '나'의 목격담과 심경이 서술되는데, 여기서 특기할 점은 화자를 2년 전에 도일하여 아직 일본 생활에 익숙하지 않은 인물로 설정한 점이다. 일본 생활이 낯설다는 것은 그만큼 현실을 대상화할 수 있다는 말로, 화자가 비록 젊은 시절을 일본에서 보냈고 일본인 아내를 두고 있지만, 해방 이후 급격히 변모한 일본 사회가 예전처럼 익숙할 리는 없다. 그렇기 때문에 이러한 인물을 화자로 설정했다는 것은 현실을 객관화하려는 작가의 의도를 반영한 것으로 볼 수 있다. 『유맹』에서 재일 한인들의 수난사가 사실적으로 제시되는 것은 이와 같은 관찰자적 인물에 의해 주변 인물과 사건이 서술되기 때문이다.

'현재'의 이야기에서 우선 주목되는 것은 재일 한인들의 정상적인 삶을 가로막는 여러 장애 요인들이다. 이 다양한 요소들이 체계적으로 서술되어 드러나는 것은 아니지만, 그것은 대체로 다음과 같은 세 가지 내용으로 정리할 수 있다. 하나는 일본인들의 민족적 편견과 차별 대우이고, 둘은 한인 동포들 간의 이념적 분열과 대립이며, 나머지 하나는 고국에 대한 향수이다. 이 복합적 요소들이 재일 한인의 정상적인 삶을 가로막고 현재를 질곡하는데, 먼저 일본인들의 차별 대우는 교포들의 삶을 왜곡하는 가장 심각한 문제로 등장한다.

취직은 말할 것도 없거니와, 진학이나 결혼 등 생활의 모든 면에서 교포들은 차별 대우를 받고 있다. 성적이 우수하고 일류대학을 졸업했다 하더라도 사회적으로 출세하기가 쉽지 않으며 기반을 잡았다 하더라도 주변으로부터 따돌림을 당하기가 일쑤이다. 최노인의 아들 인기, 성기 군이나, 며느리 후미꼬, 백도선 등이 그런 경우로, 이들은 모두 대학에 진학하지 못했거나 중도에 포기한 인물들이며, 그래서 정상적인 사회 구조 속에 편입하지 못하고 기껏 택시 운전을 하거나 아버지 사업을 도와주는 등의 신세를 벗어나지 못하고 있다. 일본인들이 보기에 조선인들은 게으르고 불결하며 협잡성이 뛰어나서 믿을 수 없는 존재들이고, 따라서 신뢰할 수 없다. 그런 관계로 주변에서 좋지 않은 일이 일어나면 조선인에게 덮어씌우는 차별과 멸시가 다반사로 일어나는데, 작가가 보기에, 1923년의 대지진 사건 역시 이같은 편견이 빚어낸 역사적 비극이었다.

관동 대지진 당시 재일 한인 8만 중에서 6천 여명이 끔찍하게 학살되었는데, 그 직접적인 원인은 일본인들이 의도적으로 유언비어를 유포하여 군중들의 잘못된 심리를 조장했기 때문이지만, 바탕에는 '도둑이 발이 저리듯, 조선을 약탈한 지배국인의 지레겁과 조선인에 대한 잠재적 적대의식'이 깔려 있었다. 말하자면 일본인들의 편견과 오만은 과거 식민통치기간에 형성된 지배자로서의 보복에 대한 두려움으로 더욱 강화되었고, 그것이 역사 이래의 잠재된 적대의식과 결합하여 오늘날과 같은 태도를 보이게 되었다는 것이다. 실제 자료를 참고하자면, 개화기 이전까지만 하더라도 일인들은 조선 사람들을 선망의 대상으로 인식했고 상당히 우호적인 태도를 갖고 있었지만, 그것이 한일합방을 거치면서 점차 부정적으로 변했다고 하는데,[4] 이런 사실에 비추자면 작가의 인식은 상당히 정확한 것이라고 할 수 있다.

다까무라 형제의 납치 소동과 최성기군의 자살 사건 역시 이같은 차별 대우가 빚어낸 민족적 비극이었다. 다까무라 다께오는 여중 2년 생인 화자의 딸과 같은 반 급우인데, 묘하게 뒤틀린 성격을 갖고 있어서, 조선인이라는 이유로 딸에게 도둑의 누명을 씌우기도 하며 마늘 냄새가 난다고 따돌리기도 하는 인물이다. 그런데 그는 뜻밖에도 일인이 아니라 귀화한 한국인이었다. 이 다께오가 형과 함께 이복 동생을 납치하여 인질극을 벌이면서 '아프리카'로 보내달라고 요구한 것은 한국인으로서 당한 모멸과 희망 없는 미래에 대한 불안감 때문이었다. 난잡한 생활과 타산적인 행동으로 가정을 돌보지 않는 아버지에 대한 반항심과 조선인으로서의 자굴감 때문에 이들은 일본에서 살 수도 없고, 그렇다고 한국에 돌아갈 수도 없는 절망감을 느꼈고, 그것을 제 삼국행을 통해서 해결하려 한 것이다.

최원복 노인의 셋째 아들인 성기의 자살 역시 같은 맥락의 사건이었다. 섬세한 성격의 그는 분단된 조국의 현실에 늘 가슴 아파했던 인물이다. '나'에게 찾아와서 남한에서 쓰여진 한국사 관련 책자를 빌려가기도 하고, 남한의 현실에 대해서 깊은 관심을 보이기도 했지만 내심으로는 조국이 분단되어 갈등과 반복을 되풀이 하는 데 큰 실망감을 갖고 있었고, 더구나 한인으로서 당하는 굴욕감과 민족적 고아의식에서 헤어나지 못하고 있었다. 그런 와중에 아버지의 영구 귀국 문제가 발생하고, 한인이라는 이유로 교제를 끊어 달라는 여자측의 요구를 받게 되자, 절망과 무력감에서 헤어나지 못하고 꽃다운 청춘을 마감한 것이다.

---

4) 송건호, 「일본인의 한국관」, 『현대일본의 해부』, 한길사, 1983년판.

이 두 사건을 목격하면서 작가는 일본이라는 이방 사회에서 겪어야 했던 심한 차별과 멸시, 거기서 오는 견딜 수 없는 민족적 울분을 느끼게된다.

> 이런 것으로 보아 성기군의 자살 동기는 간단하지가 않았다. 아무도 그것을 한마디로 말하기는 어려웠다. 여러가지 복합적인 요인이 그로 하여금 마침내 기세(棄世)의 골짜기로 몰아 넣었던 것이다.
> 다만 분명히 말할 수 있는 것은 '그가 일본이라는 특수 상황 속에서 사는 한국인이 아니었더라면 죽지 않았을 것'이라는 점이다.
> (중략)
> 성기군의 자살이 나의 가슴 속에 이중의 아픔을 남겨 준 것도 이런 까닭에서였다. 풀리지 않는 한같은 것이 독한 연기처럼 가슴 속을 자욱히 메웠다.5)

이렇듯 작가는 주변 현실을 역사적이고 사실적인 시선으로 포착하는데, 이는 일본에 대한 적개심을 폭력과 증오로 표시했던『낙서족』과는 확연히 구별되는 모습이다. 그리고 이전 소설이 역설과 아이러니의 기법을 활용하여 작가의 의도를 우회적으로 제시했다면 여기서는 그런 모습 또한 보이지 않는데, 이 역시 작가의 변화를 보여주는 대목이다.

다음으로 한인들 사이의 이념적 갈등 역시 일본인들의 편견 못지 않게 이들을 괴롭히는 요인으로 제시된다. 1976년 당시 재일 동포들은 4할 정도가 민단 계열이고 3.5할 정도가 조련계이며, 나머지 2.5할 정도가 중간파였다고 한다. 수적으로는 민단이 많았지만 여전히 조련계가 무시못할 정도로 실력을 행사하고 있었고, 일본의 매스컴 역시 북한에 동조하는 상황이었다. 그래서 상당수 한인들이 친북한적인 태도를 취하는데, 과거 북한에서 2년동안 고생한 경함이 있는 주인공이 보기에 이러한 태도는 도저히 용납

---

5) 『유맹』, 221회.

할 수 없는 일이었다. 철저한 통제와 억압으로 자유가 전혀 존재하지 않는 곳이 북한인데, 그와는 정반대로 북한을 지상천국으로 생각한다는 것은 작가가 보기에는 하나의 망상에 불과한 것이다. 화자가 백도선의 처와 대화를 나누다가 거침없이 흥분하는 것이나, 한창일 노인과 주먹다짐까지 벌이는 민감한 반응을 보이는 것은 모두 이같은 심리를 드러낸 것이다.

　백도선의 부인은 원래 조련계 고등학교를 나왔고, 현재에도 여전히 북한이 지상천국이라는 생각을 갖고 있는 인물이다. 그렇기 때문에 그녀는 남한은 소수의 반동 부르조아가 지배하는 사회이고, 6.25는 북침이라는 주장을 굽히지 않으며, 심지어 화자를 남조선의 앞잡이라고 서슴없이 매도하기까지 한다. 한창일 노인 역시 같은 생각을 가진 인물이다. 그는 식민지 이래 가난한 노동자로 전전하면서 지상낙원이라는 북한의 주장에 동조하게 되었고, 더구나 자식들이 모두 조련계에 관여하고 있었던 까닭에 입장을 바꿀 수도 없는 처지였다. 그래서 이들은 남한에서 건너온 화자를 적대시하고, 화자 역시 이들에게 강한 거부감을 보인 것이다. 그런데, 여기서 우리는 화자의 반응이 지나치게 민감하다는 사실을 알 수 있는데, 이것은 화자가 이 시기까지도 공산주의에 대한 적개심에서 벗어나지 못하고 있었음을 말해준다. 작가는 전쟁이 끝난지 25년이나 지난 이 시점에서도 전쟁의 강박관념에서 완전히 벗어나지 못했고, 그래서 백도선의 처나 한창일과 같은 주변 인물들의 한맺힌 사연을 이해하려 하기보다는 부정하는 과민한 반응을 보였던 것이다.

> 부르좌 계급이니, 착취니, 제국주의니, 열렬한 지지니, 혁명이니 하는 말은 북한에 있을 때 귀에 못이 박히도록 들어온 말이다. 나는 지금 북한에 와 있는 게 아닌가 순간 착각할 정도였다.
> (중략)

"여보쇼, 부인. 무슨 말을 그렇게 하우?"

부지중 나는 버럭 고함을 질렀다. 흥분으로 자신이 벌렁거리고, 낯이 달아오르는 것 느꼈다. 그러나 다음 순간 이래선 안된다고 마음을 내리눌렀다.[6]

그런데 한창일 노인이 공산주의에 동조했던 것은, 그 이념을 정확히 이해하고 그런 것이라기보다는 일본에 건너 온 이래 가난과 천대를 면하지 못했기 때문이라고 할 수 있다. 가난한 노동자로 한 평생을 살아오면서, 누구나 평등하고 풍족하게 살 수 있다는 주장은 관심을 끌기 마련이었고, 그런 이유로 한창일은 남,북한의 정확한 실상도 알지 못한 채 북한을 지지하는 태도를 보였던 것이다. 백도선의 처 역시 한인으로서의 처와 시련을 견디지 못하고 위안처럼 북한의 주장에 동조한 것이고, 따라서 그것은 현실의 어려움을 만회하려는 보상 심리와도 같은 것이었다. 이런 사실이 숨어 있음에도 불구하고 화자가 이들에게 극단적인 반감을 갖는 것은 언급한 대로 북한 체험에서 비롯된 공산주의에 대한 강한 거부감이 숨어 있었기 때문이다. 여기서 우리는 공산주의에 대한 적개심이 작가를 지배하는 원체험과도 같은 것임을 다시 한번 확인할 수 있다.

마지막으로 작가가 주목하는 것이 재일 한인들의 고독한 향수이다. 특히 노인들이 느끼는 그것은 더욱 절박한 것으로 서술한다. 한 평생을 천대와 멸시 속에서 살아 온 이들에게 더없이 그리운 것은 고향이다. 그래서 이들은 뼈만이라도 고국에 묻히고자 하는 간절한 소망을 간직하고 오늘날까지 살아 왔다. 그런데 고국은 이들을 받아줄 준비를 하지 않았고, 게다가 남북으로 분단되어 통일의 가능성은 요원하기만 하다. 그런 까닭에 남한으로 귀환할 것이냐 아니면 북한을 택할 것이냐 하는 문제 역시 이들에게는

---

6) 『유맹』, 98회.

간단한 문제가 아니었다. 최원복이나 한창일 노인처럼 자식이 북송선을 탔거나 조련계에 관여하고 있다면 문제는 더욱 복잡해진다. 남한으로 귀국한다면 북한의 스파이로 몰릴 가능성이 있고, 귀환 후에도 감시 속에서 여생을 마쳐야 한다는 불안감을 떨칠 수 없기 때문이다.

화자가 한창일 노인에게 반감을 갖고 있으면서도 작품 말미에서 연민의 시선을 보냈던 것은 그가 이러한 곤란한 입장에 놓여 있음을 이해했기 때문이다. 한창일은 고향이 남한이지만 자식이 조련계에 관여하고 있었던 까닭에 남한으로의 귀향을 엄두도 못내고 있었다. 최원복의 귀향을 지켜보면서 토해내는 절규는 이런 심리를 단적으로 표현한 것이다.

> "최가야, 너 혼자 돌아가기냐. 너무 야속하다. 이놈아. 날 두고 너
> 혼자 조국에 돌아갈테냐. 내 고향은 남조선인데두 난 가고 싶어두
> 못간다, 이놈아."
> 넋두리를 하며 한씨는 울기 시작했다. 모두들 어리둥절한 낯으로
> 한씨를 바라보았다.
> "난 생전에 내나라엔 못가보구 죽는다. 억울하다, 억울해."[7]

이런 절망과 탄식 속에서 최 노인을 비롯한 동포들은 30년을 기다려왔는데, 이 오랜 기다림 동안 최원복 노인을 위로했던 것은 고향 음식이었다. 최노인은 고향이 그립거나 명절날이면 고향 음식을 만들면서 향수를 달래왔는데, 말하자면 '고향 음식 만들기'는 '조국에 대한 애정' 이자 '취미요 도락이며 위안'이었다.

> 남북한과 일본의 설음식 이야기를 나누며 노인과 나는 취한 듯이
> 만두를 빚었다. 노인의 손에서 이루어지는 것은 한결같이 쭉 고르고

---

7) 『유맹』, 249회.

예뻤다. 그것을 빚는 노인의 솜씨에는 예술가가 작품을 창작할 때처럼
생명력이 부어지는 것 같았다. 그것은 어쩌면 조국에 대한 애정인지도
모른다.[8]

　최노인이 신정보다 구정을 고집하는 것이나, 김치 공장을 하면서도 대규
모로 사업을 확장하지 않고 수공업으로 고유의 맛을 유지하고자 하는 것은
모두 이러한 심리를 표현한 것이다.
　결국 최노인은, 아들 성기의 죽음을 계기로 영구 귀국을 결심하고 아내
와 자식의 유해를 가방에 숨긴채 귀향선에 오르는데, 이는 작가가 재일
한인들의 오랜 꿈이자 귀소본능을 표현한 것이라고 할 수 있다. 작품의
말미에서 화자가 최노인을 통해서 자신의 쓸쓸한 미래를 보는 것은 작가
역시 최노인과 다를 바 없는 이방인이었기 때문이다. 화자가 최노인과
스스로를 동일시하는 데서 이점은 더욱 확연해지거니와, 화자가 일본의
기모노에 대해서 생리적 거부감을 보이는 것이나, 딸을 한국청년과 결혼시
키겠다고 고집하는 점, 또 한인촌의 소박하고 정감있는 분위기에 젖어드는
행위 등은 최노인의 취향과 흡사하다. 화자가 최노인의 귀환을 적극 주선
했던 것도 이같은 동병상련의 그리움이 교감되었기 때문이다. 한국 생활을
청산하고 도일했지만 화자 역시 고향을 잊지 못하는 이방인이며, 최노인과
하등 다를 바 없는 한국인이었다. 그래서 최노인과의 만남을 통해서 화자
는 여기가 한국의 시골 농가가 아닌가 하는 착각을 갖게 되고, 최노인의
귀향을 통해서 작가 자신의 원초적 회귀의식을 표현한 것이다. 이 작품이
손창섭의 이전 작품과는 다른 모습을 모여주는 것은 이같은 작가의 우울한
심경이 사실적으로 그려져 있기 때문이다.

---

8)『유맹』, 127회.

2-2.

『유맹』의 또 다른 축을 형성하는 것은 재일 한인들의 과거사이다. 최원복 노인을 중심으로 식민치하 강제 노역의 일화들이 소개되면서 재일 한인들의 뼈아픈 과거사가 드러나는데, 과거사의 전반부는 식민치하 강제 노동과 관련된 서술이고 후반부는 해방 후 이들이 일본에 뿌리내리는 과정에 대한 기술이다. 이런 치밀한 구성에 의해 이 부분이 서술되는 까닭에 우리는 한인 노역자들의 고통과 부침의 역사를 실감나게 이해할 수 있다. 더구나 작가가 역사주의적 시각을 견지하면서 인물들의 수난사를 서술하는 까닭에 개별 인물들은 시대를 대변하는 전형성을 갖게 되고, 동시에 당대 상황에 대한 소상한 정보를 제공해 준다.

최원복을 비롯한 한인 노동자들은 모두 일제의 토지 수탈과 고리대를 이기지 못하고 일본에 건너온 사람들이다. 일제가 식민 정책을 본격화하면서 제일 먼저 착수한 것은 토지조사사업이었고, 그것을 통해서 일제는 거의 대부분의 토지를 일인의 소유로 전환시켰다. 또 높은 이자로 돈을 빌려주어 기간 내에 갚지 못하면 집과 땅을 사정없이 몰수하였다. 이 와중에서 최원복도 반강제로 토지를 뺏겼고, 생계를 꾸릴 수 없는 막막한 처지로 전락하여 인부 모집 광고를 보고 일본에 건너온 것이다. 당시 많은 한국인들이 식민치하의 고통을 견디지 못하고 실낱같은 희망을 안은 채 일본의 노동판으로 몰려들었던 사실을 상기하자면, 최원복의 개인사는 한인 노동자들의 행로를 전형적으로 대변하는 셈이다. 당시 일제는 부족한 노동자를 충원하기 위해서 대규모의 조선인 노동자를 모집하거나 징집하였는데, 그것은 크게 네 단계의 변화를 보여주었다. 즉 1910년대의 조정기, 1920년대의 사회·경제적 수탈정책을 통한 구조적 노동력 동원기, 1930년대의 적극적 노동력 동원기, 30년대 말 이후 40년대의 전시 노무 동원기인데, 여기서 세 번째 단계는 일지가 필요한 노동력을 주재소를 통해서 모집한 것이고, 네 번째는 강제로 동원한 것을 말한다. 이런 사실에 비추자면 최원복은 세 번째 단계에 도일한 인물로, 농사로는 더 이상 생계를 유지할 수 없게 되자 주재소의 모집 광고를 보고 도일한 경우였다. 후술하겠지만, 최원복이 도일 후 생활이 안정되자 아내 선화를 일본으로 데려 올 수 있었던 것은 이처럼 강제 징집에 의해 끌려온 노동자가 아니었기 때문이다. 당시 무수히 많은 몰락 농민이 주재소를 찾아가거나, 아니면 이미 일본에 건너간 친척, 지기의 주선으로 도일했는데[9], 여기에 비추자면 작가의 기록은 역사적 사실에 부합하는 것이다.

그런데 한인 노동자들의 일본 생활은 시간이 갈수록 어려워졌는데, 일제가 침략 정책을 본격화하면서 한인들은 더욱 혹독한 노동에 시달리게 되고 감시 속에서 하루하루 보내야만 했다. 작가는 이런 과정을 최노인의 회고를 통해서 한인 노동자들에 대한 일제의 가혹한 노동 착취를 고발한다. 일제는 한인들에게 '대동아 전쟁의 성전 완수를 위해 목숨을 바쳐 싸우는 군인'과 같은 강도의 노동을 요구했고, 그것을 게을리할 경우 모진 매와 처벌을 내렸다. 연소자나 노약자들이 할당량을 미처 못 채우면 밥도 굶긴 채 밤늦게까지 일을 시켰으며, 다음 날도 꼭같은 일정을 되풀이 하였다. 오랫 동안 농사를 지었기 때문에 육체 노동에는 자신이 있었던 한인들이었지만 이런 혹독한 노동에는 도저히 견딜 수 없었던 것이다. 게다가 일인들의 차별 대우와 인권유린 역시 이들을 더욱 궁지로 몰아넣었다. 작업 도중에 부상자가 발생하면 일인 감독들은 한인들을 얼씬도 못하게 한 뒤 그대로 방치하는 경우가 다반사였고, 부상의 정도가 심하면 곧바로 매장하는 경우도 있었다. 당장 응급조치를 취해도 살까 말까한 환자들을 그대로

---

9) 김민영, 『일제의 조선인노동력수탈 연구』, 한울, 1995, 27-31면.

방치하니 십중팔구는 죽기 마련이었다. 그렇지만 일인 노동자들이 부상을 당하면 법석을 피우고 바로 병원으로 옮겼다. 이같은 차별 대우와 부당한 죽음을 목격하고 한인 노동자들은 치를 떨었지만, 총과 몽둥이 앞에서는 역부족이었고, 간혹 탈출을 시도했다가도 사살되는 경우가 대부분이었다. 이런 지옥과도 같은 상황에서 조선인 노동자들은 하나하나 죽고 병들어 갔던 것이다.

당시 한인 노동자들은 무상 노동에 가까운 저임금, 장시간 노동의 강요, 높은 노동 상해율 등 참혹한 노동 조건 밑에서 고혈을 강요당했으며, 또 노동징용령에 의해서 강제로 동원된 노무자는 광산 지대와 군수 공장 그리고 위험한 토목 공사에 동원되어, 병영적 · 이데올로기적 통제 아래 실로 육체소모적인 참혹한 희생을 강요당했는데[10], 이런 사실에 비추자면 최원복을 중심으로 서술된 노역장의 모습은 실제 사실과 그대로 부합되고, 따라서 이 작품은 인간 이하의 노동 조건, 인권 유린, 차별 대우 등의 강제 노동자들에 대한 생생한 증언이 되는 것이다.

이런 재일 한인들의 운명이 새롭게 결정된 것은 해방 이후였다. 이들은 대부분 고향에서 더 이상 견딜 수 없어서 도일한 경우였기 때문에 해방이 되었다고 바로 귀국할 수도 없는 처지였다. 돌아가더라도 당장 경작할 땅이나 일할 장소가 없었기 때문이다. 오늘날까지 일본에 남아 있는 재일 한인들의 대부분은 이 같은 이유에서 일본에 그대로 눌러앉게 된 사람들이다. 최원복과 고광일도 같은 이유에서 귀국하지 못하고 일본에 정착한 사람들로, 이들 중 해방 후의 혼란을 교묘히 이용한 사람들은 일본 사회에 뿌리내릴 수 있었지만, 그렇지 못하고 양심을 지켰던 부류는 일인의 천대 속에서 사회의 주변으로 밀려나야 했다. 작품의 두 주인공 고광일과 최원

---

10) 앞의 책, 150-153면.

복은 이 부침의 역사를 대변하는 인물들이다.

현재 동경에서 호텔과 한식당을 경영하면서 출세한 고광일은 원래 최원복과 함께 북해도 공사판에서 일했던 인물이다. 그는 원래 주변 사람들의 비위를 잘 맞추고, 일인 감독들로부터도 미움을 받지 않는 빼어난 수완을 갖고 있었다. 쉬는 시간이면 감독들에게 다가가 안마를 해주고, 또 맡은 일도 솔선 수범하는 부지런함을 보여 주변 사람들로부터 빈축을 사기도 했다. 그렇지만 그는 이러한 수완으로 감독들의 신임을 얻을 수 있었고, 마침내 최원복과 함께 노역장을 탈출할 수 있었다. 전후 혼란을 틈타 고광일이 엄청나게 치부할 수 있었던 것은 모두 이와 같은 타고난 수완 때문이었다. 미군 부대에서 설탕을 빼돌리고, 밀주를 만들어서 팔며, 심지어는 고급 창녀를 끼고 마약까지 밀매하면서 엄청난 부를 거머쥐는데, 고광일의 가치 기준이란 철저하게 이해 타산적이어서, 이익이 되는 일이면 뭐든지 가리지 않았던 것이다.

> 나같은 사람이 애들(일인)한테 당해 온 억울한 수몰 갚으려면, 큰
> 소리치며 보란 듯이 뻐길 수 있게 되려면, 결국 돈밖에 더 있습니까.
> 결국 돈이 있어야 사람 대접을 받구 사람 구실을 합니다. 그래서 나는
> 주위에서들 손가락질을 하든 말든 침을 뱉든 말든, 욕을 하든 말든,
> 돈되는 짓이라면 뭐든지 비위 좋게 해왔습니다.[11]

현재 그가 경영하고 있는 호텔이나 한식당은 모두 이같은 수완의 결과물이었다. 식당 이름을 남북장(南北莊)으로 지은 것도 고광일의 특출난 수완에서 비롯된 것이다. 남북장에서 남은 남한을, 북은 북한을 뜻하는 말로, 이렇게 해 놓으면 남북 어느 쪽으로도 기울지 않을 뿐 아니라, 장차 어느

---

11) 『유맹』, 76회.

쪽으로 통일이 되더라도 걱정이 없다는 계산이다. 또 일본에 귀화한 것도 앞으로 남북 관계가 어떻게 될지 모르는 상황에서 차라리 일본 국적을 갖는 것이 장래를 위해서 좋으리라는 이유에서였다. 민단계나 조련계 중 어느 한군데 붙기보다는 일단 일본인으로 귀화했다가 통일이 되면 그때 다시 한국 국적을 획득하면 되지 않겠느냐는 생각이다.

이 과정에서 고광일은 파렴치한 일도 서슴지 않았는데, 그 하나가 최원복의 처 '선화'를 성폭행 한 일이다. 사건은 최원복과 노역장을 탈출한 뒤에 일어났다. 탈출 도중 고광일은 발을 다쳤고, 그것이 계기가 되어 최원복의 집에서 상당 기간을 숨어서 지내야 했다. 그런데 최원복은 일본으로 건너온 지 2년이 지나자 다소간의 생활의 안정을 찾았고 그래서 아내 선화를 데리고 와 있었던 까닭에, 고광일은 이 젊은 부부와 같은 방을 쓰게 되었고, 이 사소한 일이 계기가 되어 고광일은 선화에게 평생 씻지 못한 한을 심어준 것이다. 사실 최노인의 첫째 아들은 사실 고광일의 핏줄이었다. 또 고광일의 두 번째, 세 번째 부인 역시 협잡을 통해서 동거하게 된 인물들이다. 고리자금을 빌려 쓴 뒤 갚지 못하자 고광일은 돈 대신에 사람을 사들였는데, 그것이 현재의 부인들이다.

이 같은 고광일의 개인사는 해방 후의 혼란을 틈탄 모리배이자 기회주의자의 전형을 보여준다. 혼란을 이용하여 기반을 잡았고, 심지어 한국인이라는 사실이 사회적 진출을 가로막을 것이라는 생각에서 귀화까지 하였다. 또 고광일은 많은 재산을 가지고 있음에도 불구하고 그것을 보람있게 사용할 줄 모르는 사람이다. 본부인과 자식들에게도 인색하여 빈축을 살 정도이며, 그렇다고 가난한 한인들을 도와주는 것도 아니다. 작가는 이같은 파렴치한 행동이 오늘날 일본인에게 한국에 대해 잘못된 인식을 심어준 것이라고 생각한다. 일본인들이 조선인을 멸시하는 것은, 대부분의 한국인이 고광일처럼 협잡에 능하고 간사하며 불결하다는 이유 때문이다. 물론 일본인들의 생각에는 많은 편견이 개입되어 있지만, 한편으로는 고광일과 같은 인물들이 그만큼 많았다는 사실을 반증하는 것이기도 하다. 이런 점에서 고광일은, 작가가 부정하는 인물이지만, 혼란과 격변의 세월 속에서 형성된 한국인의 일그러진 자화상을 대변한다고 볼 수 있다.

한편 최원복은 고광일과는 전혀 다른 모습으로 살아온 인물이다. 그는 한때 고광일을 도와주기도 했으나, 사기와 협잡을 일삼는 고광일에게 호감을 가질 수 없었고, 성격 또한 맞지 않아서 그 곁을 바로 떠났다. 더구나 아내가 고광일을 싫어하여 같이 일하는 것 자체를 완강히 만류하였다. 고광일은 최원복의 처 선화에게 성적인 관심을 갖고 있었기 때문에 계속 접근했지만, 최원복은 그것을 끝내 거절하고 농촌으로 들어가 남의 농사를 도와주며 근근히 생활을 유지해 왔는데, 이 과정에서 최원복 일가의 생계 수단이 되었던 것이 바로 '김치 장사'였다. 맛에 대한 남다른 감각을 지녔던 최노인은 채소를 직접 가꾸어서 김치를 담갔고, 그 맛이 워낙 뛰어나서 주변 사람들의 인기를 독차지하였다. 그래서 최노인의 아들 성기는 김치 공장을 기업화해야 한다는 주장을 내세웠으며, 사실 주변에서는 대규모의 김치 공장들이 하나 둘 들어서고 있는 중이었다. 그런데 최노인에게 김치 장사는 단순한 생계 수단 이상의 의미를 갖고 있었다. 최노인에게 있어서 김치는 상업적 도구라기보다는 고향에 대한 그리움과 자부심의 근거였다. 김치는 전통적인 고향의 맛을 간직한 것이고, 그것을 일본인에게 맛보인다는 것은 한국의 고유한 문화를 과시하는 것이다. 그래서 최노인은 김치 공장을 기업화하지 않고 수공업으로 고유의 맛을 유지해 왔던 것이다. 최노인이 주변 사람들로부터 '투박한 한국인' 소리를 들으며 인심을 잃지 않았던 것은 이같은 완고한 신념과 성실함을 지니고 있었기 때문이다. 이런 점에서 최노인은, 고광일과 대비되는 한국인의 긍정적 모습을 상징하는 셈이다.

이 두 인물이 의미를 갖는 것은 그들 각각이 재일 한인의 영욕과 부침의 역사를 대변하기 때문이다. 한 사람은 전후의 혼란과 뛰어난 수완으로 일본 사회에 뿌리를 내렸고, 한쪽은 조선의 전통을 간직하면서 귀환의 일념으로 한평생을 살아왔다. 전자는 인심을 잃어서 가족으로부터도 배척당했고, 후자는 주변 일인들로부터도 신망을 얻었다. 이 두 인물을 대비하면서 작가는 패덕한 전자보다는 투박한 후자에 따스한 애정을 보이는데, 비록 가난하고 고통스럽지만 조선인으로서의 자존심을 유지하고 귀환의 날을 기다리면서 사는 게 훨씬 아름답다는 생각이다. 작품의 말미에서 작가가 스스로를 최노인과 동일시하는 데서 이점은 더욱 분명해지거니와, 이런 점에서 이 작품은 재일 한인들의 과거사에 대한 생생한 기록인 셈이다.

3.

이상에서『유맹』의 내용과 의미를 소략하게 살펴보았는데, 이를 통해서 우리는 작가의 서술 방법과 시각이 이전과는 매우 달라졌음을 알 수 있었다. 두 집안의 일화를 통해서 재일 한인들의 과거와 현재에 주목하는 서술 방법이나 시각은 모멸과 부끄러운 개인사의 고백이었던 이전 작품과는 현저히 달라진 모습이다. 이 작품이 우리에게 의미를 갖는 것은 이같은 변화가 작가에 대한 기존의 평가를 보완하고 새로운 평가를 가능하게 해준다는 점에 있다.

문학사에서 손창섭을 전후 대표 작가로 평가했던 것은, 이미 언급했듯이, 그의 작품이 전후의 황폐한 현실과 가치부재의 혼란을 전형적으로 보여주었기 때문이다. 손창섭은, 인간이란 모두가 정신병자이고 무의미하게 쳇바퀴만을 돌리는 다람쥐 같은 존재들이며[12], 따라서 삶이란 신의 장난이거나 낙서일지도 모른다는 충격적인 메시지를 제시했는데, 이는 전쟁이 가져다준 엄청난 충격과 황폐화된 현실에 대한 강렬한 거부감을 표현한 것이었다. 그간 손창섭에 대한 평가는 대체로 이 범주를 벗어나지 않았다고 할 수 있다. 물론 이같은 평가가 손창섭의 한 측면을 정확히 지적한 것은 사실이지만, 그것이 손창섭 문학 전부를 지시한다고는 볼 수 없다. 문제가 되는 것은 평가의 근거가 되는 작품들이 대부분 50년대에 쓰여졌고, 60년대 이후에 쓰여진 장편을 대상으로 한 것이 아니라는 점이다. 「신의 희작」이나 「포말의 의지」가 긍정적 인간상을 다루었다고 관심을 끌었던 것도 사실은 기존의 평가로는 손창섭을 온당히 이해할 수 없었기 때문이다.

손창섭은 사회가 안정되고 시간이 흐르면서 점차 새로운 모습을 보여주었는데, 이를테면 「잉여인간」 이후 간헐적으로 드러난 삶에 대한 욕망과 의지가 이후 작품에서 점차 구체화되어 작품의 새로운 축을 형성한다. 서두에서 언급했듯이 69년에 발표한 『길』이나, 뒤이어 쓰여진 『여자의 전부』(70) 등은 모두 이러한 변화를 보여준 작품들이다. 『유맹』이 손창섭 소설에서 중요한 의미를 갖는 것은, 이 작품이 손창섭의 새로운 면모를 거의 완숙의 경지로 보여주었다는 점에 있다.

그것은 우선 현실에 대한 사실적 묘사력에서 나타난다. 『유맹』에는 재일 한인들의 생활상이 소상하게 소개되어 있다. 민족적 차별 대우로 인한 직업 선택이나 결혼의 어려움 등이 실감나게 그려지며, 한민족 고유의 전통을 지키고자 하는 정겨운 모습도 제시된다. 일본의 신정(新正)을 따르지 않고 우리 고유의 구정을 지키는 모습이나 고향의 맛을 간직하기 위해 기계화를 거부하는 등의 서술은 작가의 남다른 관찰안을 보여주는 대목들

---

12) 김우종, 앞의 글, 465-467면.

이다. 또 분단된 현실을 반영하듯 조련계와 민단계가 나누어져 대립하는 장면은 작품이 발표된 지 20여년이 지난 오늘날까지도 유효한 풍경이다. 작품 속에서 우리가 한인들의 독특한 개성을 만날 수 있는 것도 이같은 사실적 관찰력에서 비롯된 것이라 할 수 있는데, 백도선이나 그의 처, 최원복, 한창일, 고광일 등의 인물이 작품을 읽고서도 오랫동안 뚜렷한 인상을 남기는 것은 이들 모두가 실감나는 묘사력에 의해 성격화되었기 때문이다. 아울러 이 작품에서 우리는 일본 사회에 대한 소상한 정보 또한 제공받을 수 있다. 가령 일본 젊은이들의 자유분방한 성문화나 70년대 접어들면서 보편화된 자가용 문화, 신간센(新幹線)이 개통되어 인기를 끄는 장면 등은 일본 사회에 대한 안내문과도 같은 셈이다.

역사주의적 원근법은 작가의 이같은 묘사력을 더욱 돋보이게 하는 요소라고 할 수 있다. 『유맹』에서 우리가 재일 한인들의 수난사를 역사적 맥락에서 이해할 수 있는 것은 이런 데 원인이 있거니와, 이를테면 최원복과 고광일의 과거사는 재일 한인들의 현재를 말해주는 전사(前史)로서의 의미를 갖고 있다. 역사소설을 범박하게 '과거의 역사를 소재로 한 소설'이라고 정의한다면, 이는 단순한 과거사의 서술을 뜻하는 것이 아니라 오늘을 사는 독자들에게 현재적 관심거리가 되어야 한다는 말이다. 루카치는 이점을 '현대사의 전사(前史)'라는 말로 명징하게 표현한 바 있거니와, 이는 과거와 현재를 잇는 역사적 원근법의 확보가 역사소설의 요체가 됨을 말하는 것이다. 그렇지만 역사에 대한 시각이 감각이나 역사 현상에 대한 추상적이고 일반적인 인식의 형태로서가 아니라, 경제와 물질에서 역사의 근본 동력을 찾는 과학적 태도에 기반을 두었을 때만이 과거 인물의 성격과 운명은 역사성을 부여받고 당대 현실과 필연적인 연관성을 확보하게 된다[13]. 이런 규정에 비추어보자면, 최원복의 과거사, 예컨대 식민치하 일제의 토지 수탈과 그로 인한 유랑 농민화, 도일(渡日)과 하층 노동자로의 편입 등은 작가가 역사주의적 시각을 견지하고 있음을 보여주는 구체적인 사례들로, 특히 일인들의 근거없는 차별 대우와 그것의 역사적 근원을 설명하면서 보여준 관동 대지진에 대한 언술은 작가의 시각이 상당히 정확한 것임을 알 수 있다.

물론 작가의 태도가 엄밀한 의미의 역사주의적 시각을 견지한 것인가에 대해서는 이견이 있을 수 있다. 『유맹』에는 재일 한인들의 생존 투쟁이나 경제 투쟁이 제시되지 않는다. 일제치하에서 한인 노동자들은 가혹한 노동 현실에 직면하여 생존과 근로 조건의 개선을 위한 다양한 투쟁을 전개했고, 또 상당한 효과를 거두었던 것으로 알려지는데14), 작품에서 이점에 대한 언술은 거의 찾아 볼 수 없다. 이는 『유맹』이 작가가 목격한 주변 인물들의 일화를 소개하는 서술 방식을 취한 점과도 무관한 것은 아니지만, 근본적으로 작가가 집단주의적이고 이념적인 행동에 대해서 공감하지 못했던 데서 원인을 찾을 수 있다. 실제로 해방전 재일 한인운동을 주도했던 인물들은 대부분 공산주의자였는데 여기에 비추어 보자면 작가의 태도는 수긍이 가고도 남는다. 이런 점에서 공산주의 체험과 전쟁의 상흔은 작가를 구속하는 올가미와도 같았음을 다시 한번 확인하게 되지만, 그렇다고 『유맹』이 재일 한인들의 최근 세사에 대한 상세한 보고서라는 사실을 부인할 수는 없을 것이다.

마지막으로 『유맹』에서 주목할 수 있는 것은 삶에 대한 긍정적 자세와 성실한 태도를 갖고 있는 최원복이라는 긍정적 인물의 제시이다. 『유맹』이 작가의 다른 작품들과 구별되는 요소의 하나는 여기에 있다고 할 수 있거니와, 그는 인정많고 성실한 한국인의 전형이자 동시에 작가의 인간관이

---

13) 역사소설과 역사주의에 대해서는 루카치의 『역사소설론』(이영욱 역, 거름, 1987) 및 아우얼바하의 『미메시스』(근대편)(김우창·유종호 역, 민음사, 1984) 참조.

14) 카지무라 히데키, 『재일조선인운동』(김인덕 역, 현음사, 1994) 참조.

가탁된 인물이다. 최원복은 남다른 수완을 갖고 있는 것도 아니며, 그렇다고 재산이 넉넉한 인물도 아니다. 또 남을 속이거나 부당한 방법으로 이익을 취하지도 않는다. 단지 성실하게 주어진 길을 살아갈 뿐인데, 이런 점에서 최원복은 『여자의 전부』에서 제시된 성실하고 가식없는 동천이나, 혼탁한 현실에 맞서서 양심을 지키고 살려는 『길』의 최성칠 등과 통하고, 멀리는 「잉여인간」의 서만기와도 이어져 있다. 『유맹』이후 발표한 『봉술랑』에서도 이같은 인물이 등장하거니와, 주인공 '봉술랑'은 당대 최고의 무술인으로 조국을 침탈한 몽고족에 대항하고, 타락한 관리들을 징벌하는 의협심 강한 인물로 등장한다. 이 일련의 인물들을 통해서 우리는 손창섭의 궁극적 관심이 삶에 대한 긍정이고, 아울러 양심을 간직하고 살아가는 성실한 태도라는 사실을 알 수 있다. 『유맹』의 최원복은 이같은 작가의 인간관이 역사적 현실과 결합하면서 빚어낸 것으로, 작가가 갖고 있는 본래적 인간관을 그대로 반영한 것이다. 이런 점에서 초기작들은 정상적인 삶에 대한 강렬한 희구를 아이러니와 희화적 태도로 표현한 것이고[15], 60년대 이후의 작품은 현실에 대한 거리감각을 바탕으로 작가 본래의 가치관을 보여준 것이라고 할 수 있다.

　이상의 소략한 고찰을 통해서 우리는 『유맹』이 작가의 새로운 면모를 보여준 작품이라는 사실을 알 수 있었다. 현실을 대상화하고 역사적 맥락에서 이해한다는 것은 그만큼 작가가 전후의 혼돈에서 벗어났음을 의미하고, 정상적인 가치와 규범에 대한 신뢰를 갖고 있음을 뜻한다. 그렇기 때문에 병자의 신음소리, 모멸과 연민의 미학, 수인의 문학이라는 기존의 평가와는 달리, 60년대 이후의 손창섭 소설을 사실주의적 경향에 바탕을 둔

---

15) 이런 점에서 초기작들은 다분히 기존의 사회적 가치와 규범을 부정하는 모더니즘적인 특징을 보여준다.

진지한 삶의 모색을 특징으로 하며, 『유맹』은 이러한 시각에서 쓰여진 재일 한인들에 대한 최초의 심도있고 사실적인 보고서라고 할 수 있을 것이다. 이 작품으로 하여 우리 소설사는 재일 한인들을 서사적 공간 속으로 끌어 안게 되었고, 한층 풍요로운 내실을 갖게 된 것이다.

소설의 서사적 거리와 태도

―손창섭의 소설―

이부순

1. 머리말

1950년대의 전후소설을 6·25전쟁으로 변화된 전후 현실에 대한 문학적 대응으로 볼 수 있다면, 전후소설의 문학적 특수성은 전쟁 및 전후의 경험 현실을 구조화하고 의미화하는 전후소설 나름의 독자적인 논리가 무엇인가란 문제와 결부될 수밖에 없을 것이다. 그렇다면 "전에 못보던 낯선 얼굴과 표정으로 전후문학의 한 가지 전범을 이루었"[1]다고 평가되고 있는 손창섭의 전후소설적인 특수성은 무엇인가.

월리스 마틴은 문학에 있어서의 '낯설게 하기'를 수행할 수 있는 방법으로 인물의 선택을 주장한다.[2] 그것은 새로운 유형의 인물을 형상화한다는 것 자체가 서사체를 형성하는 기본적 동력인 리얼리티와 상상력에 있어서

---

1) 김윤식, 「6·25 전쟁문학」, 문학사와 비평 연구회 편, 『1950년대 문학연구』(예하, 1987), 27면.
2) 월리스 마틴, 『소설 이론의 역사』(김문현 역, 예하 1987), 27면.

의 어떤 변화를 전제한다고 보기 때문이다. 스펜서 역시 작중 인물이 작가의 리얼리티에 대한 태도나 관점을 반영하는 가장 융통성 있는 수단이라고 보고, 소설 속에서의 작중 인물의 중요성을 역설한다.[3] 이런 맥락에서 볼 때, 손창섭 소설의 전후소설적 새로움은 그가 어떤 인물을 그리고 있는가와 관련해서 파악될 수 있을 것이다.

그러나 소설에서의 작중 인물이란 무엇인가. 작중 인물이란 서술자에 의해 연표화된 텍스트의 제반 정보들로부터 추출되고 재구성되어 개성적인 실체성을 부여받은 '존재물'이다. 달리 말하자면, 그것은 "각 요소들이 점점 증대하는 통합력의 범주 속에서 집합되는 구성물"[4]이다. 따라서 작중인물에 대한 관심은 서술자의 언표화 행위의 전제가 될 뿐만 아니라 독자에 의한 인물의 재구성 과정을 일정한 방향으로 유도하는 '시점'과의 관련 속에서 이루어져야 할 것이다. 요컨대, 어떠한 인물을 그렸는가의 문제 그 자체만으로서는 작가의 현실 인식의 관점과 태도를 읽어낼 수 없고, 어떠한 방식으로 제시하였는가의 문제와 만날 때에만 그것을 온당하게 파악할 수 있다는 것이다. 이런 관점에서 볼 때, 손창섭의 소설에 제시된 작중 인물의 의식을 그대로 작가의 의식으로 파악한 대부분의 기존 논의는 재고되어야 할 것이다.[5]

필자는 「생활적」과 「혈서」[6]를 대상으로 손창섭 소설이 담보하고 있는

---

3) S. Spencer, *Space, Time, and Structure in the Narrative* (New York U.P.,1971). 5~6면.

4) 리몬 케넌, 『소설의 시학』(최상규 역, 문학과 지성사, 1985), 61면.

5) 기존 논의의 대부분은 작중 인물의 특이성에 대한 관심으로부터 비롯되어 그같은 불구적 인물을 창조하는 작가의 무의식적 동기를 정신분석학적 측면에서 작가의 성장 과정과 관련시켜 밝히려는 시도와 작가의식적인 측면에서 시대적 상황과 결부시켜 규명하려는 시도로 대별된다고 할 수 있을 것이다. 그러나 이 두 유형의 논의는 모두 작중 인물을 작가의 무의식 내지는 의식의 객관적 상관물로 보고 있다는 점에서 동일한 입장을 취하고 있다.

경험 현실의 의미화 논리를 서술자가 작중 인물 및 사건에 대해서 갖는 관계의 양상을 통해 밝히고자 한다. 허구적 대상에 대한 서술자의 관계에서 가장 중요한 요소는 시점이라 할 수 있다. 그런데 시점은 유형적 '종류'의 문제로서가 아니라 개별적인 작품들 속에 구체화된 '정도'의 문제로 간주되어야 한다. 왜냐하면 유형적으로는 동질적인 서술 상황으로 이루어져 있다 하더라도 작품 속에서의 서술자와 이야기 사이의 역학적 관계는 개별적인 다양성으로 구체화되기 때문이다.

시점이 작품의 의미 생성 과정에 참여하는 방식은 서사적 대상에 대한 '거리'[7] 와 '태도'의 문제로 구체화된다. 서술 대상에 대한 서술자의 거리 조정의 구체적 양상이 그 대상에 대한 서술자의 인식적, 지각적 위치뿐만 아니라 심리적, 이념적 태도를 가장 명확하게 보여 주는 장치로 기능하기 때문에 어떠한 유형의 서술 상황으로 이루어져 있든지 간에 작품의 의미 구조를 결정짓는 요소는 서술자와 서술 대상 사이에 형성되는 서사적 거리의 긴장일 수밖에 없는 것이다. 게다가 서사적 거리 문제는 시점의 다른 국면들, 예컨대 서술자의 위치와 드러남의 정도, 초점 대상의 선택과 이동 및 초점화의 방식, 전지력의 발휘 정도 내지는 인물의 내면 의식에 대한

---

6) 「생활적」과「혈서」는 각각 『현대 공론』(1954. 11)과 『현대문학』(1955. 1)에 발표된 작품들이지만 이 논의에서는 손창섭의 단편 소설집 「비오는 날」(일신사, 1959)에 수록된 것을 분석의 텍스트로 삼고자 한다.

7) 웨인 부스의 말처럼 소설은 하나의 수사학적 형식으로서 내포작자로부터 독자에 이르는 의사소통의 과정 속에 존재한다. 부스, 『소설의 수사학』(최상규 역, 새문사, 1985), p.191 [내포작가 - 서술자 - (이야기) - 피서술자 - 내포독자]로 이어지는 서사적 소통의 과정에서 각 소통의 주체들 사이에 밀착된 정도를 나타내는 비평적 용어가 바로 '거리'이다. 그리고 그 '거리'는 시간적, 공간적 거리뿐만 아니라 정신상 태도상의 同異와 관련한 심리적, 관념적, 도덕적 거리도 포함한다. 이 가운데 필자가 논의의 중심 대상으로 삼은 것은 서술자와 서술 대상 (인물과 사건 등 이야기의 세계) 사이에서 형성되는 '서술거리'의 다양한 국면들이다.

침입의 정도, 서술 방식의 구체적인 양상들과 밀접하게 관련되어 인물 구성에 기여 할 뿐만 아니라 그 서사체에 대한 해석이나 반응에 영향을 미친다.

따라서 필자는 서사적 거리와 태도를 논의의 중심으로 삼으면서 그와 관련된 다양한 현상들이 어떻게 상호작용하면서 의미화 과정을 통제하는 지, 그리고 독자의 독서 과정에 어떤 식으로 영향을 끼치는지의 구체적인 효과를 살펴보고자 한다.

2. 초점 대상의 단일화와 반어적 거리 : 「생활적」

「생활적」은 작가적 서술자의 외부 시점의 틀 속에 인물의 내부 시점이 활용되는 서술 상황을 보여 주고 있다.[8] 「생활적」은 이야기 밖에 위치하고 있으면서 작중 인물의 마음 속까지 관찰할 수 있는 전지적 능력을 지닌 작가적 서술자에 의해 서술된다. 그런데 이 서술자는 자신의 전지적 능력을 오직 '동주'에게만 발휘한다. 요컨대 「생활적」의 서술자는 시간적, 공간적으로 '동주'의 세계에만 초점을 맞춰 이야기를 서술할 뿐만 아니라 '동주'의 내면 세계만을 묘사하는 등 자신의 전지적 능력을 의도적으로 제한하는 것이다. '동주'이외의 작중 인물들에 대해서는 서술자의 직접 초점화가 이루어지는 법이 없다. 그들의 사고와 행위는 모두 '동주'의 의식에 굴절된 채 간접적으로만 제시될 뿐이다. 그래서 '동주'는 이야기 내부의 시점 제공자, 즉 초점자로서 기능한다.

이와 같이 「생활적」의 서술자는 이야기 외부에 위치하여 이야기 시계와

---

8) 이런 점에서 「생활적」은 작가 서술 상황과 인물 서술 상황의 경계선상에 위치한다고 할 수 있을 것이다.

서사적 거리를 취하는 이중적 서술자이면서도 한 작중 인물을 내적 초점화하여 그 인물의 시점에서 서술하기도 한다. 이로 인하여 서술자와 이야기 세계간에는 유동적인 거리가 발생한다. 서술자의 외부 시점이 우세할 때 서술자와 인물의 거리는 확대되는 반면에 인물의 내부 시점이 우세할 때 그것은 축소된다. 거리의 증감은 서술 대상에 대한 서술자의 양면적 태도를 환기시킬 뿐만 아니라 독자의 양면적 반응을 유도한다. 그와 같은 거리의 이중화는 「생활적」에서 반어적 의미를 생성하는 중심 장치로 기능한다.

따라서 필자는 「생활적」에서 작가적 서술자의 시점과 인물의 시점이 어떻게 상호작용하면서 작중 인물 '동주'를 기형화하고 있는가, 그리고 그 기형화된 인물에 대한 독자의 반응을 어떻게 통제하는가 등을 살펴봄으로써, 이 작품이 궁극적으로 제시하는 '생활적'의 반어적 의미의 생성 과정을 검토하고자 한다.

> 아침이 되어도 동주는 일어날 생각을 하지 않는다. <u>송장처럼</u> 그는 움직일 줄을 모른다. 그만큼 그의 몸은 지칠대로 지쳐버린 것이다. 몸뿐만 아니다. 마음도 곤비할 대로 곤비해 있었다. 심신이 걸레조각처럼 되는대로 방 한 구석에 놓여져 있는 것이다. <u>걸레조각처럼! 이것은 진부한 표현일지 모른다. 그렇지만 동주의 주제를 나타내는데 이에서 더 적절한 말은 없을 것이다. 기름끼 없이 마구 헝크러진 머리털, 늙은이같이 홀쭉하니 졸아든 채 무표정한 얼굴, 모수리가 닳아서 너슬너슬해진 담요로 싸고 있는 야윈 몸뚱이, 그러한 꼴로 방 한편 구석에 극히 적은 면적을 차지하고 누워 있으니 말이다.</u> 정물인 듯 가만하고 있다가도, 반시간이 못가서 그는 한번씩 돌아눕곤 한다.(64쪽)

위 인용문은 이 작품의 중심적인 서사 대상인 인물 '동주'가 처음으로 소개되고 있는 부분이다. 여기서의 서술자는 일단 작중 인물의 존재 영역인 이야기의 층위와는 다른 외부의 영역에 존재하면서도 작중 인물의 내면까지 투시할 수 있는 전지적 특권을 발휘할 뿐만 아니라 논평적 개입까지도 서슴지 않는다. 게다가 밑줄 그은 부분에서 볼 수 있는 것처럼 서술자는 자신의 서술 행위에 대한 자의식까지 보여 주고 있다. 이와 같은 서술 상황에서는 일반적으로 서술자의 주관적 인식의 논리가 전경화되기 마련이다. 그러나 그와 같은 주관화의 경향은 '것이다'라는 어법적 표현으로 하여 조정되고 있다. '것이다'의 서술 종지형의 빈번한 사용은 대상과의 거리화를 구현하며 서술자의 보고적 전달성을 강화시킨다. 여기서 우리는 서술자의 서술 태도의 일면을 엿볼 수 있다. 즉 서술자는 서술 대상에 대해 지극히 객관적인 관찰의 거리를 두고 바라보고, 그렇게 지각된 내용을 그 자신의 인식적인 언어로 독자에게 보고·전달한다는 태도를 표명하고 있는 것이다.

이같은 거리 두기는 작중 인물과 그의 세계가 작자나 서술자의 주관적 의도와는 무관하게 그 자체의 자율적인 논리에 의거하여 움직이는 것처럼 보이게 하려는 서사적 책략이라 할 것이며, 그에 따라 작가는 작중 세계의 병리성이나 비정상성에 대한 직접적인 책임으로부터 비켜 서 있으면서 대상을 기형화시킬 수 있게 된다. 또한 그것은 '동주'에 대한 독자의 자기 동일시를 차단하며, 독자로 하여금 '동주'와 감정적으로 연루되지 않고 그에 대해 심미적 거리를 두고 바라보게 한다.

서술자의 서술 대상에 대한 개입과 후퇴의 이중적인 거리 조정은 일차적으로 인물에 대한 외적 초점화의 방식에서 엿볼 수 있다. 서술자는 작중 인물 '동주'를 소개하는 데 있어서 '말하기'와 '보이기'의 방식을 동시에 사용한다. 그것은 '동주'의 육체적 외양에 대한 묘사가 '송장처럼', '걸레조각처럼', '정물인 듯'과 같은 설명적인 비유와 함께 이루어지고 있는 데서 단적으로 확인할 수 있다. '송장처럼'이나 '걸레조각처럼' 등의 비유적 표현은 '동주'의 육체적 외양에 대한 '말하기'에 해당한다. 그것은 '동주'의

'누워있'는 모습에 대한 서술자의 논평적 설명이다. 그런가 하면, 밑줄 그은 부분에서 보는 바와 같은 묘사적 표현들은 '그러한 꼴'이라는 논평적인 진술의 맥락 속에서 이루어지고 있다. 그리고 그와 같은 '말하기'는 권위적 서술자의 논평적 개입을 통해 독자의 독서 과정 중에 이루어지는 인물의 재구성을 일정한 방향으로 통제하는 기능을 수행한다.

방 구석에 누더기처럼 놓여져 있지만 (65면)
송장처럼 외계의 힘을 빌지 않고는 적극적으로 자신을 움직여 보지 못하는 위인이었다. (75면)
동주는 그냥 그렇게 파리가 윙윙거리는 방안에 죽은 듯이 그러고 누워 있는 수밖에 없는 것이었다. (81면)
동주는 잊혀진 물건처럼 방 한구석에 여전히 남겨져 있었다. (88면)

위 예문에서 서술자에 의해 제시된 '동주'의 성격 표지들은 '누워있다' ('놓여져 있다', '남겨져있다')와 '누더기처럼'('송장처럼', '물건처럼')이다. 전자는 그의 동작이나 행동에 대한 '보이기'식의 묘사라 할 수 있는 반면에, 후자는 전술한 것처럼 '말하기'식의 설명이다. 객관적인 관찰의 대상으로서의 '동주'의 존재 방식은 '누워있기'로 특징 지워진다. 그런데 서술자는 '동주'의 '누워있기'라는 객관적 사실에 대하여 자신의 해석을 덧붙여 상징화하고 있는데, '누더기처럼' 등의 성격 표지들이 그것을 말해준다.

그런데 '송장처럼'이나 '걸레조각처럼' 등과 같은 표현은 크게 보아 서술자의 주관적 개입에 의한 설명에 해당하지만, 그것이 비유적으로 언표화됨으로써 상당 부분 간접화되어 있기도 하다. 인물의 특성에 대한 직접적인 한정이 독자로 하여금 서술자가 제공한 정보를 수동적으로 받아들이도록 강요하는 것과는 달리, 그것은 독자로 하여금 능동적으로 그 함의를 탐구하도록 한다. 이 때 '송장', '걸레조각', '누더기', '목석', '물건' 등이 공유하고 있는 함의는 정물성이라 할 수 있다. 따라서 서술자에 의해 제시된 정보를 바탕으로 하여 독자는 일상적인 생활로부터 소외되어 있는, 게다가 인간의 최소한의 육체적 정체성인 동물적 생명력과 활동성마저 거세당한 한 인간의 기형적 이미지를 상상하게 되는 것이다.

　이와 같이 서술자의 외적 초점화로 제시된 '동주'의 정물적 '누워 있기'는 '동주'에 대한 내적 초점화의 과정에서 이중으로 의미화된다. 그것은 인물의 내면 의식을 서술하는 과정에서 서술자가 보여 주는 대상에 대한 거리와 태도의 이중적 특성에 기인한다. 다음의 예문에서 그 같은 양상을 확인해 볼 수 있을 것이다.

　(1) 뒷간 출입도 온전히 못하는 순이는 진종일 누운 채 그 무겁고 단조로운 신음소리를 내는 것이 일이었다. (중략) 순이의 신음소리를 들으며 물귀신이 운다는 소리가 연상되어 처음 얼마동안 동주는 잠자리까지 어수선했던 것이다. 순이는 밤에도 자는 것 같지 않았다. 밤낮 없이 누워서 신음소리만을 내는 것이었다. 그것은 마치 신음소리를 내기 위해서 장치한 기계와도 같았다. (중략) 그때부터 동주은 무겁고 암담한 순이의 신음소리를 아껴 주기로 한 것이다. 그 신음소리는 머지 않아 죽을지도 모르는 순이의 최선을 다한 생활이었기 때문이다. (65～66면)

　(2) 인간이란 시대의 추세에 민감하지 않아서는 안 된다는 것이다. 시대가 어떻게 움직이는가를 잘 보아가지고, 언제나 그 시대에 맞게 행동해야 된다는 것이다. 시대에 뒤떨어져서 허덕이거나, 시대의 중압에 눌려 버둥거리지만 말고, 시대와 병행하며, 그 시대를 최대한으로 이용해야만 된다고 했다. 결국 인간이란 수하를 막론하고, 종국적인 목적은 돈 모으는데 있다는 것이다. (중략) 그러고는 개가 구역질을 하듯 꾸룩 꾸룩 이상한 소리로 웃어보이는 것이었다. 그동안 동주는

그린듯이 누워 있었다. 훈기에 섞여 배어드는 지린내와 구린내를 어쩔 수 없듯이 젖은 옷처럼 전신에 무겁게 감겨드는 우울을 동주는 참고 견디는 도리밖에 없다고 생각하는 것이다. (67~68면)

(3) 춘자는 결코 저희 나라 말을 쓰지 않았다. 반드시 발음이 어색한 국어만을 쓰는 것이다. 춘자는 그것이 한국 사람에게 대한 자기의 정성이라고 생각하고 있는 모양이었다. 그는 또 어쩐 일인지 동주를 '오빠' '단신' '선산님'으로 때에 따라 구별해 불렀다. 자기의 신세타령을 하거나 고향 이야기를 할 때에는 의례 '오빠'다. 밤에 잠자리에서나 그밖에 대개는 '단신'이라 불렀다. 어떤 문제에 대해서 의견을 물을 때는 정해 놓고 "선산님은 오또케 생각하세요?"했다. 그것은 일종의 우울한 공식이었다. (중략) 산다는 것의 무의미와 우울이 꽝꽝 소리를 내어 다지는 것처럼 전신을 내려 누르는 것이었다. 동주는 사뭇 안까님을 하다시피 무엇을 참고 견디어내는 것이다. (82~83면)

위 인용문들은 각각 '순이', '봉수', '춘자'에 대한 '동주'의 지각과 심리적 반응을 내보이고 있는 부분들이다. 여기서 서술자는 자신의 전지적 능력을 제한하여 한 인물 '동주'의 시각에 스스로의 초점을 동일화시키고 있다. 그래서 이야기 외부의 서술자의 초점 대상으로 소개되었던 '동주'는 곧바로 자기 자신과 외부 세계를 초점화하는 의식의 중심이 된다. 요컨대 서술과 초점화의 주체였던 외부 서술자가 이야기 내부의 작중 인물인 '동주'에게 초점화의 특권을 상당 부분 내주고 있다는 것이다. 이와 같이 초점화의 주체로서의 '동주'는 자신에 대해서는 전지적일 수 있지만, 다른 인물들에 대해서는 전지적일 수 없다. "순이는 밤에도 자는 것 같지 않았다.", "춘자는 - 생각하고 있는 모양이었다."에서 '같았다'라든가 '모양이었다' 라는 양상적 표현은 그같은 점을 확인케 한다.

작가는 정물화된 '동주'를 그와 인적 관계를 형성하고 있는 인물들 사이에 놓고, 그로 하여금 그들의 삶의 모습과 내용을 보거나 듣도록 한다. 그와 형식적 아내의 관계를 맺고 있는 '춘자', 그의 옆방에 살고 있는 의붓부녀 '봉수'와 '순이'는 결코 의식의 주체로 등장하지 않는다. 환언하자면, '동주'를 제외한 기타 인물들은 서술자의 초점화 대상이 되지 못하고, 오직 '동주'의 의식을 통해서만 반영되고 있다는 것이다. 그들은 독립적인 실체로서가 아니라 '동주'의 의식의 피사체로서만 존재한다.

이같은 점은 '동주'와 다른 인물들 사이의 대화가 한번도 장면화되지 않는 것과도 관련된다. 대화는 일반적으로 그 대화에 참여하고 있는 인물들의 개성적인 특징, 즉 그들의 사고와 지각 방식, 감정을 그대로 재현하는 역할을 수행한다. 그런데 「생활적」에서는 그와 같은 인물 쌍방간의 직접화법적인 대화의 장면이 존재하지 않는다. 그들간의 대화 내용은 '동주'를 통해 매개된다. 외적 사건이나 기타 인물들에 대한 개인사적 정보 또한 서술자의 전지적, 보고적, 시점에 의해서가 아니라, 초점화된 인물인 '동주'의 시점에 의해서, 즉 '동주'의 의식 속에서 굴절되고 수렴된 채 간접적으로 전달될 뿐이다. 이같은 대화 장면의 부재로 하여 독자는 여러 인물들의 다성적인 목소리를 들을 수 없으며, 특별히 선택된 인물, 즉 인물-초점자의 의식하고만 접촉하게 된다.

이 과정에서 독자는 '동주'에 대한 자신의 심미적 거리를 축소시키면서 그의 시각에 자신의 눈을 일치시킨다. 서술자가 자신의 초점화의 권능을 제한하고 특정한 인물을 초점화의 수단으로 삼아 그 인물의 내면 의식을 전경화할 때, 바꿔 말해서 독자가 한 인물의 내면 의식과의 직접적인 접촉을 지속해 나갈 수 있을 때, 독자는 그 인물의 의식과 시각에 동화될 가능성이 커지기 마련이다. 요컨대, 서술자의 시점으로부터 인물의 시점으로의 전이가 가져오는 효과는 시점 제공자로 채택된 인물에 대한 독자의 연민과 공감을 유도하면서 그에게 진정성과 현실적 개연성을 부여하는 데 있는 것이다.[9]

따라서 독자는 생활은 소거되고 오직 죽음만을 향해 나아가는 '순이'에 대해서는 동화되고, 반면에 상황에 따라 카멜레온적인 변신을 거듭하는 현실적 생활력의 소유자 '춘자'와 '봉수'에 대해서는 소원화 되는 '동주'의 심리적 반응을 따라가면서 '순이'의 신음소리가 오히려 행위의 세계에 속한 '봉수'나 '춘자'의 일상적 생활보다도 더 생활적일 수 있다고 수긍하게 된다. 또한 '순이'의 신음소리와 본질적으로 다르지 않은 '동주'의 정물적 '누워있기' 역시 황폐한 전후 현실 속에서의 '최선을 다한 생활'로 의미화 된다. 즉 '동주'의 비정상성은 그의 성격적 결함이라기보다는 오히려 그를 둘러싼 현실적 조건의 피폐성에 기인하는 것으로 이해되고, 그와 같은 현실 속에서는 행위가 아닌 無爲가 가능한 유일의 생활로 간주되는 것이다. 따라서 '동주'의 내적 불구성보다는 그에 의해 보여지는 전후 현실의 일그러진 풍경과 동시대적 삶의 동물적 비속성이 전경화된다.

　그러나 다른 한편으로 '동주'의 내부 시점에 의한 지각 내용이 서술자의 중개를 거쳐서 간접적으로 제시되고 있는 점에 주목할 필요가 있다. 말하자면 , 내부 시점의 제공자인 '동주'와는 분리되어 그에 대해 관찰하고 보고하는 외부 서술자의 시선과 목소리를 느낄 수 있다는 것이다.10) 예컨대, 앞의 인용문 (1), (2), (3)에서 "그때부터 동주는 무겁고 암담한 순이의 신음소리를 아껴 주기로 한 것이다.", "…을 참고 견디는 도리밖에 없다고

---

9) 슈탄젤, 『소설의 이론』(김정신 역, 문학과 비평사, 1990), 193~194면.
10) 이런 점은 앞에서 언급했던 것처럼 「생활적」이 전체적으로는 작가적 서술자의 외부 시점의 틀을 지니면서, 인물의 내부 시점을 활용하는 서술 상황으로 이루어져 있다는 사실과 호응한다. 따라서 인식 및 경험의 주체인 인물 - 초점자의 내면 심리나 사고가 서술의 주체인 서술자에 의해 중개되는 과정에서 서술자의 주관적 입장, 즉 대상에 대한 모종의 정신적 태도가 개입될 여지가 생겨 나는 것이다. 이와 같은 현상은 「생활적」이 서술자의 중개적 역할이 배제되고 인물의 내부 시점이 지배적으로 작용하는 인물 서술 상황과 변별되는 요인이 되고 있다.

생각하는 것이었다.", "동주는 사뭇 안까님을 하다시피 무엇을 참고 견디어내는 것이었다"등의 문장들 속의 밑줄 그은 부분을 '동주'의 내면 심리와 사고가 또다른 서술자의 시선에 의해 대상화되고 있다는 사실을 보여준다.[11] '는 것이(었)다'는 대상에 대한 서술자의 객관적 거리화와 심리적 소원화를 드러내는 어법적 표현으로서, 죽음을 향한 소멸의식에 침윤되어 있는 '동주'의 내적 불구성을 부각시키는 데 기여한다. 여기서 인물을 대상화하는 서술자와 인물 사이에는 반어적인 거리가 생성되고, 인물에 대한 독자의 감정이입적 동화 역시 억제되면서 '동주'의 '누워있기', 즉 무위적 존재 방식은, '부적절한 삶'의 우스꽝스러운 희화로 의미화된다.

이와 같이 서술자가 인물의 내면을 서술하는 과정에서도 이중적인 거리화가 나타나고 있음을 확인할 수 있다. 즉 한편으로는 시점 제공자로서의 인물의 내면 의식에 밀착, 동일화되는가 하면, 다른 한편으로는 그 인물과 객관적인 거리를 설정함으로써 인물을 이질적인 존재로 드러내고 있는 것이다. 그것은 또한 '동주'에 대한 서술자의 이중적인 시선을 형성하면서 그에 대한 독자의 연민과 혐오, 공감과 거부감의 양면적인 반응을 이야기하기도 한다. 이런 이중적인 거리 조정의 장치로 말미암아 '동주'의 '누워있기' 역시 어느 정도 진정성을 부여받은 생활과 우스꽝스러운 희화라는 서로 다른 의미로 제시된다.

그렇다면, 작가가 서사 대상에 대한 서술자의 심리적, 이념적 거리 조정

---

11) "…무엇을 참고 견디어 냈다"와 "…을 참고 견디어 내는 것이었다"의 경우 그 전달 내용은 동일하다고 할 수 있겠지만, 그와 같은 다른 표현을 통해서 받는 독자의 느낌은 사뭇 다르다. 전자의 경우는 인물의 심리적 경험 자체가 전경화 되지만, 후자의 경우는 인물의 경험 내용, 즉, "참고 견디어 냈다"는 사실을 깨우쳐 알리는 설명적 보고와 객관적 확인의 의미가 강화된다. 따라서 후자의 표현은 경험 주체와 보고 주체 사이의 분리, 또는 거리를 감지할 수 있게 한다.

을 통해 이중적인 의미 맥락을 창조하는 의도는 무엇일까? 그것은 첫째, 대상에 대한 객관적 거리화를 통해 작가 자신이 궁극적으로 지향하는 가치가 '동주'의 삶의 방식에 있지 않다는 것을 환기시킴으로써 그가 제시하고 있는 기형적 불구성에 대한 직접적인 책임으로부터 물러서 있기 위한 것으로 보인다. 그러나 보다 근본적으로는 양자 사이에 존재하는 거리를 통해 '생활적'의 반어적 의미를 제시하기 위한 것으로 보인다. 그것이야말로 작가가 '동주'의 기형적 불구성이 '생활적'인 것으로 의미화될 수 있는 맥락을 제공하는 가장 중요한 이유라고 할 수 있을 것이다. 요컨대 전혀 생활답지 않은 것을 '생활적'이라고 함으로써 일종의 반어적 효과를 얻고자 하는 데 작가의 진정한 의도가 있다는 것이다.

앞서 보았듯이 정물적 '누워있기'로 특징지워지는 '동주'의 존재 방식은 그가 행위의 주체로서 현실에 참여하지 않는 국외자적 인물이라는 사실을 말해 준다. 그 같은 마을 사람들로 대변되는 일상적 행위의 세계, 그리고 행위가 전제하고 있는 행동 강령으로서의 모랄이나 도그마에 대한 비판적 거리 두기의 장치로 작용한다. 그 결과, 전후의 일상적 생활이나 행위는 진정한 삶에로의 고양 가능성이 거세된 불구의 것으로 희화화된다. 따라서 작가가 일상적인 생활로부터 소외되어 있는 국외자적 인물의 시점을 활용함으로써 얻는 효과는 '생활적'을 그 본래적인 의미와는 다르게 반어적으로 제시하여 전후 현실에서 일상화된 '생활'의 비생활적인 면모, 즉 가치왜곡적 실상을 드러내는 데 있는 것으로 보인다.

3. 초점대상의 복수화와 풍자적 거리 : 「혈서」

「혈서」는 한 명의 인물—초점자의 의식을 중심으로 서술하는 「생활적」

과는 달리 이야기 외부의 서술자가 사건의 정황을 개괄적으로 요약 제시하고, 초점 대상을 자유 자재로 교체하면서 인물의 외적, 내적 특성을 드러내는 작가적 서술 상황으로 이루어져 있다. 요컨대 「혈서」의 서술자는 이야기 세계 속의 한 작중 인물로 참여하지 않는 이중적 서술자로서 초점화의 주체이자 모든 언술의 주체로서의 역할을 수행한다. 게다가 「혈서」의 서술자는 이야기 속의 인물 및 사건에 대한 주석과 논평을 통해 자신의 태도를 적극적으로 드러내기도 한다. 이와 같은 서술 상황에서는 서술자의 존재와 서술되는 이야기 세계 사이의 긴장된 거리, 그리고 서술자가 인물 및 사건에 대하여 표명하는 모종의 태도가 작품의 의미 형성 과정에 적극적으로 관여한다고 볼 수 있을 것이다.12)

「혈서」의 이야기 외부 서술자가 작품의 의미 생성에 관여하는 방식은 일차적으로 초점 대상의 유동적 교체로 나타난다. 「혈서」의 서술자는 어느 특정한 인물의 시각에 밀착해서 사건을 전달하지 않고 자신의 필요에 따라 자유롭게 초점대상을 교체하면서 사건을 서술하고 있다. 그런데 여기서 주목해야 할 점은 서술자가 자리잡은 초점화의 위치와 관련된 문제이다. 「혈서」의 서술자는 이야기보다 상위에 존재하긴 하지만 조감적 위치에서 작중 사건을 내려다보는 방식을 취하지는 않는다. 그는 오히려 이야기 세계에 대한 인식적 거리를 축소, 그와 밀착해서 들여다보면서 서술한다.

> 방안에 들어설 때마다 달수에게는 이러한 풍경이 따분해 견딜 수 없는 것이었다. (33면)
> "오늘두 취직을 못해서……" 이것이 달수의 대답인 것이다. (34면)
> 옆에서 벌어진 이 기괴한 논쟁에도 창애는 전연 무관심한 태도였

---

12) 이런 점에서 「혈서」는 슈탄젤의 유형 분류에 있어서 작가 서술 상황에 해당된다. 슈탄젤, 『소설 형식의 기본 유형』(안삼환 역, 탐구당, 1982), 32면.

다. (37면)

　이게 규홍에게는 여간 대단한 작품이 아닌 모양이었다. (중략) 이밖
에도 그는 수십편의 시작을 가지고 있었다. (39면)

　본시가 이집은 규홍이 부친의 친구네 집이었다. (42면)

　이러한 창애를 그래도 그 부친은 꽤 대견히 여기는 모양이었다.
(중략) 박노인의 서한은 이런 것이었다. (45면)

　이러한 준석의 절대적 주장앞에, 그래도 달수는 (46면)

　위 예문들에서 보듯 「혈서」는 텍스트 전체에 걸쳐서 작중 인물과 사건
내용이 ‘이’라는 지시어로 지칭되고 있다. 따라서 「혈서」의 이야기 세계는
그에 대해 초월적인 서술자에 의해 외부적으로 초점화되고 있다고 할 수
있다. 그것은 한 특정한 인물을 중심으로 한 공간적 지각과 관련되어 있지
않다. 이야기의 거의 모든 장면에 존재하는 인물 ‘달수’의 행위와 사고조차
도 ‘이’라는 지시어로 지칭되고 있는 현상은 초점화의 동인이 이야기 외부
의 초월적 서술자에게 있다는 사실을 뒷받침해 준다. 그리고 지각 대상에
대한 시간적, 공간적 근접성을 나타내는 지시어 ‘이’가 지속적으로 사용되
고 있는 것으로 보아 이야기 세계를 지각하는 서술자의 초점화의 위치는
지각 대상과 상당히 밀접해 있다고 할 수 있다.

　그런데 그와 같은 인식적 거리의 축소가 초점 대상에 대한 심리적이거나
이념적인 공감, 또는 동화와 결부되어 있지 않다. 작중 인물과 사건을 보고
하는 서술 과정에서 드러나는 서술자의 태도는 오히려 대상에 대한 냉소나
희화화에 가깝다. 대상과의 인식적 거리는 축소되어 있는 반면에 심리적,
이념적 거리는 확대되어 있다. 여기서 이야기 세계와 밀착된 초점화의
위치는 작중 현실을 현미경적으로 관찰하고 분석함으로써 상황의 비정상
성을 보다 효과적으로 폭로하려는 책략이라 할 것이다. 이와 같이 대상에
대한 인식적 거리의 단축과 심리적, 이념적 거리의 확대를 근본 원리로

삼고 이루어지는 초점 대상의 유동적 교체는 각 인물들의 개별적 불구성을 교차시킴으로써 그들 간의 일탈되고 왜곡된 관계 및 소통의 양상을 제시하는 데 효과적으로 기여한다. 요컨대 초점 대상의 현미경적 폭로가 작중 현실의 기형성을 산출하고 있는 것이다.

이와 같이 「혈서」의 서술자는 초점 대상을 자율적으로 교체할 수 있을 뿐만 아니라 전지적 특권을 발휘하기도 한다. 이 경우에 서술자가 대상에 대한 전지력을 어떤 방식과 정도로 조절하는가가 관심의 대상이 될 수밖에 없다. 왜냐하면 서술자가 발휘하는 전지력의 정도는 그 대상에 대한 서술자의 거리 및 태도의 문제와 결부됨으로써 작품의 의미화 과정에 관여하기 때문이다. 「혈서」의 경우, 서술자는 모든 인물과 사건들에 대하여 전지력을 발휘하고는 있지만, 그것이 모든 경우에 동질적인 방식과 정도로 이루어지지는 않는다.

> 이게 규홍에게는 여간 대단한 작품이 아닌 모양이었다. 날마다 한두 구절씩 고쳐서는 다른 종이에 새로 베껴 책상 뒤 벽에 붙여 놓는 것이었다. 이밖에도 그는 수십편의 시작을 가지고 있었다. 그리고 또 한 거의 매달 신문이나 잡지에 투고를 하는 것이었다. 그러나 규홍의 시가 한번도 발표된 일은 없었다. 그러면서도 그는 꾸준히 남의 시를 외우고 또 자기의 시를 썼다. 그것만이 그에게는 최고의 생활인 모양이었다. 규홍은 충청남도 고향에서 면장을 지내는 꽤 부유한 집안의 장남이었다. 법대를 나와 가지고 판검사가 되어야 한다는 조건하에 그의 부친은 아들을 서울로 유학을 보낸 것이었다. 그러나 부친의 의사와는 반대로 규홍은 국문과에 적을 두고 문학 공부에만 몰두하고 있는 것이었다. (37~39면)
>
> 창애는 간질병 환자다. 밥을 짓다가 말고, 혹은 밥을 먹다가 말고, 갑자기 얼굴이 퍼래지며, 입술을 푸들푸들 떨다가는 눈을 뒤솟고 나가 딩구는 것이었다. 그리고는 입으로는 거품을 뿜어가며 사지를 허비적

거리는 것이다. (중략) 그래도 창애는 불쾌한 빛도, 다른 어떤 표정도 보이는 일 없이 언제나 마찬가지로 우둑하니 앉아있는 것이었다. 돌부처 이상으로 무표정한 소녀였다. 표정뿐 아니라 언어와 거동도 그랬다. 누가 묻는 말에나, 그것도 두 번에 한번 정도 마지못해 대답할 뿐, 그밖에 스스로 의사표시를 하는 일이라고는 없었다. 또한 몸도 움직이기를 싫어했다. 끼때에 밥을 끓이고 설거지를 하는 것이 고작이었다. 그 외에는 돌맹이처럼 늘 꼭 같은 자세로 방 한 구석에 버티고 앉아 있는 것이었다. (42~44면)

위 인용문들은 각각 '규홍'과 '창애'에 대해서 서술하고 있는 부분이다. 여기서 그들의 성격은 그들 자신의 행위나 사고의 과정 속에서 형성, 발전하는 것이 아니라, 그들에 대해서 초월적인 전지력을 가진 서술자의 일방적인 요약과 설명에 의해 규정되고 있다. 게다가 서술자의 전지력은 그들에 대한 외적 정보 주기에 국한되어 있을 뿐, 그들의 의식 내부로 침입해 들어가는 법이 없다. 즉 그들의 내면 의식에 대한 서술자의 전지적 투시는 최대한 억제되어 있는 것이다. 인물의 내적 사고와 관련한 정보는 '—인 모양이었다.'라는 추측의 양상적 표현과 더불어 제시되고 있다.

이와 같이 서술자의 일반적인 설명과 요약으로 제공되는 외적 정보가 '규홍'과 '창애'의 불균형적인 기이함 — '규홍'의 자폐증적 시 쓰기와 '창애'의 발작이나 정물적 양태 — 에 집중되어 있고, 그들의 행위가 그 행위의 주체인 그들의 내부로부터 조망되지 않기 때문에, 그들의 불구성은 극대화되고, 독자와 인물들 간의 교감의 가능성은 원천봉쇄된다. 이처럼 인물 내면에의 전지적 투시를 의도적으로 배제함으로써 그들에게서 인간적 정체성을 거세시킨다. 그 결과 인물에 대하여 독자의 내면적 접근, 예컨대 연민과 같은 감정이입적 연루를 차단하고, 일종의 충격으로 수용하도록 유도한다.

'규홍'과 '창애'의 경우와는 달리 서술자는 '달수'와 '준석'에 대해서는 그들의 내면에까지 침입해 들어가는 양상을 보이고 있다.

> 날이 어두워서야 달수는 집으로 돌아오는 것이다. 물론 그것은 자기네 집이 아니다. 규홍이가 임시로 들어있는 집이었다. 그것이 누구의 집이건 간에, 달수가 찾아들어갈 곳이라고는 그 집밖에 없는 것이었다. 공동묘지같이 쓸쓸한 문밖 거리에는 행인도 없었다. 상여 뒤를 따르는 상제처럼 달수는 지금 절망을 앞세우고 풀이 죽어서 돌아오는 것이었다. 나는 도대체 언제까지나 이렇게 친구네 집 신세를 져야 하는가? 그는 돌아오는 길에서 날마다 하는 생각을 되푸리해 보는 것이다. (32면)

> 그러나 준석이가 불뚝 일어서드니 비틀거리며 황겁히 밖으로 달려 나가는 것이었다. 어디가느냐고 규홍이가 묻는 말에 그는 잠시 멈칫했다. 그 자신, 자기는 어디를 가기 위해 뛰어 나왔는지를 알 수 없는 것이었다. 그러면서도 준석은 그냥 그 자리에 서 있을 수는 없었다. 어디로든 발을 옮겨 놓아야 했다. 그는 걸음을 떼었다. 밖을 향하고 있었기 때문에 자연 대문 밖으로 걸어나가졌다. 하늘의 별이 문제가 아니었다. 준석은 한쪽 다리대신 사용하는 지팡이로 언 땅을 울리며 어둠 속으로 사라져가는 것이었다. (61면)

위 인용문은 각각 '달수'와 '준석'의 행위에 대한 외적 묘사와 내면 사고에 대한 외부 서술자의 심리 서술에 해당하는 부분이다. 여기서도 서술자의 정보 제시가 '규홍'이나 '창애'의 경우와 마찬가지로 요약적 설명의 방식으로 이루어지고 있지만, 그것이 인물의 내면 사고에 대한 전지적 투시와 결합되어 있다는 면에서 변별된다. 비록 밑줄 그은 부분과 같이 인물의 내면 의식이 내적 독백으로 장면화되는 경우도 있긴 하지만, 대부분의 경우에 인물의 내적 지각이나 사고가 인물의 목소리로 직접 제시되지는 않는다. 일자리를 구하지 못한 채 집으로 돌아올 때는 '달수'가 경험했을 심리 상태가 서술자의 시점에 의해 '절망'으로 분석되고 서술자의 인식적 언어로 표현되고 있다. 요컨대 '달수'와 '준석'의 내적 사고와 심리를 초점화하는 동안은 외부 서술자에게 있으며, 그 외부의 서술자가 인물의 내면을 전지적으로 해석하여 객관화하고 있는 것이다.

'달수'에 대한 내면 침입의 상대적 빈번함은 독자의 관심이 '달수'에게 모아지도록 하는 효과를 갖는다. 독자는 '달수'를 중심으로 허구 세계를 구축해 나가도록 유도되는 것이다. 그런데, '달수'의 내면이 그 자신의 내부 조망으로서가 아니라 외부 서술자의 분석과 설명으로 제시되기 때문에 '달수'에 대한 독자의 연민과 공감의 가능성은 약화된다.[13]

서술자는 '달수'의 의식에 연루되는 것을 최대한으로 억제한다. '달수'의 내면이 서술자에 의해 여과되고 중개되는 과정에서 엿보이는 서술자의 태도는 그에 대한 심리적, 이념적 소원함으로 특징지워진다.[14] 이러한 방식은 독자로 하여금 '달수'를 준거점으로 해서 허구 세계를 구축하도록 하면서도 그에 대하여 일정한 거리를 두고 바라볼 수 있게 하는 장치로 작용한다.

서술자의 내면 침입이 '준석'에게까지 분산되고 있는 데서 서술자의 그같은 의도를 읽어낼 수 있다. '준석'은 '달수'와 대립적 관계에서 '달수'의 모든 언행에 대하여 무차별적으로 공격하는 인물이다. 때문에 '준석'에

---

13) 슈탄젤, 앞의 책, 193~194면 참조.

14) '달수'에 대한 서술자의 내면 침입은 다른 인물들과 비교해 볼 때 상대적으로 빈번하다는 것일 뿐 그 내면 침입의 깊이는 상당히 얕을 뿐만 아니라, '달수'의 내면에 침입하는 서술자의 의도도 일반적인 공감적 내면 관찰과는 다른 듯하다. '달수'에 대한 내면 침입은 '달수'의 정신적 불구성을 폭로함으로써 그의 '求職行爲'를 희화화하는 결과를 가져온다.

대한 독자의 반응이 혐오와 거부감으로 나타날 수도 있을 것이다. 그러나 그의 가학적인 파괴 행위가 '달수'와는 달리 일상적 생활에의 가능성 자체를 잃어버린 자의 절망감과 열등감으로 동기화되기 때문에 '준석' 역시 일방적인 혐오나 거부감만으로 수용되지는 않는다. 그것은 그대로 '달수'에 대한 독자의 양면적인 반응을 유도한다. 따라서 독자는 어느 한 인물에 자신의 시각을 밀착, 고정시키지 않고 서술자가 대사에 대해 취하는 거리만큼의 위치에서 이야기 세계를 인식할 수 있게 된다.

이같은 맥락에서 볼 때, 「혈서」의 인물들 가운데 서술자에 의해 가장 많은 초점이 맞추어진 중심 인물을 '달수'이다. 그 '달수'를 중심으로 하여 '규홍' 및 '창애'와의 관계는 배경화되고 '준석'과의 대립적 관계는 전경화된다. 그리고 '달수'와 '준석' 간의 대립과 갈등은 주로 그들간의 논쟁으로 집약되고 있다. 전체적으로 볼 때, 「혈서」의 주된 플롯은 그 논쟁의 반복적 전개 과정으로 나타난다고 할 수 있을 것이다.15) 물론 그 과정에서 두 인물의 상반된 특성, 즉 두 인물의 세계 인식의 관점이나 방법, 심리 상태가 얼마나 이질적인가가 드러나고 그럼으로써 두 인물간의 결코 해결될 수 없는 갈등이 첨예하게 부각된다. 그런데 흥미로운 것은 두 인물간의 논쟁을 제시하는 방식이다.

(1) 그런 경우 그 몇마디가 엉뚱한 도화선이 되어 그들 사이에는 맹랑한 논쟁이 벌어지기가 예사였다. 오늘 저녁도 방금 들어와 앉는

---

15) 슈탄젤이 적절히 지적한 대로 초점화는 서술 시점이라는 수단에 의한 어떤 주제적 국면을 전경화하는 한 방식이라고 할 수 있다. 이런 점에서 「혈서」에 나타난 초점화의 양상은 '규홍'과 '창애'를 배경으로 하여 벌어지는 '달수'와 '준석'간의 논쟁이 주제적으로 가장 중요한 요소임을 말해 준다. 요컨대 복수 인물들 간의 그로테스크한 논쟁이야말로 작품의 주제를 발현하는 근원이 된다는 것이다. 슈탄젤(1990), 173면 참조.

달수를 향해 "어이 무턱, 오늘두 점심 굶었지?" 하고 준석은 노상 아른체를 했다. 남보다 턱이 짧아 있는둥 만둥 하다고 해서 그는 늘 달수를 무턱이라고 불렀다. "오늘두 취직을 못해서……" 이것이 달수의 대답인 것이다. 자기가 취직을 하지 못했다는 것이, 달수에게는 누구 앞에서나 죄스러웠던 것이다. 그러나 달수의 뚱딴지 같은 대답에 준석은 실없이 화가 동하는 것이었다. 밥을 굶었느냐고 묻는데 취직을 하지 못했다는 건 무슨 얼빠진 수작이냐는 것이다.

(2) 그야 뻔한 일이 아니냐, 네까짓게 일년을 두고 싸다녀 본들, 누가 똥 싸놓고 간 자리 하나 얻어 걸릴 턱이 있겠느냐는 것이다. 달수는 이말이 좀 억울하다고 생각한다. 그래서 그는, 한군데서는 이삼일 뒤에 한번 들려보라고 그랬는데, 하고 항변해 보는 것이다. 그 말이 떨어지기가 무섭게 준석은 대뜸 이마에 피줄을 세우더니 이 자식이 미쳤어?하고 벌떡 일어나 앉는 것이다. 그리고는 계속해서 이 민충아, 그래 그 말을 곧이 믿구 있어. 곧장 이 삼일 뒤에는 취직이 될 줄 알어? 어디 배쩨기 내기라도 할까? 이 멍청구리가 세상을 어떻게 보는 거야 그렇게 만만히 취직이 될 줄 알어? 하고 몰아 세우는 것이었다. (34～35면)

(3) "그래두 난 꼭 대학을 마쳐야겠는걸. 그리구 나서 군대에 나가두 되잖어."
"이자식아, 그렇게두 말귀를 못알아 들어. 어엿이 공부할 처지가 돼서 대학엘 댕긴대문 좋단 말이다. 그렇지만 네가 어디 대학에 댕길 팔자냐 말이야."
"고학을 해서라두 되레 가난한 사람이 공부해야 되잖어."
…………중 략…………
"이자식아 네가 고학생이야? 거지지 무슨 고학생이야. 그래 거지가 대학엘 가? 거지가."
"그래두 난 정말 대학을 마치고 싶은걸 어떻거노. 그래야 성공하잖어."

"이런 맹추 봐. ……. 성공? 아니 성공이라구?" (36~37면)

(4) 달수와 준석은 거의 저녁마다 이와 같이 어처구나 없는 토론을
되풀이하는 것이었다. 영원히 일치점에 도달할 수 없는 괴이한 논전은
부질없이 두 사람에게 피로를 가져다 줄 뿐이었다. (37면)

위 인용문들은 '달수'의 구직 행위와 관련한 '달수'와 '준석' 사이의 논
쟁에 대해서 서술하는 부분이다. 그래서 두 인물의 대화가 전체 서술에서
차지하는 비중이 매우 높다. 그런데 인물의 대화 내용을 제시하는 과정에
서 서술자의 존재가 점진적으로 후퇴, 또는 소멸되어 가고 있는 현상을
볼 수 있다. 그것은 서술 대상에 대한 서술자의 주관적 개입으로부터 객관
적 후퇴로의 전이로 특징지워진다. (1)에서 서술자는 두 인물간의 논쟁을
'맹랑한 논쟁'이라고 규정하고 있듯이 주관적이고 전지적인 입장에서 사
건을 설명한다. 여기서 인물의 발화 내용은 부분적으로 서술자에 의해
인용되고 있을 뿐이라서 인물의 목소리보다는 서술자의 목소리가 압도적
으로 우세하다.

그러나 (2)에 이르러서는 서술자의 보고적인 서술 맥락 속에 인물의 직
접화법적인 발화가 인용부호 없이 침투, 확대되고 있다. 이것은 허구적
인물의 행위에 대한 주관적 개입과 객관적 제시라는 상반된 서술 의도가
함께 작용함으로써 나타난 결과라고 할 수 있다. 때문에 이 부분에서는
서술자의 목소리 못지 않게 인물 자신의 목소리를 듣게 된다. 이와 같이
서술자의 보고 맥락 속에 아무런 형식적인 인용 표지 없이 인물의 직접적
인 발화를 확대해 나가던 서술자는 (3)에 이르러 자신의 중개적 역할까지
도 배제시키면서 인물의 직접적인 목소리를 전면에 부각시키고 있다. 순수
하게 인물의 직접화법적인 발화로만 이루어진 대화로써 논쟁을 장면화하

고 있는 것이다. 따라서 논쟁에 참여하고 있는 '달수'와 '준석'의 개성적 특이성이 그대로 노출된다.16)

이 일련의 과정은 '달수'와 '준석'간의 논쟁에 대한 서술자의 주관적 논평의 객관화 과정이라 할 수 있다. (1)뿐만 아니라 인물의 직접발화가 확대된 (2)에서조차 논쟁 장면은 서술자의 요약적, 논평적 설명의 방식으로 제시되고 있는데, 이런 경우에 대상에 대한 서술자의 주관적 시각과 태도가 상당 부분 표면화된다. '맹랑한'이라는 평가적 언어의 사용은 단적으로 그것을 뒷받침해 준다. 따라서 (3)에서와 같은 논쟁의 장면화는 이미 서술자에 의해 규정된 기형적 불구성의 객관적 폭로로서 기능한다. 뿐만 아니라 장면화는 직접성의 환상을 유발하기 때문에 그같은 불구적 세계가 서술자의 정신적 인상과는 무관하나 자율적인 객관 현실인 것으로 의미화된다. 그것은 또한 대상에 대한 서술자의 심리적, 이념적 거리화와도 호응한다.

그 같은 거리화는 계속되는 서술의 과정 (4) 속에서 서술자의 주관적인 논평을 통해 보다 직접적으로 구체화된다. 서술자는 그들의 논쟁에 대하여 '어처구니 없는', '괴이한', '무의미한', '보람없는' 등과 같은 평가적 언어를 사용함으로써 대상 현실에 대한 자신의 심리적, 이념적 소원함을 강조하고 있다. 요컨대 대상 현실의 객관적 논리와 서술자 자신의 가치 의식을 대립시키고 있는 것이다. 그러한 태도의 구체적 표명이 작중 현실에 대한

---

16) 대화는 독자가 작중 인물을 식별할 수 있는 가장 유리한 정보이다. 작중 인물의 발화는 그 발화자의 모든 것, 예컨데 그의 신분과 기질뿐만 아니라 교육적 수준, 도덕적 성향, 정서 및 심리적 상황, 동기와 의도 등을 드러내기 마련이다. 또한 대화는 서술자의 주관적이고 설명적인 개입을 차단시키고 사건을 장면화함으로써 이야기의 사실감을 높이는 효과를 가져온다. 한용환, 『소설의 이론』(문학 아카데미, 1990), 265면.

독자의 감정이입 반응을 차단, 일정한 거리를 유지할 수 있게 함은 말할 나위도 없다. 이와 같은 서술자와 작중 현실의 대립적 관계, 즉 양자간의 거리는 일종의 풍자 효과를 유발한다.17)

이와 같이 「혈서」의 서술자는 소설의 허구적 세계와 작가 및 독자의 현실사이의 경계선상에 위치, 이야기의 전달적 기능뿐만 아니라 주석과 논평 등의 수사학적 기능을 수행하면서 작품의 의미화 과정에 적극적으로 참여한다. 인물의 세계와 서술자의 세계가 이원화되어 있는 가운데, 서술자는 이야기 세계에 적극적으로 개입하여 작중 현실을 분석하고 논평한다. 그리고 그같은 서술자의 주관적 개입은 전후적 삶의 기형적 불구성을 희화적으로 드러내면서 작중 현실에 대한 자신의 심리적, 이념적 거리를 확대하는 방향으로 작용함으로써, 결과적으로는 서술자의 풍자적 의도를 구체화하는 효과적인 동인이 되고 있다.

4. 맺음말

소설이 경험 현실을 의미화하는 창조적 허구물이라는 사실은 이론의 여지가 없을 것이다. 그리고 이 창조적 허구의 세계를 구성하는 요인은 이야기와 서술자이다. 작중 이야기뿐만 아니라 서술자 역시 작가의 예술적

---

17) 풍자는 현상적 악에 대한 비판 및 부정과 당위적 이상에 대한 지향을 기본적 특징으로 하기 때문에 풍자가는 현실을 선택적으로 초점화한다. 요컨대 비판받아야 마땅한 "부정성의 극단에 있는 조건들"을 부각시켜 드러내 줌으로써 이상과 현실의 분열 및 대조의 구도 속에서 풍자가 자신의 의도를 실현할 수 있게 되는 것이다. 따라서 현실과 이상의 차이를 인식하는 작가의 도덕적인 기준이나 관념이 전제되지 않으면 풍자는 성립되지 않는다. 이부순, 『한국전후소설연구』(서강대 박사학위 논문, 1994), 120면.

의도에 따라 창조된 허구적 존재이다. 따라서 작품의 의미 고조와 작가의 의식을 온전하게 파악할 수 있는 길은 허구적 세계를 형성하는 두 동인, 즉 서술 주체인 서술자와 경험 주체인 인물(이야기) 간에 형성되는 상호작용의 관계 양상을 주목하는 데 있을 것이다. 이러한 문제 의식에 의거하여 필자는 손창섭의 「생활적」과 「혈서」를 대상으로 하여 서술자와 이야기 사이의 역학적 관계, 특히 양자 간의 '거리'의 다양한 조정 양상이 어떻게 작품의 의미 생성 과정에 참여하는가를 살펴 보았다. 이제까지의 논의를 요약하면 다음과 같다.

「생활적」에서는 작가적 서술자의 외부 시점의 틀 속에 인물의 내부 시점이 활용되고 있다. 이같은 서술자 시점과 인물 시점의 교차는 초점대상의 단일화와 관련하여 나타난다. 작가적 서술자가 자신의 전지력을 한 특정인물에게만 제한적으로 발휘, 그 인물에 대한 내적 초점화를 지속해 나가다 보면 서술자의 시점이 인물의 시점으로 옮겨 가는 시점의 전이 현상이 나타난다. 그것은 서술자의 외적 초점화의 대상인 인물이 초점화의 주체로서의 역할을 수행하게 됨을 뜻한다. 그런데 그같은 두 시점의 교호는 필연적으로 서술자와 인물 사이의 이중적 거리화 — 대상 인물에 대한 서술자의 심리적, 이념적 동화와 소원화란 상반된 거리의 공존 —를 초래하고, 결과적으로는 반어적 의미를 생성하는 효과를 낳는다.

「혈서」에서는 작가적 서술자의 외부 시점이 지속적이고 일관되게 작용한다. 서술자는 어느 특정한 인물의 시각에 밀착해서 사건을 서술하지 않고 서술자 자신의 외부 시점으로 초점 대상을 자유롭게 교체하면서 사건을 서술한다. 이 작가적 서술자는 인물의 내면에 대한 전지적 투시력을 의도적으로 배제하거나 인물의 내면을 전지적으로 해석하여 객관화함으로써 인물에 대한 독자의 내면적 접근, 요컨대 연민과 같은 감정이입적 연루를 차단하고, 복수화된 초점 인물들이 함께 엮어내는 상황의 그로테스크함을 세부적으로 드러내고 있다. 이 과정에서 서술자의 논평적, 요약적 설명이 지배적인 서술 방식으로 작용하고 있는데, 그와 같은 서술자의 주관적 개입은 작중 현실에 대한 자신의 심리적 이념적 거리를 확대, 즉 작중 현실의 객관적 논리와 서술자 자신의 가치 의식을 대립시킴으로써 풍자적 효과를 유발한다.

이런 맥락에서 본다면, 육체적으로나 정신적으로 기형화된 인물들의 전면적인 등장에만 주목하여 손창섭의 소설을 "가만히 놔두면 아무렇지도 않을 거름더미를 짓궂게 들쑤시어 악취를 풍길 뿐만 아니라 그것을 깨끗한 신사복에마저 묻지"름으로써 "인간을 구더기 보듯 비하하고 야유하"[18)는, '인간모멸의 인수극(人獸劇)'으로 재단해 버릴 수는 없을 것이다. 그와 같은 불구적인 인물의 세계를 형상화하고 있다는 사실뿐만 아니라 그것을 어떻게 드러내는가에 주목한다면, 작중 인물이나 작중 현실의 기형화는 인간 전반에 대한 작가의 원한과 혐오의 카타르시스라기보다는 오히려 전후현실에 대한 비판적 성찰을 위한 서사 책략의 하나로 간주해야 할 것이다. 요컨대 그것은 전후의 폐허와 상처 속에서 무위화된 삶의 기형적 모습을 형상화함으로써 당대 삶의 현실적 조건의 비정상성을 폭로하는 일종의 소외 효과와 관련되어 있는 것이다.

앞에서 본 「생활적」과 「혈서」를 통해서 보건대, 작가가 본 전후적 현실 체험의 본질은 '행위의 불가능성'인 것으로 보인다. 행위가 인간의 삶을 의미의 차원으로 고양시키는 근원적인 동인이라고 할 때, 그와 같은 행위의 가능성, 즉 전망의 부재는 인간의 삶을 '부적절한 삶'의 희화로 전락시킬 수밖에 없을 것이다. 「생활적」에서 '동주'가 보여 주는 정물적 무위나 「혈서」의 네 인물들이 엮어내는 논쟁의 그로테스크함은 그러한 왜곡이

---

18) 김우종, 「야유의 인생, 야유의 문학」, 『사상계』(1959. 4), 317면.

가능한 상황적 맥락, 즉 의미있는 행위의 가능성이 전무한 전후적 삶의 조건, 그것의 그로테스크함에 대한 허구적 반영이자 풍자적 비판 의식의 산물이라 할 것이다.

■ 손창섭 자료

1952

인간에의 배신(당선소감)

들, 나무, 염소, 개, 돼지, 두더지, 노루 것들의 어느 하나로 나는 태어나지 않았는지 모르겠다. 하고많은 '물건' 가운데서 어쩌자고 하필 '인간'으로 생겨났는지 모르겠다. 일찍이 나는 인간 행세를 할 수 있다는 것에 조금도 자랑을 느껴본 적은 없었다.

사람은 모두들 저 잘난 멋에 산다지만 나는 한 번도 자신을 잘났다고 기억해 본 일조차 없다. 따라서 누구를 잘났다고 부러워 해본 적도 없다.

몇 천년, 몇 만년이 경과한 뒤, 지구가 냉각(冷却)해져서 지각(地殼)에 생물이 살 수 없게 되면, 최후로 땅 속에 남아 있던 지렁이란 놈이 셰익스피어나 미켈란제로의 예술을 비웃을 것이라는 말을, 서양의 누군가가 했다. 그러나 기실 지구가 냉각해지기 전에 예술은 지렁이에게 조소(嘲笑)를 받게 될지도 모를 일이다. 아니, 유인맹(類人猛)의 말예(末裔)들이 그렇게 대견히 여기는 예술은 이미 지렁이에게 유감 없이 냉소를 당하고 있는지도 모르겠다. 예술이란 자기네만도 못한 인간들의 배설물에 불과하다고 지렁이란 놈은 차라리 병신스러운 견해(見解)를 품고 있을지도 모르기 때문이다.

사람의 면상을 들여다볼 때마다 나는 그만 무심 중 실소(失笑)해버린다. 털 한 올 나지 않은 민숭민숭한 그 낯짝이라니..... 거기에는 무수히 잔금간 유리 조각처럼 부질없는 감정의 세선(細線)이 얽히어 언제 바삭바삭 부서져버릴지도 모르는 것이다. 이러한 인간의 상판보다는 월등히 품위 있고 점잖은 얼굴의 주인공인 염소나 개나, 말이나, 소 앞에서 나는 가끔 무안을 당하곤 했다. 인간보다 얼마나 안심하고 사귈 수 있는 유식한 그 풍모들이냐.

진정 나는 염소이고 싶다. 노루이고 싶다. 두더지이고 싶다. 그나마 분에 넘치는 원이 있다면 차라리 나는 목석(木石)이노라. 나의 문학은 목석의 노래다. 목석의 울음이다. 목석의 절규(絶叫)다. 목석에게도 환희(歡喜)와 비애(悲哀)가 있었고, 개탄(慨歎)과 절규는 있었다. 목석은 목석대로의 어쩔 수 없는 제 기쁨과 슬픔과 부르짖음을 터뜨려야만 했다.

1955
나의 작가 수업

문학 수업에 있어서 대략 두 가지의 과정이 있지 않을까 생각한다. 서적과 그룹을 중심으로 해서 쌓아올리는 수업 방법과 주로 실생활을 통해서 받아들이는 수업 태도가 그것이다. 그렇다고 반드시 이러한 구별 하에 문학 공부를 하는 사람은 없을 테지만 그 사람의 성격이나 환경에 따라 어느 쪽에 더 치중하느냐 하는 의미에서 이런 식으로 구분해볼 수 있을 것이다. 대개의 작가는 전자(前者)에 속하는 것 같다. 주로 서책(書册)과 그룹을 통해서 작가로서 성장해 가는 것 같다. 거기 비하면 나는 분명히 후자(後者)에 가까운 길을 걸어오고 있는 것이다. 그러므로 여기에서는 자연 내가 겪어온 과거의 생활을 단편적으로나마 이야기하는 수밖에 없을 것이다. 그것이 나의 작가 수업이라고 할 수 있기 때문이다.

유소시(幼少時)부터 현금(現今)에 이르기까지의 나의 노력의 대부분은 의식주를 해결하기 위해서만 제공되어 왔다. 소학교 5학년 때 모친이 개가하자부터 칠순이 가까운 조모를 모시고 나는 자력으로 생활을 개척해 나가지 않을 수 없었던 것이다. 그 중 밭은 친척이라고는 고모, 이모, 외숙들을 비롯해서 칠촌, 팔촌들이 있기는 했지만, 쌀 한 말 보태주는 일이라곤 거의 없었다. 열세 살 먹은 나는 그 시기에 이미 냉엄한 현실과 정면으로 대결하지 않을 수 없었던 것이다. 비록 사지(死地)에 빠지더라도 세상에 나를 건져줄 사람은 없다는 것을 깨달았다.

그 때 이래 만주, 일본, 각지로 유랑하며 십여 년 간의 고학 생활을 계속하는 동안 나는 다음과 같은 여러 종류의 직업을 경험하게 되었던 것이다. 신문 배달, 목공소 견습공, 아편(阿片) 도매상 급사, 서적상 점원, 우유 배달, 명함(名銜) 외교원, 토목인부(土木人夫: 도가다), 매약 행상(賣藥行商), '요나끼 소바야', 육양작업부(陸揚作業夫), 전신기(電信器) 제작회사 공원(工員), 영사 조수(映寫 助手), 장공장(醬工場) 잡역부 등등. 이상과 같은 각종 직업을 대개는 학교에 다니면서 혹은 방학 때를 이용해서, 일시는 학업을 중단하고서 전전해 왔던 것이다.

'요나끼 소바야'(夜鳴蕎麥屋)를 제외하고 그 밖의 직업에 종사했을 때는 내 생활비를 떼 놓고 조모에게 송금하고 나면 학비가 늘 모자랐다. 한편 학교에는 다닌다고 하지만 제대로 성적을 올릴 수가 없었다. 다만 어떻게 하면 낙제를 면하느냐 하는 것만이 중대한 문제였기 때문이다.

이처럼 고달픈 생활을 더듬어온 나는 자연 많은 친구를 가질 수가 없었다. 물론 사람을 쉽게 사귀지 못하는 내 성미의 탓도 있었다. 누구를 사랑할 줄도 모르고 누구에게서 사랑을 받을 수도 없는 우울하고 고독한 소년이었고 청년이었던 것이다. 산다는 것이 그대로 과장(誇張)의 연속이었다. 나는 차차 말할 수 없는 심신의 피로를 의식하게 되었다. 그러한 긴장과 피로를 풀기 위해서 발견해낸 것이 독서의 즐거움이었다. 틈만 있으면 나는 닥치는 대로 소설이나 시를 읽게 되었다.

일본 경도(京都)서 중학 때 나는 일년 이상 우유 배달을 했다. 그 집 주인은 예비역 대위였지만 군인이나 정치가보다도 문학자를 더 존경하는 사람이었다. 그 집에는 세계문학전집을 위시해서 수백 권의 문학 서적이 있었다. 그 집에 있는 일년 반 동안에 나는 그 책을 거의 다 독파할 수 있었다. 물론 제대로 이해하지 못하고 있는 것이 많았다. 그 많은 책 가운데에서도 도스또예프스키, 필립, 체홉의 작품들, 그 중에서도 특히 「뷰뷰. 더 몬파르나스」나 「죄와 벌」이나, 「아뉴-타」를 읽고는 흥분해서 밤을 세웠던 것이다.

「뷰뷰. 더 몬파르나스」를 독파한 다음 날, 새벽에 우유 병을 잔뜩 실은 자전거 위에서 건들건들 졸다가 전선주(電線柱)를 들이받았다. 자전거 앞바퀴가 비틀어지고 우유 병은 반수(半數) 이상이 박살이 났다. 이상하게도 그 기억은 오늘날까지도 생생하다.

나는 도스또예프스키, 필립, 체홉의 작품을 통해서 나보다 더 괴롭고 불행한 사람들을 발견했다. 자신이 가장 괴롭고 불행한 사람이라고 생각하고 있던 당시의 나에게 그것은 적지 아니한 경이(驚異)였다. 나는 좀 더 여러 작가의 작품을 읽는 동시에 차츰 냉정한 눈으로 주위를 관찰하기 시작했다. 그제야 비로소 나와 같이 혹은 나 이상으로 불행한 사람이 세상에 꽉 차있다는 사실을 깨달았다.

그때까지 모든 사람에게 반감과 적의(敵意)를 가지고 대해 오던 내 태도가 차차 달라지기 시작했다. 시간 여유만 있으면 나는 빈민굴이나 유곽의 밤거리를 혼자 헤매이면서 그 세계의 주민이라고 생각되는 사람을 아무나 붙잡고는 '인생은 괴로운 것입니다. 당신의 괴로움을 나는 잘 압니다. 나도 괴로운 사람이니까요.' 또는 '당신을 나는 누이로 불러도 좋습니다. 매음(賣淫)생활을 당신은 결코 욕되게만 생각지는 마십시오.' 하는 식으로 미친 놈처럼 함부로 수작을 걸었던 것이다.

나는 현실에서 또는 작품 속에서 나보다 더 괴로운 사람, 불행한 사람들을 찾아내려고 애썼고 한편 그들과 친하기를 원했다. 따라서 자연 나의 독서 경향은 일방적으로 흐를 수밖에 없었다. 아무리 문단적으로나 문학적으로 고평(高評)인 작품일지라도 화려하고, 행복스러운 이야기가 중심 내용으로 전개된 작품이면 얼굴을 찡그리고 집어 던졌다.

동경에서 대학교 재학 당시 서울 모(某) 여전(女專)에 있는 고종매(姑從妹)와 한 달에 두 세 번씩은 의례 서신 왕래를 했다. 그 장문(長文)의 문장은 그대로 나의 인생론이었고, 문학론이었고, 또한 연애 편지이기도 했다. 마치 창작을 하듯이 나는 온 정열을 기울여 편지를 썼고 언제나 중량이 초과되어 우표 두 장씩을 붙여 보냈다.

대학교 시절은 비교적 경제적으로 무난한 시기였다고 할 수 있다. '요나 끼소바' 혹은 '시나소바'나 '완땅야'라고 하면 동경 밤거리의 명물의 하나였다. 국수 구루마를 끌고 피리를 불며, 이슥한 밤거리를 돌아다니면서 '시나소바'나 '완땅'을 파는 것이다. 몸은 고단했지만 낮에 학교에 가기가 편리했고, 수입이 좋아서 탐나는 책들을 어느 정도 구해 읽을 수가 있었다.

그러나 나는 문학하는 친구들과 사귀지도 않았고, 어떠한 문학 그룹에도 섞이지 않았다. 시간의 여유도 없었지만 갖은 수단으로 집에서 돈을 뽑아내다가 물 쓰듯 하는 일방(一方), 문학서를 끼고 밀려다니며 자기만이 제일인 듯이 우쭐거리는 부류를 나는 의식적으로 타기(唾棄)했다. 나는 언제나 혼자서 책을 읽었고 실생활 속에서만 인생의 의미를 발굴하려고 애썼다. 그것은 나 자신이 작가가 되려는 명확한 의식이 없었기 때문이기도 하다. 나는 다만 문학을 인생학(?)이라 생각하고 관심을 기울여왔을 뿐이었다. 그 무렵 루쏘와 니체에게 도취되어 나는 열병환자처럼 된 적이 있었다. 특히 루쏘에게는 더 심하게 경도(傾倒)되었다. 루쏘의 한 마디 한 마디는 전부 내가 하고 싶던 말 같았고 그의 행동은 하나하나 그대로 내가 원해온 행동이었다. 나도 루쏘처럼 10여 세나 연상(年上)의 여인과 연애를 해야겠다고 생각했다.

내가 국수 구루마를 끌고 행상(行商)하는 코스에 마침 한국인 여학생들이 하숙하고 있는 집이 있었다. 20세 미만의 소녀와 그가 언니라고 부르는 30세 내외(실은 더 젊었을지 모른다.)의 여자였다. 그들은 거의 매일 밤 나의 피리 소리를 듣고 달려 나와서 '시나소바'를 먹었다. 20살짜리는 무장야(武藏野) 음악 학교에 다녔고, 30살짜리는 어느 양재학교(洋裁學校)에 다닌다는 것이었다. 루쏘에 심취하게 되면서부터 그 30 내외의 여자야말로 내 연애의 적당한 상대라고 나는 그에게 친절을 베풀기 시작했다. 즉, 그 여자들이 국수 값을 치르려고 하면 '괜찮습니다. 그만 두세요. 동포끼리 국수 한 두 그릇쯤 대숩니까?' 나는 그렇게 사양을 했던 것이다. 그들도 처음 몇 번은 대금(代金)을 내놓으며 받기를 권했으나, 몇 일 지나자 의례 그냥 먹을 줄 알았다.

그럭저럭 한 달 가까이나 매일 밤 서비스를 했다. 그러면서 나는 어서 그 여자와 나와의 연애가 성립되기를 초조히 고대했던 것이다. 그러나 나의 고대는 수포로 돌아가고 말았다. 하루 밤은 여자들 하숙집 앞에 구루마를 세워놓고 아무리 피리를 불어도 나타나지 않았다. 그 이튿날도, 그 다음 날도 여자들은 종시 나타나지 않았다. 하도 애가 타서 하숙집에 들어가 물어보았더니 짐을 몽땅 꾸려 가지고 귀국해버렸다는 것이다. 그제서 생각해보니 겨울 방학이었다. 그렇다고 해도 한 달 가까이나 공짜로 얻어

먹은 끝에 말 한 마디 없이 훌쩍 떠나버린 그들이 야속해서 나는 몇 일 밤 장사를 쉬고 자리에 들어 누워 있었다.

단순히 인생학이라고 생각하고 문학에 관심을 가졌던 내가 문학의 가치와 의의를 정당하게 인식하고 본격적으로 문학 공부를 해야겠다고 서둘기 시작한 것은 바로 해방 이듬해 귀국하고 나서부터였다. 그러나 그나마도 여의치 않았다. 귀국이래 근 10년 간에 일시일시(一時一時)는 군밤 장사, 넝마 장사, 참외 장사까지 해서 연명했고, 차츰 자리가 잡히면서 중 고등학교 교원, 잡지사 기자., 출판사 편집원 등의 직업을 거쳐오는 동안 제대로 문학 공부를 좀 해보려던 환국(還國) 당초의 뜻도 역시 지지부진한 가운데 한결같이 의식주에 시달리는 생활만을 오늘날까지 계속해왔을 뿐이다. 내가 그처럼 생활의 위협을 면치 못하는 것은 비위에 맞지 않는 직장이면 금을 준대도 배겨나지 못하는 괴벽(怪癖)한 성격에 기인(起因)하는 바 많다.

이미 소정(所定)의 맷수(枚數)가 넘었으므로 쓰고 싶은 얘기가 좀 남았지만 생략하겠다. 나는 이제부터 본격적인 작가 수업의 도정(道程)에 오르려고 한다.

—1955년 7월 19일 야반(夜半)

1956
괴짜의 변(辯) ― 受賞所感 ―

나를 가리켜 '괴짜'라고 하는 사람이 많다.

나의 사고방식이나 생활 태도가 보통 사람보다 엉뚱하다는 것이다. 나는 가능한 한 내 멋대로 살고 싶다. 그럼으로 해서 처세 상(處世上) 불소(不少)한 손실을 입더라도 무가내(無可奈)다. 남에게 폐해(弊害)를 끼치지 아니하는 범위 내에서 나는 어디까지나 내 멋대로 살고 싶은 것이다. 아무러한 인습이나 형식이나 체면에도 구속받고 싶지 않다. 이러한 나의 사고와 생활이 자연 주위에 '괴짜'라는 인상을 주는 모양이다.

본래 나는 '상'이라는 것과는 인연이 먼 사람이다. 한번도 무슨 상(賞)같은 것을 타본 예가 없다. 애당초 그런 것을 바라지부터 않았다. 앞으로도 영원히 그러리라고 자인(自認)하고 있었다. 나의 상식(常識)으로는 상이란 어떠한 행위의 모범적인 성과에 대해서나, 그렇지 않으면 요행수(僥倖數)로 차례에 오게 되는 것이라고 생각하고 있었기 때문이다.

도저히 나는 무엇으로나 모범적일 수는 없었다. 인간도, 작품도 그랬다. 왼갖 모범적인 요소를 차라리 나는 경계해온 편이다. 모범적인 인간이나 행위 이외에서, 도리어 모범적인 것 이상의 어떤 진가(眞價)를 발견할 수 있으리라는 무한한 가능성에 나는 도취해 왔다. 그 어떤 진가라는 것을, 가령 '본질적 가치'라고 해도 좋을 것이다. 이와 같이 현실적인 보편타당성을 논리적으로가 아니라 생리적으로 거부해오다시피 한 나는, 언제나 수상권(受賞圈) 밖에서 유유자적할 수 있다는데 괴벽한 만족을 느껴왔는지도 모르겠다. 일방(一方) 기박한 반생(半生)을 걸어온 나로서는 요행수란 더구나 바랄 수조차 없는 일이었다.

이처럼 상을 탐낼 줄도 모르고 따라서 평생 그런 것을 탈 수 없으리라고 자신해온 나에게 뜻밖에도 제1회 현대문학사 상(現代文學社 賞)이 결정된 것이다. 우선 나는 적지 아니 당황할 수밖에 없었다. 상당한 시간이 경과한 뒤에야 솔직히 기뻐해도 좋은 일이라고, 비로소 나는 안심할 수 있었다. 왜냐 하면 그것은 현 문단의 권위지(權威誌)에서 신용할 수 있는 심사위원 제씨의 진지한 토의를 거쳐 결정한 사실임을 믿기 때문이다. 이로써 나는 자신을 응시해야 할 또 하나의 새로운 계기에 직면한 셈이다.

1959
문학과 생활

1. 문학도 직업이 될 수 있는가?

여러 가지 면에서 아직도 후진성(後進性)을 면치 못하고 있는 우리나라에서, 문학도 과연 직업이 될 수 있을까? 이 점에 관해서는 문학인들 사이에 사담(私談)으로 가끔 논의가 되는 수도 있고, 간혹 문학을 지망하는 청소년의 질문에 접(接)하는 일도 있다. 이런 문제는 언뜻 생각하면 문학 그 자체와는 직접적인 관련이 없는 별개의 얘기와 같이 느껴지기도 하지만, 해석 여하에 따라서는 문학에 평생을 바치려는 사람에게 있어서는 꽤 심각한 문제가 아닐 수 없는 것이다.

무릇 인간은 누구나가 생활을 위해서 직업을 갖지 않을 수 없다. 직업 선택의 여하(如何)는 그 사람의 운명을 결정하는 가장 중대한 문제라고 해도 과언이 아닐 것이다. 대부분의 인간은 자기의 취미와 성격과 재능에 적합한 직업을 희망하거나, 그렇지 않으면, 덮어놓고 지위와 재물과 명성을 마음껏 차지할 수 있는 직업을 탐내고 있다고 할 것이다. 이 외에 아무리 하찮은 직업이라 할지라도 그것이 직업인 이상은 당사자의 생활을 보장해 준다는 객관적 조건이 결부되어 있어야 할 것이다.

그러면 문학은 어떠한가? 직업을 가져야 하는 생활인의 희망이나 욕망을 채워 줄 수 있는가?

만일 문학이 완전한 직업이 될 수 없다고 한다면, 문학인은 부득이 자신의 취미와 재능에 합치되지 않는 딴 직업을 별도로 가지지 않을 수 없는 것이다. 그리되면 자연 문학을 위해서만 전심전력할 수 없음은 물론이어니와, 동시에 제이(第二) 직업에도 역시 소홀해지게 마련이니, 결국 이중 피해(二重被害)를 면하기 어렵게 되는 것이다. 문학과 생활, 양쪽에다 한 다리

씩을 걸어 놓고 어느 쪽에도 만족할만한 성과를 거두지 못하게 된다. 그렇다고 해서 문학을 위해 대담하게 생활을 불고(不顧)하기에는 가족에 대한 책임이 너무나 무겁고, 반면에 문학과 외면하고 간단히 생활의 노예가 되어 버리기에는 문학에 대한 정열과 애착이 또한 너무나 강한 것이다. 문학인이나 문학 지망자의 현실적 고민이 여기에 있는 것이다. 우리의 사회는 아직도 '문학하는 사람'에게 이러한 고민과 초조를 해소시켜 주지 못하고 있는 실정이다.

2. 문학이냐? 생활이냐?

우리나라에서는 흔히 문학을 지망하는 젊은이들이, 부모나 선배의 맹렬한 반대에 직면하게 되는 수가 많다. 거기에는 물론 여러 가지 사정이 있겠지만, 그 이유는 요약해서 다음 두 가지로 설명할 수 있을 것이다.

그 일은, 문학에 대한 정당한 이해와 인식 부족에서요, 그 이는, 문학은 직업(돈벌이)이 될 수 없다는 점일 것이다.

이와 같은 부모나 선배의 거의는 인간이란 빵으로만 살 수 있다고 생각하는 사람들이다. 이러한 부류의 사람들은 의례 그 생활이 정신성(精神性)을 망각 혹은 배제해 버리고 단순히 물질면에만 치중하게 마련이다.

물론 어떠한 인간이든 물질(物質)에 의존하지 않고 생활할 수는 없다. 도리어 물질은 인간 생활에 있어서 가장 상식적인 기본임은 말할 나위도 없다. 그러나 여기에 물질적 생활만으로는 결코 만족할 수 없는 인간이 있다. 그들은 한결 같이 정신적인 면에서 인간의 본연의 의미와 즐거움을 찾아보려고 애쓰고 있는 것이다. 그렇기 때문에, 때에 따라서는 정신이 물질에 못지 않게 - 도리어 그 이상의 힘을 가지고 그들의 운명을 좌우하는 수가 있는 것이다.

문학은 그러한 정신 작업의 일 분야(一分野)다. 그러므로 문학을 하려는 강렬한 의욕은 상업이나 회사원을 지망하는 것과 같은 단순한 직업과는 스스로 구별되어야 한다. 문학은 좀 더 인간의 근원적인데 뿌리를 박고, 구경적(究竟的)인 문제를 지향하고 있기 때문이다.

그러나 여기에 숙명적인 인간 조건이 있다. 머리는 하늘을 우러르고 있어도 발은 땅을 떠날 수 없다는 사실이다. 아무리 근본적이요 구경적인 심오(深奧)한 정신에 얽매어 있다 해도, 결국 인간 자체는 먹고, 마시고, 입고, 자고, 생식(生殖)해야 한다는 동물적인 조건을 벗어나지 못하는 것이다. 이러한 조건을 떠나서 인간은 존재할 수 없다. 여기에 인간은 불가피적으로 생활의 터전을 필요로 하고, 따라서 생활을 위해서는 직업을 가지지 않을 수 없는 것이다.

그렇기 때문에, 어떻게 하면 보람 있게 살 수 있을까 보다도, 어떻게 하면 굶지 않고 살아 나갈 수 있을까 하는 문제가 더 절실해지는 것이다. 고쳐 말하면 어떻게 하면 좋은 작품을 쓸 수 있을까 보다도, 먼저 어떻게 하면 생활의 파탄(破綻)을 피할 수 있을까가 더욱 절박한 문제인 것이다.

그리고 보면, 문학을 위해서 생활을 희생한다는 것은 실지로는 용이한 일이 아닌 것이다. 더욱이 등외품(等外品)에 가까운 작품을 생산하기 위해서 가족에게까지 희생을 강요할 수는 없는 일이다. 아무래도, 문학보다는 인간의 생명과, 그 생명이 지닌, 생물적 또는 사회적 권리가 더 귀중하기 때문이다.

3. 문학과 생활의 양립은 가능한가?

문학을 단념할 수 없다면, 결국 문학을 아끼고 사랑하는 사람은, 문학과 생활을 양립(兩立)시키기 위해서 비장(悲壯)한 노력을 계속하는 수밖에 없을 것이다.

그것은 문학 그대로 비장한 노력이다. 좀 더 과장해서 말한다면 비창(悲愴)한 노력이라고 할 수 있을 것이다. 만족한 성과를 기대할 수 없는 노력, 그런 줄 알면서도 끝까지 계속하지 않을 수 없는 노력 - 그것은 비장이기보다 차라리 비창한 노력일 것이다. 현재 대부분의 한국 문학인들이 이와 같은 노력을 계속하고 있는 것이 사실이다.

어느 유능한 시인은 삼중(三重) 사중(四重)의 직업을 가지고, 바지 가랭이에 불이 일도록 쫓아다니고 있다. 그래야만 간신히 생활이 지탱되고, 어쩌다가 차례에 돌아오는 '자기의 시간'을 가질 수 있게 되는 것이다. 이 밖에도 문학인의 태반이 이중 삼중의 직업에 매달려 있다. 문학 이외는 별로 내세울만한 기술이나 능력이 없고 보니, 어떤 한 가지 직업에서만 생활 보장을 얻을 수 없기 때문이다. 한편 한정된 재능이나 정력이나 노력을 분산(分散)시키는 데서 오는 결과로 한 직업에만 열중할 수 없는 탓이기도 하다. 한 방향에만 쏟아도 만족한 가난한 재능과 정력을 이처럼 다방면에 찢기우고 나면, 결국 남는 것은 극심한 피로와 초조감 뿐이다. 문학은 문학대로, 생활은 생활대로 영양 실조와 궁핍(窮乏)에 빠져 버리고 마는 것이다.

그나마 이중 삼중이라도 직업을 붙들고 있는 축은 다행한 편이다. 이렇다 할 경력이나 주변마저 없어서 손때에 쩔은 펜대에만 매달려 앙탈해야 하는 문인의 처지에 이르면 궁상맞기 짝이 없다.

문학인들이 생활 때문에 문학적인 지조(志操)나 재능을 당치도 않은 곳에 팔아 치우거나 소모해 버리지 않아도 될 날이 속히 와야 할 것이다. 누구나가 자기가 지니고 있는 역량 전부를 걸고 창작에만 심혈을 쏟을 수 있고, 그 성과에 따라서 응분의 보수를 얻을 수 있어야 할 것이다. 그 보수가 최저 생활을 확보해 줄 수 있을 때, 비로소 문학인들은 각자의 재능을 최대한으로 발휘할 수 있는 것이다.

하기는 외국의 특출한 작가 중에는, 생활에 허덕이며 쓴 작품이 고가한 문학사적 가치를 지니게 된 예도 불소하다. 그렇다고 해서 그것을 실례로 빈곤과 역경이 반드시 명작 생활의 기준이 될 수 있다는 논리는 성립되지 않는 것이다. 역시 일반적으로는 조금이라도 나은 작품을 얻기 위해서는 그만큼 더 많은 정력과 노력과 시간이 필요할 것이며, 그러자면 전문 분야의 작업을 통해서 생활의 불안과 파탄을 면할 수 있어야 할 것이다.

그러나 우리 나라의 여러 가지 실정은 아직도 그러한 단계에 이르지 못하고 있다. 말하자면 여가문학(餘暇文學)의 영역을 벗어나지 못하고 있다 할 것이다. 하기는 해방 전에 비하면 훨씬 나아진 편이지만, 그래도 아직 대부분의 문학인이 문학을 전업(專業)으로 삼기에는 요원한 시일을 요하지 않을 수 없을 것이다. 아마도 남북 통일의 성업과 아울러 경제 안정과 사회 질서가 확립되기까지는 기대할 수 없는 일인지도 모르겠다.

그러므로 오늘의 현실에서는 문학인이나 문학 지망자는, 문학과 생활을 양립시킬 수 있는 최선의 방법을 개척하는 길 밖에 없을 것이다. 불가피적으로, 또는 임시 변통으로 마지못해 이중 삼중의 직업에 얽매일 게 아니라 문단에 데뷔하기 전부터, 말하자면 문학 수업(修業)과 동시에 확고한 생활, 기반이나, 거기에 필요한 전문 기술을 습득해 두어야 할 것이다. 그렇지 못하면 결국은, 문학과 생활이라는 두 개의 짐짝을 양 어깨에 떠메고, 결승점 없는 장애물 코스를 허덕이며 달리다가 중도에서 쓰러지고 말 것이다.

1960
작업 여적(作業 餘滴)

본시 나는 기질적으로나 의식적으로나 자기 작품에 언급하기를 좋아하지 않는다.

그러기에 작품집 같은 데서도 서문이나 발문(跋文) 따위의 사족(蛇足)을 달지 않기로 하고 있다. 엄격한 의미에서 작품에는 해설 같은 것이 필요치 않다고 생각하기 때문이다. 그것이 괴팍하게 난삽(難澁)한 작품이라든가 내포된 사상이 심오해서 쉽사리 그 진수(眞髓)에 접할 수 없는 작품이라면 또 모른다. 범작(凡作)에 해설이란 일종의 넌센스요, 군더더기다. 자칫하면 도리어 작품의 올바른 이해나 감상을 망치기가 고작일 것이다.

우리는 흔히 전문적인 비평가들의 작품평이라든가 작가론 같은 데서도 무책임한 독단(獨斷)이나 왜곡된 해석을 발견하고 실소케 되거니와, 반대로 작가가 자기 작품을 말할 때는 은연중에 자화자찬(自畵自讚)이나 자가당착(自家撞着)에 빠져버리는 수가 많아서 빈축(嚬蹙)을 금할 수가 없다. 그 점은 세계적인 명성을 지닌 외국 작가들에게서도 가끔 보게 되는 일이다.

작품 스스로가 지니고 있는 결함을 선전적인 해설 류가 결코 메꾸어 줄 수도 없는 일이오, 또한 작품 자체가 독자에게 직접 어필하지 못하는 것을 어찌 작자의 객담(客談)류가 보충할 수 있을 것이냐 말이다. 도리어 아무러한 화장도 가하는 일 없이 우열간에 작품 스스로의 소박한 가치만으로 독자를 대해야할 것이다.

그러므로 여기서도 새삼스레 「유실몽(流失夢)」에 군더더기를 붙이고 싶지는 않다. 그러나 차라리 평시(平時)에 지녀온 제작 상의 의욕이라든가 자세 같은 것을 몇 마디 적는데 그치기로 하겠다.

대부분의 딴 작품을 쓸 때와 마찬가지로 「유실몽」에 있어서도 작자가 의도한 근본적인 목표는, 의미의 분산(分散) 작용에 의한 무의미에의 가치 부여에 있었음은 다름이 없다.

현대처럼 누구나가 모든 사실에서 무슨 심각한 의미를 추출해내려고 광분(狂奔)하는 시대도 드물 것이다. 더구나 인간을 대상으로 해서 즉, 인간 그 자체와 인간의 온갖 행위에서 무엇이든 그럴듯한 의미를 발굴해보려고 사정없이 파헤치는 바람에 점차로 인간의 내면에는 음산한 공동(空洞)과 그 표면에는 삭막한 버럭더미만이 늘어가고 있는지 모른다.

인간이란 것이 반드시 고가(高價)한 의미만을 다량으로 매장하고 있는 광산일 수는 없을 것이다. 인간의 생활이 결코 관념적인 의미의 퇴적(堆積)이나 연결로만 일관될 수는 없다는 것이다. 보다 더 무의미한 면의 누적임을 우리는 발견하기 어렵지 않을 것이다.

그러나 현대인은, 인간이라는 산에서 금덩이만을 채취키 위해서 수목과 돌과, 잡초와 거기에 서식하고 있는 온갖 금수(禽獸)와 충류(蟲類)의 존재 같은 것은 아예 무시해 버리고 개의치 않는 것이다. 이처럼 인간에게서 기성(旣成)의 의미만을 발굴 추출하기에 광분하다가는 도리어 얻어진 그 의미의 가치 상실을 초래하게 될지도 모르는 일이다.

여기서 그들 광산 기술자와 경쟁해 이길 자신을 갖지 못한 나는 그들이 돌아가며 짓이기고 돌보지 않는, 버럭과 잡초와 암석(巖石)과 수목과 짐승의 해골 따위나 주어 모으고 우짖는 금수와 곤충의 소리에 귀를 기울임으로써, 인간이라는 산의 본래의 자태를 그들 광산 기술자의 손에서 보호해 보고 싶었던 것이다.

그러기 위해서는 인간의 기성적 의미를 분산시켜 무의미한 면에 새로운 가치를 부여함으로써 창작 상의 효과를 노려보자는 것이 나의 좀 무리한 노력이었던 것이다.

그것은 필연적으로 작품의 성과에 있어서 시궁창 같이 구질구질한 군소리의 흐름을 면할 수 없게 하였다.

왜냐하면 작자가 내세우는 명확한 목적, 즉 선명한 의미를 위한 집중적 표현을 피하고 그 의미를 문장 전체 속에 용해(溶解)시켜 버리는 수법을 쓸 수밖에 없었기 때문이다.

물론 이와 같은 나의 의식적인 노력은 앞으로도 계속될 것이다. 그러기에 나는 생리적으로나 이론적으로나 빈 구석 없이 앞뒤가 꽉 들어가 물리는 쪽 짜인 작품을 지지(支持)하지 않는다.

이러한 나의 눈에는 세계적인 명작 가운데도 구미(口味)에 맞지 않는 작품이 허다하다.

일례를 들면 모파쌍의 「목걸이」같은 작품도 그렇다.

나 같으면 작품에 나오는 목걸이가 가짜라는 점을 첫 줄에서 먼저 밝혀 놓겠다. 그리고 나서 목걸이를 빌려갔던 그 여인이 가짜 목걸이를 진짜 목걸이로만 알고 그것을 보상하기 위해 오랜 세월을 두고 고심참담(故心慘憺)하는 이야기를 자질구레하니 전개시켜나갈 것이다.

그러니까 결국 나 같은 범속(凡俗)한 작가(엄밀히 따지면 작가 축에도 못 들지 모르지만)는 평생 가야 한 편의 명작도 써보지 못할 지도 모른다.

아무튼 「유실몽」도 이상과 같은 나의 제작 상의 의욕과 작가 기질을 설명해 주는 작품임에는 틀림이 없다. 그밖에는 덧붙일만한 별 특색도 에피소드도 없는 작품이다.

그리고 나는 좀체로 모델을 놓고 작품을 쓰는 일이 없기 때문에 물론 이 작품도 완전한 픽션이다. 다만 워낙이 둔재(鈍才)여서 단편 하나를 쓰는 데도 집필에만 1주일 내지 10일 내외나 시일을 요하는 나로서는 비교적 단시일에 탈고했던 상쾌한 기억이 남아있을 뿐이다.

1965
나의 자전적(自傳的) 소설론

아마츄어 작가의 변

[내가 즐겨 택하는 테마]

소설이란 개성적인 체험과 감동을 말로 표현한 것이라고 한다. 아무리 폭이 넓고 깊이가 있는 소설이라도 그것은 작자의 체험 한계를 벗어나지 못한다는 말도 있다. 소설은 말할 것도 없이 언어에 의한 인생의 표현이라 고도 한다. 이러한 말들을 종합해서 압축해 본다면 소설이란 결국 작가 자신의 이야기 외의 아무 것도 아니라는 결론이 나온다. 물론 그 체험의 질과 표현의 능력 여하에 따라 작품의 가치가 좌우되는 차이는 있겠지만.

아무튼 고쳐 말해서 소설이란 이렇듯 작자의 인생 체험의 반영이오, 표현임은 중언(重言)할 여지가 없을 것 같다. 그러므로 작자가 작품 속에 구현시키고 부조(浮彫)해보려는 인생의 어떤 의미(테마)는 곧 그 작가 자신의 인간 내용을 모체(母體)로 한 분신임에 틀림없을 것이다. 한 작가가 즐겨 취급하는 테마를 - 그 정체를 위해서는 먼저 그 작가의 성장 과정을 비롯해서 인생관, 개성, 기질, 사회의식 같은 것을 아는 것이 가장 빠르고 정확한 방법일 것이다.

그러기에 여기서도 내가 주로 다루어온 테마에 대해서 번거롭게 작품 하나하나를 들어 설명하기보다는 차라리 나의 인간 형성의 과정과 그 내용을 요점적(要點的)으로 밝혀두는 것이 나의 작품 전체에 취급되어 온 테마의 정체와 그 본질이며 경향을 알리는 첩경(捷徑)이 되리라 믿는다.

따뜻한 가정과 사랑이란 것을 모르고 어려서부터 거칠고 냉혹한 현실의 물결 속에 던져져야 했던 나는, 어떻게 해서든지 살아야된다는 발악과 함께, 육체와 정신은 건전한 발육을 가져오지 못하고, 나날이 위축되고 야위어가고 일그러져만 갔다. 진부한 말이지만 이렇듯 기구한 운명과 역경 속에서 인간 형성의 가장 중요한 소년기와 청년기를 보내온 내가 비로소 자신을 자각했을 때, 나의 눈앞에 초라하게 떠오른 나의 인간상은 부모도 형제도 고향도 집도 나라도 돈도 생일도 없는, 완전한 영양실조에 걸린 '육신(肉身)과 정신의 고아(孤兒)'였다. 이것이 어처구니없게도 처음으로 내가 발견한 '나'였던 것이다.

이러한 나에게 당황한 나머지 내가 아무리 몸부림쳐보아도 자신을 올바로 가누어 나가기에는 나의 정신 내용이 너무나 유치하고 빈약하였다. 뒤늦게 독서의 필요성을 깨닫고 책에다 과대(誇大)한 기대를 걸어보기 시작한 것은 겨우 그때(19세)부터였다. 그러나 사람은 '하나님의 말씀(진리)'만으로는 살 수 없는 '동물'이기도 했다. 나에게는 '떡(돈)'이, 인정이, 고향이, 집이, 휴식이, 그리고 따뜻한 위로와 지도가 아울러 필요했던 것이다.

하지만 그런 것들은 나와는 인연이 없었다. 그렇게도 절실히 내게 필요한 것들을 남들만이 모두 차지하고 있었다. 뿐만 아니라 그들은, 나도 가질 권리가 있는 그러한 것들을 독점한 채 분여(分與)하려 하지 않았다. 여기서 그것들을 뺏기 위한 나의 타인(他人)과의 투쟁은 더욱 격렬해질 수밖에 없었다. 이 격렬한 대인투쟁(對人鬪爭)에서 내가 비로소 타인을 자각했을 때 나의 눈앞을 가로막고 선 타인의 정체는 '이기(利己)와 위선(僞善)에 찬 적(敵)'이었다. 이것이 어이없게도 처음으로 내가 발견한 '남'이었던 것이다.

이와 같이 새로운 '나'와 '남'의 발견은 결과적으로 나에게 인간 및 사회에 대한 불신과 반발심을 길러주었고 심지어는 신에 대한 원망마저 품게 하였던 것이다. 이리하여 나의 '인간'은 삐뚤어진 반항의식으로 성장했고, 걷잡을 수 없는 피해의식에 사로잡히는 결과가 되고 만 것이다. 만신창이(滿身瘡痍)의 적의만 남은 불구의 패잔병이었다. 이러한 패잔병이 현실 사회에 쉽사리 용납될 리가 없었다. 어딜 가나 멸시와 배척을 당할 뿐이었다. 이렇듯 나와의 공존과 공감(共感)을 허용하려 하지 않는 기성사회, 기성 권위에 대한 억압된 나의 인간의 자기 발산이 문학 형태로 나타난 것이 말하자면 나의 소설이라 하겠다.

이렇듯 이루어진 작품들이고 보니 그 속에 자연 냉소와 자조, 실의와 체념, 위장(僞裝)된 시니시즘, 허위와 불신, 질시(嫉視)의 상실(喪失), 애정 촉각의 마비, 생활의 분열, 이런 것들의 그림자가 진하게 어린 테마를 더 많이 담게 된 것도 어쩔 수 없는 물리적 현상(現象)이었는지 모른다.

[일반적 문학풍토에 대하여]

이에 관해서는 나는 별로 할 말이 많지 않다. 왜냐 하면, 국내와 것을 막론하고 문학 작품을 읽는데 나는 극히 편식성(偏食性)이어서 구미에 맞는 작품만을 조금씩 골라 읽는 정도에 그칠 뿐 아니라, 잡지나 신문의 문화면마저도 제대로 들여다보는 일이 드물기 때문이다. 하기는 비단 문학 작품에 한한 일이 아니오, 영화, 예술, 음악 등 딴 계통의 예술 감상에도 나는 극히 등한한 편이다. 1년에 영화를 한 두 편(그것도 누구에게 끌려서) 보면 많이 보는 해요, 단 한 편의 영화도 보지 않고 넘기는 해가 많다. 미술에 있어서도 마찬가지다. 어쩌다 우연히 전람회장 앞이라도 지나게 되는 경우, 시간 여유가 있으면 잠깐 기웃거릴 정도요, 일부러 관심을 갖고 보러 가는 일은 거의 없다. 음악에 있어서는 음치에 가까우니 더 말할 나위도 없다.

이렇게 말하면 제 깐엔 공부 깨나 한다는 소위 지성인이니 교양인이니 하는 친구들 가운데는, 대뜸 나를 비웃고 경멸하는 사람이 있을지 모른다. 그처럼 문학적 독서와 예술 감상을 등한히 하고서 어떻게 소설을 쓰느냐고 말이다. 아니, 비록 소설을 쓰지 않더라도 시대에 뒤지지 않는 현대인이 되려면 지식과 교양을 높이려면 문화인의 자격을 갖추려면, 부지런히 독서도 하고, 영화도 보고, 미술 전시장이나 음악회에도 따라다녀야 할 게 아니냐고 충고하려 드는 사람이 있을지 모르겠다.

그렇다면 내게도 할 말이 있다. 꼭 소설을 읽고, 영화를 보고, 음악이나 미술을 감상해야 현대인이 될 수 있고, 지식과 교양이 높아지고 문화인의 자격을 가지게 되느냐 말이다. 제대로 이해도 못하는 소설을, 재미도 없는 소설을 구역질나는 소설을, 독단과 억설(臆說) 투성이의 평론을 읽고 나서 심각한 표정을 지을 줄 알아야 그리고 영화배우의 이름이나 주르르 외우고, 음악 감상실에나 드나들고, 미술 전람회에 관한 토막 기사나 읽고 다닌다고 현대인이요, 교양인이요, 문화인은 아닐 것이다. 그래야만 현대인이나 교양인이나 문화인이 될 수 있다면 나는 멀쩡한 자신을 애써 그런 카테고리 속에 두들겨 맞추고 싶지 않다. 그렇다고 아무도 나를 고구려인이나 신라인이라고는 말하지 않을 것이오, 한편 교양인이나 문화인이 되기 위해서 구미(口味)에 당기지도 않는 소설과 평론을 억지로 읽을 수는 없다.

체홉의 단편들 같은, 헤밍웨이의 「바다와 노인」같은, 스타인 벡의 「분노의 포도」같은, 정복준이(井伏鱒二)의 단편들 같은 작품이 나오기만 한다면 읽지 말라고 해도 밤을 새워가며 읽어낼 것이다. 영화만 해도 「길」이나 「스파르타카스」같은 작품이 상영된다면 딴 일 제쳐놓고라도 쫓아가 볼 것이다.

이러고 보면 요는, 내가 소설을 읽지 않는다는 것은 한 마디로 '재미있는 작품'이 없기 때문이라는 결론에 돌아간다. 재미도 없는 작품을 비용과 시간을 낭비해가며 무엇 때문에 읽어야할 것인가. 물론 문학 작품이나 그 밖의 예술 작품에서 받는 재미(감명)란 실로 복잡 다양한 것이어서 읽고 보는 사람의 안목에 따라 다를 것이다. 한창 인기 절정에 있는 베스트셀러나 문제작을 읽어보고 나서 대개의 경우 내가 커다란 실망을 맛보게 되는 것도 그래서이다. 차라리 소박한 수기류(手記類)나 전기물(傳記物)같은 데서 더욱 순수한 감명을 받을 수가 있다.

직업 작가나 비평가의 글에서 풍기는 그 지나치게 전문적이오, 직업적인 냄새가 나는 질색이다. 안이한 타성, 참월(僭越)한 자신, 과잉된 제스츄어, 치졸한 의욕, 계산착오의 기교(技巧), 습성화된 독단과 억설(臆說)이 이 나라 문학에는 전속물처럼 발호하고 있는데 거기서 풍기는 고약한 냄새 말이다. 내가 보기에는 우리 문단에서 그래도 읽을 수 있는 작가란 고작 두세 분, 비평가는 두 손가락을 꼽기가 어렵지 않을까 여겨진다.

게다가 이 나라 문학인들에게는 여러 가지 고질화된 풍토병(風土病)이 있다. 파벌 병(派閥 病), 선민 의식 병(選民 意識 病), 권위 병(權威 病), 노성 병(老成 病), 명사 병(名士 病)이 그것이다. 이 중에서 파벌 병만은 다소 수그러진 감이 있으나, 여타의 증세는 여전히 ·창궐(猖獗)하는 모양이다. 잠꼬대 비슷한 싯귀(詩句)나 매만지고 씨도 먹지 않은 소설 줄이나 끄적거리고 억설과 욕설이 뒤섞인 평론 나부랭이나 써내는 것이 뭐가 그리 대단한 노릇인지. 네 깟 것들과는 아예 유가 다르다는 듯이 세상을 비예(睥睨)하며 으시댄다든가. 어떤 의미에서든 그 글줄이 한 때 약간의 화제 거리가 되었다 해서 대뜸 권윗 바람을 일으키고 싶어한다든가. 글 같은 글이든 아니든 뭘 좀 쓰는 척 하다가 그 계통에서 연조(年條)가 쌓이면 으레 노성한 대가(大家) 티를 내려든다든가 그것이 몸에 배면 이번엔 제법 사회적인 명사 행세를 하려 덤비는 이들이 너무 많은 것 같다. 어쩌면 이런 폐풍(弊風)은 비단 문학계뿐 아니라 어느 분야에도 공통된 한국적인 고질인지 모르겠다.

아무튼 문단 접촉이 거의 없다시피 한 필자의 눈에도 이렇게 반영될 때에야, 족히 미루어 그 병세(病勢)를 알만한 일이 아니냐. 우리 주변에서 이런 고질이 깨끗이 치유되기 전에는 나같이 괴팍하고 태만(怠慢)한 독자까지도 능히 사로잡을만한 우수작은 기대하기 어렵지 않을까 생각된다.

[자기 비판]

나는 가끔 '나'라는 인간을 반성해보는 버릇이 있다. 성격에 대해서, 두뇌에 대해서, 지식과 교양에 대해서, 재능에 대해서, 찬찬히 따져보곤 하지만 언제나 만족스러운 평가를 얻지 못한다. 결국 어느 한 가지도 시원치 못한 것이다. 고집이 세고, 괴팍하고, 비사교적이고, 시기심이 강하고, 까다로운 데다가 두뇌는 명석하지 못한 편이오, 본시 아둔하니까 지식과 교양은 최하급에 속하고, 아무짝에도 쓸만한 재능이라곤 별로 없으니 평점(評點)은 숫제 말이 아니다. 구태여 볼만한 점을 골라낸다면 '추호도 남에게 폐해를 입히지 말고 살자'는 생활 신조를 지니고 있느니만치 비교적 청렴결백하고 경우가 밝은 편이라고나 할까.,

이렇듯 자신의 인간에 대해서는 자주 반성을 하면서도 나의 작품에 대해서는 특별히 생각해보는 일이 없다. 내게 있어서는 작품이란 일단 써서 발표해버리고 나면 그만이다. 나중에 잘 되었느냐 못 되었느냐 따져보기는 고사하고 그 내용마저 쉬 잊어버린 채 다시는 읽어볼 흥미조차 갖지 못하는 것이 보통이다. 따라서 문단이나 독자의 반향(反響)에 대해서도 거의 무관심하다. 그러나 자연 비평-그 중에서도 시평(時評)이나 월평(月評)같은 것은 의식적으로 읽지 않고 보니 도대체 남들이 내 작품에 대해서 어떻게들 말하고 있는지, 친근한 사람의 입을 통해서 더러 얻어듣는 외에는 전혀 알지 못하고 또 알려고도 하지 않는다. 이와 함께 남의 작품에 대해서도 별로 관심이 없다. 그러기에 나는 기성 시인, 작가, 평론가의 이름조차도 모르는 사람이 많다. 내 작품을 남이 다 나쁘다고 해도 내게만 좋으면 그만이오, 남이 다 좋다고 해도 내게 나쁘면 불만이니까, 남의 작품을 일일이 읽어보고 연구해 보고 할 필요를 과히 느끼지 않는 것이다.

좀 더 내키어 말하면 규격에 맞는 소설 같은 소설을 쓰고 싶지는 않은 것이다. 소설이 돼도 좋고 안 돼도 좋다. 반드시 독자를 향해서가 아니라 허공을 향해서라도 나 자신을 발산해 버리면 그것으로 만족이니까 말이다. 여기에 본질적으로 그리고 숙명적으로 내가 프로 작가가 될 수 없는 소이연(所以然)이 있는 것이다. 게다가 풍부한 문재(文才)마저 타고나지 못했으니 더욱 그렇다. 그러기에 나는 단순한 문학 애호가로서 기회 있는 대로 문학 작품을 골라 읽는 정도요, 과거나 지금이나 한 번도 작가가 되어보겠다든지 작가를 부러워 해본 일이라곤 없다. 그러니 본격적인 문학 공부나 수업을 했을 리는 더더구나 없다.

자, 그러면 여기에 문제가 있다. 도대체 이러한 내가 써낸 작품이란 무엇이겠느냐 하는 점이다. 어떤 가치가, 얼마만한 가치가 있으며, 단 몇 사람이라도 독자가 있다면 그들은 무엇에 끌려 읽는 것일까 하는 점이다. 말하자면 나의 작품은 소설의 형식을 빌린 작자의 정신적 수기(手記)요, 도회(韜晦) 취미를 띤 자기 고백의 과장된 기록인 것이다. 기형적인 개성의 특이성을 바탕으로 불우한 역경에서 형성된, 굴곡된 정신 내용의 역설적 고백-이것이 내 작품의 정체인 것이다. 이러한 작품이 엄격한 문학 예술로서의 정당한 가치를 획득하기 위해서는 작자의 굴곡(屈曲)되고 가장(假裝)된 의식세계가 주밀(周密)한 여과과정을 거쳐서 작품 속에 완전히 소화될 수 있는 예술적 기술 연마가 필요할 것이다. 즉, 작품의 표피(表皮)를 둘러싸고 있는 거칠은 광택(과도(過度)의 이질감)이 피상적 의미를 초월한 담박(淡泊)한 색채로 은은히 가라앉을 수 있어야 하리라는 말이다. 다만 그렇게 되면 직업적인 냄새가 풍겨지긴 하겠지만.

이러한 예술 이전의 작품이란- 단순한 개성의 특이성만으로는 독자의 흥미를 다소 자극할 수는 있을지 몰라도, 그 가슴 속에 깊은 감동을 남겨줄 수는 없을 것이다. 그것은 나의 책이 잘 팔리지 않는 사실로도 가히 짐작이

간다. 더구나 딴 작가들에게는 한 달에 수십 통씩 팬레터가 날아드는 모양이지만 10년이 넘는 기간 중, 내게는 단 두 통의 편지 밖에 온 일이 없다는 것으로도 입증이 되는 일이다. 그나마도 정상적인 환경의 독자에게서가 아니라, 미국에서 무리한 고학(苦學) 생활을 하고 있는 어느 불우한 청년과, 사형 언도를 받고 대구 교도소에서 형 집행 일을 기다리고 있는 한 청년에게서였다는 사실을 밝힌다면, 나의 이단적(異端的)인 작품과 관련하여 무엇인가 수긍되는 점이 있을 것이다.

이상으로 보아서 일개의 아마츄어 작가요, 위조작가(僞造作家)에 불과한 나로서는 건전하고 정상적인 많은 독자에게 공감을 줄 수 있는 소설다운 작품을 쓰기란 지난(至難)한 일일 것이다.

1971
나의 집필 괴벽(怪癖) ― 우경(雨景)에 젖어서―

나를 괴팍한 사람으로 보는 이가 있는 모양이다. 아마도 사람들과 잘 어울리지 않고, 술 담배를 입에 대지 않고, 넥타이를 매는 일이 없고, 집에 누가 찾아오는 걸 질색하고, 남의 찾아가기를 꺼리기 때문인가보다. 그러나 따지고 보면 이건 별로 이상할 것도 괴팍한 일도 아니다.

비위에 맞지 않는 사람과는 어울려 돌아가도 재미가 없으니까, 아니 재미가 없을 정도가 아니라 잘못하면 불쾌한 일이 있기 예사니까 널리 접촉을 않는 것이다. 술, 담배는 일리(一利)도 없으면서 맵고 쓰기만 하니까 처음부터 아예 배울 생각도 먹을 필요도 없었던 것이다. 넥타이란 건 소, 말에 고삐 매듯 목을 잔뜩 졸라매는 물건이라 갑갑하고 불편하니까 매지 않는 것이다. 이쪽 형편이나 사정은 생각하지 않고 예고도 없이 누가 불쑥 찾아오면 이쪽의 프라이버시가 침해당하기 쉬우니까 질색할 밖에. 남의 집을 왕방(往訪)하는 일도, 미리 일시를 정해 상대방의 양해를 구해 놔야 하고, 적당한 선물을 준비해야 하고, 찾아가서는 낯간지러운 형식적 인 인사와 장단이 맞는 대화를 교환해야하는 등 번거롭기 짝이 없는 데다 가, 그 결과가 자칫하면 상대방에게는 폐가 되고, 이쪽은 피로하기 일쑤이 니 안 가는 것이다. 이런 것은 도리어 당연한 일이지 추호도 괴이한 일이 아니다. 그러므로 나 자신이 보기에는 나라는 인간은 지극히 평범한 사람 인 것이다. 반대로 나 같지 않은 사람들이 솔직하지 못하거나 무례하거나 이상한 사람들이다.

이렇듯 나란 존재가 평범한 됨됨이고 보니, 원고를 쓰는 일이나, 그 밖의 어떤 행동에도 괴벽(怪癖)이나 기벽(奇癖) 같은 게 있을 리 없다. 대부분의 사람과 마찬가지로 책상에 달라붙어서 둔한 머리를 짜내어 한 칸 한 칸 원고지를 메워나갈 뿐이다.

그러나 사람마다 말투라든지 걸음걸이라든지, 그 동작에 어떤 특징과 버릇이 있듯이, 원고를 쓸 때의 나의 태도에도 괴벽이라 할 것까지는 없지 만 몇 가지의 습벽(習癖)은 있다.

예를 들면 소설을 쓸 때, 으레 머릿속에 비 나리는 풍경을 그려보며 그러한 심상에 후줄그레 젖어서 한 방울 한 방울 떨어지는 빗물을 받아 옮기듯 한 자 한 자 원고지의 간살을 채워나가는 버릇 따위다. 작품을 써나가는 동안, 나의 마음 속에는 언제나 비가 내리고 있고, 장마철의 우중 충한 뒷골목이라든지, 패연(沛然)히 호우(豪雨)가 내려 갈기는 속을 잡다 (雜多)한 군상(群像)이 밀려 넘치는 도심지(都心地)의 포도(鋪道)라든지, 자 욱히 운무(雲霧)에 덮인 산야(山野)의 스산한 우경(雨景)이라든지가 펼쳐지 는 가운데, 세차게 혹은 약하게 빗물 떨어지는 소리가 시계의 초침 소리처 럼 나의 사고의 맥박을 새겨주는 것이다. 이러한 이미지를 통해서만 작품

밑바닥에 내가 바라는 무드를 깔아 나갈 수 있고, 문장 속에 나의 체취를 배게 할 수 있는 것이다.

현실적으로도 나는 비나리는 날을, 비나리는 풍경을 좋아한다. 비속에 잠긴 가로(街路)나 촌도(村道)를 호젓이 혼자 거닐면, 마음이 차분히 가라앉으며 가장 격에 맞는 내 인생의 풍경화가 된다.

그러기에 그 내용이나 형식에서 온갖 영상을 던져주는 숱한 한자(漢字) 가운데서 으뜸으로 내 마음을 끌어당기는 자(字)도 첫째 '우(雨)'요, 다음은 '석(石)'과 '야(野)'다. 아마도 내게 풍류 취미가 있어서 아호(雅號)를 갖는다면 필시 '우석(雨石)'이라 했을 것이다. 나는 항상 개성(改姓), 개명(改名)이 소원이지만 현실적(법적)으로 가능하다면 당장 '야우석(野雨石)'이라 하겠다. 이렇듯 나는 남달리 비에 끌리는 탓으로 원고지를 향할 때도 으레 마음 구석에 비 소리를 듣고 비에 젖어야 하는 것이다.

다음은 문장의 정정(訂正)과 추고(推敲)에 대한 신경질적인 결백성이다. 원고를 써나가다가 오자(誤字), 오구(誤句)를 비롯해서 마땅치 않은 대목(문장)을 고치게 될 때, 흔히 남들처럼 간단히 부욱북 줄을 그어 지우고 그 옆에 고쳐 써넣는 것이 아니라 아예 그 장은 찢어버리고 새 장에다 첫 자부터 또박또박 새로 옮겨 써야 직성이 풀리는 것이다.

그러므로 백 장 짜리 원고 한 편을 쓰자면 적어도 이 백장 이상의 원고지를 소모해야 하고 시간도 마찬가지로 배(倍)나 낭비하게 마련이다. 악습(惡習)이라 고치려고 애쓰지만 잘 되지 않는다. 그 대신 비교적 원고는 깨끗한 편이다.

또 한 가지, 누구든 옆에 사람이 있으면 나는 원고를 못 쓴다. 어떤 이는 사람이 북적대는 다방, 기차 안, 선실(船室) 속, 심지어는 총알이 빗발 치듯 하는 전쟁터에서까지 거침없이 원고를 술술 써내는 모양이지만, 나로선 감히 흉내도 못 낼 일이다. 남은 고사하고 가족이 옆에 있어도 한 줄도 못쓴다. 그래서 원고를 쓰려면 반드시 서재에 혼자 쳐 박혀야 한다. 정신력이 강인하지 못한 탓인지도 모른다.

이밖에도 고약한 버릇이 있다. 이건 버릇이라기보다 기질이나 능력에 속하는 문제일 것이다. 나는 딴사람에 비해 집필 속도가 형편없이 느리다. 단편 하나를 쓰자면 보통 한 달 가까이나 주물럭거려야 한다. 사무실이나 다방 구석에서도 단숨에 수십 장을 써 갈기고 하룻밤에 백 장, 이백 장짜리 단편을 거뜬히 써내는 속필(速筆) 작가들을 생각할 때 나는 자신이 늘 팔아먹는 직업에 부적(不適)하다는 사실을 통감한다.

현대는 모든 면에서 스피이드와 능률을 요구하는 시대다. 이에 뒤지면 당연히 선진(先進) 대열에서 밀려나고 낙후(落後)하게 마련이다. 그래서 나는 감히 문학을 업(業)으로 삼을 생각을 못하는 것이다. 직업 아닌 일에는 아무래도 정열과 재능과 노력을 통째로 쏟기 어렵고 또 영속성도 없다. 자신과 가족의 생활을 지탱해주는 생업에 더 주력할 수밖에 없기 때문이다. 그러니 자연, 문학 작업 따위는 취미에 머물게 되고 여가 선용에 그치게 되는 것이다.

이러한 경우의 집필 태도란 원고지에 펜대를 움직이는 행위 이전에, 문학에 대한 자세부터가 이미 이벽(異癖)인지 모른다. 그러나 내 마음 속에서 우경이 지워지고, 비 내리는 소리가 그치지 않는 한, 이러한 이벽 속에서나마 비록 잡초일지라도 나의 풀은 돋아나 주기를 아주 멈추지는 않을 것이다.

1963
나는 왜 신문 소설을 쓰는가 ―『부부(夫婦)』의 작가 손창섭 씨는 말한다―

[손창섭- 박해경(『세대』기자) 대담]

= 대중독자에 친근감 느껴 =

박 : 선생님은 이런 자리에 좀체 나오시지 않은 걸로 아는데 오늘 정말
　　감사합니다.

손 : 이거 아무래도 낭팬데요. 꼼짝없이 납치를 당했으니까요.(웃음)

박 : 동아(東亞)에 연재됐던『부부』가 선생님의 신문 소설로 가장 인기를
　　모았다고 보는데 그 전에도 민국일보(民國日報)엔가 연재하셨지요?

손 : 네, 동아가 네 번 째지요. 대구일보(大邱日報), 민국일보, 그리고 부
　　산 국제신보(國際新報), 동아일보, 그런데 역시 발행 부수가 많은
　　곳에서 반영이 큰 것 같더군요.

박 : 그런 곳에 또 문제작을 내셨겠지요. 그런데 애초 순수 소설로 출발
　　하신 선생님이 하긴 지금도 그 카테고리에 속하지만 신문 소설을
　　쓰게 된 동기 같은 것 말씀해 주실까요? 신문 소설이란 장르가 따로
　　없겠습니다만......

손 : 첫째 생활을 위해서라고 하는 것이 솔직한 대답입니다. 잡지에만
　　써 가지곤 용돈벌이도 어려우니까요. 그리고 둘째는, 나 자신 소위
　　고급 독자보다도 일반 대중에게 더 친근감을 품고 있기 때문에 그들
　　과 더불어 무엇이든 이야기해 보고 싶어서입니다.

박 : 그럼 이 때문에 내 소설이 저조해질지도 모른다는 주저 같은 건
　　아예 없었군요. 파가니니란 바이올리니스트는 구두에다가 줄을 매

어 바이올린 삼아 켰는데 아름다운 멜로디가 나왔다는 것처럼 문제는 작가의 능력에 달렸다고 봐야겠군요.

손 : 신문 소설엔 여러 가지 까다로운 제약이 많으니까 물론 내 멋대로 쓸 수 없다는 고충은 따릅니다. 그러나 반드시 순수 문학지나 고급 종합지에 써야만 질이 높고, 신문에 쓰면 질이 낮아진다고 할 순 없겠죠. 역량 있는 작가라면 어디에 쓰든, 어느 층의 독자에게도 능히 읽힐 수 있는 작품을 꽤 써낼 수 있을 테니까요. 물론 저 같은 건 도저히 그런 재목이 아닙니다만.

박 : 외국은 <휘가로>지 같은 신문 소설 독자가 오히려 전통적 독자 수준을 갖추고 있다는데 우린 순수 소설 독자와의 차이가 크잖습니까? 이런 데에 도전할 생각은 없으셨어요?

손 : 신문 소설이 좀 달라져야 되지 않겠는가 하는 생각은 늘 품고 있습니다. 그러나 막상 손을 대보니 용이(容易)한 일이 아니더군요. 나보다 역량 있는 선배들이 신문 소설에 자신을 갖고 달라 붙었다가도 대개 야심을 살리지 못하고 마는 까닭을 알 수 있어요.

= 사형수에게서 온 팬레터 =

박 : 내 글이 많은 독자를 가졌다고 생각할 때, 다방이나 버스간에서 내 소설을 읽고 있는 사람을 볼 때 기분은 어떠세요? 이건 순수 소설을 썼을 때와는 다를 텐 데요.

손 : 난 아직도 많은 사람이 내 소설을 읽어준다는 생각엔 자신도 실감도 갖지 못하고 있습니다. 본시 남들이 그러듯이 난 인간 자체도 좀 괴벽한데다가 작품 역시 내 멋대로 고집대로만 쓰기 때문에 많은 독자를 갖기는 어려울 것 같아요.

동아의『부부』는 의외로 반영이 컸지만 많은 사람이 '읽었다'와 '공감(共感)했다'와는 다를 거예요. 신문 소설을 쓰기 전엔 독자의 편지라곤 단 두 번밖에 받아본 일이 없었을 정도니까요.

박 : 그러세요? 동인문학상(東仁文學賞)까지 받으셨는데두요.

손 : 그것도 한 통은 미국에서 고학하고 있는 유학생이 '사상계'에 나있는 내 소설을 읽고 화려한 미국생활에서 구질구질한 고국을 느껴 처량해졌다는 사연이었구요. 또 한 통은 대구 형무소에 있는 사형수한테서 온 것이었어요. 자기는 이제 사형 언도까지 받은 사람인데 차입(差入)해온『현대문학』에서 내 글을 읽었더니 꼭 자기의 이야기 같은 친근감을 느낀다면서 나보고 옛날에 죄를 저지른 적이 있느냐는 물음이었어요. 이것으로 보드라도 내 글은 보통 사람 아닌 불우하고 암담한 사람에게나 겨우 공감을 줄 수 있는 것이라 여겨져 처음 신문 소설을 쓸 때에는 독자들이 당황하지나 않을까 염려됐습니다.

『부부』를 직접 쓰게 된 직접적 동기는 주위 아는 사람들이 의외에도 성문제(性問題)로 고민하며 가정 생활의 파탄을 가져오는 수가 많다는 사실이었어요. 사회적 지위가 버젓하며 누가 보기에도 교양과 학식을 겸비한 사람들이 말입니다.

성 문제란 젊은 세대에서 뿐 아니라 기성세대에도 심각한 것이라 여겨 펜을 들었지요. 그렇지만 그게 시아버지와 며느리가, 딸과 아버지가 동시에 읽는 것이라 하여 나대로 묘사에 자중(自重)을 했는데 목욕탕 구멍으로 들여다보는 장면 이후 노골적인 비난이 마구 들어오더군요. 어떤 사람은 남자 망신을 혼자 시킨다면서 신문 독자가 2만은 줄어들 것이라 협박까지 하구요.

박 : 그 반대로 낙양(洛陽)의 지가(紙價)를 올릴 정도랬지요.

손 : 하루는 여대생들이 찾아와서 당신 소설은 본시가 추잡했지만 순문학이란 미명(美名)의 그늘에서 지금까진 통할 수 있었으나 이번만은 많은 대중을 상대로 하는 신문 소설인 만큼 당신의 양식을 의심한다고 톡톡히 나무라더군요.

박 : 사무엘 존슨 박사가 영어대사전을 정리 출판하고 싸롱에 나앉았는데 한 제자가 와서 '선생님 사전 참 훌륭하게 됐습디다. 나쁜 말은 모두 삭제되어 있더군요.' 하더래요. 그 여대생들 뒤로 가서 더 열심히 읽은 증거로군요.

손 : 그런가 하면 이번엔 기독교 계통의 아주머니들이 찾아와 당장 중단하지 않으면 가만있지 않겠다고 호통을 치는 바람에 그들을 설득시켜 돌려보내노라 땀을 뺐습니다.

박 : D. H. 로오렌스의 「레인 보우」라는 작품에 여주인공이 나체(裸體)가 되어 거울 앞에서 춤추는 장면이 나와요. 그런데 그 문장이 어떻게나 유려(流麗)하고 부드러운지 읽는 독자로 하여금 그대로 선경(仙境)의 카타르시스를 느끼게 해요. 하지만 D. H 로오렌스의 작품을 오독(誤讀)하고 오해하는 사람이 또 얼마나 많아요. 재판까지 하면서요. 그러니까 작품도 먼저 중요하지만 그것을 읽고 받아드리는 독자의 수준도 크게 문제된다고 봐요.

= 손창섭은 타락했다고 =

손 : 동아에 『부부』를 쓴 후 주위에서 들리는 말이 '손창섭 타락했다'는 것이더군요. 그렇지만 나 자신이 의외로 느끼는 것은 그 무대(신문)에서의 기술 고려가 좀 부족했지만 결코 통속 소설을 쓰노라고 하진 않았어요. 문학지에 연재했어도 난 그렇게 밖에 못 썼을 겁니다.

신문 소설이 작가로서 외도하는 것이며 타락한 것이라는 말은 성립될 수가 없다고 생각합니다. 오히려 신문 소설이야말로 작가의 좋은 도량(道場)이라고 봅니다. 순수 소설을 쓸 때는 컨디션이 나쁘면 그냥 중지하고 말지만 신문은 매일 일정량을 써야하니까 어떤 때는 모래알을 씹는 듯한 고역을 치루는 데 거기서 얻어지는 기법(技法)이나 사무적으로 처리하는 수완 등이 모두 적지 않은 이점(利點)이지요.

박: 타락하는 곳은 커녕 도약대(跳躍臺)이다- 이런 말씀이군요. 신문 소설을 끝냈을 때의 기분과 단편 소설 쓴 후의 뒷맛은 어떻게 다르지 않아요?

손: 단편은 감흥이 떠오를 때 썼기 때문에 불만이 덜 남지요. 그 반면 하루하루 메꾸어 가는 신문 소설은 끝나기 전부터 나 자신이 결함을 알게 됩니다.

박: 사람들은 선생님의 『부부』가 결말에 가서 여론에 부딪쳐 선생님의 의도와는 달리 표현이 되었다고 하던데요. 즉 한(韓)박사와 인숙 여사와의 결혼이 꼭 이루어질 것 같았는데도 한박사는 그 동생과 결혼하게 된다는 것- 그리고 어딘가 말미(末尾)에선 어수선한 분위기가 느껴지더군요.

손: 어수선했다는 말은 어느 정도 맞습니다. 왜냐면 그것을 마쳐갈 때가 마침 연말(年末)이라 무릴 해서라도 말일까지는 끝내 주어야만 했어요. 또 마침 내가 그 소설을 시작했을 때 단간제(單刊制)가 시작되어 일요일 휴간으로 한 60회 가량이 줄었는데 그것 때문에도 끝에 가서는 자연 빨라졌지요. 하긴 여론 때문에 내 의도가 다소 변화를 가져온 것도 사실입니다.

박: 요즘 경향(京鄕)에 선생님의 『인간교실(人間敎室)』이 연재되고 있는

데요. 어떻게 그 테마가 『부부』것과 비슷한 것 같아요.

손 : 주제가 같다고 할 수 있지요. 『부부』에서 미쳐 다루지 못한 것을 이번에는 여론에 구애받지 않고 써보고자 해요.

= 『부부』의 차성일은 내 분신(分身) =

박 : 소설이 풍속의 초상화이고 역사의 초상화라 하면, 내가 지금 그리지 않으면 포말(泡沫)이 되어버릴 꺼다. 다시 맛 볼 수 없을 거다 하는 긍지와 자부심을 갖고 쓰게 될 터인데도 순수 소설은 내면적인 흐름만을 추구하고 묘사하여 그 독자를 영화와 텔레비에 많이 빼앗기고 있다고 저는 봐요. 이를 어떻게 신문 소설에서라도 탈환해 와야 한다고 보는데요.

손 : 독자를 탈환하는 의욕적인 면에서는 어느 정도 통쾌감과 보람을 느끼더래도 기술적, 기교적인 면에서는 불만이 적지 않습니다.

박 : 담배를 피울 때 꽁초만 찾아가며 줍는 사람이 있듯이 그런 꽁초처럼 된 인간만을 주워 모아- 이미 피워서 꺼져버렸지만 문제가 거기에서 출발하는, 어떤 의미에서 가장 중요한 인물을 등장시키는 작가가 손 선생님이라 보는데요. 어떠세요?
그 사람들을 사랑과 애착을 갖고 묘사하는지 아니면 반발과 저주와 증오하는 마음으로 묘사하는지, 선생님과 주인공과의 관계를 알고 싶어요.

손 : 한 마디로 참 좋아하는 인물들입니다. 『부부』에 나오는 차성일에게도 나는 혈연관계 같은 애정을 느낍니다. 못나고 구질구질하고 각박한 현실에선 처세술이 극도로 빈약한 낙오(落伍)된 인간-. 나도 그 중의 한 사람이기 때문에 상당한 애착을 갖고 의식적으로 그려가지요.

박 : 니체가 말했듯이 소설은 개인의 문화사(文化史)를 그려 가는 것이라
할 때 그렇게 구질스럽고 못난 사람들이 왜 낙오되고 학대받는가를
구명(究明)하여 그들대로의 승리의 인간상을 그려볼 생각은 없으세
요? 앙드레 말로가 내각(內閣)에 들어서듯이 까뮤가 회전 의자를
이기고 비트족들이 국무장관으로 나설 거라는 그들의 공화국(共和
國)을 분노가 섞인 폭소(爆笑)의 문학으로 나타내보고 싶은 생각은
없으세요?

손 : 『부부』에 나오는 차성일 외에 한박사도 역시 또 하나의 내 분신입니
다. 국제신보에서는 종래 내가 즐겨 묘사하던 인물과는 달리 투쟁하
며 승리하는 인간상을 그려보았는데 앞으로도 이런 형을 그려보리
라는 의도를 갖고는 있습니다. 하긴 지금까지의 작품에도 구질구질
하고 나약한 낙오자 상대에 언제나 건설적이고 의욕적인 인물이
배치되어 있습니다. 나를 대개들 괴짜라고 하지만 어떤 면에서는
나처럼 규범적인 사람도 드문 것처럼 말입니다.

박 : 선생님 원고 쓰시는 법도 그렇게 까다로우시다고 하더군요. 반대되
는 인물을 언제든지 배치한다고 이제 말씀하셨는데 제가 지금까지
선생님 작품 읽은 기억으로는 그 구질구질한 주인공의 인상이 너무
강렬하게 와서 한 쪽은 완전히 빛을 잃은 것 같아요. 또 언제나 같은
형- 선생님 말씀대로 못나고 구질구질한 인물들이 어느 작품을 들추
어도 주인공으로 등장하는데 셰익스피어가 대 문호가 될 수 있었던
것은 그의 무궁무진한 성격 창조에도 있었듯이 좀 변화가 필요하지
않겠어요? 흔히들 아름다운 저녁 노을만이 문학이 될 수 있고, 새벽
의 풍경은 체육인이나 즐기는 것이라 생각하는데 이젠 좀 더 광범한
소재의 문학이 요청되는 때라고 보는데요.

손 : 나의 역량 부족과, 취미나 성격의 괴벽에서 오겠죠. 하긴, 나를 마치

섹시하며 추한 얘기밖에 쓸 수 없다고 단정하는 사람이 있는데, 앞으로는 좀 새로운 주제와 인물을 새로운 각도에서 다루어보려는 구상을 하고 있습니다. 그러나 나 자신은 결국 석양을 그리는 것만이 내 생리와 기질에 맞는 것 같아요. 내 고향이 이북 평양이지만 만주니 일본으로 돌아다녔고 한국에 와서도 객지(客地)로만 전전하여 말씨도 완전히 변했었는데 이제 마흔이 지나고 보니 세 살 버릇 여든까지란 속담처럼 이북 사투리가 모르는 새에 튀어나와요. 이 사실에 스스로 놀라움을 금치 못하지만 여기서 나는 내 문학의 한계성 같은 것을 느껴요. 아무리 목적 의식을 갖고 전형으로 그리려해도 종내는 내 기질에 어울리고 내가 증오하며 사랑하는 인물을 그리고 말게 될 겁니다.

내게는 맹목적인 고집이 있어요. 회전 의자가 반드시 내게 중대한 의미를 가져다 주진 못해요. 남들이 다 매는 넥타이나 남들이 피우고 마시는 담배, 술은 하지 않듯이 말입니다. 이유 없는 고집입니다. 이렇게 굳어진 내 인간성이 피해자 의식에서 나보다 잘난 사람, 유능한 사람에겐 반발하고 도전하게 돼요. 그러니까 내 작품은 무식하고 가난하고 불우한 사람들을 위해 쓰는 것이라 해도 좋지요.

박 : 그럼, 선생님은 남이 쓰는 언어를 갖고 소설을 쓰시는 데는 불만이 없으세요. 화법(話法)이 다르기 때문에 괜찮은가요?

손 : 고집이 세서 남의 흉낼 싫어하지만 남이 쓰는 언어까지 안 쓴다곤 하지 않았지요.

= 나는 무식자의 대변인 =

박 : 이태백이가 자기를 지상(地上)으로 귀양살이 온 신선(神仙)이라 했

고 보들레에르가 또한 자기를 바다의 선원에서 잡힌 알바트로스에 비유한 것처럼 작가란 어떤 의미에서 모두 잘못 태어난 존재인지도 모르지요.

손 : 나는 또 순수 문학의 귀족성을 주장하는 사람에게 질색입니다. 지성 인과 고급 독자층만 상대로 하여 그보다 무지(無知)하나 숫적으로 많은 독자를 무시하고 세계 밖으로 쓰레기처럼 버리는 작가를 나는 안 좋아해요. 빈자(貧者)와 부자 사이에 계급 투쟁이 벌어지듯 지식 인을 향한 무식인의 저항도 있을 수 있다고 봅니다.

박 : 사실 센티멘탈한 문학 소녀나 청년에게서 얻어들을 이야기가 별로 없는 반면에 무식의 순수성이라 할 수 있는 어린이한테나 저 시골 노파가 아무렇지도 않게 내뱉는 말귀에서 우리는 가끔 쇼킹한 진실 을 발견할 수 있어요. 그렇지만 '무식인대 지식인'이란 말은 Wisdom-헤지(慧智)- 슬기를 잊은 일상과 나와의 대결이라 해야 표 현이 맞잖을까요.

손 : 걸핏하면 외국 사람의 이름을 나열하고 그들의 말을 성구(聖句)처럼 인용하는 사람들이 있어요. 그게 싫어서 난 강연회 같은 델 잘 가지 않아서 자꾸 무식해 집니다. 나는 그들의 기교적 전술이 싫어요. 그들은 자기가 다 소화하기도 전에 섣부르게 주워들은 지식을 삐라 처럼 마구 뿌리려고 들어요. 나는 무식한 사람의 대변자이니까 무식 한 사람이 무안을 느낄만한 말은 할 수 있는 한 쓰지 않겠어요. '낙제 생'이란 말을 함부로 할 때 정작 낙제한 사람들은 그 낱말에서도 무안을 느끼게 마련이니까.

박 : 이렇게 되면 재미있는 용어 문제가 나오는데요. 사람의 키만 자라는 것이 아니라 우리가 쓰는 용어도 사회의 변천과 함께 소멸(消滅)하 고 생장(生長)하는 것이라고 봐요. 언어는 상징이니까 우리가 한 번

'비행기'라 한 것은 '마차'니 '소'라고 부를 수 없고 '비행기'라야 해야만 그 이미지가 전달되잖아요? 또 아무리 무식을 대변하신다고 해도 백년 전의 사람들 사고방식을 그대로 고집하시기 엔 좀 뭣하시잖을까요? 선생님이 넥타이는 매시지 않는다 해도 매일 진지는 드실 것이고 또 합승이나 버스도 타시지요. 우리는 결코 원시인이 아니며 적어도 원시인보다는 유식하다고 봐요. 초점은 딴 곳에 있는 것 같아요. 교양과 박식(博識)을 나무랄 것이 아니라 사이비 유식과 속물적인 인간을 명확히 구분해 내어 항의하셔야 하잖겠어요?

손 : 얘기의 초점이 달라졌습니다. 그렇다고 비행기를 마차나 소라고 부르잔 말은 아닙니다.

'비행기'라고 하면 족할 데서 B29니 F86이니 할 필욘 없단 말이죠. 그리고 난 무식인이라고 한 데서 백년 전으로 돌아가겠다는 거 하곤 달라요. 현대인도 고대인도 똑같이 유식을 몽둥이처럼 내두르는 사람이 있었고, 그 유식에 머리가 터진 무식인이 많으니까요.

박 : 예수가 천국을 소개할 때는 평이(平易)한 말로써 했는데 어째서 오늘날은 그토록 어려운 나전어(羅甸語)로 써야 신학 박사를 따게 되었나 하는 것과 비슷한 점이 있어요. 문화니 문학이니 하는 게 말입니다.

손 : 결국 무언가가 모자라서 그런지도 모르죠.

박 : 그럼, 마지막으로 글 쓰시는 데에 신문 소설을 쓰시는 데에 어렵고 두렵게 느껴지는 점 얘기해 주실까요.

손 : 자신의 역량이 부족하다는 것 그거지요. 신문사측에서도 제약을 좀 완화시켜 주었으면 좋겠구요. 신문사 측에서는 자꾸 벗겨야 좋아하니......

박 : 신문 소설을 해수욕장쯤으로 알고 있는가 보죠.

손 : 독자들도 마찬가지지요. 삽화(揷畵)가 우선 벗겨져 있으면 보고 읽

는다 말예요.

박 : 오랜 시간 재미있게 얘기해 주셨어요. 감사합니다.

1969
소설 『길』을 끝내고— 만인에게 맞는 기성복(旣成服)은 있을 수 없다.

독자를 위해서 보다 더 많이 자신을 위해서 작품을 써오고 있는, 나같은 독자적 기질의 필자에게 있어서는, 독자는 물론 신문사측 입장과, 신문 윤리위원회까지 염두에 두고 써야하는 신문 소설이란 무척 까다로운 작업이다.

일단은, 각계각층의 잡다한 독자 수준의 최대공약수를 산출해 내고 거기에 렌즈의 초점을 맞춘다해도, 수학의 경우와는 달라 정확한 계산이 나오지 않는데다가 작가측의 주관의식과 모랄기준이 반드시 그 수식과 일치하지 않으니 더욱 그러하다.

이번 『길』을 집필하는 중에도 역시, 그런 점에서 많은 독자의 충고와 항의를 받아야만 했다. 남녀문제를 위시해서, 정치 사회 등 제반의 현실적 추잡상에 왜 좀 더 대담하게 도전하지 못하느냐고 안타까와하는 독자가 있는가 하면, 반대로 외설하다는 의외의 비난과, 주관적인 현실 비판의 위험성을 지적해오는 독자도 있었던 것이다.

이것은 물론 일부 독자의 과잉 반응에 불과하겠지만 아무리 유능한 디자이너나 재단사라도 그 체격과 취미가 천차만별인 다양한 고객(독자)의 누구에게 척척 들어맞는 기성복을 만들어낼 수는 없듯이, 신문 소설이 거의 숙명적으로 상대해야하는 비선택 독자층의 다양성을 말해주는 것이기도 하다. 여기에 소설로서의 질을 떠나서, 신문 소설의 본질적인 난점이 있다.

이것은 매회 여덟장 내외로 토막토막 잘라 내보내야하는 형식상의 문제와도 관련이 깊다. 불과 5분내에 휘딱 읽어치운 한 회분 한 회분의 지나간 내용을 독자는 일일이 기억해두지는 못한다. 거기에는 24시간을 통한 번거로운 실생활의 일상성이 기억을 차단하는 장벽을 쌓아 올리기 때문이다. 이러한 차단의 장벽 때문에, 독자는 작품의 중심을 관류하는 통일된 주제의 흐름에 합류하지 못한 채 무참하게 동강난 한 토막 한 토막의 단편만을 감상하는 데 그치게 되고, 그것은 당연히 작품의 분해 작용을 초래하게 마련인 것이다.

어떻게 하면 이 차단된 장벽에서 오는 분해작용을 막아낼 수 있을까가 신문 소설을 쓸 때마다 필자가 부닥쳐 온 고심의 하나였다. 그래서 이번 『길』에서는 그것을 방지하기 위한 수법으로 반복의 효과를 시험해 보았다. 즉 동일한 내용을 비슷한 표현으로 적절히 반복함으로써 독자의 기억 속의 차단된 벽을 무너뜨려 보자는 것이다. 이러한 방법이 신문 연재중에는 다소의 효과가 있었다고도 본다. 그러나 단행본으로 묶어져 단숨에 읽어내려 갈 때 과연 어떠한 결과가 나타날지는 아직 의문이다.

■ 손창섭 생애 연보

1922 평남 평양에서 빈한한 집안의 2대 독자로 출생

1935 이후 10여 년간 만주를 거쳐 일본으로 건너가(1936) 교토와 도쿄에
서 고학으로 몇 군데의 중학교를 거쳐 니혼 대학에 수년간 수학했으
나 학력다운 학력은 없음

1943 니혼 대학을 중퇴

1946 해방으로 귀국, 고향에 감

1948 공산 치하에서 월남. 교사, 잡지 편집 기자, 출판사원 등으로 일함

1949 단편 「얄궂은 비」를 <연합신문>에 발표

1952 단편 「공휴일」을 『문예』에 발표

1953 단편 「사연기」를 발표하고 『문예』 추천을 받아 문단에 데뷔. 단편
「비오는 날」을 『문예』에 발표

1954 단편 「생활적」을 『현대공론』에 발표

1955 단편 「혈서」 「미해결의 장」을 『현대문학』에, 「인간동물원초」를 『문
학예술』에 발표. 「혈서」로 현대문학 신인문학상 수상, 동화 「꼬마와
현주」 발표

1956 단편 「유실몽」을 『사상계』, 「광야」를 『현대문학』, 「미소」를 『신태

양』, 「층계의 위치」를 『문학예술』, 「설중행」을 『문학예술』에 발표

1957 단편 「치몽」을 『사상계』, 「소년」을 『현대문학』, 「조건부」를 『문학예술』에 발표

1958 「잉여인간」을 『사상계』에 발표하고, 동화도 계속 발표

1959 「잉여인간」으로 제 4회 동인문학상 수상. 장편 『낙서족』을 『사상계』에 발표. 창작집 『비오는 날』 『낙서족』을 일신사에서 출간

1961 자서전적인 단편 「신의 희작」을 『현대문학』에, 「육체추」를 『사상계』에 발표

1962 장편 『부부』를 <동아일보>에 연재하고 정음사에서 간행

1963 장편 『인간교실』을 <경향신문>에 연재

1965 「공포」를 『문학춘추』, 「이성연구」를 『서울신문』에 발표

1966 「掌篇소설집」을 『신동아』에 발표

1968 「환관」을 『신동아』, 「청사에 빛나리」를 『월간중앙』에 발표

1969 장편 『길』을 동양출판사에서 출간

1970 장편 『3부녀』를 『주간여성』에 연재. 후에 『여자의 전부』로 改題하여 국민문고사에서 출간 단편 「흑야」를 『월간문학』에 발표, 『손창섭대표작전집』(전5권)을 예문관에서 출간

1972 일본으로 건너감

1976 장편 『유맹』을 <한국일보>에 발표

1977-8 장편 『봉술랑』을 <한국일보>에 연재

1984 『잉여인간』을 동서문화사에서 간행

1996 현재 일본 동경에 거주

*渡日하면서 일본에 귀화했다는 설이 있었으나 그것은 사실이 아닌 것으로 밝혀졌다

*부인이 생계를 꾸려나가며, 부인이 일본인인 까닭에 일본 정부에서 보조금

을 받고 있다고 한다.

*渡日후에는 고국의 지인들과도 연락을 거의 하지 않고 지내 그의 생활에 대해서는 알려진 바가 거의 없다.

■ 손창섭 작품 연보

소설

발표년도	작품명	발표지(월.일)
1949	얄구진 비	연합신문(3.29-3.30)
1952	공휴일	문예(5.6월 합본)
1953	死緣記	문예(初夏號-통권 17호)
	비오는 날	문예(11월)
1954	생활적	현대공론(11월)
1955	혈서	현대문학(1월)
	피해자	신태양(3월)
	미해결의 장	현대문학(6월)
	齟齬	사상계(7월)
	인간동물원초	문학예술(8월)
	STICK氏	학도주보(9월)
1956	유실몽	사상계(3월)
	설중행	문학예술(4월)

	광야	현대문학(4월)
	微笑	신태양(8월)
	師弟恨	현대문학(10월)
	層階의 위치	문학예술(12월)
1957	稚夢	사상계(7월)
	소년	현대문학(7월)
	조건부	문학예술(8월)
	저녁놀	신태양(9월)
1958	假父女	자유문학(1월)
	고독한 영웅	현대문학(1월)
	침입자	사상계(3월)
	人間繫累	희망(5월)
	잡초의 의지	신태양(8월)
	잉여인간	사상계(9월)
	미스테이크	서울신문(8.21-9.5)
1959	반역아	자유공론(4월)
	낙서족	사상계(3월)/ 일신사 간행
	泡沫의 의지	현대문학(11월)
	비오는 날(작품집)	일신사
1960	저마다 가슴속에	민국일보(세계일보로 바뀜 6.15-61.1.31)
1961	신의 희작	현대문학(5월)
	肉體醜	사상계(증간호 통권 101호)
1962	부부	동아일보(7.2-12.29)/ 정음사 간행
1963	인간교실	경향일보(4.22-64.1.10)
1965	공포	문학춘추(1월)
	이성연구	서울신문

1966	掌篇小說集	신동아(1월)
1968	宦官	신동아(1월)
	靑史에 빛나리	월간중앙(5월)
	길	동아일보(7.29-69. ?)
1969	黑夜	월간문학(11월)
	손창섭대표작전집	예문관
1970	삼부녀(<여자의 전부>로 개제)	주간여성(12.30 -70.6.24)
1976	流氓	한국일보(1.1-10.28)
1977	棒術娘	한국일보(6.10-78.10.8)

동화

1955   꼬마와 현주 외 다수

기타 잡문

인간에의 배신-「死緣記」당선소감, 문예, 1953.7

나의 작가수업, 1955

괴짜의 변: 현대문학 제 1회 신인문학상 수상소감, 현대문학, 1956.4

문학과 생활, 신문예 10, 1959.3

작업 여적(餘滴), 한국전후문제작품집, 신구문화사, 1960

나는 왜 신문소설을 쓰는가, 세대 3, 1963.8

아마추어 작가의 변, 사상계, 1965.7

소설『길』을 끝내고-만인에 맞는 기성복은 있을 수 없다, 동아일보, 1969.5.24

나의 집필괴벽-雨景에 젖어서, 월간문학, 1971.9

■ 손창섭 연구 목록

연구논문

1953 6.25 동란이후의 작단개관, 곽종원, 신천지, 1953. 4

1955 병자의 노래-손창섭의 작품세계, 조연현, 현대문학 4호, 1955.4

1956 손창섭의 역량과 그 특이성-현대문학 제1회 신인문학상 심사소감, 계용묵, 현대문학, 1956.4

1956 신세대론-작가를 중심으로 한 시론, 이봉래, 문학예술, 1956.4

1958 혈서의 내용-손창섭론, 윤병로, 현대문학48호, 1958.12

1958 1957년의 작가들, 이어령, 사상계, 1958.1

1958 1958년의 소설 총평, 이어령, 사상계, 1958.11

1959 야유의 인생-야유의 문학, 김우종, 사상계, 1959.4

1959 『낙서족』을 읽고, 백철 · 김우종 · 유종호 · 이어령, 사상계, 1959.4

1959 모멸과 연민(上 · 下)-손창섭론, 유종호, 현대문학 57-58호, 1959. 9-10 /현대한국문학전집3, 신구문화사, 1967

1960 동인상수상작품론, 김우종, 사상계, 1960.2

1960 손창섭론, 송기숙, 전남대국문학보, 1960.12.24

1961 손창섭 또는 비정의 신화, 김상일, 현대문학 79호, 1961.7

1961   고백이라는 것, 유종호, 현대문학, 1961.12

1962   신세대 작가론, 김상선, 일신사,1992

1963   전후한국소설의 인간상, 이철범, 자유문학, 1963. 4

1964   심리적·지적 사색과 소설적 형성, 김교선, 현대문학, 1964.5

1964   평면적 인물, 이유식, 현대문학 114, 1964. 6

1964   패배한 지하실적 인간상-손창섭 초기작품고, 이광훈, 문학춘추,
        1964.8

1964   아웃사이더 독백의 미학, 천이두, 문학춘추, 1964.8

1964   창작과정을 통해 본 손창섭, 송기숙, 현대문학 117호, 1964. 9

1964   손창섭 연구- 작품을 중심으로, 김충신, 고대국문학, 1964.11

1965   허구의 시도-손창섭적 '공포'를 중심으로, 정창범, 대한일보, 1965.
        1.25

1965   희화화된 애국자-『낙서족』, 정창범, 한국현대문학전집 26

1965   囚人의 미학-「유실몽」「설중행」, 이어령, 한국현대문학전집 26

1965   손창섭론-자기모멸의 신화, 정창범, 문학춘추, 1965.2

1965   긍정에의 의욕, 김우종, 현대한국문학전집, 신구문화사, 1965

1966   월평-자리잡히는 사소설, 윤병로, 현대문학, 1966.2

1966   실낙원의 카타르시스-손창섭과 새로운 가능성, 임중빈, 문학춘추,
        1966.7

1966   아웃사이더의 반항-손창섭과 장용학을 중심으로, 이선영, 현대문학
        144호, 1966.12

1967   신념과 체념의 인간상, 김현, 세대, 1967.7

1967   현실부정 정신의 미학-이인직·이광수·손창섭·최인훈, 김영기,
        현대문학, 1967.12

1968   작단시대;『환관』-'일급의 얘기'로 빈틈없어 고담풍 엿보이고, 유종
        호, 동아일보, 1968.1.25

1968   허무주의와 그 극복, 김현, 사상계, 1968.2

1968   재출발한 단색화가-손창섭의 『청사에 빛나리』, 백낙청, 한국일보,
        1968.5.28

1968   내성적 자의식적 소설론-불안문학의 계보와 관련하여, 천이두, 현대
        문학167-168호, 1968.11-12

1969   앓는 세대의 문학, 김윤식, 현대문학, 1969, 10

1969   실내작가론(9)-손창섭, 고은, 월간문학, 1969. 12

1970   손창섭의 문체론적 고찰, 조기원, 서울대 사대 선청어문 1호, 1970. 3

1971   한국현대소설과 인간소외-50년대의 손창섭과 60년대의 이호철의
        경우, 이선영, 인문과학 24.25 합집, 연대 인문과학연구소, 1971

1971   성격학에서 본 손창섭의 작중 인물고-특히 자화상<신의 희작>을
        중심으로, 최상균, 동아대, 1971.2

1971   테러리즘과 문학, 김현, 문학과 지성, 1971 여름/ 사회와 윤리, 일지
        사, 1974

1972   전후한국소설의 특성, 김한영, 선청어문, 1972. 3

1974   작중인물의 심층분석, 정창범, 손창섭론, 평민사, 1974

1974   작중인물론-손창섭편, 김상일, 신한국문학전집24, 어문각, 1974

1975   손창섭 작품해설 『길』, 김병익, 삼중당, 1975

1976   절망적인 밀리외- 손창섭의 「신의 희작」, 백상창, 한국문학 1976.6

1976   작가와 문학적 변모, 김치수, 한국 소설의 공간, 설중당, 1976

1976   인간소외의 탐구, 신경득, 현대문학, 1976.5-6

1977   손창섭론-작중인물의 소외현상을 중심으로, 이봉희, 경기대, 1977.1

1978   한국 전후 소설의 재평가, 구인환, 한국 근대 소설의 연구, 삼영사,
        1978

1978   손창섭론-권태형 인간상과 그 소설사적 의미, 김영화, 월간문학,
        1978.4

1978	전쟁의 상처와 그 철학적 극복, 김우종, 한국현대문학전집 28, 삼성 출판사, 1978
1978	반항과 좌절의 미학, 신경득, 월간문학 1978.12
1978	소외와 허무, 유종호, 한국현대문학전집26, 삼성출판사, 1978
1980	50년대 작가의 문학적 특징, 윤병로, 한국 현대 소설의 연구, 범우사, 1980
1981	1950년대의 인식, 진덕규 외, 한길사, 1981
1982	신세대 작가론, 김상선, 일신사, 1982
1982	한국전쟁과 50년대 문학, 김우종, 한국현대소설사, 성문각, 1982
1982	손창섭론, 신상성, 한국국어교육학회, 새국어교육 36, 1982.12
1983	정한숙과 손창섭, 곽학송, 월간문학, 1983.12
1983	혈서의 의미-손창섭의 「잉여인간」, 윤병로, 광장, 1983.6
1983	피해의식으로서의 불안, 천이두, 한국 현대소설론, 형설출판사, 1983
1983	한국전후소설연구, 신경득, 일지사, 1983
1984	손창섭 소설의 세 단계, 이동하, 한국현대소설사연구, 전광용 외, 민음사, 1984
1984	손창섭론, 이용남, 김봉군/이용남 한상무 공저, 한국현대작가론, 민지사, 1984
1985	전후의 현실과 문학의 분열, 권영민, 한국문학, 1985. 6
1985	혈서의 의미, 윤병로, 한국소설의 문제작, 일념, 1985
1985	혈서의 내용-손창섭론, 윤병로, 현대문학, 1958.12
1985	전쟁의 후유증- 내일 없는 삶의 모티브, 이동하, 한국소설의 문제작, 일념, 1985
1985	비극적 유우머와 욕망과 현실사이, 이태동, 한국현대소설의 위상, 문예출판사, 1985

1985 해방 직후 지식인의 민족현실 인식, 임헌영, 해방전후사의 인식2, 한길사, 1985

1985 전쟁과 한국작가, 정명환, 권영민 편, 한국의 문학비평, 민음사, 1985

1985 한국소설의 역사 의식, 조남현, 지성의 통풍을 위한 문학, 평민사, 1985

1985 '50년대 문학의 재조명, 천이두, 현대문학, 1985.1

1986 손창섭의 「공휴일」에 나타나는 소외의식과 문학적 언어의 표현론적 기능에 관한 연구, 김해옥, 연세어문학 19, 1986.12

1987 해방후 정치.사회를 보는 시각, 박현채, 해방전후사의 인식3, 한길사, 1987

1987 손창섭론, 정창범, 현대작가론, 형설출판사, 1987

1987 분단현실과 한국문학, 천이두, 김승환/신범순 편, 분단문학비평, 청하, 1987

1988 1950년대 중편소설-손창섭의 중편을 중심으로, 신상성, 한국소설사의 재인식, 경원출판사, 1988

1988 한국전후소설연구, 신경득, 일지사, 1988

1989 전쟁 체험과 50년대 소설, 이재선, 현대문학, 1989.1

1989 손창섭론-체험소설의 발화법, 그 특성과 한계, 김종회, 문학사상, 1989.3

1989 손창섭 소설의 의미매김, 조남현, 문학정신, 1989. 6-7

1989 피해자와 반항자의 인물형, 柳基龍, 한국현대소설 작품연구, 삼영사, 1989

1990 손창섭 소설의 구조, 이기인, 정덕준/ 서종택 엮음, 한국현대소설연구. 새문사. 1990

1990 손창섭 소설의 문학적 지평, 김상선 교수 회갑 논문집 간행위원회, 1990

1990	1950년대의 인식, 진덕규 외, 한길사, 1990
1990	인간존재에 대한 갈등과 허무의식, 현길언, 한국소설의 분석적 이해, 문학과비평, 1990
1991	손창섭의 <유실몽>-의미분산에 의한 무의미에의 가치부여, 김종하, 문학과 비평사, 1991,3
1991	6.25 전쟁문학, 김윤식, 김윤식/정호웅 편, 1950년대 문학연구, 예하, 1991
1991	1950년대 남북한 문학, 한국문학연구회 편, 평민사, 1991·
1991	손창섭 소설의 문학적 지평, 구인환, 현대문학사의 재조명, 백문사, 1991,12
1992	분단상황과 문학, 김영화, 국학자료원, 1992
1992	한국현대소설의 인물연구-신체적 缺損徵表를 중심으로, 한혜선, 1992.2
1993	한국전후소설에 나타난 현실의 추상화방법 연구, 김동환, 한국의전후문학, 태학사, 1993
1993	손창섭 초기소설에 나타난 아이러니의 미적 기능, 한상규, 외국문학 76, 1993
1994	1950년대의 소설가들, 송하춘/이남호 편, 나남, 1994
1994	1950년대 한국소설에 나타난 지식인상 연구, 이은자, 숙명여대, 1994.8
1995	한국전후문학연구, 구인환 외, 삼지원, 1995
1995	허무주의의 심연과 극복의 노력, 조현일, 한국전후문학연구, 구인환 외, 삼지원, 1995
1996	반가부장 의식의 형상화, 박상란, 한국문학연구, 동대 한국문학연구소. 1996
1996	주체의 분열과 아이러니에 관한 고찰, 조현일, 현대소설연구 4호,

1996.6

1996   전쟁세대의 자화상, 하정일, 작가연구 1, 새미, 1996.4

1996   손창섭 소설의 인물성격과 형식, 정호웅, 작가연구 1, 새미, 1996.4

1996   전후시각으로 쓴 첫 일제 체험, 송하춘, 작가연구 1, 새미, 1996.4

1996   손창섭의 '길'에 대한 고찰, 이동하, 작가연구 1, 새미, 1996.4

1996   <부부>의 윤리적 권력관계와 그 의미, 김동환, 작가연구 1, 새미,
        1996.4

1996   재일 한인들의 수난사, 강진호, 작가연구 1, 새미, 1996.4

1996   1950년대 문학의 재인식, 한수영, 작가연구 1, 새미, 1996.4

1997   1950년대 소설에 나타난 작가의 현실 인식 연구, 배팔수, 1997

1997   소설의 서사적 거리와 태도, 이부순, 현대소설 시점의 시학, 1997.

석사학위 논문

1966   전후소설의 새양상, 이춘희, 중앙대 석사, 1966

1973   아웃사이더적 의식에 비추어본 이상·손창섭·장용학 작품고, 배
        정은, 이화여대 석사, 1973.6

1976   한국전후소설의 양상, 이상숙, 고려대 석사, 1976

1978   손창섭론-작품에 투영된 작가의 인생관을 중심으로, 우선덕, 경희대
        석사, 1978

1979   1950년대 소설에서 본 피해자 의식 소고: 손창섭·서기원·이범선
        을 중심으로, 박계정, 이화여대 교육대학원, 1979

1982   손창섭 소설의 자의식 연구, 경규진, 서울대 석사, 1982

1983   손창섭 초기 작품 연구- 특히 그 단편을 중심으로, 최갑진, 동아대
        석사, 1983

1984   손창섭 문학에 나타난 인간관 고찰, 최철호, 조선대 교육대학원, 1984

1985   1950년대 한국소설연구- 손창섭, 장용학을 중심으로, 김완신, 연세대 석사, 1985

1985   손창섭 소설의 문체론적 연구, 유선희, 전북대 교육대학원, 1985

1985   한국전후소설의 리얼리티 연구, 채진홍, 崇田大 석사, 1985

1985   손창섭 소설에 나타난 성격변모 연구, 최병조, 경희대 교육대학원, 1985

1985   손창섭 소설의 신화비평적 연구, 최창수, 중앙대 석사, 1985

1985   손창섭 장편 <낙서족>, <부부>의 작중인물 연구, 최희영, 외대석사, 1985

1985   손창섭 소설의 신화비평적 연구, 최영수, 중앙대 석사, 1985

1986   손창섭 소설의 작중인물연구, 김성수, 고려대 교육대학원, 1986

1986   1950년대 단편소설 연구, 하정일, 연세대 석사, 1986

1987   손창섭의 <신의 희작> 연구, 박재선, 홍익대 교육대학원, 1987

1987   한국 근대소설의 아이러니 연구, 김미선, 부산대 교육대학원, 1987

1987   손창섭 소설에 나타난 풍자 연구, 이대욱, 서울대 석사, 1987

1987   1950년대 소설연구, 이은자, 숙명여대 석사, 1987

1989   손창섭 소설의 문체 연구, 이화경, 전남대 석사, 1989

1989   한국전후소설에 나타난 인간형 연구, 유병현, 성균관대 교육대학원 석사, 1989

1989   손창섭 소설론, 이중수, 전북대 교육대학원, 1989

1989   손창섭 소설연구, 宋春燮, 성균관대 교육대학원, 1989

1989   손창섭의 단편소설연구, 이명란 , 숙명대 석사, 1989

1990   손창섭의 1950년대 단편소설연구, 강춘삼, 전남대 교육대학원, 1990

1990   전후소설에서의 '허무주의'와 '저항'의 성격 - 손창섭과 장용학의

소설의 주제를 중심으로, 이지연, 성균관대 석사, 1990

| 1990 | 손창섭 소설의 특질 연구, 林采宇, 건국대 교육대학원, 1990 |

1990   손창섭 소설의 특질 연구, 林采宇, 건국대 교육대학원, 1990

1991   손창섭 소설의 인물 연구, 김광수, 영남대 석사, 1991.7

1992   손창섭 소설의 서술자 양상 연구, 김현희, 충남대 석사, 1992

1992   한국 전쟁 전후기 소설의 현실의식 연구, 박신헌, 경북대 박사학위
논문, 1992

1992   손창섭 소설의 작중인물 연구-변화양상을 중심으로, 손미경, 한국외
대 석사, 1992,2

1992   신세대 작가의 문체론적 연구- 김성한 · 손창섭 · 장용학을 중심으
로, 안성희, 이화여대 석사, 1992

1992   손창섭 문학에 나타난 인간관 고찰, 최종민, 서울대 석사, 1992

1992   손창섭 소설연구, 홍상기, 연세대 교육대학원, 1992

1993   손창섭론, 김숙영, 고려대 교육대학원, 1993

1993   손창섭 소설 연구, 정은경, 고려대 석사, 1993

1993   50년대 소설의 문체적 특징과 화자 양상 - 손창섭과 추식의 작품을
중심으로, 정춘수, 성균관대 석사, 1993

1993   손창섭 소설연구, 김미란, 동덕여대, 1993

1993   손창섭 소설의 공간설정에 관한 연구, 손순분, 경북대 교육대학원,
1993

1993   손창섭의 50년대 소설연구 - 작중 지식인을 중심으로, 손경란, 숙명
여대, 1993

1994   손창섭 소설의 욕망 구조 연구, 문화라, 이화여대 석사, 1994

1994   손창섭 소설연구: 1950년대 단편의 서사담화 기법과 세계인식을
중심으로, 송현숙, 서강대 석사, 1994

1994   1950년대 한국소설에 나타난 지식인상 연구, 이은자, 숙명여대,
1994.8

1994	자의식 소설의 공간대비 연구-이상·최명익·손창섭의 작품을 중심으로, 최강민, 중앙대 석사, 1994
1994	손창섭 연구, 박현선, 경원대 대학원, 1994
1995	손창섭 소설 연구, 우혜선, 숙명여대 석사, 1995
1995	1950년대 소설 연구-손창섭·이범선·선우휘를 중심으로, 김춘기, 영남대 교육대학원, 1995
1995	손창섭 소설의 욕망구조 연구, 최미진, 부산대 대학원 1995
1996	손창섭 소설의 아이러니 연구, 김지영, 고려대 석사, 1996

박사학위논문

1989	1950년대 한국 소설의 전쟁체험 연구, 이기윤, 인하대 박사, 1989.2
1992	전후실존주의소설연구, 김양호, 단국대 박사, 1992
1992	한국전후세대 소설 연구-장용학·손창섭·김정한, 엄혜영, 세종대 박사, 1992.8
1992	한국 일인칭 소설연구, 최병우, 서울대 박사. 1992
1993	1950년대 한국전후소설 연구, 이상원, 부산대 박사, 1993.8
1993	1950·60년대 소설에 나타난 이데올로기 연구, 조동숙, 고려대 박사,1993.2
1994	손창섭 소설 연구-작가의식을 중심으로, 이강현, 세종대 박사, 1994.2
1995	한국전후소설의 휴머니즘 연구, 정문권, 한남대 박사, 1995.2
1995	한국전후장편소설연구-문학의식과 장편양식의 변화, 정희모, 연세대 박사, 1995.2
1995	한국전후소설 연구-전도적 상상력을 중심으로, 이복순, 서강대 박

사, 1995.8

1997   한국 전쟁기 소설 연구, 김문수, 대구대 박사, 1997

1997   현대한국소설의 분단의식 연구, 유임하, 동국대 박사, 1997

1998   1945년 이후 재일 한국인 소설에 나타난 민족적 정체성 연구, 유숙자, 고려대 박사, 1998.2

1998   1950년대 한국 장편소설 연구—전후의 근대성과 언어 형식, 손종업, 중앙대 박사, 1998.2

작가론 총서 18. 손창섭

인쇄일 초판 1쇄 2003년 05월 06일
         2쇄 2015년 03월 23일
발행일 초판 1쇄 2003년 05월 20일
         2쇄 2015년 03월 25일

엮은이 송 하 춘
발행인 정 진 이
발행처 새미
등록일 1994.03.10, 제17-271호

서울시 강동구 성내동 447-11 현영빌딩 2층
Tel : 442-4623~4 Fax : 442-4625
www. kookhak.co.kr
E- mail : kookhak2001@hanmail.net
ISBN 978-89-5628-058-5 *93810
가 격 14,000원

* 새미는 국학자료원 의 자매회사입니다.
*저자와의 협의 하에 인지는 생략합니다.